01/2012

Los escarpines
de Kristina de Noruega

Los escarpines de Kristina de Noruega

Cristina Sánchez-Andrade

Rocaeditorial

© Cristina Sánchez-Andrade Potter, 2010

Primera edición: mayo de 2010

© de esta edición: Roca Editorial de Libros, S. L.
Marquès de la Argentera, 17, Pral.
08003 Barcelona
info@rocaeditorial.com
www.rocaeditorial.com

Impreso por Brosmac, S.L.
Carretera de Villaviciosa - Móstoles, km 1
Villaviciosa de Odón (Madrid)

ISBN: 978-84-9918-131-8
Depósito legal: M. 13.320-2010

Para Daniel

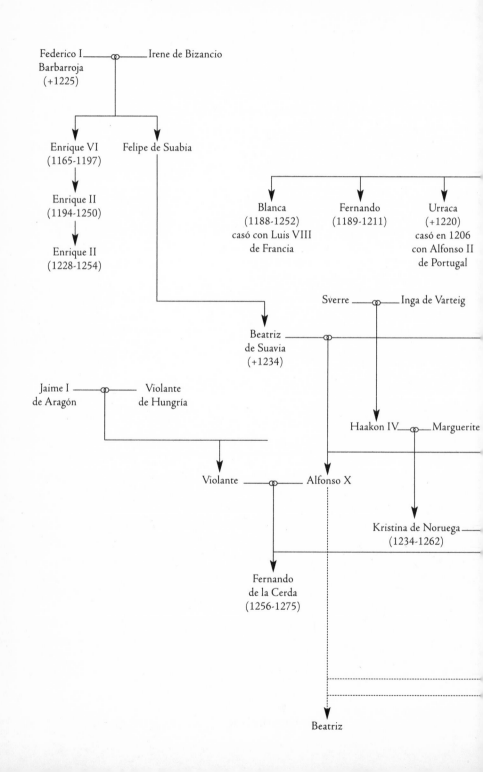

LA FAMILIA DE ALFONSO X

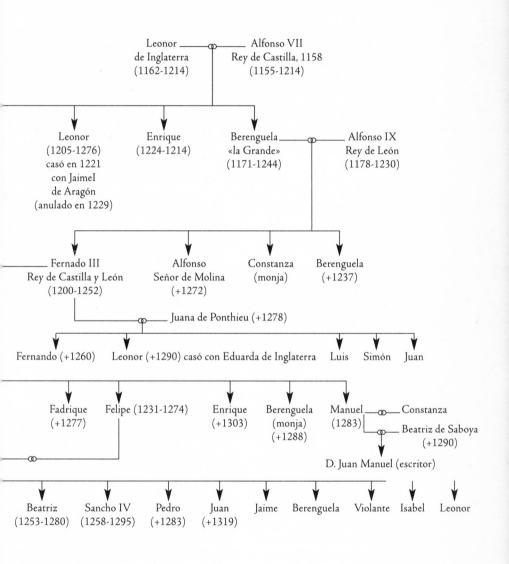

Leonor
de Inglaterra
(1162-1214)
⚭
Alfonso VII
Rey de Castilla, 1158
(1155-1214)

Leonor
(1205-1276)
casó en 1221
con JaimeI
de Aragón
(anulado en 1229)

Enrique
(1224-1214)

Berenguela
«la Grande»
(1171-1244)
⚭
Alfonso IX
Rey de León
(1178-1230)

Fernado III
Rey de Castilla y León
(1200-1252)

Alfonso
Señor de Molina
(+1272)

Constanza
(monja)

Berenguela
(+1237)

⚭ Juana de Ponthieu (+1278)

Fernando (+1260)   Leonor (+1290) casó con Eduarda de Inglaterra   Luis   Simón   Juan

Fadrique
(+1277)

Felipe (1231-1274)

Enrique
(+1303)

Berenguela
(monja)
(+1288)

Manuel
(1283)
⚭ Constanza
⚭ Beatriz de Saboya
(+1290)

D. Juan Manuel (escritor)

⚭

Beatriz
(1253-1280)

Sancho IV
(1258-1295)

Pedro
(+1283)

Juan
(+1319)

Jaime

Berenguela

Violante

Isabel

Leonor

Naturales con Doña Mayor de Guzmán

Alfonso Fernández Niño

Primera parte

De la carne de Ymir se hizo el mundo;
y de su sangre, el mar;
de sus huesos, peñascos; de sus cabellos, árboles;
y de su cráneo, la bóveda celeste.

Y de sus cejas, los dioses geniales
hicieron Midgard para la humanidad.
Y de su cerebro se crearon
todas esas crueles nubes de tormenta.

Grímnismál (Los días de Grímnir). Poema de «Edda Poética»,
de la mitología nórdica, de Snorri Sturluson (1179-1241)

1

Páramos de Toledo, 23 de noviembre de 1221

Había una plaga de langostas en el reino de Castilla. Una mujer acompañaba a su esposo camino del sur para aplastar una rebelión nobiliaria. Pero estaba grávida de nueve meses, y en unos páramos próximos a Toledo, no tuvo más remedio que detener su caballo en seco.

Lanzó una mirada indecisa en derredor, permaneció unos instantes en suspenso, como olfateando el aire y, finalmente, se apeó. Le dijo a su esposo: la rebelión tendrá que esperar.

Comenzó a caminar con la vista fija en las hojas descoloridas de los arbustos, abarquilladas por la melaza que excretaban las langostas, y al llegar a la orilla del río, se hincó junto a una hilera de saúcos que todavía estaban sin infectar. Encorvada como una penitente, avanzó de rodillas hasta dar con un pequeño claro. Miró hacia atrás y, tras comprobar que nadie le había seguido, comenzó a escarbar la tierra frenéticamente, arrancando raíces y abrojos, apartando piedras y flores hasta lograr hacer un agujero profundo. Entonces se puso en pie y, apoyándose contra un saúco, todavía resollante por el esfuerzo, se descalzó empujando el escarpín del pie derecho con la punta del pie izquierdo, y a la inversa.

Tomó uno y lo observó en la mano. Era una suerte de sandalia de suela alta y plataforma de corcho forrado, con escote en V y la punta ligeramente curva, primorosamente decorada con ramilletes de rosetas. Echó otro vistazo suspicaz al séquito, que permanecía inmóvil en la distancia, envuelto por la bruma, y a continuación, sin pensarlo dos veces, arrojó el escarpín al agujero, seguido del otro. Luego volvió a hincarse en el suelo y los cubrió con la tierra removida.

Fue entonces, al palparse la entrepierna, cuando se percató de que tenía las calzas de tiritaña empapadas; así que se arrancó el pellote de un zarpazo, se aflojó los cordones de la saya y, allí mismo, se sumió en un estado de inerte espera.

Permaneció en esa postura durante dos o tres horas, sólida como un peñasco, mientras la niebla iba envolviendo su figura henchida y su rostro se iba animando por un calor de batalla. Un poco más tarde, cuando el séquito se dispersaba para acampar, comenzó a retorcerse ligeramente, flotando en el dolor. Por fin una dueña se acercó para asistirla, pero cuando llegaba a la hilera de saúcos, otra mujer gigantona, que resultó ser la madre de su esposo, la apartó de un manotazo mientras metía en la boca de la parturienta una pipa de metal encendida.

La mujer alzó la vista y miró a su suegra con asombro. Antes de que pudiera decir nada, oyó:

—Fumad, son amapolas.

Demasiado floja para forcejear, aspiró de la boquilla de la cachimba. La primera bocanada la sintió áspera y agraz, pero la segunda le gustó. Fumó durante cinco o diez minutos, hasta que los músculos de su cuerpo comenzaron a relajarse y su cabeza se llenó de mariposas. Ahora sentía que un húmedo tumulto de piernas o de brazos le invadía allá abajo. Devolvió la pipa con determinación, se puso a cuatro patas y cerró los ojos. Soltó unos gemidos apagados, algo parecido a los graznidos de los cuervos que sobrevolaban sus cabezas. Volvió a abrirlos, primero uno, luego el otro, y entonces dirigió la vista hacia el suelo. En aquellos ojos vagos de ancha pupila azul fulguró una luz. Un rebuzno soltado al aire fue suficiente para que el esposo comprendiera que todo había acabado: era un niño, y estaba vivo.

La madre del esposo estaba ahí porque también tenía la costumbre de cabalgar junto a su hijo en todas las campañas contra el infiel. Era una mujer de vida sobria y continente, que amaba la rutina y el orden asfixiantes. En previsión del nacimiento del nieto, ya había puesto en marcha el plan para su formación, que consistía en arrancarle de la cuna y del seno materno para educarle, al menos durante los trece primeros años de su vida, en una atmósfera rural, donde pudiera ver las manzanas que colgaban de los árboles, respirar aires puros y beber leche de pasto.

Eso sí, conforme a una regla moral rígida, como hicieron con ella y como hizo con sus hijos, le inculcaría el amor hacia lo exacto y lo riguroso, hacia la disciplina, la constancia y el orden; hacia la cultura y la lógica aplastantes, hacia la frugalidad, hacia el pan moreno, el tocino y el ajo.

A ser posible, el niño no recibiría besos, ni cosquillas, ni caricias, pues el contacto físico y la ternura eran el humus del que prenden las debilidades de la edad adulta.

Nada mejor para todo esto que el influjo de esta madre recia que acababa de parirle sola, sin ser asistida por nadie en medio de aquel páramo inhóspito de Toledo.

Con lo que no contaba la abuela era con que el niño nacería tan de improvisto y menos con que la madre quedaría seca de leche después del esfuerzo. Así que cuando se vieron con el recién nacido y tanta langosta por todas partes, cambiaron de planes.

Por las gentes de las villas y pedanías que iban dejando atrás, supieron que en pocos meses la plaga se había extendido con tanta virulencia que no quedaban árboles ni cosechas sin devastar. Una nube bermeja se desplazaba a gran velocidad y, cuando no encontraba ya nada que arrasar en los campos, explicaban los campesinos, descargaba su vientre de langostas hambrientas sobre las casas. De las grietas del suelo y las paredes, de los marcos de las ventanas y de los zócalos saltaban ejércitos enteros. Y lo peor no eran los daños en las cosechas y en las casas, sino el ruido.

15

Por la noche emergían de la tierra, rasguñaban el aire con las alas y hacían correr las patitas. Se oían durante todo el día, hora tras hora, sin descanso, raspando paredes, saltando al vacío o escarbando con su pincho picudo por debajo de las puertas.

En uno de los pueblos oyeron hablar por primera vez de las facultades de doña Sancha Gutiérrez, abadesa del monasterio de las Huelgas, que era capaz de espantar cualquier mal a través de sus rezos contumaces. No lo pensaron dos veces. Se había intentado todo y estaba claro que esta otra rebelión, la de las langostas, era mucho más peligrosa que la de los magnates del sur. Darían la vuelta con el recién nacido y se dirigirían a Burgos.

Así que casi a punto de llegar, al divisar la cúpula de la capilla de las Huelgas, imponente y nervada, compacta como el seno de una mujer, se sintieron aliviados. Habían cabalgado bajo un cielo gris y turbio, atravesando tierras yermas y ríos vagabundos, pastizales y bosquecillos, de tanto en tanto una aldea, un campesino solitario arando las tierras, y el cansancio y una humedad furiosa les calaban los huesos.

Junto a la puerta principal, el estiércol de las vacas que pastaban sueltas se diluía en regueros amarillos. Pero lo primero que pidió la abuela a las monjas que se agolparon en la puerta no fue sopa ni pan ni un catre para dar reposo al nalgatorio, sino una nodriza.

Una nodriza de leche de días, joven, no muy sañuda y noble, una mujer poco sentimental que fuera capaz de inculcarle al niño la férrea moral con la que tenía pensado educarle.

—Porque si la leche ha de ser de otra —echaba de ver la abuela confundiendo en su cabeza leche con sangre— que sea leche germánica.

Como era de suponer, la nodriza no apareció en el plazo de veinticuatro horas, que es lo que aguanta una criatura recién parida amamantada con agua azucarada. Dispusieron entonces que mientras seguían buscando por los páramos y caseríos próximos al monasterio, al niño le dieran la leche de una burra que tenían las monjas para transportar la mantequilla que vendían por las aldeas. La rebajaron con agua, pero después de la segunda toma, le produjo diarrea. Estuvo a punto de morir deshidratado y la abuela se encomendó a Dios ofreciéndole sus propios dientes, el pelo, un reino de taifas.

Mientras madre, abadesa y abuela discutían sobre el asunto, al niño le dejaron en una canasta de paja con una almohada de tafetán, envuelto con unos paños sencillos y con una toalla enrollada junto a los labios, empapada en agua azucarada para que no llorase. La madre puso la canasta sobre una mesa, porque tenía miedo de que las langostas le comieran la cara. Pero su abuela la bajó de inmediato y la situó en el suelo, junto a una ventana por donde entraban los cálidos rayos del sol del atardecer.

El niño apenas se rebulló, pero en su corazón del tamaño de una nuez ya debían de estar imprimiéndose algunas cosas importantes: que la vida es un subir para luego bajar, y que está llena de sol color naranja; y que es también un dulce esperar a que las mujeres decidan por uno.

16

2

Doña Berenguela de Castilla

Toro, Zamora, 1188

A veces los campos de Castilla se estremecen con un viento enloquecido. Entra por la franja del horizonte levantando hasta arrancar la piel de las espigas, arrojándose sobre los encinares y las sierras peladas, izándose en su aleteo inmenso y bruto hasta las cercanías de un castillo, demorándose en la zanja del foso, en los postigos de las puertas y en las almenas desmochadas; y arrastra yesca y flores, voces de niños, olor a coliflor y a excrementos de rebaño, hasta que comienza su ascenso. Sube aullando por los muros, y enseguida tropieza con los ojos de una joven inmóvil, de piel fina y delicada, cabello color de zanahoria y cuello de corza que revelan la herencia de un exquisito linaje.

Es doña Berenguela, hija de don Alfonso VIII de Castilla y Leonor Plantagenet, que contempla el paisaje desde la ventana del castillo con un mohín de desdén. Ningún calor, ninguna sensualidad emana de esos ojos de ave fríos. Son los ojos de una mujer que no vive en la vida, sino en la obsesión.

Con apenas ocho años, fue dada en matrimonio al príncipe Conrado, un duque alemán enclenque y afeminado, perteneciente a la familia imperial de los Staufen, que tenía el mismo cabello encrespado que su padre, Federico I Barbarroja. 1188. Se celebraron los esponsales en una ceremonia en la que el joven fue armado caballero, tras la cual hubo una fiesta con música y vino, titiriteros, juglares y luna llena. Pero la promesa de matrimonio duró una noche.

A las seis de la mañana del día siguiente, él ya estaba listo para volverse a Alemania: pequeño y enjuto, mal rasurado, pertrechado como para entrar en combate y vestido con todas sus armas. Al ver aparecer a la niña, se atragantó. Luego se puso pálido y comenzó a sudar.

La infantilla tenía el traje de novia preparado en un arcón; pero al ver que el duque se marchaba, no se sintió ni enojada ni afligida. En realidad, no sintió nada.

Tampoco al día siguiente, ni al otro, cuando le dijeron que con la huida de Conrado había perdido toda posibilidad de aspirar al Imperio (pero ¿qué Imperio era ése?). Se limitó a sentarse en el tabuco ventanero para esperarle. Con los ojos dilatados, fijos en ese viento que removía la campiña, decía: volverá. Como si esperar fuera parte de la vida o de aquel árido paisaje de Castilla.

Pero nunca más regresó. Pasó un tiempo y empezó a sentir un hervor en los riñones al atardecer, como doloroso era el recordar. Por la noche gemía en su lecho pensando en aquel muchacho pelirrojo y delicado que le había llamado «mora». No llegaba a entender por qué habían pretendido casarle con ese hombre que ni siquiera se había dignado a dirigirle la palabra, y menos por qué había sido rechazada. Poco a poco, de ser una niña alegre, se fue volviendo adusta y solitaria, como aquella fortaleza amurallada en la que pasaba los días, siempre preparada para la defensa, con muros ciegos y estrechísimos adarves para que nadie la escuchara llorar, con rastrillos y fosos insondables, con rejería en las ventanas y blindajes en las puertas para que nadie traspasara sus pensamientos más íntimos.

Hasta que un día, ella misma se dio cuenta de que el insulto («mora con olor a ajos») había abierto un surco en su corazón. Fue entonces cuando empezó a interesarse por lo que verdaderamente había perdido: el Sacro Imperio romano germánico.

Un tiempo después se desposó con su tío segundo, Alfonso IX, rey de León, un hombre mujeriego y simplón con aliento fragante de ganado —los árabes le llamaban el «Baboso»—, que ya había estado casado una vez y que, en el lecho de muerte, levantó la cabeza para preguntarle al cura que le daba la extremaunción si por ventura sabía cuántos hijos dejaba por el mundo. La boda se celebró en Valladolid con toda la pompa, aunque las jerarquías eclesiásticas andaban divididas en la aprobación del matrimonio, dudoso canónicamente por el grado de parentesco de los cónyuges.

Por entonces Berenguela ya era una mujer madura, así que aceptó al esposo por tres razones. La primera porque era muy consciente de que aquel acuerdo matrimonial que suponía la paz y la concordia entre los reinos de Castilla y León era una decisión política muy calculada por su padre, inamovible. La segunda porque así hacía rabiar a los papas que no aprobaban el matrimonio de pecado entre parientes. Y la tercera porque, aunque el Baboso no tenía derechos imperiales, era un toro miura para darle hijos.

Seis años duró la desigual unión; y la aprovecharon bien para el reino, pues en ellos se dieron siete embarazos de los que quedaron cuatro hijos. Después de tanta preñez sin tregua para el cuerpo, a doña Berenguela le quedaron los tejidos del abdomen y de los pechos tan estirados, las piernas tan hinchadas, la boca tan desdentada, que a los treinta aparentaba cincuenta.

Tal vez antes de casarse había podido sentir alguna curiosidad por el sexo —ese territorio salvaje de lobos y escarcha, se decía—; ahora no le quedaba ninguna.

Durante todos esos años fue desarrollando su rígida moral, que pasaba por atornillarse a sí misma a una rutina consoladora que comenzaba con sus plegarias de las seis de la mañana y acababa a las diez de la noche, y que le impedía disfrutar de un minuto de ociosidad o de holgazanería.

Ya por entonces empezaba a manifestar los primeros síntomas de su enfermedad: destellos de luz que le atravesaban la frente en zigzag, espirales, telarañas de color en la cabeza, ruidos en el fondo del oído. Una sensación de estar viviendo dentro de los ojos.

Lo consultó con los mejores físicos y, después de una larguísima exploración, le dijeron que cabía la posibilidad de que algún pájaro o insecto se le hubiera metido por los ojos, por la nariz o por las orejas. Era algo muy frecuente; los animales penetraban hasta el fondo de la cabeza y quedaban como asuntos sin resolver, acurrucados entre la nebulosa frontera que hay entre la realidad y la fantasía, aleteando débilmente. Este aleteo removía la bilis negra, con la consecuencia de que de sus

19

nocivos vapores ascendían hasta el cerebro y excitaban al enfermo, que quedaba así dominado por un temperamento frío, seco y…

—Fiebre no hay, pero el pulso está alterado y el color de la piel lo dice todo. La exploración podría ser todavía más profunda, pero el caso no ofrece duda. ¿Alguna obsesión?

La tenía; y haciendo memoria, probablemente todo empezó ahí, una tarde en que estaba en su alcoba, cuando era niña, poco después de que en la corte se anunciara el compromiso de su hermana Blanca con el joven infante don Luis de Francia. El preceptor hablaba de Carlomagno, les explicaba a ella y a sus hermanas que en el año 800, en una suntuosa ceremonia en la que vinieron dignatarios del mundo entero, el papa León III convirtió a aquel rey de los francos en sucesor de los emperadores romanos, y que, a partir de entonces, el pueblo le aclamaría tal y como en otros tiempos se hizo con César, Augusto o Tiberio. Desde entonces, siguió explicando el preceptor, aunque cualquier rey cristiano podía aspirar a la corona imperial, sólo los reyes germánicos obtenían la coronación; de modo que el título de la institución vino a llamarse así: Sacro Imperio romano germánico.

Aquello fue como encender una fogata en la oscura cabeza de la joven Berenguela. El fallido matrimonio con el duque de Rothenburg había sido una manera de enlazarla con ese linaje y aspirar al Imperio. Las palabras «emperador», «Augusto», «rey de los romanos» comenzaron a flotar en su cabeza como troncos a la deriva en la inmensidad de un océano, y por primera vez en su vida, empezó a sentir una fuerza interior, una infinita capacidad de triunfo.

Se levantó bruscamente, tiró la silla al suelo y fue hasta la ventana. Allá lejos, junto a la franja del horizonte, el viento comenzaba a rizar las espigas. Preguntó:

—¿Y si soy yo la que caso a un hijo mío con una princesa del norte?

—¿Un hijo vuestro, decís? —El preceptor miraba a la joven infanta de quince o dieciséis años y no acababa de entender.

—¡Un hijo! —insistió ella. Doña Berenguela sabía que la decisión de su padre de casarla con el rey de León era inamovible, y que, por tanto, sólo le cabía pensar en la descendencia—.

Si caso a mi hijo con una princesa linajunada, mi nieto heredará la dinastía imperial...

—¿Nieto...? Bueno..., eso en el caso de que...

No pudo seguir. En ese momento, el cielo se partió en dos. El viento comenzó a soplar con tanta violencia que se abrieron las ventanas. La estancia quedó en penumbra. Miles de murciélagos como sayas deshechas habían entrado y volaban en zigzag, bajaban hasta el suelo y volvían a subir chocando contra los muebles y las paredes, enredándose entre los cabellos de las niñas, metiéndose por las narices y las orejas. Éstas chillaban, el preceptor corría de un lado a otro con los brazos en alto. Hasta que, de pronto, todo se acabó. Cesó el viento y, ante el asombro de todos, los murciélagos desaparecieron.

Se oyó (era la voz de Berenguela, que estaba acuclillada junto al arcón en donde seguía su traje de novia sin estrenar, la cabeza entre las manos):

—No busquéis más; están aquí, en mis ojos.

La rabia contenida, la indignación soterrada, el recuerdo de la niña despechada revivido una y otra vez, salieron aquella tarde como una espoleta, dejando un vacío en su cabeza que dio paso a la obsesión: tener un nieto para convertirlo en emperador del Sacro Imperio romano germánico.

¿Un nieto?, le decían sus mayores cuando le oían hablar en esos términos, qué cosas raras tenéis... Una niña no piensa en sus nietos. Si acaso en el esposo, en los hijos...

21

3

Reino de León, en torno al año 1200

Nadie es capaz de señalar el lugar del cerebro donde anidan las ideas más tenaces; en todo caso, no surgen de la noche a la mañana. Llegan despacio, de manera imperceptible, como la noche que poco a poco invade una habitación, como un sordo dolor de muelas. Como las flores que se niegan a crecer. A veces parece que se dejan olvidar por un tiempo, semillas que se quedan en la tierra, obstinadas en pudrirse negándose a ascender hacia el cielo. Pero su limo cenagoso sigue ahí, impregnando los sueños, encauzando la vida por estrechos quehaceres y manías, preparado para emerger a la superficie con una fuerza inusual: son las obsesiones.

Una vez casada con el rey leonés, doña Berenguela se levantaba incluso más temprano que las criadas. Se vestía y se enrollaba el cabello en un moño apretado, que era como un muñón en un árbol enfermo. Ni le pedía la bendición al sacerdote ni le daba los buenos días a su esposo. Un gruñido, y nada más. Así indicaba a todos que iba a comenzar a rezar.

Y con las cuentas del rosario, contaba los meses que le faltaban para que su hijo mayor estuviera en edad de desposarse.

Después de un frugal desayuno, estudiaba los avances de la Reconquista con sus consejeros. Nunca le daba por reír ni comentar nada con ellos, pero tampoco parecía aburrirse: sus ojos azules de ave rapaz observaban la vida con indiferencia, indiferencia que se trocaba en avidez ante la contemplación de unos enormes pliegos de piel de cabra situados en la pared, en donde estaban representadas todas las genealogías europeas.

Siempre iba sola. Nunca buscaba la compañía de otras mujeres de la corte a la hora de comer. Su norma consistía en no molestar a nadie y que nadie la molestara a ella, y al sumergir la cuchara en la asquerosa sopa de col, mentalmente escogía una princesa entroncada con un linaje imperial, doncella de muy alta sangre y buena hembra.

—¿Pan, mi señora?

—*Gruññ.*

Nada más. Ella no había pedido pan. Y al llegar la noche, cuando la sombra subía a toda velocidad por la ladera en la que se asentaba el castillo de la ciudad de Toro, seguía huraña y distante, sin decir una palabra.

Pensaba que ella misma estaría presente en el parto de su nieto.

Y discurría mientras intentaba conciliar el sueño que la tarea de convertir a un nieto en emperador de romanos no le iba a resultar nada fácil.

Así que todo su ser estaba dirigido por la obsesión. Obsesión que, silenciosamente, se apretaba en torno a sus piernas y su vientre y ascendía hasta el pecho ciñendo su seco corazón, y que mandaba sobre ella con crueldad y rigor, prohibiéndole el placer y la felicidad, y haciendo de toda su vida la expiación de una pena misteriosa. En veinticinco años había escuchado una o dos veces la música de gigas y chirimías de la corte, sin sentir absolutamente nada, y había ido una vez a patinar al lago helado. Jamás soltaba una buena risotada, ni acudía a los bailes, ni bromeaba con los hombres o se dejaba acariciar por ellos. No paraba ni cuando tenía que parir.

Cuando el vientre avanzaba, seguía como siempre, trajinando. Y cuando, alcanzada la sazón, sentía los dolores del parto, le decía al primero que pasaba por ahí: Eh, tú, «eso» ya está aquí. Se echaba sobre la cama, si no había cama cerca, en el suelo, se agarraba a los barrotes y ella misma se bastaba para salir del trance antes de que diera tiempo de avisar a nadie.

Cada vez estaba más absorta, más distante. Por las tardes se sentaba junto a la ventana y pasaba las horas con la mirada varada en un lejano punto del paisaje. Sus allegados le preguntaban: ¿Qué hacéis, majestad? Espero, musitaba ella después de un hosco silencio. ¿Esperáis?, inquirían ellos. ¿A quién esperáis? Pero ella se encogía de hombros: Tengo barruntos.

23

A veces sentía que se le apretaba el corazón, pero como carecía de palabras para expresarse, los sentimientos quedaban prisioneros.

Tenía un solo entretenimiento, una pequeña pasión: el cultivo de árboles frutales, a los que dedicaba el tiempo precioso de la siesta.

Por aquel entonces, la corte leonesa de Alfonso IX, *el Baboso*, era itinerante, León, Villafáfila, Ceinos, Astorga, Zamora..., pero pasaban la mayor parte del tiempo en un castillo muy próximo a la ciudad de Toro cubierto por la hiedra y el olvido, construido en una depresión entre dos lomas levemente dominantes, desde donde se divisaba la ciudad. Contaba con una sola torre llamada De la Vieja, cuyas almenas se recortaban en el cielo, irregulares y quebradizas, como dibujadas por la mano de un niño, y por donde a veces subían y bajaban las cabras. El resto del edificio era austero y sencillo, de piedra gris, con muros sobrios, sin apenas decoración. Por las diminutas troneras entraban y salían las golondrinas.

24

Hasta detrás del torreón de la Vieja, junto a un foso seco y excavado en la roca, llegaba una pequeña huerta húmeda que rodeaba la ciudad regada por los arroyos del Judío y de las Monjas, en donde crecían, a la buena de Dios, viñas, olivares, lino, cáñamo, algodón o zumaque. También había frutales y gatos dormidos bajo los naranjos polvorientos.

La pasión de doña Berenguela eran los injertos de ciruelo. La compartía con el arzobispo de Toledo, don Rodrigo Jiménez de Rada, el único con quien intercambiaba alguna palabra. Era un hombre de rostro azul, manos flacas y no escasas letras, que buscaba a Dios por la vía estricta del trabajo. Se había educado en Bolonia y París, y en esta última ciudad además de estudiar leyes, teología y medicina, había entrado en contacto con la filosofía de Aristóteles, principalmente con la ideas acerca de la mujer. Las malas lenguas decían que había tenido que dejar Bolonia por abusar de una joven, la hija del posadero, pero no eran más que rumores sin fundamento. La prueba es que nada más volver a Castilla, fue nombrado obispo de Osma y, posteriormente, arzobispo de Toledo, momento desde el cual había gozado de fama de santidad.

Su incesante actividad y celo le hicieron ocuparse de la sede toledana, de la lucha contra los almohades, de fomentar traducciones del árabe en la Escuela, de escribir obras históricas y de fundar catedrales. Y cuando tenía un rato libre, recorría el mundo para traerse consigo cruzados para luchar contra la amenaza mora.

Aparte de cruzados, también traía ciruelas de las tierras del norte. Se trataba de especies nunca vistas, amarillas, peludas, en donde fermentaban unas pulpas superiores, más ácidas y abundantes, frutos con pieles suaves y claras, muy perfumadas, que la reina mezclaba con las piezas hispanas, de carne prieta y roja, de aspecto desagradable, pero de gusto exquisito.

El resultado de la mezcla de estas sangres era extraordinario: ciruelas de tamaño medio, ni dulces ni ácidas, rosas, que despedían fragancias untosas y carnales.

Pero a medida que fueron llegando los hijos, doña Berenguela también fue abandonando esta pasión; en su lugar, se dedicaba a la educación de los infantes con esmero y devota piedad cristiana, teniendo claro que lo que quería era formar varones guerreros y al mismo tiempo perfectos caballeros cristianos, sin dejar de poner especial hincapié en el estudio de las siete artes liberales. En cuanto a las hembras, su objetivo era prepararlas para que brillaran en sociedad (cazar con halcones, leer y escribir, jugar al ajedrez y tocar instrumentos musicales).

Con la corona puesta, porque realeza «obligaba» en todo momento, en un increíble despliegue de afecto, daba un beso de buenas noches a sus hijos.

A continuación se reunía con su esposo en la alcoba nupcial.

—¡Quitaos los zapatos! —ordenaba nada más entrar, y lanzaba los suyos al aire.

Si no estaba encinta, que era lo habitual, se alzaba el pellote hasta la cintura y con chasquidos de cabra le instaba para que tuvieran relaciones. No es que Dios la acompañase en esos momentos fundamentales, pero sí manifestaba su presencia en forma de hálito. Sólo un hálito que descendía por su cuerpo y que preparaba sus órganos femeninos. Entornaba los ojos hacia arriba, y dejaba únicamente visible el blanco de éstos, acercaba su desnudez a la del hombre, le agarraba por los pelos del pecho, como si fuera a desbrozar maleza, y se dejaba hacer. Porque si

25

bien ella tenía claro que esas «fornicaciones» eran un simple trámite que había que cumplir para quedar en estado, él estaba siempre dispuesto y disfrutaba como si fuera la primera vez.

Don Alfonso IX de León, *el Baboso*, era otra cosa. Su visión del mundo se circunscribía a seis elementos: los castillos, la espada, el vino, los moros, las mujeres y los higadillos.

Estaba convencido de que los riñones, los higadillos y demás cosas por el estilo que uno tiene «muy adentro» no funcionaban bien si no había sexo (se encharcan, le explicaba a su esposa). Decía esto y a continuación se arrancaba la camisa de cuerda y se bajaba el braguero de manufactura almohade hasta los tobillos. Con mucho más pudor, doña Berenguela se desnudaba sin quitarse la corona.

Terminado el acto (una presión de él sobre ella) la reina se ponía en pie.

—¡Poneos los zapatos! —volvía a gritar.

Se vestía y abandonaba la estancia. A lo mejor se veía obligada a cruzar con él alguna palabra, algún acontecimiento del día (le hemos ofrecido a Inocencio III la suma de 20.000 marcos de plata y el estipendio por un año de 200 soldados cruzados en defensa de la cristiandad para que nos conceda la dispensa matrimonial…), nada que pudiera penetrar la intimidad del otro, nada que pudiera comprometerla sentimentalmente.

—Porque no sé si os dais cuenta de que la declaración de nulidad acabaría con la unión entre Castilla y León.

Y él lanzaba bostezos de oso. O le respondía con una ironía: Veinte mil marcos de plata, ¿es el precio de la unión de Castilla y León o es el precio de nuestras coyundas?

No es que ella no le quisiera; más bien no le entendía, como se puede no comprender por qué un día llueve y otro sale el sol. No sabía si, ante sus comentarios socarrones, debía mostrar una actitud desenfadada o, por el contrario, levantar una barrera inexpugnable. En su mente, su esposo era como una pieza de ajedrez: el rey, torpe de movimientos pero fundamental. En realidad estaba asociado con la sola idea de la descendencia. Alfonso IX, *el Baboso*, le daría un hijo, y éste, por la gracia de Dios, un nieto al que convertir en emperador.

Así que las relaciones sexuales eran algo así como los días y las noches, la lluvia, el pan o las amapolas en abril.

Si un tiempo después comprobaba que estaba grávida, no volvía a solicitarle hasta pasado el parto.

A él le llevó su tiempo convencerse de que aquellas uniones no eran fruto ni del amor ni del deseo ni de la pasión, sino estrictamente del frío muladar de su mujer y de su sentido práctico de la vida. En las noches de invierno, seguía acercándose al calor de la cama. Sólo encontraba hielo.

Un día en que Alfonso IX, *el Baboso*, musitaba palabras de amor, ella dijo clavándole la mirada: No os confundáis, Alfonsito, esto no lo hago por amor hacia vos.

Y añadió: Lo hago por amor hacia Castilla y, en última instancia (y volvía a poner los ojos en blanco), por el Sacro Imperio romano.

4

Carretas de amapolas

Corte de León, en torno a 1200

El amor hacia Castilla cambió mucho las cosas. Mientras doña Berenguela pasaba la mayor parte de su tiempo esperando junto a la ventana, don Alfonso IX de León, *el Baboso*, comenzó a salir por las noches en busca de coyunda (¡una gran mujer gorda es lo que quiero!, se le oía gritar al montar sobre el caballo). Al enterarse su esposa, decidió tomar cartas en el asunto. Esas salidas, discurría fríamente, podrían llegar a «dispersarle» de sus deberes conyugales. Pero antes de hacerlo, le comentó el problema y la solución que había encontrado a su único amigo el arzobispo de Toledo.

—Lo peor es que la contención no se aprende. —Estaban en la huerta y hacían hueco en la tierra para un ciruelo que habían decidido trasplantar a una zona más soleada—. Se nace siendo contenido o, por el contrario, no se nace. Como se nace siendo mosquito o no mosquito. Y Alfonso no es contenido. No digo que sea mosquito, pero no es contenido.

Don Rodrigo Jiménez de Rada hundió las raíces del ciruelo y volvió a tapar el agujero. Quedó de rodillas, reflexionando durante un rato mientras hurgaba en la tierra. Allí, en la sombra fresca de la huerta, lejos de sus obligaciones y embebido en la actividad de injertar ciruelos, se encontraba huido del mundo. Hacía un corte en el tronco de la variedad que iba a ser injertada, introducía la yema del otro ciruelo y cubría la zona abierta con unos paños; ya estaba. Sólo tenía que esperar a que prendiera. La aparición de una hoja, plegada aún, le llenaba de asombro.

A veces, al ver un pajarillo entre las ramas sacudiéndose el agua de las alas, o cuando se ponía a pensar en su madre, con la que iba a coger higos cuando era niño, se ponía a suspirar.

Otras veces, se sentaba bajo uno de estos árboles. Aspirando el olor amargo y algo pútrido de la carne de las ciruelas aplastadas contra el suelo, comenzaba a soñar. El pensamiento fluía libre, debatiéndose entre la culpa y el deseo, y algo visceral y prohibido, duro como el músculo de una bestia, se agitaba en su interior.

Pensaba en su criada, cuando un día un pañuelo se cayó al suelo y ella se dispuso a recogerlo; por un momento quedó así, inclinada, mostrándole el inicio de su pecho. Se imaginaba a sí mismo lamiendo esos pechos turgentes, mordisqueando sus pezones deliciosos. Pero esa visión cándida (y a la vez brutal) le secaba la garganta con una angustia desconocida: el miedo caía sobre él como un depredador. Cada vez más a menudo sentía que aquella paz del huerto de los ciruelos no podía ser buena y que, tarde o temprano, tendría que poner fin a la afición.

Se limpió el sudor de la frente con la manga volante del traje y dirigió la mirada hacia arriba para encontrar el rostro de su interlocutora.

—No. Contenido no es.

Se incorporó y se sacudió la tierra del manto. Durante unos minutos, siguió el revoloteo de un abejorro entre los hierbajos.

—Los centinelas impedirán que salga —prosiguió—, pero el «desasosiego de tripas» seguirá dando vueltas por la habitación como león enjaulado.

La reina le miró con aprensión.

—No os entiendo —dijo.

—Pues es fácil —explicó él—. No me hagáis entrar en detalles… Tan sólo os diré que el hombre tiene humores exigentes, mucho más exigentes que los de la mujer.

—¿Humores?

—Sangre, flema, bilis de predominio amarilla. Eso por un lado; por otro, está el equilibrio de los elementos, «lo húmedo» con «lo seco», «lo frío» con «lo cálido», «lo amargo» con «lo dulce», ¿entendéis? Digamos que la enfermedad de vuestro esposo se debe a una desproporción, a un predominio del calor sobre el frío que acaba concentrándose en la sangre.

29

»En el caso del hombre, esto es algo que ocurre desde que fue expulsado del Paraíso. Por ello, el rey necesita fundamentalmente sosiego de tripas. Es su naturaleza, lo mismo que este ciruelo necesita agua y sol, ¿habéis dudado de cambiarlo de sitio para que le dé el sol? —Quebró una ramita seca y la miró—. Vuestro esposo necesita vuestro amor...

—¡Mi amor! —exclamó ella aterrada.

—Vuestro amor y vuestra disposición. ¡Dadle muestras de ellos!

Así que esa misma noche, doña Berenguela, deseosa de zanjar el asunto de una vez por todas, se dirigió a su esposo, que se estaba preparando para salir.

—Así que vais a salir, con el frío que hace...

Y quedaron un buen rato en silencio. Cuando don Alfonso, *el Baboso*, terminó de vestirse, ella le dijo:

—No debéis pasar más frío saliendo a estas horas. Explicadme lo que hacéis con esas mujeres moras que yo lo haré todo exactamente igual.

Pero en cuanto doña Berenguela se acostó, él volvió a salir de la habitación de puntillas. En el silencio de la noche, la reina oyó sus pasos escalera abajo y luego el galope del caballo.

—Es que yo a vos... no os veo muy dispuesta, muy «capaz» de dar en todo momento —le dijo el arzobispo al día siguiente en la huerta de los ciruelos—. Lo que os quiero decir son dos cosas. Primero, que seáis generosa de corazón. Segundo, que eso no impide que busquéis el sosiego de tripas de vuestro esposo de otro modo..., fuera de casa...

Doña Berenguela no daba crédito a sus oídos. Se acercó tanto al religioso que sintió su aliento impregnado de cebolla.

—¿Qué me estáis insinuando?

El arzobispo cogió una laya y, para no tener que mirarla a la cara, se puso a escardar la tierra.

—El universo —dijo apartando un par de piedras— es el campo de batalla entre el espíritu y la carne...Y vos, en lugar de atender a esta batalla, pasáis la mayor parte del tiempo junto a la ventana esperando absurdamente a quién sabe qué, ¿no es así?

Pero ella no contestó. En la corte se rumoreaba que a veces la reina hablaba de una dama nobilísima con rasgos nórdicos y cabellera dorada, pero que realmente se creía que no esperaba a nadie. Don Rodrigo dejó de escardar y la miró fijamente: porque las lenguas alevosas dicen…

—¿Qué dicen? —interrumpió ella.

—Dicen que en puridad os esperáis a vos misma —el arzobispo carraspeó un poco—, a la dama que os hubiera gustado ser… Bueno, pues yo os recomiendo que no lo hagáis. Esperar puede convertirse en una pasión y esa pasión puede llegar a extrañaros de la gente y en última instancia de vos misma. —Volvió a carraspear—. Pero volvamos al asunto de vuestro esposo. Lo que os estoy tratando de explicar es que el hombre tiene una naturaleza distinta a la de la mujer desde que fue expulsado del Paraíso, y que si queréis tener al rey feliz y controlado, hay que empezar por ahí, por las tripas.

—¿Y qué pasa si las putas se preñan? —quiso saber ella.

Don Rodrigo dejó caer la laya al suelo. Acababa de ver una suculenta ciruela que colgaba del árbol. La arrancó y le pegó un mordisco.

—Hijos del placer no reinan —contestó disfrutando del sabroso bocado—. Pero, mujer, ¿no veis que esto no es más que una argucia más del diablo? Combatamos al diablo con sus mismas tretas.

Así que ella misma se ocupó del asunto. En los fríos atardeceres de invierno, hacía entrar en la habitación de su esposo a mujeres de senos vibrátiles y poca sesera, vestidas con poca ropa para una noche de amor salvaje. Al amanecer, perfectamente serena y tibia, las sacaba del brazo.

Pero la cosa no resultó ser tan sencilla como parecía a primera vista. Porque si bien estaba claro que el hombre tenía humores exigentes, en lo que no cayó en la cuenta don Rodrigo es que la mujer está dotada de un afán de fisgoneo aún más exigente. Después de varias semanas, la reina empezó a darle vueltas a lo que ocurría allí dentro, sobre todo porque don Alfonso, *el Baboso*, se mostraba cada vez más alegre y saludable. Así que se hizo instalar una cortina en esta alcoba, detrás de la cual puso una silla.

Mientras el rey de León pasaba los que serían los mejores

31

días de su vida, libre, despreocupado, entonando cancioncillas picantes con aquellas mujeres, contento de sentirse querido (o al menos, «atendido»), ella, la columna vertebral anclada en el respaldo del asiento, apretando un pañuelito sudoroso, se dedicaba a compartir los jadeos, las risas y las salvajes miserias de los otros dos sin mover ni un solo músculo.

Como tampoco le vibró ni un sólo músculo cuando por fin llegó la respuesta del Papa con respecto a la validación de su matrimonio. Fue el propio Jiménez de Rada quien viajó desde Toledo para entregarle la carta con el lacre papal: no concesión de la dispensa y exigencia, incluso mediante la excomunión, de la separación de los esposos.

5

Batalla de las Navas de Tolosa

Corte castellana, 1204-1217

asta ese día de 1204, doña Berenguela había sentido el destino (o Dios, o la necesidad) suspendido sobre su cabeza como una nube. El destino era cobijo, moco, un tipo de amor; y aunque a veces era caprichoso, el destino era cómodo. Su rígido esquema mental le impedía actuar movida por nada que no fuera la fuerza de ese destino. Dios la había engendrado para ser abuela de un emperador de los romanos. La vida era fácil, no había que elegir ni que decidir. Sólo tenía que despertarse cada día, comer, trabajar y fornicar, dormir, ¡respirar!, «para ser» abuela. Pero ahora, con el empeño del Papa por acabar con la «nefanda cópula» (ésas eran las palabras literales) se extendía por todas las cosas una sensación de vaguedad y despropósito. Oía el repicar de las campanas de la iglesia vecina, y le parecía que aquel sonido era algo incomprensible; contemplaba las ciruelas en los árboles, y sentía que aquel «rojear» nada tenía que ver con la vida; veía crecer a sus hijos y nada se agitaba en su pecho.

Todo se iba al traste, sus sueños, su matrimonio, los derechos sucesorios. Y por si fuera poco, hasta que los cónyuges no se separaran, quedaba prohibido celebrar en el reino oficios religiosos, administrar sacramentos o tocar campanas, incluso los muertos permanecían en casa sin poder ser enterrados religiosamente. Sus hijos crecerían bajo la tara de la ilegitimidad, ¿qué pensaría de ella el pueblo castellano?

Por primera vez en su vida, sintió que su fe se tambaleaba.

Aconsejada por don Rodrigo Jiménez de Rada, abandonó su afición por los injertos. Arrambló con trajes y almohazas, ollas, cortinas y ciruelos arrancados de cuajo y volvió a la corte castellana de su padre dejando a su hijo mayor el infante don Fernando en León.

Una sensación de torpor volvió a arrastrarla a su puesto en el tabuco ventanero. Se trataba de un espacio abocinado con ventana aspillerada, construido en la torre del homenaje del castillo, con poyos en el grosor del muro que las mujeres de la corte utilizaban para sentarse a bordar, tocar un instrumento o simplemente charlar mientras cascaban nueces.

En los grises días posteriores a estas noticias, la reina pasaba allí el día entero. Ni dormida ni despierta, con esa especie de espantoso bienestar que encuentra uno en lo más hondo del desánimo, espiaba el entrechocar de la loza que llegaba de la cocina, a las criadas tendiendo la ropa blanca en los prados próximos al castillo, sus risas, sus conversaciones y sus amoríos con los caballerizos: la vida «fuera de ella».

Y cuando alguien le preguntaba qué hacía allí, en la ventana, erguía el pescuezo como una gallina para fijar la vista en un punto lejano del paisaje. En sus pupilas se encendía una llamita y toda ella quedaba dura, quieta durante unos instantes. Decía: Espero.

Entonces se extendía el silencio, penetraba por todas partes como una niebla espesa hasta que acababa confundiéndose con ella. Berenguela era el silencio y el silencio era Berenguela.

Al cabo de un tiempo, las criadas se dieron cuenta de una cosa: un día a la semana, su puesto en el tabuco quedaba vacío. Por la tarde salía del castillo y se lanzaba al campo con una urgencia difícil de explicar con palabras. Cruzaba los arbustos enganchándose en las espinas, hollando las flores, y por fin se montaba sobre una mula que andaba suelta por el patio de armas. Franqueaba la verja y se alejaba al trote.

Adquirió el hábito de salir todos los martes sin que nadie supiese adónde iba.

Algunos decían que se dedicaba a hacer extrañas transacciones con los campesinos, otros se empeñaban en haberla visto retozando con un hombre por los prados, incluso algunos afirmaban que se dedicaba a perseguir sus propias huellas por el campo; pero lo cierto es que todo eran suposiciones y habladurías difíciles de creer. Volvía a la hora de cenar, con restos de barro hasta en el moño, la mirada afiebrada, con desgarrones en la ropa y arañazos en las manos. Se metía en su alcoba y no volvía a salir hasta el día siguiente.

A las cinco de la mañana, abría los ojos de golpe. Decía: ella va a venir. Saltaba de la cama y trotaba por el pasillo como una perra coja para instalarse en su puesto de la ventana.

Y así un día y otro día, tiesa frente a la ventana, un mes y otro mes, sin pronunciar más que tres palabras seguidas, un año y otro año, y se pasaba la vida.

Incluso llegó a alertar al arzobispo de Toledo, que, después de haber desaparecido casi misteriosamente de la corte, había regresado por orden expresa del rey don Alfonso VIII, padre de doña Berenguela.

Corrían rumores por aquel entonces de que el poderoso califa Muhamad al Nasir, Miramamolín, como le llamaban los cristianos, estaba preparando un ejército en Marrakech para emprender una gran campaña en tierras cristianas. Con la ayuda del arzobispo, el rey castellano había logrado convencer al papa Inocencio III sobre la conveniencia de proclamar una santa cruzada contra los almohades del sur de la Península. Y mientras los monarcas peninsulares intentaban arreglar sus diferencias para unirse contra el enemigo musulmán, don Rodrigo consiguió agrupar en las afueras de la ciudad de Toledo a huestes, mesnadas y milicias, así como a caballeros cruzados reclutados en su mayor parte de Alemania, Francia e Italia, para la batalla que se avecinaba. Pero estos cruzados, hombres violentos e ignorantes, estaban acostumbrados a las tropelías y no entendían la convivencia pacífica y el intercambio de culturas que reinaba en ciudades como Toledo. Así que acababan de asaltar la judería, asalto que había ocasionado muertes y desorden.

Era un asunto sumamente delicado; don Alfonso VIII estaba vinculado afectivamente a esa judería porque había tenido una relación amorosa con una judía llamada Raquel, que vivía en Toledo, y de la que tuvo un hijo.

Pero antes de ir a darle explicaciones sobre estos hechos, el arzobispo no pudo evitar fisgonear por el pequeño huerto rodeado de altas empalizadas de cañas secas trasladado a la corte castellana. Lo que en otros tiempos había sido un vergel, era ahora un erial. Con la punta del pie levantó los terruños y los arroyos secos invadidos por las ortigas y las zarzas. Los surcos que habían hecho para plantar los ciruelos injertados se habían convertido en zanjas pedregosas y cubiertas de maleza, y los pocos frutales que quedaban se curvaban sobre sí mismos. Moribundos. Suspiró profundamente. En su fuero interno echaba de menos las conversaciones bajo los frutales, los paseos por la sombra fresca, la siesta, el olor de las ciruelas podridas, el fluir del pensamiento..., pero estaba convencido de que la felicidad era rebelión de la carne, sospecha que había que desterrar.

El diablo estaba detrás de los placeres de la vida, se escondía en las conversaciones, en la sombra, en el recuerdo de su madre, en el olor de las ciruelas injertadas y sobre todo en los senos de las criadas; y no sería él quien diera alas al diablo.

Le habían advertido de la extraña actitud de doña Berenguela en su puesto de la ventana, de su aspecto destartalado y de que estaba ausente la mayor parte del día: loca y vieja, le dijeron, como si un gran dolor le estuviera royendo por dentro. Pero al verla, el arzobispo no tuvo esa impresión. Seguía vistiendo el brial oscuro y austero de siempre, con el cordón demasiado ajustado que le resaltaba los pechos flácidos y el vientre hinchado, y tenía el cabello recogido en una cofia con crespina. Pero su rostro reflejaba una extraña luz interior, apacible, una pizca de felicidad que nunca tuvo.

—Majestad —dijo inclinando levemente la cabeza, con esa mezcla de cordialidad jovial y de indiferencia propia de las más altas jerarquías religiosas—, cuánto tiempo...

Quiso decir: ¿qué tal nuestros injertos?, pero no se atrevió. Le dio vergüenza, porque sabía que durante mucho tiempo, desde que había empezado a encargarse del asunto de la Cruzada y de la gran batalla contra los almohades, la había dejado sola en una empresa que siempre había sido de ambos. Y sobre todo era consciente de que a pesar de que había tenido varias entrevistas con el Papa por el asunto de la cruzada, no se había molestado en interceder por su matrimonio.

—Tengo entendido que pasáis los días aquí, en la ventana...

Ella se giró lentamente hasta quedar frente a él. Alzó la cabeza para mirarle. Pero era una mirada ciega, como si mirara a través de su cuerpo o no le viera en absoluto.

—Espero —dijo.

—¿Esperáis?

—Espero.

—¿Y a quién esperáis?

—Tengo barruntos.

—Barruntos… ¿Barruntos de qué?

—Ella tiene que venir en cualquier momento.

Don Rodrigo se quedó pensativo.

—¿«Ella»?

—La princesa del norte.

—Como sabéis —prosiguió el arzobispo—, los cruzados acaban de derribar los adarves de la judería de Toledo, y no os quiero ni dar cuenta de lo que ha pasado allí dentro. Vuestro padre, el rey, está enojado conmigo, piensa que en parte es mi culpa por no haber tomado las precauciones debidas, cuando, en rigor, no…, en fin. Antes de ir a verle para presentarle mis disculpas, he pensado que lo mejor sería hablar con vos. Como también habréis escuchado, vuestro esposo, el rey de León —carraspeó—, quiero decir, vuestro ex esposo, es el único que ha puesto condiciones territoriales a la unión de los reinos peninsulares contra el califa Miramamolín…

El arzobispo hizo una pausa. La reina seguía con esa mirada ciega y estaba claro que no había escuchado nada de lo que había dicho. El crepúsculo invadía la sala con una luz anaranjada. Afuera, el viento mecía las espigas de trigo.

—¿De qué norte es esa princesa? —dijo de pronto.

—Del norte. ¿Es que hay más de uno?

—Vos sois la que mejor conocéis al rey de León… —siguió el arzobispo—. Y había pensado que a vuestro padre le gustará saber que tenemos la manera de convencerle…, está tan disgustado con el asunto de la judería… Tal vez si fuerais hasta León para hablar con él… Nobles caballeros, obispos y compañas de soldados venidos de ultrapuertos esperan, como también los castellanos de las merindades, de las señorías de Villa y Tierra y de Extremadura, vascongados, navarros y los aragoneses de… —Se detuvo por un momento para coger aire y seguir hablando, pero, en ese momento, oyó:

37

—Estoy muy ocupada.

—¡Ocupada! —rezongó él—. Bueno…, si llamáis estar ocupada a pasar los días esperando a que… —Suspiró—. Todos nos obstinamos en esperar, pero es un absurdo. —Hizo una señal con una mano hacia la ventana—. Por ahí no va a venir nadie…

La reina rebulló. Parecía enojada.

—No avisa —dijo, y volvió a fijar la vista en un punto lejano del paisaje.

El arzobispo chasqueó los dedos e inmediatamente entró una criada que le sirvió un vaso de vino. Hizo esfuerzos sobrehumanos por no mirarla, pero sus ojos se fueron tras de ella y doña Berenguela lo notó. Estaba nervioso. Desde que salió de Toledo, había estado preparando mentalmente su entrevista con el rey. No sólo estaba en juego su reputación en el asunto de la Cruzada, sino también sus aspiraciones. Porque en aquel momento, luchaba por la primacía de la sede toledana frente a ciudades como Braga o Santiago, y el rey castellano tenía mucho que decir en aquello. Estaba seguro de que si lograba involucrar al reino de León en la batalla, el padre de doña Berenguela olvidaría el asunto de la judería.

—Estuve con Inocencio III…

—Lo sé.

—Bueno…, no comenté nada porque lo de vuestro matrimonio es una batalla perdida… —contestó mientras daba un primer sorbo al vaso de vino—. ¿Sabéis?, a veces la vida no le da a uno lo que desea, y uno espera y espera pacientemente, inventa excusas para seguir esperando e inventa ilusiones de las que alimentarse. —Fue hasta la ventana—. Pero afuera ocurren cosas. El ejército de Miramamolín pasa de los doscientos cincuenta mil hombres y no tardará en ponerse en marcha hacia Jaén y Sierra Morena. Necesitamos la unión de todos los reinos cristianos, y necesitamos que vayáis a convencer a vuestro ex esposo.

—¿Por qué desaparecisteis? —le interrumpió la reina, como si no hubiera oído nada de todo lo anterior.

El otro sintió que un escalofrío le recorría el espinazo.

—Yo también tengo mi propia batalla —dijo al cabo de un rato.

Υ

Tanto insistió don Rodrigo en aquel viaje a León que al día siguiente, después de comer, la reina dispuso un séquito de damas, escuderos, mozos de cuadra, herreros, acemileros y doncellas para hacer el recorrido desde Valladolid. Antes de salir, doña Berenguela puso sus condiciones: hablaría con su ex esposo, pero el otro tenía que conseguir que el Papa le concediera la dispensa matrimonial.

La carroza tirada por caballos avanzaba lentamente traqueteando por los caminos de baches; de vez en cuando saltaba un pedazo de tierra apelmazada, una piedra junto al casco de los caballos. El arzobispo y doña Berenguela iban acoplados entre mantas, invadidos por el sopor de la tarde, cabeceando un poco. Dejaban atrás villas y pueblos. Castroverde, Ureña, Villalpando, y los adornos dorados de los costados y los arcos de la carroza proclamaban a los cuatro vientos la importancia de sus ocupantes a los campesinos de los lugares que iban dejando atrás.

39

—Todos los pueblos cristianos unidos en uno —iba diciendo el arzobispo con tono monótono, casi como si estuviera dando la misa—. Será la batalla más hermosa y decisiva de la Reconquista.

—Sí, un solo pueblo —contestaba ella—, pero en cuanto el impulso de la Reconquista se debilite, cada uno por su lado a fastidiar al prójimo. Porque ése es el modo de ser del hispano: individualista y cabrón.

Pueblos y aldeas encaramados en lomas, temblando entre el calor, miserables, de adobe o cortos, pelados, larguísimos como longanizas, monasterios e iglesias, esqueletos de animales muertos, calles pobladas de malas hierbas y gentes, nubes de niños que los seguían al pasar, una mula que masticó una flor. También alguna ciudad con calles malolientes y excrementos, rodeados de ríos contaminados con los despojos de los carniceros y los desechos de los curtidores.

Dormitaban, entregándose lentamente al bamboleo de la carroza, propinándose cabezazos.

—Sé que desaparecisteis por miedo —dijo doña Berenguela de pronto—. Un día os atrevisteis a decir que yo no esperaba más que «a mí misma» junto a la ventana; pues bien, vos «huis» de vos mismo, que es mucho peor.

—Yo no tengo que huir de nadie y menos de mí mismo sencillamente porque soy libre —replicó él—. Libre y feliz. Hago lo que me viene en gana desde que me levanto hasta que me acuesto.

Ella se incorporó indignada.

—Eso es lo que vos creéis —dijo—. Todos los días os levantáis, sí, contempláis el sol elevarse sobre la llanura, inflarse para sacar al mundo de la terrible oscuridad en la que se encuentra; todos los días, mientras comenzáis a moveros, a rezar, a comer, a bostezar, a sentir «creyendo» que sois libre. Pues bien, no lo sois. No sois nadie más que el reflejo de lo que «otros» esperan que seáis. Creéis que sentís simpatía hacia el rey y hacia mí, ¿verdad? Pues no, aunque ni siquiera seáis conscientes de ello…, el rey es un estúpido arrogante y yo soy un témpano de mujer. Pero si no nos sonreís, si no nos conquistáis con vuestras mercedes, diremos que no tenéis un carácter agradable. Y vos necesitáis tener un carácter agradable porque anheláis vender vuestra persona y vuestros servicios… Así son las cosas y así lo serán siempre; viviréis durante mucho tiempo, un día tras otro, hasta que os llegue la muerte. Y lo peor de todo: llegará la muerte, el Juicio Final, y ni siquiera os habréis dado cuenta de todo esto que os estoy contando. Estaréis ante el rostro de Dios y ¿qué habréis tenido? Porque, vamos a ver, arzobispo de Toledo, ¿en cuántos momentos de vuestra vida habéis sido realmente feliz, eh?

Don Rodrigo estaba ofuscado.

—En much…Yo he sido y soy feliz en el sacrificio.

—No juntarán ni una hora. Una hora de felicidad para todo lo que lleváis de vida. —Doña Berenguela se quedó unos instantes en silencio. Luego añadió—: Y os diré algo más con respecto a «la espera»: tener a alguien a quien esperar es mucho más hermoso que no tener a nadie: alienta y consuela, da un sentido a la vida.

Pero a don Rodrigo no le dio tiempo a decir nada más. En ese momento, los caballos arquearon los lomos y amusgaron las orejas. La carroza se detuvo en seco y la cabeza de don Rodrigo golpeó la de la reina. El primero en salir del anonadamiento fue él (se había dado un buen golpe), porque después de un rato, doña Berenguela seguía tal y como había quedado, es decir, ligeramente inclinada hacia un lado. Sin dejar de sujetarse la cabeza, decidió echar un vistazo fuera.

Nada más salir, se encontró con una carreta atravesada en el camino. Tenía un asiento de madera forrado con una estera y un techo curvado de cañas, cubierto de lona blanca. En la parte trasera trasportaba un ingente arcón de madera con refuerzos de herraje que parecía un armario de lejos.

—¿Qué hacéis ahí en medio? —le gritó al carretero, un hombre de aspecto sucio y estrafalario, con la cara hosca y los ojos inyectados en sangre—. ¿No veis que en esta carroza viaja la reina de Castilla, doña Berenguela? ¡Dejad paso!

El carretero levantó los ojos para echar un vistazo a la carroza real, pero no contestó nada. Entonces la reina sacó la cabeza por la ventanilla.

—¿Qué lleváis ahí dentro? —le increpó.

El hombre le miró con sus ojos negros rebosantes.

—¿Que qué llevo aquí dentro? ¿Y vos me lo preguntáis? —dijo, y empuñando precipitadamente las riendas, arreó a sus mulas para ponerse en marcha—. ¡Vuestra maldita obsesión, eso es lo que llevo dentro!

La carreta se hizo a un lado, y la comitiva real prosiguió. Dentro de la carroza real flotaba un silencio helado. Nadie se atrevía a comentar las palabras del carretero, y en todo caso, a don Rodrigo le seguía molestando el golpe de la cabeza y sobre todo las últimas palabras de la reina. Poco después, en un paraje cercano a la villa de Mayorga, bajo unas nubes grandes y espesas, los caballos comenzaron a caracolear de nuevo y la comitiva tuvo que detenerse. Bajaron. El arzobispo delante y doña Berenguela detrás. No serían más de las cuatro, pero la tarde se cernía sobre ellos como una amenaza, y parecía noche cerrada.

Aquel horrible arcón con aspecto de armario yacía ahora en medio del camino, solo, sin el carretero. Don Rodrigo dio dos o tres zancadas con intención de abrirlo y salir de dudas, pero al llegar hasta él, el corazón comenzó a galoparle en el pecho y detuvo el brazo. Unos cuantos metros por detrás, estaba doña Berenguela. El páramo oscuro, fresco, amarillo los envolvía. Ella le azuzó:

—¡Abridlo de una vez, arzobispo!

Así que, con la mano un poco temblorosa, don Rodrigo levantó la tapa.

De dentro salió un rumor y a continuación una masa amorfa se elevó dibujando círculos concéntricos. Eran murciélagos.

En un abrir y cerrar de ojos abrasaron el cielo con su vuelo torpe, subían y bajaban atravesando el moño de la reina y las ropas del arzobispo para volver a salir. Uñas que rasguñan, ratas de la obsesión, pájaros del miedo —decía ella—, ya están aquí, en mis ojos. Estuvo así durante un buen rato, don Rodrigo intentando sacarlos, hasta que de pronto se reagruparon, alzaron el vuelo y desaparecieron entre los árboles.

Luego ocurrió algo aún más extraño. Doña Berenguela se palpó lo que le quedaba de moño. A continuación bajó los brazos, fijó la vista en una encina, se dirigió hacia ella con determinación y comenzó a hablar.

—Lo sé —dijo—, lo sé. Sé que llegará en cuanto estemos preparados y que mi obligación es esperar. Pero es que va a tener lugar una gran batalla, una de las más importantes de la Reconquista, y me piden que vaya a hablar con mi ex esposo para que el reino de León también esté presente…

El arzobispo miraba atónito: ¡la reina hablaba con una encina! Le habían dicho que estaba trastornada, pero nadie le había dicho que sufriera alucinaciones. Al cabo de un rato, doña Berenguela volvió con el gesto grave.

—Tenemos que regresar a Valladolid —dijo.

—¿Y quién lo ha dicho? —quiso saber don Rodrigo echando un vistazo a la encina.

—Lo ha dicho ella —respondió la otra—. La princesa.

Era la primera vez que le oía nombrar a la «princesa», aunque muchos en la corte ya le habían oído hablar de una mujer alta y hermosa, una princesa del norte de suaves facciones, con el cabello rubio y ondulado. Pobre reina, realmente estaba tan mal como se decía.

—¿Y qué motivos tiene la princesa para que no vayamos a León?

—Dice que tengo que estar en mi puesto, esperándola, y que, de todos modos, don Alfonso IX, *el Baboso*, no va a apoyarnos en la batalla. Ya está pactando con los moros.

Don Rodrigo se paró a pensar unos minutos; podía dar marcha atrás en cualquier momento, aquéllos eran sólo instantes de confusión. Podía acabar con aquella conversación absurda que acababa de empezar, tomar a la reina del hombro, susurrarle palabras cariñosas, hacerle subir a la carroza, conducirla hasta el castillo, decirle a su padre lo que ya sospechaba éste, es decir, que su hija estaba mal de la cabeza y que sufría alucinaciones, y encerrarla en una de las dependencias.

En realidad, no era la primera vez que pasaba por una situación parecida. Ya tenía la experiencia de su madre.

Fue justo cuando él volvió de Bolonia, antes de que fuera nombrado arzobispo. La madre comenzó haciendo cosas extrañas como echar azúcar al guiso en lugar de sal, sacar a pasear a los gatos de una correa, a confundir limones con huevos, a olvidarse de adónde había ido esa mañana o lo que acababa de comer; luego del nombre de las personas (a él empezó a llamarle Diego, que era el nombre de su padre). Hasta que dejó de vestirse por las mañanas para deambular desnuda por la ciudad. Don Rodrigo, preocupado, la llevó a que la vieran los físicos.

Después de una larga exploración consistente en observar los caracteres de la orina, le dijeron que tenía al demonio encajonado en la cabeza y que había que hacerle una trepanación.

Al arzobispo, lo de perforarle el cráneo le pareció muy arriesgado, pero tanto insistieron los físicos que se acabó haciendo. Extirparon al demonio, pero ella murió en la mesa de operaciones. Su madre lo era todo para él y aquella muerte había sido el golpe más duro de su vida. Ni siquiera hoy creía haberlo superado. No había ni un solo día que no pensara en ella, que no se lamentara de que no le había visto convertido en arzobispo de Toledo, que no pensara que tenía que haberse negado a la operación. Pero ¿y si aquellos murciélagos que acababan de desaparecer entre los árboles también eran demonios?

Mientras se llevaba la mano a la cabeza (le dolía mucho y empezaba a sentir vértigos), mientras comentaba con doña Berenguela que el rey de León siempre había sido amigo de los moros, se justificó pensando que lo único que hacía era retrasar un poco el instante de enfrentarse con la verdad. No se dio cuenta de que no sentía ninguna prisa por negar nada hasta después de haber preguntado a la reina madre con naturalidad

43

que de qué reino procedía la princesa y por qué motivo iba a venir a Castilla.

El caso es que ocurrió lo que se temía; no hubo manera de convencer a doña Berenguela de que tenían que seguir hasta León y la carroza real volvió a Valladolid. Justo antes de ponerse en marcha, don Rodrigo echó un vistazo rápido a la encina. No la encontró por ninguna parte.

En su lugar, le pareció ver una vaga figura, una sombra que se deslizaba entre los árboles.

Meses más tarde, el rey de Castilla y el arzobispo de Toledo volvían a la corte con las armaduras salpicadas de sangre e incrustadas de tierra, una masa de chatarra abollada por el triunfo de las Navas de Tolosa. En la mano, a modo de pendón, un pedazo de la tienda de Miramamolín. La gran batalla había tenido lugar en septiembre sin las huestes leonesas, ya que, tal y como había dicho doña Berenguela (¿o era la princesa?), don Alfonso IX de León, *el Baboso,* ya había pactado con los moros.

Poco tiempo duraron las celebraciones. Durante las noches posteriores a la victoria estuvieron pasando cosas, cosas sin conexión entre sí, pero con un destino concreto.

Como si con aquella batalla hubiera dado el gran coletazo de su vida, murió don Alfonso VIII de guisa inesperada, en la aldea abulense de Gutierre Muñoz: cuida de tu madre, le imploró a doña Berenguela en el lecho. Días después, su madre le dijo: Te nombro tutora y regente de tu hermano Enrique, el rey de Castilla. Y tan sólo veintiséis días después del fallecimiento de su esposo, la encontraron tiesa un amanecer, sentada en el tabuco ventanero del castillo, sin descomponer el gesto ni la figura, como si estuviese dormida.

Al estar muertos los padres de doña Berenguela, don Rodrigo pensó que era el momento de poner fin a toda aquella invención de la princesa. Pero por muchas vueltas que le daba, no acababa de atreverse. En realidad, no volvieron a hablar entre ellos de lo ocurrido en el paraje de Mayorga, del arcón, de los murciélagos y de la sombra que se deslizó entre los árboles, y a él siempre le quedó la duda de si todo aquello no había sido más que producto de su propia imaginación, una consecuencia del golpe en la cabeza. Así que se dejó llevar por la rutina, por el paso del tiempo, hasta que un día se dio cuenta de que, en puridad, todo el mundo en la corte hablaba de la princesa. Llegaría en cualquier momento, decían, y se esmeraban por tenerlo todo dispuesto.

Además, algunas veces, en el desasosiego febril de los insomnios, oía ruidos: un chillido profundo parecido al de los murciélagos ascendía desde una lejanía infinita, aumentaba progresivamente y lo engullía todo. En el desamparo de las noches, le consolaba pensar en lo que doña Berenguela le había dicho: tener a alguien a quien esperar es mucho más hermoso que no tener a nadie.

6

Muerte de don Enrique, «el de la teja…»

Autillo de Campos, Palencia, 1217

Porque eran tiempos confusos de misterios insondables e ignorancia, en donde el hombre luchaba por comprender su existencia, aunque no sabía cómo; tiempos de arbotantes y herejía y de cosas naturales y confusas, estúpidas como el aire; tiempos de cielos surcados por plagas y caballos apocalípticos en los que Dios arrojaba luz, pero también mucha sombra.

Entre la resignación y la luz, estaba el mundo; más allá, representadas en viejos mapas de pergamino coloreados, entre mares verdes y continentes amarillentos de límites brumosos, Irlanda, Escocia, Noruega eran tierras de barbarie. *Stupor mundi.* Bestias que emergen del mar con la boca llena de blasfemias. En el mundo conocido se construían catedrales y se reconquistaban territorios en el nombre de Dios, y, sin embargo, los hombres eran incapaces de comprender nada. Admiraban esos monstruos construidos con sus propias manos y bebían la sangre del Cristo Redentor, pero el ojo seguía buscando algo en los confines del horizonte.

Para no enemistarse con los que tenían el poder militar y podían crear problemas en el caso de nuevo ataque de los moros, doña Berenguela acabó cediendo la regencia de su hermano a don Álvar Núñez de Lara, ricohombre que tenía su propia esfera de poder y sus vasallos. Pero la ambición de este magnate llevó al reino a la guerra civil entre las dos grandes familias clan que existían en el momento: los Lara y los Haro. El enfrentamiento terminó con una nueva muerte: mientras el joven rey don Enrique jugaba con otros donceles en el casón del señor obispo de Palencia, le cayó una teja en la cabeza que acabó con su vida.

La reina no tardó en enterarse. Estaba cerca, en la fortaleza de Autillo de Campos, propiedad de un amigo noble, doblada sobre una mesa, absorta, tratando de encontrar la mejor manera de dirimir el problema de la guerra civil con su curia (entre cuyos miembros estaba el arzobispo), cuando le comunicaron la noticia.

—Hay algo que debéis saber —le susurró un noble al oído.

Doña Berenguela sintió en sus carnes la cuchillada de la intuición: algo terrible le había ocurrido a su hermano; eran los ricoshombres, le habían asesinado y estaba a punto de escucharlo. Otra muerte más. Se incorporó. Tenía un revoloteo de pájaros en el interior de sus ojos. Animales que habitaban su cabeza.

—Ahora no tengo tiempo para escuchar nada —dijo sin alzar la vista.

—Es importante…

—Decidme lo que tengáis que decirme con rapidez y concisión. No tengo toda la vida…

Estaba muerto, aunque no le habían asesinado. Al menos no exactamente. Había ocurrido un accidente mientras jugaba con otros donceles. Una teja se desprendió sobre la cabeza del rey, que quedó tendido en el suelo. Buscaron al mejor físico, le practicaron una trepanación craneal y, a pesar de que la operación fue un éxito, Enrique había muerto. Núñez de Lara ordenó trasladar y esconder el cadáver en el cercano castillo de Tariego, una de cuyas torres se habilitó para cámara mortuoria.

—Ya.

—Lo lamentamos muchísimo, su majestad.

El rostro de doña Berenguela no dejó entrever emoción alguna. Parecía absorta, dedicada a contemplar el suelo: ¿qué tipo de insectos eran aquellos que andaban por ahí? Se amontonaban en una esquina y permanecían inmóviles. Una inmovilidad violenta. Mentalmente, aisló uno de ellos: tenía el lomo cubierto por un duro caparazón, ojos negros como puntas de alfiler y cuando chocaba contra la pared o la pata de una silla, replegaba las patitas y encogía el cuerpo, ¿era un saltamontes?

47

No era la primera vez que veía aquellos bichos, y no sólo por los prados. También en las casas, incluso en algún rincón de palacio...Y ahora que pensaba en ello, había visto muchos: quietos, duros, pequeños rostros que miraban sin mirar. De pronto le asaltó un pensamiento.

Pensó que algo definitivamente lejano le vinculaba a aquellos insectos, que esos ojos sin párpados le hablaban de una vida en común. De hecho, ya se lo había insinuado Alfonso, su esposo *el Baboso*, con una de sus ironías. Fue un día en que caminaban juntos por los pasadizos del castillo de Toro y en una esquina vieron uno de ellos. Él se acercó e intentó cogerlo con la mano. Dijo: Mirad, cuando se le molesta, parece que se le aprietan las carnes. —Y añadió soltando una carcajada—: Como vos, Berenguelita, que no hay quien os abra el caparazón.

Doña Berenguela apuntó al suelo con el índice.

—¿Qué son? —preguntó.

Nadie le supo responder («¿saltamontes?»), y, en todo caso, no estaban preparados para que la reina preguntara aquello en ese momento tan delicado. Por la noche se celebró un consejo secretísimo en el que se decidió traer a Castilla al hijo de Berenguela, don Fernando, que por entonces seguía en Toro con su padre.

Pero la reina seguía teniendo en la cabeza la mirada de aquellos bichos que le penetraba como una advertencia. Días después, le comunicaban que Alfonso IX, *el Baboso*, al saber que Enrique había muerto, se había presentado ante las puertas de la ciudad con una poderosa hueste y reclamaba para sí el trono como legítimo heredero. Pero ella sabía que contaba con el apoyo de la ciudad: por todos los caminos se veían avanzar columnas de hombres y mujeres provenientes de todas las Castillas, deseosos de ser testigos del alzamiento de un nuevo rey. Así andaban las cosas entre los que habían sido marido y mujer.

Pero estos otros magnates se dirigían a ella como si ya fuera la reina, lo que le molestaba un poco. ¿O era la muerte de su hermano lo que le molestaba, el hecho de que lo hubieran escondido moribundo? Como siempre, no sabía localizar el origen del malestar.

De madrugada, antes de que apuntara el día, salió del recinto de las casas reales y salió a dar un paseo sola a orillas del río. Caminó hasta el puente de tablas y desde allí contempló el agua transparente del Pisuerga. Al otro lado de la orilla, en un frondoso soto de olmos, pastaba un buey solitario. Con gran esfuerzo trató de recogerse y de pensar en Enrique. Dios ya le había arrebatado un niño recién nacido hacía años. Luego a dos hermanos, el infantillo Sancho, de tan sólo dos meses, y también al primogénito de los reyes, don Fernando; a continuación a sus padres, de golpe, sin ningún sentido, sin haberles dejado tiempo para disfrutar de la victoria de la batalla de las Navas. Ahora se llevaba a Enrique…, ¡un niño de trece años con toda una vida por delante como rey! Cogió una piedra y la lanzó al río con rabia. Al oír el chapoteo, el buey levantó la cabeza. A pesar de que sabía que Valladolid estaba atestada de gentes que habían venido desde muy lejos para demostrarle su lealtad, se sintió invadida por una terrible soledad.

Una soledad más grande que el silencio y el rumiar del buey. Una soledad que no tenía palabra.

Su ingenio estaba embotado, no podía «pensar» y se negaba a «sentir». Una vez que estuvo de vuelta, se quedó inmóvil frente al casón, la frente apoyada en la puerta, dudando entre entrar o no. Finalmente subió la escalinata de piedra, se introdujo en su habitación y se metió en la cama.

En mitad de la noche, le despertó el canto afónico de un gallo. Hizo llamar al arzobispo, que dormía en la habitación contigua. Tanta prisa le metieron que apareció a medio vestir, subiéndose las tibialias.

—¿Dónde se mete Dios cuando las cosas se complican? —le gritó la reina nada más verle aparecer.

Al oír esto, el otro quedó extrañado. ¿Era realmente doña Berenguela la que había dicho eso? Porque ella siempre había llevado una vida obstinada, resignada a todo sufrimiento. Nunca la había oído quejarse ni cuestionar nada, y menos sobre Dios. Aunque tampoco la había visto expresar nada sobre la vida, ni positivo ni negativo…

—No es que no esté —dijo acabando de ajustarse las medias—, pero tened en cuenta que el diablo…

No quiso decir «diablo». En realidad, le aburría hablar del

49

diablo, siempre tenía que hablar de él cuando no sabía qué contestar. Estuvo por decir: estáis muy hermosa desde que dejasteis el reino de León. Pero no lo dijo. No porque temiera una respuesta mordaz, o porque pensara que el comentario no era propio de un arzobispo. No lo dijo porque hubiera franqueado un muro invisible, el suyo y el de ella, tras el cual siempre se habían visto parapetados en su relación: serio y conciliador, incluso pasivo, él; ella, huraña y distante, fría, encerrada en su caparazón.

—Vos siempre con el diablo en la boca —replicó doña Berenguela—. Pues os diré algo: ¡Dios y el diablo son una misma cosa! ¿Y sabéis qué son? Una puerta.

Al arzobispo el corazón se le salía por la boca.

—Una puerta que se abre…—dijo inmediatamente.

—Una puerta que se cierra en nuestras narices. Un ruido de cerrojos, un cerrojazo de doble vuelta en el interior. Y después, nada. Y cuanto más se ha abierto la puerta, tanto más fuerte es el portazo…

50

Volvió a meterse en la cama, dejando al otro temblequeante con una tibialia de paño grueso en la mano. Llamó a la puerta y entró de puntillas. Se quedó quieto. Al cabo de un rato, comenzó a susurrar en la oscuridad: la voz de Dios está en el murmullo del viento entre los árboles, en el crujido de la tierra, en el olor del heno, en el temblor de las flores, en el silencio de las piedras.

Ella escuchó estas palabras mordiendo la almohada. Luego contestó: Nunca traeréis la luz susurrando en la oscuridad. ¡Fuera de aquí!

Después de dar mil vueltas, sintió como si le atenazaran las vísceras. Se levantó y caminó hasta la jofaina con intención de beber un poco de agua. Vomitó hasta que el estómago le quedó vacío.

Días después, en asamblea, los ricoshombres con los obispos de Palencia y Burgos reconocían como soberana a doña Berenguela y le solicitaron que cediera el reino a su hijo Fernando, a lo que ella accedió sin problema. Alfonso, su ex esposo *el Baboso*, había dado marcha atrás y había regresado a León al ver que la nobleza y el pueblo estaban a favor de ella y de su hijo.

Υ

Una mañana, después de todos estos incidentes, doña Berenguela se acercó a reflexionar a su puesto de la ventana.

—Ahora sólo queda casar a Fernando —se dijo, y suspiró hondamente.

Casar a un infante en España era todo un jeroglífico de linajes, en el que además había que evitar caer en los grados de consanguineidad. Pero después de varias semanas de intenso trabajo, el asunto quedó zanjado.

Cómo supo Berenguela de las virtudes de doña Beatriz de Suabia (sabía cazar con halcones, recomponer huesos y vísceras, jugar al ajedrez, relatar historias y cantar y tocar varios instrumentos musicales) y cómo se las arregló para entrar en contacto con la corte imperial de Federico II, pedir la mano de una princesa de un linaje tan poco relacionado hasta entonces con los reinos hispanos, y obtenerla, era algo que nadie en la corte se atrevió a preguntar nunca.

A finales de noviembre de 1219, en una tarde plomiza y gris llegaba a Burgos la joven Staufen para contraer matrimonio con el heredero del trono de Castilla.

51

7

Doña Beatriz de Suabia

Burgos, en torno a 1220

Cuando la alemana llegó al castillo de Huerto del Rey, doña Berenguela la esperaba en la puerta, hosca y silenciosa como una araña en su tejido. Tras detenerse la comitiva, se adelantó para hacerle una genuflexión. No era una genuflexión; era un movimiento de serpiente. La serpiente que se yergue, altiva, para mostrar sólo la amenaza de su cuello.

Parecía tenerlo todo ensayado de antemano: el brazo que le extendió a modo de saludo, la gente que le presentaría aquel día (entre ellos a su hijo Fernando), el paseo por la huerta de los ciruelos, las escasas (y secas) palabras que intercambió con ella, el guiso de conejo con oscura salsa de ajos y laurel (también escaso y seco) que le ofreció para cenar. Por la noche la condujo escalera arriba a sus aposentos. Una vez instalada, doña Berenguela se sentó en una silla y miró a su futura nuera. Era la misma mirada con la que habría podido examinar una vaca o un caballo de feria, una mirada que inspeccionaba hasta el detalle ínfimo de su aspecto para comprobar que no se había equivocado con su elección.

De pronto, pasando la mano por la lujosa piel de su mejilla, la reina dijo:

—Supongo que seguís incorrupta…

Y como la princesa puso cara de no entender, la reina se remangó los faldones, abrió un poco las piernas y esbozando un gesto intimidante, sacó un dedo de la saya con el que hizo gancho. Dijo: Acercaos, hija de Dios.

La hizo desnudarse y ponerse de pie delante de ella. Con ese dedo nudoso, ensombrecido por el vello negrísimo de la experiencia, la examinó de arriba abajo. Después de la inspección, mientras la alemana volvía a vestirse a toda velocidad, le explicó con voz fría y lenguaje masculino, en latín para que no hubiera malentendidos, lo que hacían un hombre y una mujer en el mismo lecho. Doña Beatriz no daba crédito a sus oídos. Bajo aquel cuerpecito desnudo latía un corazón humillado y la sangre de su linaje bullía en su interior tratando de rebelarse. Pero aguantó estoicamente.

Y es que, mucho antes de que comenzara esa inspección más digna de una vaca recién adquirida para cruzar, ya se había dado cuenta de muchas cosas. Cosas como que, a pesar de lo que le habían contado sobre la condición cálida y acogedora de las gentes del sur, su suegra era un pedazo de hielo; cosas como que la única que mandaba con poderes absolutos era ella, y más le valía llevarse bien; cosas como que, las emociones de poco iban a servir y que, detrás del interés por una princesa Hohenstaufen, sólo había una cosa: el Sacro Imperio romano germánico.

Pero lo que más le llamó la atención de todo al llegar es que a cada paso que daba por los corredores del palacio aplastaba algo. El suelo estaba cubierto de insectos con duros caparazones que se quebraban con pequeños estallidos perfectamente audibles que le hacían estremecer del asco.

De hecho, estaba a punto de sacar este último tema, y buscaba en su cabeza la palabra (*plaga*, le salió en latín), cuando doña Berenguela, que intuyó la preocupación, cortó por lo sano:

—Hay dos tipos de personas —le dijo escrutándola fijamente—: las que se sobresaltan y las que «no» se sobresaltan. ¿Vos a cuál pertenecéis?

Doña Beatriz reflexionó durante unos instantes. Inmediatamente contestó:

—Al segundo.

—Bien —dijo doña Berenguela haciendo crujir una langosta con la punta del pie.

Y volviéndola a medir de arriba abajo, como si efectivamente estuviera observando a una vaca y no a una princesa, añadió: *Biiiieeeen*. No soportaría a nadie a mi lado que se sobresalte. El sobresalto es mal compañero. ¡A dormir!

Esa misma noche, doña Beatriz decidió tomar un baño de leche de almendras, como solía hacer en su propia casa cuando quería relajarse. Así que se quitó la capa y el manto prendido con un broche, se bajó el refajo y se desenrolló el velo ligero que le sostenía los pechos hasta quedar completamente desnuda. A continuación se soltó la cabellera y se introdujo en la tina que le habían preparado. Quedó un rato inmóvil, reflexionando sobre su primer día en la corte castellana, sobre su futuro esposo, sobre suegra. Tenía la piel blanquísima y el vello negro del bajo vientre que asomaba por la superficie lechosa resultaba algo impúdico. Movió una mano y la pasó suavemente sobre la superficie lechosa. Su suegra….

Se incorporó, arqueó la espalda, echó la cabeza hacia delante y sumergió la espesa cabellera. Completamente cubierta por el agua, soltó un bramido de desahogo que dejó escapar unas burbujas que subieron hasta la superficie. Al cabo de dos o tres segundos volvió a sacar la cabeza, y describió con la melena un círculo de agua a su alrededor. Pero cuando se estrujaba el cabello con las manos, le pareció oír algo semejante a un sollozo ahogado. Alzó los ojos y entonces divisó un agujero en la pared. Se quedó un rato mirando: un agujero, pero… ¿qué era lo que se veía a través del agujero? Aguzó la vista y de pronto se puso en pie: ¡un ojo! Instintivamente se tapó los pechos y el pubis. Un ojo que inmediatamente desapareció.

A partir del primer día, ella haría su vida y doña Berenguela la suya. Respeto mutuo y mínimo contacto, ése era el secreto y ambas lo sabían.

De vez en cuando, doña Berenguela citaba a doña Beatriz en su despacho de trabajo. Cerraba los ojos y le hablaba de un modo casi poético sobre sus deberes para con el reino. Del valor de la palabra empeñada, de la seriedad en el trabajo, de la fidelidad hacia uno mismo; palabras que, aunque eran cordiales en la superficie, tenían siempre un vago sabor de reproche y superioridad.

Su tema favorito era el de la coronación de Carlomagno como emperador de Europa. De hecho, era el único momento en que los rígidos músculos de su rostro se relajaban y su pecho se agitaba como el de una joven enamorada. Con las manos magras, huesudas sobre el regazo, le hablaba (o más bien, «escupía») de la noche de Navidad del año 800, cuando el papa León III decidió coronar emperador al más famoso de los reyes cristianos, Carlomagno.

También le recordaba que como heredera del ducado de Suabia, ella tenía, por así decir, un derecho adquirido, una conexión directa con el Imperio romano que debía transmitir a sus hijos.

Un día doña Beatriz notó algo extraño en el rostro de su suegra. Nervios, enardecimiento, un rictus morboso mientras hablaba… El caso es que al terminar el discurso, la retuvo durante más tiempo en su despacho. Se quedó escrutándola en silencio, el gesto grave, como buscando las palabras. De pronto dijo: Supongo que sabéis…, que sabéis qué normas rigen las «cosas».

—¿Las cosas? —preguntó la otra tímidamente.

—Las cosas.

—¿Qué cosas?

—¡Pues las cosas! —doña Berenguela miró en derredor. Luego añadió en un susurro—: Las cosas de la coyunda, ¡hija de Dios!

Doña Beatriz se movió inquieta. Un golpe de sangre le había subido al rostro.

—Bueno…, era virgen antes de llegar —mintió—, pero algo sé…

—No tenéis ni idea —le cortó su suegra, midiéndola de arriba abajo—. Sentaos.

Y sin más preámbulos introductorios comenzó a explicar cuáles eran esas normas que regían la coyunda: los esposos debían estar apartados uno de otro durante el día, por supuesto, pero también durante las noches que preceden a los domingos y los días de fiesta, debido a la solemnidad; los miércoles y los viernes, por razón de penitencia, y luego a lo largo de las tres cuaresmas, tres periodos de cuarenta días, antes de Pascua, antes de la Santa Cruz de septiembre y antes de Navidad. Como el esposo tampoco debía acercarse a la mujer durante las menstruaciones, tenía que informarle de éstas. Tampoco podía copular desde tres meses antes de dar a luz (aunque esto, ahora, no venía al caso) ni hasta cuarenta días después.

—¿Habéis comprendido? —preguntó una vez terminado.

La alemana asintió nerviosamente con la cabeza. Dijo con un hilo de voz: Creo que sí.

—*Bieeeeen* —contestó doña Berenguela.

Entonces se volvió hacia un aparador, abrió un cajón y sacó un camisón tieso, bordado, con puños y cuello muy cerrados, que mostraba más o menos en el centro un agujero pespunteado.

—Pues ya es sazón de empezar —le dijo entregándoselo.

Después de la batalla de las Navas de Tolosa, Castilla quedó asolada por una hambruna espantosa que hizo estragos entre la población. Al principio, el pueblo llano se conformaba con lo que podía, los restos que cada día dejaban los ricos magnates al pie de los castillos, un trozo de cecina que quedaba del día anterior, una sopa de cardos borriqueros. Pero pronto las fuerzas menguaron, las gentes comenzaron a vagar por las aldeas como fantasmas esqueléticos, los ánimos se desbarataron, las inteligencias se agudizaron y comenzó a aplicarse el «sálvense quien pueda». Los cuerpos muertos, reducidos a espantajos de cuero y tendones de terrorífica sequedad, se amontonaban en piras para su quema; y las villas pasaron a convertirse en centros de pillaje, saqueo y robo.

Para no empeorar la situación con un nuevo enfrentamiento contra los moros, seguían vigentes unas treguas suscritas entre el abuelo de don Fernando y el emir almohade Al-Munstansir. Pero al mismo tiempo había que hacer frente al ambiente de cruzada contra el islam, creado en toda la cristiandad por el IV Concilio de Letrán, celebrado en 1215: paz entre los cristianos y guerra contra los infieles del islam.

La firmeza con que Fernando I mantuvo el respeto escrupuloso de las treguas firmadas con los almohades hizo que algunos nobles mejor alimentados, inquietos y deseosos de seguir el espíritu de Cruzada se pusieran al servicio del rey de Portugal, del rey de León o del rey de Aragón para luchar contra el musulmán.

Así pues, la misión más importante del rey de Castilla pasaba en aquella época por prevenir las asechanzas y mantener el respeto hacia las treguas firmadas por el padre de doña Berenguela, Alfonso VIII. A poco de llegar a la corte, doña Beatriz comprendió perfectamente cuál era el espíritu de Letrán, la importancia de seguir en paz con los moros hasta que la situación alimentaria de Castilla mejorase, y cuál era su aportación en todo aquel tinglado. En el fondo, lo que más deseaba en el mundo era demostrar su valía ante doña Berenguela. Así que lo primero que hizo, con gran esfuerzo porque su castellano no era todavía muy bueno, fue concertar entrevistas con los nobles que se dividían el poderío económico, político y militar de la España cristiana y que eran los que podían crear grandes problemas. Así que se levantaba al rayar el alba, rezaba, desayunaba y se ponía a trabajar por esta causa.

Pero después de un tiempo en Castilla, en primavera, empezó a llamarle la atención una cosa. De vez en cuando, en el silencio de la noche, se oía el estallido de una carcajada, o los sollozos y los ayes errantes, un ir y venir por el ala del castillo en donde se alojaba doña Berenguela.

Además, todos los días, justo cuando salía el sol, le despertaba el sonido de una carreta cargada de amapolas que llegaba a las puertas conducida por dos bueyes. Al principio creyó que se trataba de una hermosa costumbre hispana (alegran el palacio con amapolas, pensó), una de las muchas que ella, como alemana, desconocía, como las fiestas de mayas, las romerías y las procesiones, comer salchichas de arroz y sangre o torear a las vaquillas en las plazas de los pueblos. Pero al poco tiempo se dio cuenta de que la belleza de las flores era lo de menos.

Junto al puente levadizo, las amapolas se descargaban a golpe de horca en un enorme bargueño de madera que sujetaban dos mujeres. Desde la ventana de su alcoba, doña Beatriz observaba cómo iban poniendo los pétalos a un lado, y cómo iban sajando las cabezas verdes de las amapolas hasta que soltaban una leche viscosa que se recogía en otro recipiente. Las mujeres lo hacían de la manera más natural del mundo, charlando entre sí y lanzando semillas al aire sin mirar. La carreta volvía a llevarse los pétalos marchitos y el líquido lechoso era conducido en una escudilla hasta la alcoba de doña Berenguela.

Ocupada como estaba con el tema de las entrevistas con los nobles, no le dio mayor importancia. También hizo enviar delegaciones a los reyes portugueses, navarros y aragoneses. An-

57

tes de solicitar estas entrevistas, lo consultó con su suegra. Últimamente casi no hablaba con ella, y no precisamente porque no la viera. Cada vez con más frecuencia la sorprendía espiándola tras una puerta, por los corredores o en su propia alcoba, oculta en la profunda sombra de algún requiebro del castillo. A veces se daba la vuelta y ahí estaba: petrificada, sonriente; quién sabe el tiempo que hacía que había estado allí, siguiéndola con la mirada, en silencio.

Incluso cuando cumplía con sus deberes conyugales, le parecía oír su respiración entrecortada en algún lugar de la alcoba. Se incorporaba bruscamente y le propinaba un codazo a su esposo.

—Es vuestra madre —le susurraba—, la he oído. Está aquí. Sé que es ella.

Y don Fernando, sin alterarse lo más mínimo:

—Es el galope de las ratas sobre los techos, ¿qué iba a hacer mi madre en nuestra alcoba?

—Espiar. Espiarme mientras me baño, mientras me cepillo el cabello, mientras canto o recito poesía, mientras toco la giga. ¡Espiar nuestras fornicaciones!

Doña Berenguela le dio a su nuera el visto bueno en el asunto de las delegaciones, pero la advirtió de que iba a ser una empresa difícil, pues había gente muy tozuda, como, por ejemplo, el nuevo rey de Navarra, que era un hombre que no veía más allá de sus narices.

Pero a los tres meses, la alemana había conseguido entrevistarte no sólo con el conocidísimo magnate Alfonso Téllez de Meneses, sino también con el rey de Navarra y el de Portugal.

Este último accedió a venir a Valladolid para hablar con ella personalmente. Se reunieron en una salita pequeña del castillo, con vistas al huerto de los ciruelos. La entrevista salió muy bien. Además de haber sido educada para la diplomacia, doña Beatriz tenía un acertado sentido político y un juicio sagaz, así que no tardó mucho en convencer a su interlocutor. A punto de concluir, alzó la vista hacia el huerto con satisfacción. Los cuervos graznaban sobre las almenas de la torre y el sol centelleaba en las charcas. Hacía un día precioso. De pronto, avistó a su suegra, que paseaba de arriba abajo entre los árboles. A continuación la vio arrodillarse, sumergir una mano en el agua y tratar de atrapar algo.

Doña Beatriz se giró para responder a una pregunta del rey de Portugal; cuando volvió a mirar por la ventana, al cabo de unos minutos, vio las ropas de doña Berenguela sobre un arbusto. Su suegra estaba metida hasta las rodillas en el agua, con el cabello suelto flotando sobre la superficie, mojado de fango y flores. Estaba completamente desnuda.

La vio salir y tumbarse sobre la hierba. Se quedó dormida mientras las cabras se acercaban entre los árboles para mirarla.

La escena no duró más que diez minutos, pero a la alemana se le hicieron eternos. Se había quedado de piedra. ¿Qué tenía esa mujer que ahora dormía desnuda entre las cabras que ver con la Berenguela que ella había conocido hasta ahora? Porque, si era capaz de hacer eso, ¿qué hacía ella metiéndose en complicadas gestiones políticas para tratar de agradarla? Su temor era que, en cualquier momento, pudiera irrumpir en la estancia para saludar al rey de Portugal. Optó por hacerle salir por la puerta trasera.

8

Baile de ranas

En torno a 1220

Las conversaciones que mantuvo fueron de vital importancia para los acuerdos a los que llegó don Fernando posteriormente. Esto era algo que en la corte todos sabían, pero doña Beatriz necesitaba el reconocimiento de su suegra, porque el esfuerzo había sido ingente, sobre todo teniendo en cuenta que prácticamente acababa de llegar a Castilla.

Durante varios meses posteriores a estos hechos, la alemana vagaba por los corredores con el fin de toparse con la reina por ventura y que ésta se viera obligada a decirle algo. Nunca lo hizo, lo cual le dolía en el alma. Por aquella época, además, había descubierto que el santurrón de su esposo yacía con otras mujeres en el propio castillo, tal y como lo había hecho su padre don Alfonso IX, *el Baboso*. Pero una princesa no podía sobresaltarse. Una princesa se metía en su alcoba y mordía la almohada para sofocar los sollozos. Un día, la encontró así su esposo don Fernando. Como no pudo consolarla, pidió a su madre que fuera a verla.

—¿Os ocurre algo? —preguntó doña Berenguela.

Doña Beatriz estaba especialmente sensible aquel día. Así que se limpió las lágrimas y decidió que no se andaría con más diplomacias. Dijo:

—Me ocurre que parece ser que yo aquí soy sólo una vaca. Una vaca para ser cubierta por el toro de vuestro hijo.

Doña Berenguela la escrutó fijamente durante un rato. Respondió con mucha flema:

—Tenéis rabia.

—¡Y me ocurre que el toro de vuestro hijo yace con otras mujeres! —dijo de pronto, y miró a doña Berenguela, esperando la sorpresa y una mínima alteración en su rostro.

Pero doña Berenguela no movió ni una sola pestaña.

—¡He dicho que el santo de vuestro hijito se acuesta con putas! —repitió.

—Lo sé —dijo la reina madre.

—¿Lo sabéis? ¿Lo sabéis y no hacéis nada para remediarlo?

—Nada, hija de Dios.

—¡No me llaméis hija de Dios! ¡Soy hija de Felipe, rey de romanos, nada más y nada menos, que pugnó, años atrás, por el título imperial germánico con Otón IV de Brunswick! —Se sorbió los mocos—. ¡Último emperador! ¡Mil veces más ilustre que vos! ¡Eso es lo que os duele! ¡Y lo que es más: nieta de «otros dos» emperadores, uno de Occidente y otro de Oriente; y sobrina del emperador de Alemania y del emperador de Constantinopla y prima hermana de «un quinto» emperador, Federico II de Sicilia, de cuya corte me arrancasteis para convertirme en...!

Doña Berenguela seguía mirándola sin inmutarse.

—¡¿En qué?! —gritó de pronto.

—¡En vaca!

—La rabia es mala —volvió a decir la otra, esta vez muy bajito—. Es hija del sobresalto y no engendra nada más que rencor. No engendra hijos. Y vos estáis aquí para engendrar hijos.

Aquello fue demasiado. A doña Beatriz se le humedecieron los ojos y por fin prorrumpió en llanto.

—¡No soy una vaca! —sollozaba, y las lágrimas se le colaban por la comisura de la boca, saladas y reconfortantes—. ¡No soy una vaca!

—Ante todo no os pongáis histérica; se os puede desplazar el útero y entonces estaríamos perdidos...

—¡Insensible! —gritó la otra—. ¡Vieja insensible! ¡Frígida! ¡Tenéis hielo en las venas!

—En cuanto a lo de ser vaca —prosiguió la reina madre sin inmutarse—, lo sois, hija de Dios, como todas aquí y también allá, en tu tierra de Suabia. ¿O es que os habíais pensado que

61

veníais de vacaciones? —Y a continuación se puso a enumerar con los dedos—. Miradme a mí, vaca de Castilla…

—¡Vuestro propio esposo va diciendo por ahí que no os ha visto ni el ombligo! ¡No sé ni cómo habéis podido engendrar cuatro hijos!

Pero doña Berenguela seguía con su enumeración:

—… me cruzaron con un toro de León; a mi hermana Blanca, con uno de Francia; a mi otra hermana, Urraca, con uno de Portugal, y a Leonor con el de Aragón… Todas vacas de buen linaje, sí, señor, que soportaron el peso del toro, que diga, del rey, noche tras noche, porque había que «fabricar» un heredero, ¿qué os aqueja? —La miró con cierta dulzura—. Pero puesto que os veo muy alterada, y, como digo, no desearía que se os desplace el útero, puedo hacer algo…, dos cosas por vos —dijo.

Doña Beatriz se calmó un poco. Por un momento, sintió renacer una esperanza en su corazón. Era la primera vez que su suegra le hacía un ofrecimiento.

—¿Sí…? —dijo.

—¿Os acordáis de las normas? —preguntó doña Berenguela—. ¿Os acordáis de que os dije que teníais que estar apartada de vuestro esposo en las noches que preceden los domingos y los días de fiesta… —se aclaró la garganta— debido a la «solemnidad»?

La otra no contestó.

—Bueno, pues, olvidaos. Lo he consultado con las altas jerarquías religiosas y estamos convencidos de que… —la miró de arriba abajo—, en vuestro caso concreto, el Señor no se molestará si no las acatáis.

—Gracias —dijo doña Beatriz sorbiéndose los mocos.

Su suegra sonrió levemente:

—De nada —dijo. Entonces se inclinó y le susurró al oído—: La segunda cosa que puedo hacer por vos es acondicionaros una estancia para que espiéis todo lo que hace vuestro esposo con esas mujeres…

Pero doña Beatriz fue incapaz de aceptar semejante ofrecimiento. Días después, al amanecer, le despertó el ruido de la carreta de amapolas que llegaba de las puertas. Abrió los ojos de golpe y se pegó un susto de muerte: doña Berenguela estaba ahí, inclinada sobre ella con una palmatoria en la mano, contemplándola. Tenía un dedo posado en su vientre y la palpaba de arriba abajo. Susurraba: Tiene los párpados y los pómulos hinchados, los ojos brillantes, los pechos más grandes y le huele el aliento a lechuga podrida. Podría ser que ya...

Luego se marchó sigilosamente, una sombra alargada que repta por las paredes del castillo. Doña Beatriz permaneció un rato jadeante: ¿había sido un sueño? ¿Había dicho «aliento a lechuga podrida»? No podía ser..., ¿estaría perdiendo la cabeza?

Después de comer se encontraron junto a la puerta de la biblioteca. Durante un rato se escrutaron en silencio, olisqueándose como perras; en un momento dado, doña Beatriz tuvo la grata sensación de que por fin su suegra había decidido decirle algo sobre sus gestiones, porque se mostraba especialmente sonriente y feliz. No lo hizo; la alemana, azorada, se vio obligada a romper el silencio contando lo primero que se le vino a la cabeza.

—Nos hemos comprometido a ceder la tenencia vitalicia de Guipúzcoa al rey de Navarra, pero a cambio hemos conseguido que Álava y Vizcaya queden de nuestra parte.

—Estupendo —contestó doña Berenguela sin moverse del sitio. Su indiferencia se clavaba en las carnes de doña Beatriz como el pinchazo de un arzón.

—Como sabéis es un gran logro nuestro, bueno..., mío...

—Un logro digno de admiración, sin duda. Y ahora ruego que me disculpéis, estoy ocupada con un asunto mucho más importante...

Un poco después, mientras doña Beatriz se cepillaba el cabello en su alcoba con la vista puesta en la ventana, volvió a ver a su suegra. Estaba junto a una charca del huerto de los ciruelos, la saya arremangada por encima de las rodillas, dejando al descubierto unos muslos blancos y abundantes; intentaba atrapar entre los juncos un animal que se le escurría una y otra vez de la mano. De hecho, en uno de los intentos, casi se cae al agua. Al rato desapareció con dirección a la entrada del castillo. «Ése es el asunto importante que la tiene ocupada...», pensó su nuera.

No le dio tiempo a pensar más, porque, en ese instante, su suegra irrumpió en la habitación. En una mano tenía un animal y en la otra una escudilla.

63

—¡Ya tengo una! —gritó a voz en cuello—, y es macho.

De pronto una rana saltó al suelo. Ante los ojos atónitos de la alemana, doña Berenguela la persiguió por toda la habitación hasta atraparla. Hacía *croc, croc.*

Suegra y nuera volvieron a mirarse en silencio. Doña Berenguela emitía un olor fétido a charca.

—¿Una rana? —dijo doña Beatriz, extrañada.

—Quiero vuestra orina —contestó la otra extendiéndole la escudilla, los ojos chispeantes de emoción—, la primera de la mañana.

De nuevo, doña Beatriz, que no entendía nada, tuvo que buscar consuelo en su esposo don Fernando.

—Creo que se está volviendo loca —le confesó.

—Tiene murciélagos en el cerebro desde niña —la excusó don Fernando—, hay que entenderla…

—¡Murciélagos! —bramó la alemana—. ¡Nadie tiene murciélagos en el cerebro, no seáis ignorante! O acaso vos también lo pensáis… ¡No veis que lo que tiene son jaquecas, simples *migraneas* que se curan con polvo de jaspe *belinniz!* Además, ¡si fueran sólo murciélagos! Ahora también son ranas…

Le contó que su madre había estado atrapando ranas en la huerta, y también que le había pedido su orina de la mañana. Don Fernando escuchó en silencio, sonriente. Por fin dijo:

—Entregadle la orina para que se quede tranquila. Sólo va a haceros una prueba. Es una práctica muy común en Castilla: se inyecta bajo la piel de la rana orina de la mujer; si la mujer está preñada, la rana desova en veinticuatro horas.

En los meses posteriores a estos hechos, doña Beatriz casi se vuelve tarumba. Por supuesto, tuvo que pasar por la prueba de la rana, que, para gran decepción de su suegra, no sólo no desovó, sino que se escapó y puso en danza a todas las doncellas de la corte. Pero lo de la rana no fue lo peor; cada vez estaba más claro que aquellos insectos que había visto nada más llegar a la corte se habían multiplicado por mil, pues se los encontraba por todas partes, incluso en su propia cama, y creía morirse del asco.

Además —y esto era lo peor—, seguía oyendo la respiración de su suegra cuando yacía con su esposo. Pero ahora no era sólo su respiración ni sus pasos; eran frases, comentarios. Cuando estaba en el momento álgido, un grito rajaba el silencio de la noche: ¡Abre las piernas, hija de Dios, ábrete más que así no penetra!

O cuando ya había concluido: Ea, otra vez, no te relajes, que la experiencia dice que mejor una que dos. ¡Y no améis con tanto ardor! Una mujer que goza es una tormenta en un vaso.

Y claro, así no había quien pudiera. Se sentaba jadeante sobre la cama, buscando con la mirada por toda la habitación. Don Fernando, que no oía nada, le decía que estaba obsesionada por el deseo de ser madre. En cuanto al hijo, ya llegaría.

Pero no llegaba. Pasaban los meses y doña Beatriz sentía la presión de su suegra como el peso de un muro en sus espaldas: oía *croc* por todas partes; una vez soñó que daba a luz a una rana.

Por fin, un día de marzo, después de hacerse explorar por una comadrona, tuvo la confirmación de su gravidez. Lo primero que hizo después de bajarse las faldas fue ir a ver a su suegra. Ésta se hallaba en la huerta, regando los ciruelos con místico arrobo.

—Hay algo más que debéis saber —dijo doña Beatriz luchando por contener su gozo.

La otra permaneció en silencio. Cortaba las hojitas secas y acariciaba las tiernas con las yemas de los dedos.

—Estoy encinta —soltó doña Beatriz—. Todavía no lo sabe el rey…, creí que debíais ser vos la primera en saberlo.

Doña Berenguela esponjó las aletillas de la nariz, sus labios se apretaron y detuvo las manos. Entonces, se giró lentamente. Su rostro permanecía rígido, glacial, libre de toda excitación, pero a doña Beatriz le pareció que una ráfaga fugaz pasaba por sus ojos.

—¡Decidme algo!

—Lo sé —dijo la otra por fin, y abrió la boca para decir algo más, pero no lo hizo. Tenía la vista puesta en el calzado de su nuera, unos hermosos escarpines de suela alta y escote en V, con los que acababa de aplastar una langosta.

—¡Lo sabéis! —dijo doña Beatriz—. Oh, sí, olvidé que vos sabéis todo, o casi todo. Porque, vamos a ver, ¿qué es el amor, la consideración hacia el prójimo? ¿Qué es la ternura?

65

Doña Berenguela volvió a esponjar las aletas de la nariz, pero seguía sin contestar, como recriminando con su mudez la falta de dominio de su nuera.

—No contestáis. Imposible que un trozo de hielo como vos conteste. Pues os lo diré yo: la ternura es un nudo en la garganta. El que yo tengo ahora y quería compartir con vos. Pero ya veo que es imposible...

—Ese calzado... —dijo la reina madre con un gallito.

Doña Beatriz se miró los pies.

—¡Qué!

—¿Quién..., quién os lo dio?

—¡Me lo regalaron aquí, nada más llegar a Castilla! ¿Es todo lo que se os ocurre decirme en este momento?

—Es demasiado..., como decir..., ¿osado? No creo que sea digno de una reina.

Por la tarde, al pasar por la habitación de doña Beatriz, la reina madre oyó que ésta lloraba, suavemente, sin violencia. Quiso entrar, pero luego pensó que era mejor no molestar a la gente en momentos tan íntimos. Así que se quedó paralizada ante la puerta, sin saber qué hacer.

Como un pedrusco, o tal vez como un pedazo de hielo. O como un insecto pegado a una rama.

9

Corte castellana, en torno a 1220

O como la langosta, pensaba doña Beatriz hundiendo los dientes en la almohada para que nadie la oyera llorar, que se adhiere fuertemente al tallo, para la cual la vida no es nada más que eso, «tallo». La fea langosta que pliega las patitas a modo de abanico y encoge su cuerpo bermejo para ofrecer al mundo un escudo infranqueable; que permanece inmóvil y camuflada para que nadie perturbe su falta de emoción, para que nadie tenga derecho a exigirle nada. La langosta, cuyo cuerpo, si lo pisáramos, crujiría, se convertiría en un líquido viscoso, rojo como la sangre. La langosta que come, come, come, y, sin embargo, ignora por qué come; en realidad, no entiende nada de la vida, no siente, ni toca, ni escucha, ni observa.

Poco después de la noticia de la preñez de su nuera, de modo inesperado, un día doña Berenguela dijo: Voy a la ventana. Y fue a la ventana, y pasó allí el resto del día.

Al día siguiente, nada más levantarse, otra vez estaba sentada en el tabuco. Las damas de la corte y las doncellas más antiguas que la habían conocido en la etapa anterior a la llegada de doña Beatriz comenzaron a murmurar. Todos, incluido su hijo don Fernando, estaban convencidos de que esa espera de la que siempre había hablado se había terminado definitivamente con la llegada de la princesa alemana. Pero ahora, poco antes de que ésta alumbrara a su hijo, volvía a sentarse para repetir aquello de que esperaba porque ella tenía que venir.

Pero quién tenía que venir era la pregunta que circulaba de boca en boca por la corte.

Meses más tarde, una noche de insomnio, doña Beatriz descubrió lo que ocurría por las noches. Porque lo cierto es que, cada vez con más frecuencia, a eso de las tres o las cuatro de la mañana, doña Berenguela (era ella, ahora no cabía la menor duda) prorrumpía en unos alaridos tan sobrecogedores, tan apocalípticos, que las gallinas creían que amanecía y comenzaban a poner huevos, que los alanos arrancaban a ladrar, lo que hacía que los centinelas adelantaran el cambio de guardia, que el molino comenzaba a mover sus aspas con tres horas de adelanto y que los moradores del castillo, en suma, empezaron a pensar que Dios estaba anunciando el final de nuestros días.

Ese día habían estado hablando de don Gonzalo Pérez de Lara, señor de Molina y Mesa, que gozaba de un amplio señorío fronterizo entre Castilla y Aragón y que desde ahí había comenzado a atacar y a hacer razias sobre otras tierras próximas al reino de Castilla. Quedaron en que partirían a la mañana siguiente hacia Zafra para sofocar la rebelión. Doña Beatriz no iría, pues su avanzado estado de gravidez lo desaconsejaba. Últimamente sentía malestar y sensación de humedad en los pechos, y su suegra le había dicho que a la mujer que se le aflojan los pechos, y de ellos sale leche, está amenazada de malparir.

Se acostó, pero después de dar mil vueltas en la cama, lo pensó mejor y decidió subir a su alcoba para comunicarle que estaba segura de que no iba a «malparir» sólo por sentir humedad en los pechos y que había decidido acompañarlos. Llamó a la puerta, pero nadie le contestó. El caso es que le pareció oír ruido en la habitación y se decidió a entrar.

Escudriñó con atención la austera mesa de madera, las paredes desnudas, el suelo de barro, la cama con su ajuar. Ni una flor. Aquella estancia, pensó doña Beatriz, era el paisaje de la meseta castellana, fiel reflejo de la árida cabeza de su suegra. Todo estaba perfectamente ordenado, apilado, encasillado. Al bochorno de la noche se unía un aroma denso a bosques y paja rancia, y lo que vio a continuación, le dejó estupefacta.

Encontró a doña Berenguela tendida en su lecho, aspirando de la boquilla de un cachimbo. Nunca la había visto en esa postura de relajación y menos en enagua transparente; siempre estaba sentada ante su escritorio, la espalda arqueada como un enorme oso, trabajando o arrastrándose por los pasillos, embutida en su brial de vieja para introducirse en alguna habitación. Ni siquiera sabía que fumase… Reparó en sus piernas cruzadas sobre la cama, en sus pies: ¿no eran ésos sus escarpines?, ¿los escarpines, según sus propias palabras, demasiado «osados»? ¿Qué hacía doña Berenguela con sus escarpines?

La reina madre permaneció en esta postura durante un rato. Aspiraba el humo de la cachimba sin tragarlo y lo dejaba medio saliéndose por la boca como una espuma rizada. A continuación se dispuso a inspeccionar el suelo en silencio. Por fin, puso la cachimba a un lado, pegó los brazos al cuerpo y movió un pie, muy lentamente, como preparándose para saltar.

Llevaba un buen rato esperando cuando giró el cuerpo entero.

—¡Ahí estás! —bramó de pronto (y a doña Beatriz por poco se le sale el corazón por la boca)—. ¡Langosta!

Y con una agilidad más propia de un saltamontes que de una mujer madura, se puso en pie sobre los escarpines. Pegó un brinco y, de rodillas, encorvada (sus nalgas trémulas bailaban un poco), se puso a perseguir a una langosta por la cámara. Cuando la tuvo cerca, la aplastó con la alta suela de corcho. En varios segundos había echado por tierra el trabajo y el orden de semanas acometido por «la otra» Berenguela. Al ver a su nuera en la puerta, se quedó inmóvil, a cuatro patas. Le palpitaban las sienes y parecía estar al borde de las lágrimas; de las lágrimas y también de otros flujos…

La miró y dijo:

—Es demasiado temprano.

Su nuera no se sobresaltó; no estaba educada para el sobresalto y su implacable sentido práctico y su gravidez avanzada se lo impedían. Pero en cuanto cerró la puerta y se quedó apoyada contra ella, jadeante, confusa, pensó que la mujer que acababa de ver era el fantasma de una persona que había sido asesinada por su hermana diurna.

Porque, por el día, doña Berenguela estaba lúcida, tensa, elevada; cuando caían las tinieblas, venían la debilidad, el atontamiento, ahora lo había comprendido. Pero ahora todo había cambiado. Ya nunca volvería a ver a la que hasta entonces había sido su suegra. Bajó la escalinata del castillo, lanzó al aire un *Oh, mein Gott, diese Stück Eis bringt mich zur Eeissglut!*[1] que nadie oyó y se hundió bajo las mantas de la cama.

Durmió, y salió el sol, y doña Berenguela se levantó a las cinco y media como cada mañana para arrastrar por el pasillo su brial y su gesto falto de emoción, pero esa mujer y el oscuro mundo hispano que representaba se habían esfumado.

Esperó al desayuno para hacer llegar su deseo de acompañarlos al sur. Doña Berenguela bajó al comedor con su hijo Fernando. Tenía los párpados hinchados y las pupilas desorbitadas; al oír la noticia de que su nuera había decidido acompañarlos, levantó un poco la cabeza. Dijo: No esperaba menos de vos.

—¡No esperabais menos de mí! —clamó doña Beatriz con descaro.

La alemana estuvo lanzándole miradas insolentes durante todo el desayuno. Aquella mañana, doña Berenguela sentía que el parto de su nuera estaba próximo e iba de acá para allá sin poder contener una visible agitación. Ignorando a doña Beatriz por completo, se puso a enumerar a su hijo Fernando las familias con quienes estaría emparentado su futuro vástago (sería niño, no habría la menor duda, y se llamaría Alfonso): por un lado, Francia, le explicaba, por la que será su tía abuela, doña Blanca de Castilla, muy bien casada con Luis VIII. Por otro, Inglaterra, ¡oh, Inglaterra!, por su bisabuela Leonor de Inglaterra.

Doña Beatriz se disponía a marcharse sin decir nada más, tragando sapos como siempre, pero cuando llegó a la puerta se lo pensó mejor. Ya estaba bien. Por el día, una déspota irascible, y, por la noche, un cordero manso y dócil. ¡Ya estaba bien! Esa doble vida no iba a quedar en secreto. Giró en redondo con intención de poner a su suegra en evidencia contándole a su esposo, el rey, lo que había visto la noche anterior, cuando doña Berenguela, por primera vez en toda la mañana, se dirigió a ella. Dijo:

1. «¡Oh, santo Dios! ¡Este pedazo de hielo me saca de quicio!»

—Algunos buscan el camino a través del amor. Otros a través de la oración, e incluso otros lo hacemos a través de las amapolas. En todo caso, se trata de lo mismo, y, en realidad, todos estos caminos llevan al mismo sitio, es decir...

Y aquí, don Fernando, que había permanecido en silencio durante todo el desayuno, cortó por lo sano:

—A ninguna parte.

Pero en contra de lo que se podría pensar, aquel incidente no fue lo que cambió las cosas entre ellas; al contrario, a doña Beatriz le pareció muy tierno y humano que el témpano de su suegra también buscara a Dios en aquel mundo aterrador e incomprensible.

Fue el nacimiento del infante Alfonso, aquel gélido día de noviembre de 1221, en los páramos de Toledo, lo que hizo que se abriera una grieta en la relación entre las dos mujeres. La abuela fue a ver al recién nacido, que ya estaba en brazos de su padre, lavado y envuelto entre pañales en la tienda de campaña y quedó paralizada.

Un momento antes, de un modo evidente y a pesar de todas las diferencias, las dos mujeres (suegra y nuera) formaban un equipo. Pero doña Berenguela comenzó a mirar al niño, y, un instante después, estaban separadas irremisiblemente.

Miraba al niño y luego a doña Beatriz, en silencio, él con la tez aceitunada y la pelusilla del pelo negro en las mejillas, ella muy rubia y sonrosada. Durante un rato posó la vista en el infante para luego desviarla hacia la madre, al tiempo que le giraba la carita al niño y le aplastaba en índice contra la mejilla.

Por fin habló consigo misma:

—Hay que fastidiarse... —dijo—, después de todos los esfuerzos..., es más oscuro que los negros centinelas del ejército de Miramamolín.

Doña Beatriz, que ya se había dado cuenta de que su suegra observaba la tez del niño, se revolvió en su asiento y contestó atacando con una frase que, a todas luces, ya tenía meditada. Porque era como si, ahora, ese hijo «suyo», futuro rey (y tal vez, «¡sí!», futuro emperador), le diera derecho a la réplica:

71

—*Wie Ihr wisst, Majestät, wenn wir Schwarz mit weiss auf einer Farbpalette mischen, erhalten wir als Ergebnis Braun. Dies sind die Gesetze der Natur.*[2]

Se lo dijo así, en alemán, y, por primera vez, doña Berenguela vislumbró en los ojos de doña Beatriz la gélida mirada de una enemiga. A partir de ese momento, sólo le hablaría en alemán.

Doncellas, ayos, mayordomos y criados daban la enhorabuena a la madre con efusivos abrazos; al salir, doña Berenguela se vio forzada a hacer lo mismo: la apretó tan fuerte contra sí que casi le rompe una costilla.

Tan sólo unos días después, de guisa totalmente inesperada, estaban en el monasterio de las Huelgas cerrando un trato con la abadesa.

72

2. «Como sabéis, majestad, si mezclamos en una paleta blanco con negro, tenemos como resultado marrón. Son las leyes de la naturaleza.»

10

Monasterio de las Huelgas, Burgos, 1221

Era doña Sancha una mujer viejísima que caminaba mirando hacia el suelo, como las ovejas o las vacas, con unos ojos atónitos y verdes que le conferían un carácter un tanto trágico. Su figura enjuta, enfundada en un hábito color crema, rezumaba dulzura y cercanía. Pero a la vez infundía un tremendo respeto, la autoridad que emana del que nunca ha sido desobedecido, porque en su persona confluían la grandeza de la mujer imponente y la humildad de una santa que ha dedicado toda su vida a Dios y al olvido de las cosas terrenales. Había pasado su juventud, su madurez y ahora su vejez en las Huelgas desde los memorables tiempos en que Alfonso VIII y doña Leonor de Plantagenet, padres de doña Berenguela, fundaron la abadía de monjas, panteón de reyes y lugar de retiro de mujeres pertenecientes a la más alta aristocracia, y lo dotaron de copiosas rentas y diversas heredades para que las monjas vivieran sin estrecheces.

Después de muchas complicaciones para poner bajo cintura a monasterios fundados con anterioridad como Perales, Gradefes y Cañas, que se negaban a acatar sus órdenes, la abadesa Sancha había adquirido fama de conseguir lo imposible por medio de súplicas y oraciones dirigidas a Dios. Y no sólo por convertir a las Huelgas en cabeza y matriz de todos los conventos femeninos cistercienses, así como en panteón, residencia y escenario de los actos sociales más sobresalientes de la familia real, sino también porque a ella venían, en busca de solución y consuelo, las gentes aquejadas de los males más diversos: una mujer que no conseguía quedarse encinta, un tuerto que empezaba a ver por el ojo que le faltaba, la hija de un campesino que tenía al diablo metido en un riñón.

A cambio de una pequeña donación para el monasterio, doña Sancha se encomendaba a Dios, ponía al resto de las monjas a rezar y esos males desaparecían.

Nada más tocar, unos pasitos por el empedrado y se abrió la puerta del convento, un hábito blanquísimo, quién va, es el rey y la reina con su hijo recién nacido, también la reina madre, no puede ser, una cara enjuta que mira al suelo, ¿no nos reconocéis?, un gritito, sí claro, ¡pero qué de visitas hoy! El Señor es bondadoso, pasad, pasad.

Al ver a doña Berenguela, a la que conocía desde niña, doña Sancha le lanzó los brazos al cuello y la colmó de besos.

—¿Ya tenéis nieto?

—Ahí está.

—¡Alabado sea el Señor! ¿Y vive? ¿Habéis comprobado si caga y todo eso…?

Pero las mejillas de la otra no estaban hechas para la dulzura y se deshizo del abrazo (¡pues claro que caga!).

Recorrieron los pasillos de la abadía, que exhalaban deliciosos olores a moho y a bizcocho de limón, para atravesar el claustro románico e introducirse en la sala capitular. Allí estaba también, recién llegado de una nueva gira por los reinos bálticos, el arzobispo de Toledo, don Rodrigo Jiménez de Rada, al que acababan de comunicar el nacimiento del infante.

Al ver a los reyes se recogió la dalmática blanca de seda natural, les hizo una genuflexión y bendijo al recién nacido. A continuación le extendió la mano para que doña Berenguela le besara la piedra del anillo y, tras inclinarse un poco, le susurró al oído:

—Luego, ya tenemos «la ciruela» en el huerto del Señor…

Aquel comentario le sentó mal a doña Berenguela.

—¿Otra vez huyendo? —le rebatió—, Porque, ¿dónde habéis estado durante todo este tiempo?

—En Noruega —dijo el otro con orgullo—. Por cierto, que es un reino precioso. Verde, frío, gente amorosa y…

—Bárbaros —atajó la reina madre.

Estaba muy enfadada con él. Sabía que había vuelto a ver al Papa y que no sólo no se había molestado en interceder por su matrimonio, tal y como había prometido, sino que además, para ganarse la simpatía del Pontífice, había llegado a comentar en su presencia que la declaración de nulidad de los reyes de León era el mejor ejemplo para todos los reyes de Europa. Así que trazó en el aire un gesto para que la dejaran a solas con la abadesa. Sin perder un solo segundo, después de hacer crujir una langosta con la punta del zapato, se dispuso a tratar el asunto de la plaga.

A cambio de acabar con los insectos, los reyes sufragarían la ampliación del ala suroeste del monasterio; ése era el trato. Se trataba de construir un espacio más amplio, un nuevo y grandioso monasterio de mayor empaque monumental, sin estrecheces, dijo la voz cacareante de doña Sancha, más preparado para ceremonias de investidura o de toma de armas, o tal vez para coronaciones, que enlazara con el anterior monasterio en su costado suroriental. Era algo de lo que ya se había hablado en otras muchas ocasiones, pero que nunca cuajó por falta de presupuesto o quizá por falta de voluntad.

Pero ahora que quedaban a solas, los ojitos tristes de la abadesa parecían reclamar algo más a cambio de la erradicación de la plaga.

—Tened en cuenta que son insectos que se reproducen muy a su sabor —dijo—. Después del apareamiento, la hembra pone los huevos en rendijas, o entre las vetas de la madera. Del huevo sale una larva, y si las condiciones son propicias, si hay humedad, por ejemplo, las larvas se convierten en enjambres en dos o tres semanas. Mudan la cutícula entre cinco y quince veces antes de alcanzar la madurez. Y cuando son adultas, comen su propio peso de alimento al día. Son bichos que gustan del sol y del sosiego…, pero, en fin, no voy a entrar en más detalles, en el Antiguo Testamento hay langostas para aburrirse; lo que las hace difíciles de exterminar —y aquí hizo un esfuerzo sobrehumano por alzar la cabeza y mirar a su interlocutora— son los caparazones.

Fue al grano con su especial petición: tenía ya casi ochenta años, había tenido una vida dulce y feliz y el Señor le había llamado a su lado. Estaba convencida de ello, no sólo porque le pe-

75

saban las vísceras tres o cuatro quintales de más, como si tuviera agua o sopa en las tripas, sino también porque todo le inspiraba una alegría muy próxima a la pena. De vez en cuando, le venían a la cabeza imágenes del pasado y le invadían deseos de ver a gente de su infancia, gente que probablemente ya estuviera muerta. Su casa, sus padres, su hermana…

—Vos no lo recordaréis, señora Berenguela, porque todavía erais una niña, pero yo tenía una hermana a la que estaba muy unida. Mis padres nos obligaron a tomar el hábito y a ingresar en este convento. Pero mi hermana Constanza, más amiga de los placeres de la vida, se negó y se escapó a las tierras del norte con un cruzado. Durante todos estos años pensamos que había muerto, pero hace medio año, llegó una misiva del reino de Noruega que me colmó el ánimo de gozo. Era mi propia hermana la que me escribía. Me contaba que había huido hasta la costa norte y que allí se había embarcado en una nave gruesa que transportaba arenques, pescado seco y maderas, y que la había llevado hasta la ciudad de Bergen, lugar en el que se había instalado.

»Así que, sabiendo que el arzobispo de Toledo ya había viajado otras veces por los reinos bálticos, le encargué que la buscara. ¡Y ahora mismito acaba de darme la noticia de que está ahí! ¡Qué regocijo!

Se sentó.

—Pero lo que quería contaros es otra cosa —dijo.

Resultaba incomprensible, pero en su ánimo había nacido, en medio de su enorme alegría ante la hora de reunirse con el Señor, un sentimiento misterioso y punzante. Tantos años dedicados a Él, tantos años diciéndole a la gente que….

—Tengo miedo —cacareó.

—¿Miedo de qué? —le preguntó doña Berenguela—. Vos tenéis ganada la gloria del Paraíso, está claro que al Infierno no iréis.

—Al Infierno no iré, no creo, pero…. —volvió a quedarse pensativa—. Pero ¿quién me dice que nos hayamos conseguido librar de las langostas antes de que a mí me entierren?

Doña Berenguela no acababa de entender.

—Pero entonces, vos —dijo—, ¿qué es lo que queréis aparte de la ampliación del ala suroeste?

La abadesa se quedó un rato pensativa, como midiendo sus palabras. Como hacía frío en la sala capitular, habían pasado a la biblioteca, una dependencia amplia, abarrotada de códices, antifonarios y martirologios que, al igual que las celdas, se abría a las claustrillas y a un patio central en donde las monjas cultivaban nabos y cebollas. Avanzó muy lentamente hacia la ventana desde donde se divisaba la iglesia y se aclaró la garganta:

—Como os decía, majestad —dijo mientras barría unas cuantas langostas del alféizar con el dorso de la mano—, he tenido una vida muy placentera. Y lo que no desearía ahora es que ese miedo que se ha apoderado de mí destruya la felicidad en la que he vivido a lo largo de todos estos años. Porque siento que si a la hora de la muerte tengo miedo, será como si hubiera tenido miedo durante toda la vida... Quiero que me entierren en el coro —sentenció.

—¿El coro de la iglesia de la abadía? Pero ese lugar está reservado a la familia real —contestó la otra inmediatamente—, y está prohibido enterrar a nadie que no pertenezca a la realeza. Hay incluso penas contra los transgresores...

—Tengo miedo —insistió la abadesa—, y el coro de las monjas es el único sitio adonde nunca llegarían las langostas. Tengo entendido que cuando tienen mucha hambre, empiezan a devorarle a uno por los pies.

—Llegarían igual, madre Sancha, no os engañéis. Lo que ocurre es que, como todos, queréis morir bien. Sabéis que un enterramiento en el coro garantiza la proximidad a Dios y, por tanto, la salvación eterna.

—Pero tened en cuenta que me estáis pidiendo dos mercedes: liberar al reino de insectos y... buscar una nodriza para el infante Alfonso, que tenga leche bastante porque la madre está seca como la paja. Quiero que me deis permiso para empezar con las excavaciones pertinentes.

Doña Berenguela acabó de escucharla en silencio consciente de que jamás le haría un hueco en el coro a una monja, por muy Sancha Gutiérrez que fuera. Sus padres le habían firmado un documento de donación del monasterio a la Orden del Císter, con lo que había adquirido desde entonces la categoría de «cementerio real», es decir, panteón estable de la corona y «nada más» que de la corona. Además, se estaban yendo por las ramas. Su prioridad absoluta —¡su destino!— era buscar una nodriza para el infante Alfonso, engordarlo, casarlo con una princesa del norte y convertirlo en emperador de romanos. Había que liberar al reino de la plaga de langostas, sí, pero eso no era más que un pequeño obstáculo en el camino. ¡El camino hacia el Sacro Imperio romano germánico! Así que, por muy ilustre que fuera la monja Sancha, ella no estaba ahí ni en ninguna parte para pensar en enterramientos sofisticados. Permiso para excavar en el coro, ¡qué barbaridad! ¡Que no pidiese nada más! ¡Ya había accedido a ampliar el monasterio, qué caramba! ¡A rezar!

Esa noche, justo antes de dormirse, le vino a la cabeza el viaje de don Rodrigo. Noruega… —se dijo con un escalofrío de emoción—, ¡qué princesas linajudas tiene que haber en ese reino!

Y en su celda del monasterio de las Huelgas, mientras llegaba el sueño, se sintió invadida por un extraño silencio.

11

Un silencio hecho de frío

Bergen, Noruega, ¿1217?
Monasterio de las Huelgas, Burgos, 1221

La despertó el sonido de la campana cascada que llamaba a maitines. Saltó de la cama, se hincó en el suelo con los brazos en cruz y se dispuso a rezar. Pero la gimnasia del cuerpo no conseguía oponerse a la violencia de la imaginación. Así que se puso en pie, atravesó el claustro y salió. En el huerto de los manzanos se dispuso a orinar: enganchó el pellote y la camisa entre los dientes, se bajó las calzas, plantó los pies en el suelo, dobló las rodillas y apoyó en ellas los brazos.

Orinó sobre los nabos y las cebollas de las monjas, y mientras caía el chorro tibio y consolador que quebraba la escarcha en mil pedazos, la noche volvía a su cabeza; había tenido un sueño: mar, costas escarpadas y surcadas por valles profundos y frondosos, estrechas rajaduras de montaña desde donde descolgaba la bruma, un muelle, gente, luz, el lejano zumbar del sol y de las olas…, el crujido del frío y los ojos de una mujer.

De pronto oyó un ruido, un susurro de faldas, un carraspeo de hombre, ¿quién va?, preguntó, pero no hubo respuesta.

Se dijo: qué raro, si aquí no hay hombres. Se bajó el pellote, se propinó unos golpecitos en el trasero y volvió a meterse en el claustro.

Por el pasillo, mientras se dirigía a su celda para seguir rezando, pensó que era extraño. Ella no conocía más que los páramos pelados, las dehesas de encinares y los campos de rastrojos de Castilla. Al llegar, volvió a ponerse de rodillas y pegó la cabeza al pecho como un pajarillo, pero, esta vez, un vagido ronco interrumpió sus plegarias.

Era el infante don Alfonso, al que, después de dos días alimentándose con agua azucarada, apenas le quedaban fuerzas para llorar. «Morirá si no encontramos una buena nodriza», pensó. Y antes de dirigirse a la celda abacial para soltarle a doña Sancha la mentira que había rumiado justo antes de dormirse, pensó que iría a consolarle un poco. El infantillo estaba solo en una celda, y al oír que alguien se acercaba, arrancó a berrear ferozmente. La abuela se inclinó sobre la cuna y le observó durante un rato con una mueca socarrona. Luego puso los ojos en blanco y dijo: La vida es así, niño. Hambre, guerras y pestes, sufrimientos, calamidades y privaciones de todo tipo. Así que, ea, acostumbraos. Dejad de llorar ya.

Pero el infante estaba cada vez más rojo y no dejaba de llorar.

—Para que lo entendáis, vos que no sabéis nada de la vida —agregó subiendo el tono para dominar el berrido—, todo empezó con una traición o con una arrogancia, como queráis verlo. A Adán se le prohíbe comer el fruto de cierto árbol, informándosele de que si desobedece morirá. Pero ¿qué va a saber Adán sobre la muerte, si acaba de nacer? Adán desobedece, y aun con ésas, Dios decide preservar al hombre. ¿Y sabéis por qué? —Volvió a mirar hacia la cuna—. Pues porque Dios desea «ser amado» por encima de todo. ¡Por eso!

Calló. Como el niño seguía desgañitándose, pensó que ya le contaría todo aquello de la traición y la arrogancia más adelante. Así que salió de la celda y se dirigió a la de la abadesa.

Pero doña Sancha no estaba sola. Acababa de entrar el arzobispo de Toledo y hablaba sobre la hermosa ciudad de Bergen. Doña Berenguela se quedó escuchando un rato junto a la puerta abierta.

—Lo primero que llama la atención es la luz —decía don Rodrigo con gran afectación, mientras mojaba un bizcocho en la leche—. Todo está inundado por la luz que refleja la nieve. Por la claridad. Bergen, ciudad en la que hallé el rastro de vuestra hermana, es la ciudad más grande e importante del reino noruego, centro cultural de toda la región este de Europa y puerto comercial. Durante años ha ido creciendo desde la iglesia románica de Santa María situada en una suave pendiente cuajada de rododendros, y termina en el muelle continuo con varias hileras de casas de madera a ambos lados de un pasillo común. ¡Teníais que ver qué casas más alegres y ordenadas, madre Sancha! Con vigas de madera y tejados cubiertos de turba fresca y gallinas, con florecillas en los veranos húmedos, distribuidas alrededor de un patio, junto a un granero, a los establos y a los rediles para las cabras, sin murallas alrededor pero adosadas por verjas de madera; no como aquí, que surgen a la buena de Dios, contrahechas y retorcidas.

»Las del puerto, que son las más vistosas, hasta tienen hogar y urinarios que desaguan bajo tierra o en un canal que pasa por los callejones. Y como el agua de la lluvia se hiela al caer, las ventanas y los árboles se cubren de un polvo centelleante, y de los tejados cuelgan dentaduras de hielo. Cocina no tienen, debido al peligro de incendios, ¡como hay tanta madera por todas partes…! Pero la comida se prepara en unos barracones con un hogar más grande, situados en la parte trasera del conjunto.

—¡Oh, pero antes de todo eso contadme, contadme como hallasteis a mi hermana! —le cortó doña Sancha dando palmas—. Entonces, ¿está casada? ¿Tiene hijos? ¿Se parece a mí? No me decía nada de eso en su carta…

—Todo a su tiempo —dijo el arzobispo echando un vistazo a su cuenco vacío—. Estoy tratando de meteros en ambiente antes de hablar de vuestra hermana. Como os decía, la gente se reúne en esos barracones para comer, beber, cascar nueces y almendras o hilar y contar historias. —Miró a la abadesa—. ¿Hay más leche?

Doña Sancha se giró para tomar otra jarra.

—Lo que sí que me decía en su misiva —dijo sirviéndole un nuevo cuenco— es que en Noruega además de un infierno, sede del Fuego, también hay una sede del Hielo, y en ella habitan gigantes y unos elfos que cavan agujeros en la tierra… Y que en el conflicto entre ambas sedes, Fuego y Hielo, estaba para ellos el roce, la chispa imprescindible para el nacimiento de la vida, ¿no es hermoso?

Sí. Muy hermoso, pero los noruegos eran todavía un pueblo de bárbaros. Don Rodrigo le contó entonces que hasta que llegó el santo Olav, a principios del año 1000, la gente creía en elfos y gigantes que vivían en las profundidades del océano,

81

enanos, troles y dragones. Figuraos que incluso hoy en día la gente sigue hablando de una vaca monstruosa, con una panza más alta que los más altos glaciares, con unas ubres de las que fluyen ríos de leche y unas patas como columnas que, según dicen, son las que sujetan el universo. Je, qué ingenuidad.

Dijo que menos mal que llegó un tal Olav Harraldsson, que había viajado mucho por Europa, para qué vamos a engañarnos ¡un pirata!, que asoló las costas atlánticas y que acabó convirtiéndose al cristianismo. Dijo que, después de morir en la batalla de Stiklestad, unos campesinos enterraron su cuerpo a orillas del Nidelva, en Nidaros, una ciudad situada al norte del reino. Junto al enterramiento surgió un manantial, y un año después, en torno al año 1030, comenzaron a surgir rumores sobre las maravillas sucedidas junto a la sepultura.

—¿Milagros? —quiso saber la abadesa.

Ciegos que recuperaban la vista con tan sólo pasarse el agua curativa por los ojos, hombres calvos a los que les crecía el cabello como si fuera hiedra, flores exóticas que crecían de las lajas de la sepultura. Hasta que el obispo decidió exhumar el cadáver en presencia de los prohombres del país. Cuando destaparon la caja, se sintió el hálito de las cebollas que había comido el día en que murió. Olav tenía la piel tersa y bronceada, y seguía tan entero y hermoso como cuando fue enterrado, con su pelo pelirrojo cubriendo el cuerpo desnudo, sin descomponer, el pene erecto y los ojos inyectados de vida. Una muchedumbre jubilosa atraída por el prodigio acudió al lugar. La incorruptibilidad del cuerpo fue entendida como un síntoma inequívoco de su santidad. Así que se metió el cuerpo en un sarcófago y se depositó en una capilla de madera que se erigió junto a la tumba, que con el tiempo se convirtió en catedral.

Doña Berenguela, que seguía escuchando junto a la puerta, carraspeó. Al verla allí, los otros se pusieron en pie. Ella caminó hacia la ventana. Fuera, se extendía la campiña burgalesa, frutales, piedra, boñigas cubiertas de nieve. Vio como salían las monjas en pequeños grupos, cada una con una tabla en la mano, rebosantes de felicidad y frío.

—Precioso el huerto de nabos y cebollas que tenéis junto al claustro —dijo para disimular que había estado escuchando.

—Lo cuidan mis monjas —dijo doña Sancha con satisfacción.

Siguió mirando por la ventana. Sin dejar de reír, ahora las monjitas posaban las tablas sobre un pequeño promontorio cubierto de nieve, alineadas como en orden de batalla. A continuación, todas a una, plantaban los traseros encima.

—Y las monjas también están hermosas. Coloradas y bien nutridas —prosiguió la reina madre, intentando no inmutarse ante el espectáculo—. No se las ve esmirriadas… ni infelices como en otros conventos.

Se oyó una voz desde fuera: ¡A la de una, a la de dos, a la de tres! Tras empujarse con los talones, las monjas se dejaban caer cuesta abajo sobre las tablas.

—Se nota que tenéis poder.

—Comen —dijo doña Sancha, que ya empezaba a sospechar algo de tanta elocuencia—. Y sí, tengo poder para «encauzar» la felicidad de mis monjas. Sólo el Papa está por encima de mí. El invierno en Burgos es durísimo y para luchar contra las ilusiones y fantasías, hay que aferrarse al juego… —Sonrió un poco—. Se me olvidaba que Dios también está por encima, claro está.

De pronto, doña Berenguela se giró hacia el arzobispo.

—Parece bonito, ese reino de Noruega… —apuntó.

—Muy bonito —dijo él—. Y aproveché para hablar con el obispo sobre nuestra cruzada contra los pueblos africanos.

Pero a doña Berenguela, el obispo y esa cruzada le daban igual.

—Pero ¿cómo es la gente? —dijo, sin encontrar otra forma mejor para llevar la conversación por donde deseaba—. ¿Cómo son las mujeres? ¿Hacen cosas que no hagan aquí?

—¡Oh, sí! —aprovechó para intervenir la abadesa—. ¡Contadnos a qué se dedica mi hermana!

—En contra de lo que pueda parecer, las gentes son muy acogedoras —dijo el otro, que también comenzaba a extrañarse de las preguntas de la reina madre—. Incluso más que en Castilla. Hombres y mujeres con el cabello como el oro y las mejillas rosadas como manzanas, vestidas con sayas rústicas y pellizas de oveja me paraban por la calle, me abrumaban con sus atenciones y me ofrecían su casa. Caminaban a mi lado descubriéndome la ciudad y los campos, hasta me nombraban las personas que vivían en las casas por las que pasábamos, sus oficios…

Se hizo un silencio. El solemne silencio de los monasterios cistercienses, no comparable a ningún otro en el mundo. Doña Sancha sirvió un tazón de leche humeante para la reina madre.

—Pero ¿adónde pretendéis llegar? —preguntó el arzobispo.

—¿Qué adónde pretendo llegar? —dijo doña Berenguela—. No entiendo vuestra pregunta.

—¿Qué pretendéis decir con eso de que «hacen cosas que no hagan aquí»…?

Doña Berenguela fue al grano:

—Esta noche soñé con una mujer que caminaba sobre unas rejas de arado enrojecidas al fuego…

—Una ordalía… —contestó él, pensativo.

En los comedores de los barracones, mientras don Rodrigo entonaba el cuerpo con una sopa caliente, alguien le había contado que, debido a la rivalidad entre las distintas facciones y a las leyes sucesorias un tanto ambiguas, en Noruega la monarquía era todavía algo raro. Hasta hacía poco, el reino se debatía en una guerra civil entre los birkebeiner y los bagler. En 1217 murieron ambos monarcas y acababa de ser elegido un tal Haakon. La que más insistía en la legitimidad de Haakon, Haakon el IV, era su madre, Inga de Varteig, que afirmaba que era hijo bastardo de otro magnate llamado Sverre, al que todos conocían de sobra por haber encabezado una banda de gandules que vivían en los bosques.

—Al parecer —prosiguió el arzobispo—, estos birkebeiner o «piernas de abedul» vivían en el bosque alimentándose de hierbas y bayas salvajes. Eran tan pobres que usaban cortezas de abedul como calzado, de ahí el nombre. Por las noches, Sverre y sus hombres bajaban a saquear la ciudad como lobos hambrientos. Se colaban por las ventanas de las casas a robar lo que encontraban, manzanas, restos de carne asada, pescado crudo, a veces incluso se metían en las camas (un «piernas de abedul» entre un hombre y una mujer) y se quedaban a dormir.

»Al difundir Inga de Varteig la noticia del origen real de Haakon, los bagler decidieron quitarse al niño del medio y comenzaron su búsqueda. Para evitarlo, un grupo de birkebeiner le recogió y lo llevó a Nidaros para esconderlo. En el trayecto, el grupo se vio atrapado por una tormenta de nieve, y sólo dos guerreros, los más destacados, continuaron el viaje, en esquís, con el niño en brazos.

Pero como la gente no acababa de creerse que Haakon estuviera emparentado con Sverre, esa misma noche, junto al muelle, Inga se había propuesto descubrirles a todos la verdad.

—Eso fue justo cuando llegué —prosiguió don Rodrigo sumergiendo otro bizcocho en la leche—. A la madre del supuesto rey, Inga de Varteig, una mujer hermosísima, se la sometió a una ordalía: para demostrar a todos que su vástago pertenecía a la estirpe regia, y que Dios estaba de su lado, se dispusieron cuatro hileras de vertederas de arado al rojo vivo en el muelle sobre las que tendría que caminar sin quemarse. Y eso fue lo que ocurrió. Ante la mirada estupefacta y los rugidos del pueblo, comenzó a bailar sobre las brasas. Tras la salva de aplausos, yo mismo fui testigo de que a la mujer no le quedó ni una sola quemadura, ni una sola llaga en los pies. Dos días después, el joven Haakon ascendía al trono como único soberano.

Doña Berenguela fue hasta la ventana. Quedó absorta, con la mirada puesta en el infinito, como ya la había visto don Rodrigo muchas veces antes.

—¿Es a eso a lo que os referíais? —preguntó éste desde la otra punta de la habitación.

Ella le hizo señas para que se acercara. Cuando lo tuvo a su lado, le susurró al oído:

—¿Vos creéis que se puede soñar con lo que nunca se ha visto...?

—No —sentenció el arzobispo, que, esbozando una sonrisa, dijo—, pero vos lleváis años viendo todo esto entre la niebla. Lleváis años rumiando este sueño, y mi visita a Bergen no ha hecho más que destapar el velo. Esta historia no es mía, sino vuestra, majestad.

La reina se quedó pensativa. Luego soltó un gritito de euforia:

—¡Pero nunca pensé en Noruega, está demasiado lejos...!

—¡Por eso mismo! —dijo don Rodrigo—. Ya tenéis el ducado de Suabia, ahora lo que os conviene es algo más al norte.

85

—El norte escandinavo —murmuró doña Berenguela, y notó como su corazón, habituado a la inmovilidad, comenzó a desbaratarse de un júbilo incontrolable y que sus vísceras, siempre dormidas y apretadas, gemían complacidas en su interior. ¡Eso no podía ser! Inmediatamente, tras volverse hacia la abadesa, ordenó que se cambiara de tema—: La langosta resiste, doña Sancha. Ni la lluvia, ni el fuego, ni el veneno, ni las heladas. Y por otra parte, mi nieto se deshidrata. He venido para deciros que he decidido daros sepultura en el coro y que voy a dar orden de que comiencen las excavaciones. Pero, a cambio, las monjas tienen que ponerse a rezar sin más «dilaciones».

Doña Sancha se levantó de la silla. La noticia la había puesto tan contenta que volvió a lanzársele al cuello. La otra reaccionó como siempre, es decir, quitándosela de encima.

—¿Es que vamos a pasarnos la vida olisqueándonos como perros? —exclamó doña Sancha en tono de guasa—. Deje vuestra merced que la abrace un poco, que parece usted surgida de esa sede del Hielo de la que me habla mi hermana en la carta. ¡Parece mentira que seáis una reina del sur! Cuando cambiéis de opinión y queráis besarme, ya me habré muerto. Y ya no habrá muchos que quieran abrazar a un témpano resquebrajado como vos…

En cuanto doña Berenguela salió de la estancia, la abadesa atrapó al arzobispo por un brazo, pues intentaba escabullirse sin ser visto.

—¡Esperad! —le dijo—. ¡Esperad! Me habéis contado cosas muy hermosas del reino noruego, pero todavía no me habéis dicho cómo está mi hermana…, ¿es feliz?

Don Rodrigo se planchó con la mano los pliegues de la sotana. Tenía la vista puesta en las baldosas del suelo, y parecía buscar las palabras.

—Ah, sí…, vuestra hermana doña Constanza…

Doña Sancha le miraba con arrobo, esperando ansiosamente la respuesta.

—Bueno, pues, sí, es cierto que hablábamos de vuestra hermana…, pero ¿por qué tenéis tanto interés en que vuelva vuestra hermana…? —El arzobispo se aclaró la voz—. Vuestra hermana ya no está.

—¿Se ha ido de Bergen? No me dijo que se marchaba. ¿Adónde se ha ido?

El otro sacudió pesadamente la cabeza, como si le costara trabajo moverla.

—No se ha ido. Está muerta. La carta que os envió era de despedida. Tal vez tendría que haberlo mencionado al principio…

Doña Sancha permaneció en silencio unos instantes. El corazón le golpeaba tan fuerte en el pecho que a duras penas conseguía respirar. Por fin se desplomó en la silla.

Murmuró lentamente:

—Mi única alegría… Saber que estaba bien y que era feliz… Todo este tiempo esperando a que me lo contaseis…

—Sí, la vida es así de dura, también para nosotros, los religiosos. Pero vuestra hermana está con Dios. —Y tras decir esto, volvió a encaminarse hacia la puerta con intención de salir, no sin antes lanzar la garra de su mano para atrapar el último bizcocho que quedaba sobre la mesa.

La abadesa no dijo nada más. Cuando el arzobispo volvió a entrar en su celda por la tarde, la encontró en la misma silla donde la había dejado, inmóvil.

87

Pero le había prometido a la reina madre que rezaría para erradicar la plaga, y por la noche, hizo de tripas corazón. No sólo se puso a rezar personalmente, hincada en la piedra del suelo, sino que también dispuso a su séquito de monjas con los brazos en cruz. Durante días y días oraron como posesas, sólo deteniéndose dos veces al día para comer. El trabajo se iniciaba al alba, con avemarías y otros rezos contundentes, y terminaba antes de la misa de la tarde con una retahíla de rosarios. Pero la noche englutía las plegarias, y, por la mañana, ahí estaban las langostas de nuevo, centelleando como maravedíes en el árido paisaje, royendo los bancos de la iglesia, trepando por los hábitos y las imágenes.

Así que cada día había que rehacer lo empezado, corregir la intensidad y la elección de los rezos, reponer las fuerzas de las monjas en un combate sordo que empezaba a parecer una lucha contra el Malvado.

Transcurrían los días y, sin dejarse abatir por el desánimo, la abadesa Sancha seguía desplegando una actividad apabullante. Asignaba padrenuestros y avemarías, vigilaba los descuidos en los rostros y las flojeras de la voz, levantaba los brazos caídos. Hasta que por fin, al decimocuarto amanecer, todos tuvieron que admitir que doña Sancha había vencido. No había una sola langosta en todo el convento y, a decir por las noticias que fueron llegando a lo largo de la tarde, tampoco en el resto del reino.

Y ese día, se produjo otra suerte de milagro. Justo después de la siesta, cuando el infante Alfonso, extenuado por la diarrea que le había producido la leche de burra, había dejado de maullar, llamó a la puerta de la abadía una mujer que dijo llamarse Urraca Pérez y haber perdido una cabra.

Vestía un paño burdo cuajado de lamparones, atado a la cintura con un cordel, y era baja (baja no, retaco), entrada en carnes, garrida, morena de tez, con el pelo como algodón en rama y las mejillas arreboladas. Tenía una mirada que era mezcla de inocencia y sagacidad, indicativa de una existencia ambigua en un mundo de cabras o de putas. Pero lo que más llamaba la atención eran sus piernas, delgadísimas en comparación con el pecho y el abdomen, tanto que resultaba casi imposible que la sostuvieran, con rodillas desnudas y carnosas. Saltaba a la vista que no tenía linaje de ningún tipo y era evidente que su sangre era todo menos azul. Pero era cariñosa y muy mansa, eso también era evidente, y para las monjitas, deseosas de acabar con todo aquel tinglado que ya empezaba a perturbar la paz del convento, era suficiente.

—Llamaba porque perdí una cabra…

—¿Una cabra, decís? Ah, sí, pues venid, a ver si está escondida por estos pasadizos…

Así que la llevaron en volandas y la hicieron pasar a la celda en la que se alojaba doña Berenguela.

Dijeron: Por fin hemos encontrado una nodriza para el infante. Comprobará vuestra merced que es alta, hermosa, rubia, sana y de una estirpe antigua y excelente, y lo que es más importante: tiene leche bastante. Y le propinaron un empujón hacia dentro.

La buena mujer quedó boquiabierta junto a la puerta, pellizcándose el delantal, los ojos redondos y duros. Doña Berenguela la inspeccionó de arriba abajo. Al acercarse comprobó que emanaba un olor penetrante a queso.

—Despechugaos —le ordenó.

Y la otra, perpleja, sin atreverse a rechistar:

— ¿Yo?

Mientras se desataba el cordel de la cintura para sacar el pecho, blando, blanco como el color de su piel, buscando con los ojos por toda la estancia, se sorbió estrepitosamente los mocos y volvió a decir aquello de que ella sólo llamaba porque había perdido una cabra.

Así fue como la cabrera Urraca Pérez asumió el cargo de nodriza real.

89

12

Infancia en las delicias

Celada del Camino, Burgos, 1226

Y mientras la reina madre seguía reconquistando territorios a los moros junto a su hijo (ya se había tomado el Muradal, Baeza, Úbeda y Quesada, y estaba clara la intención de ir a la conquista de Córdoba y Sevilla), pensando que su nieto recibía una gélida y estricta educación germanista que le prepararía para convertirse en rey de romanos, el niño pasaba los primeros años en las delicias.

Crecía al amor de la nodriza en Celada del Camino, aldea de tierras fértiles bien regadas por abundantes ríos, cercana a otras poblaciones como Pampliega, Can de Muñó o Villaquirán, y que los padres del infante habían encontrado para apartarle del trasiego de una corte que con tanta frecuencia vivía en los caminos. Y crecía justamente al contrario de lo que había dispuesto la abuela: sin horarios ni rutinas, revolcándose en el lodo, olisqueando el romero de los montes y comiendo truchas, besando el morro de los becerros, silvestre como un gato, sin más obligaciones que las de trepar a las higueras para buscar nidos de pájaros o salir a cazar libélulas al río, sin más autoridad que la de una mujer que no tenía ninguna gana de tener autoridad.

La madre del niño, doña Beatriz de Suabia, temerosa de las enfermedades y las plagas de las grandes ciudades, había aceptado que su educación más temprana se acometiera en un lugar alejado de la andariega corte, pero nunca se resignó a la idea de no verle hasta que llegara su adolescencia, como pretendía la abuela. Ahora, fortalecida por la maternidad, era una mujer con las ideas claras, cariñosa con sus hijos.

Después de todos estos años en la corte castellana, había llegado a la conclusión de que nunca había conocido a nadie menos sentimental que su suegra, más incapaz para la ternura. De hecho, no llegaba a entender como ella, alemana, era la que tenía que atemperar la frialdad y la distancia que doña Berenguela marcaba con las gentes de la corte, con el pueblo y sobre todo consigo misma. Desde que su suegra había dejado de instigarla para que quedara preñada, sus ojos se llenaron de luz y sus mejillas respiraban vida. Después de tener al infante Alfonso, volvió a parir a los nueve meses exactos, y en los cinco años que habían transcurrido, ya tenía otros cuatro hijos. Y la vaca, le decía con mucho orgullo (y cierto retintín), seguía aguardando en el establo.

Así que en varias ocasiones se había presentado en la casa de Celada del Camino. En estas visitas secretas le llevaba higos y buñuelos y le hablaba con vehemencia de la corte y de sus hermanos. También le explicaba que su padre estaba guerreando en la distancia, y por último siempre salía la corte siciliana, en donde ella se había criado, y su primo el gran Federico II.

—Me gustaría que de mayor fuerais como él —le decía.

Y el niño quedaba pensativo (¿cómo él?).

A continuación venían las palabras: Sicilia, el Papa, los Staufen, güelfos y gibelinos, ¡Anticristo!, el Emperador del fin del mundo; palabras abstractas que sonaban como el viento susurrando entre las flores y los árboles y que componían en su cabeza una danza embrujadora y desprovista de significado. ¿Sabéis que acaban de excomulgar a Federico? ¿Qué es excomulgar? Bueno, mi primo es un hombre rebelde y no está de acuerdo con el papa Gregorio IX. Éste se ha enfadado porque... Pero la madre, al observar la cara de desconcierto del niño, callaba.

Solía estar quince días, un mes como mucho, casi siempre en mayo, cuando las mieses de Celada ya estaban espigadas. Luego se marchaba con su enjambre de palabras y deseos, y el niño se quedaba mudo. En junio maduraban los frutos, y con los calores de julio se efectuaba la siega. Poco a poco, mientras se aventaban las parvas, volvía a sumergir la cabeza en su in-

91

fancia asilvestrada; y en septiembre, cuando él y la nodriza sacudían las nogueras y recogían los higos tempraneros, volvía a ser plenamente feliz.

Todo esto se acabó un día en que la aldea recibía la visita de doña Berenguela. La primera desde que al niño le dejaron allí después de poner fin a la plaga de las langostas.

Celada del Camino emergía entre la alfalfa salpicada de flores y parajes enhebrados por grandes farallones calizos, muchos de ellos horadados por ríos subterráneos que surtían a las fuentes de agua fresca de la zona. Tenía diez o doce casas situadas a ambos lados de una calle que torcía entre cerezos, atravesando la plaza, el crucero y la iglesia. La casa en donde vivía el infante Alfonso con la nodriza Urraca quedaba aislada del resto por un seto de zarzales, en donde un hueco despejado de vegetación hacía las veces de entrada. Al llegar, doña Berenguela pasó por la fuente de agua fresca, en donde dos viejas que estaban lavando se volvieron para observarla. Después de atravesar un prado de frutales y hierba tierna, el caballo ricamente enjaezado con paño carmesí se introdujo a través del hueco.

Se encontró de frente con la casa de tabucos que tenía un establo adosado con nueve vacas, un toro, cinco terneros, ocho cabras y once conejos. Se apeó del caballo, pero, antes de entrar, algo le hizo detenerse.

Al pie de la puerta, junto al pilón para las bestias, vio unos zapatitos de fino cordón, con dibujos y preciosos adornos bordados con perlitas del mejor oriente, sin duda enviados por la madre del niño, la reina doña Beatriz. ¡Eran tan pequeños! Sin saber por qué, sintió que un oleaje de ternura le trepaba desde el hígado a las mejillas.

Ya por entonces estaba magra y consumida. Tenía los ojos hondos y secos, los hombros desmoronados, y sus pechos sin leche colgaban por encima del vientre hinchado. En el fondo de sus sueños, seguía ardiendo la brasa del Sacro Imperio romano germánico, pero la obsesión había consumido los encantos de su juventud y su feminidad —si alguna vez los había tenido—, y no le había dejado otra cosa que una existencia paralizada. El niño tenía que crecer, engordar como un pollo, y hasta que no estuviera en edad casadera, ella seguiría esperando. Su condición, ya de por sí taciturna y desabrida, se había ido acentuando con las idas y venidas, con las incomodidades de los campamentos, con los sustos de la guerra y con los disgustos de la política. Muerto su esposo, ya no volvió a pensar en los hombres, por despecho y sobre todo por miedo a que alguien pudiera herir su sensibilidad. La rutina de la espera le había empedernido los sentimientos.

Miró por la puerta abierta: una cocina de tierra, con chimenea y salida al patio por donde hozaban los cerdos. En la pared había un aparador con una olla, parrilla, fuelle, tenazas y un caldero. Junto al zampedo donde se escurría el queso, había una hornacina con un retablo de la Virgen con manto de terciopelo, encerrada en una urna de cristal. En la habitación contigua, al fondo, junto a un armario medio abierto en donde blanqueaban las sábanas, estaban el infante y doña Urraca. Los observó durante un rato.

¿Qué hacía el niño pegado al pecho de la otra? ¿Qué eran esos ruidos? Miró a su alrededor: ¿cerdos?, ¿hozaban los cerdos? Siguió observando: no, no hozaban los cerdos.

El niño mamaba. Y es que, después de la siesta, el chiquillo corría a un rincón a buscar su taburete. Al primer quejido, doña Urraca Pérez se desabotonaba la camisa, abrazaba al niño y lo incrustaba contra sus pechos largos con sabor a cuajo agrio. Con una resignación más propia de una madre recién parida, con la mirada errada en el valle del Arlazón, la nodriza permanecía inmóvil como un peñasco; sólo de tanto en tanto, cuando el niño le mordía un pezón, pegaba un pequeño respingo.

Y lo peor, se dijo doña Berenguela, era que aquel chiquillo no mamaba para alimentarse.

El cuerpo del niño acogía, abrazaba y desnataba el alimento, ¿y si aquello fuera «la ternura» de la que le había hablado su nuera doña Beatriz? El pensamiento le pasó como una ráfaga por la cabeza. La ternura que ella había desterrado de su reino. La ternura que se había prohibido a sí misma como un dulce demasiado empalagoso. La ternura que había sentido al ver sus zapatitos con perlas del mejor oriente. La ternura que está muy próxima a la crueldad. Se sintió sacudida por un ramalazo de pánico: nadie le había dicho nunca que la ternura podía vivirse como miedo.

93

Era un día caluroso de verano y una vaca mugió en el establo. Sentado en su taburete, el niño tenía hundida la cara entre las robustas mamaderas de la nodriza mientras enganchaba un dedo entre sus rizos y lo movía haciendo círculos en el aire, al compás de las succiones. La otra mano jugaba con el pecho libre de su benefactora, que, por su parte, le hablaba en susurros de las cosas de la vida, oprimiéndole contra sí, sellándole la frente y el pelo con besos muy cariñosos.

Estaban tan inmersos en la actividad que la abuela tuvo que carraspear varias veces para que se percataran de su presencia. Al alzar la vista y verla allí, los ojos lanzando chispazos, con la rigidez de los gigantes, la nodriza arrancó de cuajo al chiquillo del pezón. Dijo:

—¡En pie, niño! ¡Dadle un beso a…, a vuestra abuela!

El infante se levantó, se limpió el bozo con la manga y la miró atentamente. Luego dio unos pasos hacia delante.

Vestía camisa de cuerda, bragas y calzas. Ya no era tan oscuro como cuando nació; una cascada de rizos rubios caía sobre sus hombros, tenía la tez mohína, las maneras lentas de su madre y un atisbo de locura en la mirada. Pero lo que más le llamó la atención a doña Berenguela fue la nariz: pequeña y respingona, como la de todos los Staufen, con las fosas nasales ligeramente abultadas. Este niño, pensó (y un lento escalofrío le recorrió la espalda), está aquí porque yo lo he querido. De su cuerpecito de cinco años, de sus manos, de sus piernas, de sus cabellos y sus riñones dependen matrimonios, alianzas, extensiones territoriales y hasta un imperio. Era ganado de cría al servicio del reino de Castilla. Y si su madre, doña Beatriz de Suabia, era el cordón umbilical que lo unía a los orígenes de la realeza y del imperio, ella, su abuela (y volvió a estremecerse), era la que había atado ese cordón.

El niño se acercó, se puso de puntillas y frunció los labios; pero antes de que pudiera lanzar el beso, oyó una suerte de ronquido:

—¡No, besos no!

No había conocido nunca a su abuela, pero le habían hablado de ella de una forma mitológica, como se habla del Ave Fénix o de los unicornios. Tenía la edad en que los sentimientos se moldean como la arcilla, edad en que uno puede ser cariñoso y frío a la vez, cruel o piadoso; edad en que uno puede besar y, cinco minutos después, escupir a la cara. En realidad, nadie le había enseñado la diferencia entre el bien y el mal. Simplemente, todo lo que doña Urraca le ordenaba era bueno; lo que le prohibía, malo. Era bueno ufanarse de las cosas, besar, comer, eructar, hacer de cuerpo. Era malo entrar en su habitación ciertos días de la semana o, cuando se hacía matanza, comerse las manitas del puerco que la nodriza se reservaba para sí. El mayor placer de su vida era que la nodriza le tratara con cariño, lo cual era muy fácil de conseguir con tal de que no faltara a estas cosas.

Pero al ver el rechazo de su abuela, surgió en su mente de niño de cinco años la sospecha de que besar pudiera ser algo malo. Algo tan malo como comerse las manitas del cerdo después de la matanza.

Se escrutaron durante un rato, en silencio, como lo harían dos animales salvajes en mitad de un páramo. La abuela estaba paralizada por la emoción. Intentó recordarse a sí misma a esa edad, una Berenguela lejanísima, y, en ese momento, el infante salió corriendo por la puerta de la cocina.

La abuela no había tenido el valor de verle desde que la nodriza Urraca se presentó en el monasterio de las Huelgas buscando su cabra. En su fuero interno era consciente de que no había encontrado la nodriza de buen linaje que había tenido en la cabeza desde que su nuera quedó seca de leche, pero estos cinco años habían sido muy intensos y volver a Celada hubiera sido un problema añadido.

Aquella doña Urraca Pérez no tenía ni un pelo de mujer del norte: era más bien una mujer del sur, cariñosa, apasionada en toda regla, y sabía que eso también se transmite por la leche. Pero nada más nacer, el niño estuvo a punto de morir deshidratado. Y por uno de esos impulsos de la desesperación, tan fértil en desaciertos, el caso es que ahora estaba allí.

—¿Y cómo me las apaño yo para dejar la granja, a mis padres que viven solos? —preguntó doña Urraca nada más saber que acababa de ser nombrada nodriza real.

—¿Y cómo me las apaño yo, muchacha —replicó doña Berenguela—, para criar al futuro emperador de los romanos?

Y los dejaron instalados en aquella casa de Celada del Ca-

95

mino. Es verdad que le había enviado los libros que tenía que empezar a leer, las ropas que debía usar en consonancia con su categoría social, hasta había intentado controlar lo que comía... Pero nunca tuvo el coraje de vigilar el día a día. Ahora le miraba atentamente. Nunca imaginó que tendría los cabellos largos y con bucles..., no, eso tampoco lo había controlado, y menos que seguiría enganchado a los pechos de la nodriza.

Aquello fue suficiente; se retiró a dormir en una habitación del piso de arriba, con una ventana en un vano sobre los tejados, un crucifijo y un colchón relleno de cáscaras de maíz.

A la mañana siguiente, armada de valor, fue hasta donde estaba doña Urraca, que desenvainaba guisantes, y la hizo levantar.

Le explicó que, por si no lo sabía, ese niño estaba llamado a ser uno de los emperadores más importantes de la historia y que ella, con esa dejadez asilvestrada y vulgar, estaba a punto de estropearlo.

—Sí, *señoa* —dijo tomando uno de los guisantes para metérselo en la boca.

—¿Sabe leer ya?

—*Pue* para *mín* que no, *señoa* —contestó ella masticando groseramente el guisante; escupió la piel al suelo y se limpió la nariz llena de mocos con la manga.

La reina madre también le dijo que se acababan las mamatorias. Que de ahora en adelante, el niño tomaría leche de vaca. Luego se retiró sin dignarse a compartir la mesa con ellos en ningún momento. Al día siguiente, fue a buscar al infante. Después de inspeccionar toda la casa, comenzó a oír unos gritos procedentes de la habitación de doña Urraca. Ésta hacía esfuerzos sobrehumanos para que el niño bebiese leche de un vaso, y él no entendía por qué le obligaban a semejante cosa, teniendo vuestras tetas aquí, decía adentrándose con las manitas en el escote de la buena mujer. Al ver al niño en la cama, junto a la nodriza, doña Berenguela, optó por desaparecer.

Bajó hasta la huerta y esperó a que el niño se calmara mientras contemplaba la salida del sol. La vaca del establo volvió a mugir. Una mata de madreselvas trepaba por el tronco de un castaño que a su vez servía de tenderete para la ropa mojada. Las flores eran de un blanco rosado y olían bien. Como no había comido desde la mañana del día anterior, tenía un hambre de elefante. Así que cogió una de las flores y, con su mandíbula casi desdentada, mordisqueó el tallo para succionar la miel. A continuación cogió otra, y otra, y otra más. El néctar estaba dulce, ella misma tuvo que poner freno a lo que estaba haciendo. Porque, ¿qué estaba haciendo? Mientras tanto, los gritos del niño habían menguado y todo quedó en silencio.

Cuando se giró para volver a meterse en la casa, vio al niño escondido tras las ramas de una higuera. Estuvo así durante cinco o diez minutos, observándola en silencio.

—¿Qué queréis ser vos en la vida? —le gritó la abuela de pronto—. ¿Emperador?

—No, señora.

—¿Sólo rey?

El niño la miró con cierta turbiedad en la expresión.

—No, señora. Sólo cabrero, como Urraca.

Pero doña Berenguela hizo como si no hubiera oído.

—Pues para ser emperador, hay que empezar por renunciar a los pechos de la nodriza.

El niño avanzó unos pasos hasta salir del escondite y se quedó pensativo. A continuación corrió a la cocina y cogió el vaso de leche. Volvió a salir dando pasitos cortos. Frente a la abuela, el cuerpo rígido y esbozando una mueca desafiante, lo vació.

Un poco más tarde, aprovechando que el niño estaba tranquilo, sentado en una banqueta en el porche de la casa con los brazos bajo las piernas, haciendo figuras con los pies en la tierra, doña Berenguela se dedicó a dar más instrucciones a doña Urraca: nada de besos, ni de suavidades de voz, ni de caricias, ¿comprendéis?, que son el humus de debilidades futuras, ya os lo dije cuando os entregué al príncipe. Luego le habló sobre la comida del príncipe (que no coma con los cinco dedos de la mano ni feamente con toda la boca), sobre la ropa que se tenía que poner el príncipe, que vaya a misa los domingos, que rece por las noches, al mediodía y por las mañanas. Ya he encontrado unos ayos que le instruirán en las primeras letras. El príncipe tiene que leer y que escribir. Somos lo que la educación hace de nosotros. Más adelante empezará a cabalgar contra los moros. El príncipe, el príncipe… Y lo casaremos con una princesa que esté a la altura de las circunstancias. Echó un vistazo al infante, que se había levantado y ahora se dedicaba a transportar piedras de un lado a otro.

—¿Qué hace? —preguntó.

La nodriza explicó que muchas veces hacía eso, llevar piedras de un lado a otro.

—Hace montoncitos de piedras —dijo, y se quedó contemplándole con arrobo.

Pero la reina madre no había terminado: Que tenga mucho cuidado de no ahogarse en el río, que no se caiga de un árbol, que no le embista una vaca, que… De pronto vio que la nodriza se había ido escabullendo hacia la pared, y que pretendía salir por la puerta.

—¡¿Adónde vais?! —le gritó—. ¡No he terminado!

—¿Me *pue* ir ya? —preguntó— Es que me han *entrao* ganas.

Doña Berenguela le extendió un cuenco, en el que había un ungüento que ella misma había hecho con hierbas agrias, cenizas y zumo de limón.

—Untaos los pechos con esto —le ordenó—. Ya veréis como el niño no vuelve a mamar en su vida. —Se quedó pensativa—: ¿Ganas de qué, decís?

—Ganas de gibar.

13

Celada del Camino, Burgos, 1226

Pasaron dos o tres días durante los cuales la abuela permaneció encastillada en su habitación, tal era su disgusto. Hasta que una tarde, abrió la puerta de golpe y salió como una ráfaga de viento buscando al niño. Había decidido que saldrían de excursión a Pampliega, a cinco kilómetros de Celada del Camino, villa situada sobre un cerro que presidía la vega del río Arlazón, con un hermoso caserío circundado por una muralla románica. En el pórtico de la iglesia de San Vicente se hallaba enterrado el rey visigodo Wamba, y tenía especial interés en que el niño conociera la historia de aquel antepasado.

Lo buscó por toda la casa, hasta que finalmente oyó unas risas procedentes de la huerta.

Doña Urraca bañaba al niño, que estaba de pie en una tina metálica, haciendo intentos de agarrar las mejillas de la nodriza para besarla, riendo porque se resbalaba y caía una y otra vez de culo.

Cuando vio que su abuela venía hacia él, metió la cabeza entre las faldas de doña Urraca.

Doña Berenguela gritó:

—¡Ea, salid de ahí, niño! ¡Y poneos la saya!

Como no había manera de que el infante sacara la cabeza del regazo de la nodriza, ésta le prometió que le prepararía una merienda especial, con carne, aceitunas e higos secos, ante lo que don Alfonso acabó cediendo. Le secó, le puso la saya y, cerciorándose de que la abuela no miraba, le ciñó contra sí y le endilgó cuatro o cinco besos sonoros y húmedos. Los despidió en la puerta diciéndoles que se quedaba vigilando a la vaca del establo que estaba a punto de parir. Pero tenía las mejillas pintarrajeadas y estaba vestida muy alegre, con una saya de flores con escote de caja nada apropiada para el parto de una bestia, y a doña Berenguela le extrañó un poco. También le pareció raro que el niño la mirara con tristeza.

Montados a caballo, tomaron un atajo entre caminos de oro puro y viñedos alineados con racimos ya maduros. El infante Alfonso trotaba muy cerca de la abuela, sintiendo el calor de su carne añosa y su respiración jadeante, su olor a vieja, pero no se atrevió a abrir la boca en todo el trayecto. Tampoco ella tuvo necesidad de hablar hasta que se encontró frente a la tumba abandonada. Ahí le explicó al niño que Wamba fue el último rey que dio esplendor a los visigodos, con un reinado nada fácil, pues lo pasó casi enteramente sofocando las luchas internas de la nobleza contra la monarquía, los nobles entre sí, los católicos contra los arrianos y la población hispanorromana contra los visigodos.

Mientras escuchaba, el infante Alfonso abrió la alforja y sacó la carne asada y las aceitunas. En bajo, comenzó a contar las aceitunas, una, dos, tres, hasta que tomó una y comenzó a mordisquearla. Un poco más allá, se extendía el río, inmóvil, rayado por el sol, y doña Berenguela no paraba de hablar. Siguió explicando que una conjura acabó con el poder de Wamba. Fue engañado y envenenado, decía, y así, en ese estado, le tonsuraron, le vistieron con hábito de monje y le obligaron a renunciar a la corona.

Cuando terminó el discurso, el niño levantó la cabeza y se quedó pensativo, con la vista fija en el río. Luego escupió el hueso de la aceituna.

—Me quiero ir ya —dijo.

—Pero con vos será distinto —prosiguió ella ignorando el ruego—. Vos os convertiréis en emperador.

—La vaca está a punto de parir… Me quiero ir ya —insistió el niño.

—¡No podéis pensar más en las vacas! —farfulló la abuela al tiempo que se ponía en pie—. ¡Ni podéis vestir como un pobre! ¡Ni podéis escupir los huesos de la aceituna! ¡Ni podéis mamar de los pechos de una guarra!

Al oír esto último, el infante Alfonso se tapó los oídos.

—¡No podéis…, hay cosas que están mal…!

Él se apretó aún más las palmas contra los oídos y ella siguió hablando. Ahora desembuchaba su monólogo interrumpido sobre cómo llegar a ser emperador, Carlomagno y la noche de Navidad del 800, discurso que de tanto repetir y desvirtuar ni ella misma entendía ya. El niño no le encontraba el sentido a nada.

—Me quiero ir…

—No podéis…

Callaron. Estaban apoyados contra el tronco de un árbol, contemplando el atardecer, y, poco a poco, el silencio y los colores del cielo, el calor que subía desde el corazón de la tierra junto a aquellas palabras, «emperador», «destino», se convirtieron en la sombra de un silencio más grande, de un pensamiento más profundo. La abuela comenzó a cabecear hasta quedar dormida con la boca entreabierta, dejando a la vista los pocos dientes que tenía. El niño se quedó mirándola.

Le llamaba la atención verla dormida, el rostro surcado de grumos y arrugas, con espuma blanca en la comisura de los labios, áspera de tanta vida. Miraba las manchas amarillas y las venas abultadas de su rostro, y hasta le metió un dedo en la nariz para tocarle los pelillos, duros como púas de erizo. Luego fijó la vista en el suelo y siguió escarbando. En el silencio del campo, sólo quebrado por el piar de los pájaros y los ronquidos de su abuela (emitía un bullicio bronco, como si tuviera animales dentro de la nariz), buscaba bichos. Pero al cabo de diez o quince minutos, sintió la mirada de doña Berenguela clavada en su nuca.

—¡Qué de cositas pequeñas creó Dios!, ¿verdad? —exclamó ésta de pronto—. Las piedras, las hojas, las flores, los granos de tierra, las hormigas…Y fijaos que, creando todo eso, Dios renuncia a ser todo. La creación es renuncia por amor…

El infante Alfonso escuchaba atentamente, intentando comprender sus palabras. Preguntó:

—¿Dios creó las hormigas por amor? ¡Nadie puede amar a una hormiga…!

La abuela quedó pensando.

—La vida es así y sólo Dios, que la ha hecho, sabe por qué. Porque no creo que crease a las hormigas por egoísmo, ¿no?

De pronto, su voz subió de tono y se oyó un estruendo:

—¡No podéis seguir durmiendo en la cama de la nodriza!

El infante reculó. Aquel comentario repentino le dejó confuso.

—Ya no duermo todos los días —dijo.

—¿Ah, no?

El niño le explicó que antes iba todas las noches a la cama de doña Urraca y que ella se echaba a un lado o se ponía encima para que él chupara su leche dulce, al tiempo que le hacía cosquillas por todas partes. Pero de un tiempo atrás, había hombres en la cama de la nodriza y ahora él tenía que aguantarse en la suya. Antes de que la abuela pudiera preguntar nada más, exclamó:

—¡Mirad, un saltamontes!

La abuela giró la cabeza y se quedó observando durante un rato, atentamente. Tenía el pensamiento puesto en la cama de la nodriza, en las cosquillas y en aquellos hombres que la visitaban, pero, poco a poco, cuando su mente empezó a asimilar lo que le entraba por la vista, su corazón pegó un brinco. Con un palo hizo palanca y levantó la roca. Su estupor fue grande cuando comprobó que no sólo una langosta, sino muchas habían buscado refugio allí debajo. Las venas comenzaron a palpitarle en las sienes, gruesas como serpientes.

—Hay muchos —le dijo el infante Alfonso al percatarse de la preocupación—, por los prados también, a veces se ven nubes…, pero no pasa nada, no son peligrosos. También los creó Dios.

Regresaron a toda prisa, el niño bastante por delante, atajando a través de matas, zanjas y charcas. Cuando el infante entró en el saloncito de la casa, se encontró con un hombre que se subía los pantalones a toda velocidad junto a la nodriza. Ella, recomponiéndose el peinado deshecho y propinándole codazos en el estómago, decía:

—Vos, preguntádselo vos.

El niño volvió a salir sin decir nada y fue a sentarse junto a la higuera. Entonces el hombre salió de la casa, se le acercó, se sentó a su lado, alargó un brazo para coger un higo, lo abrió y comenzó a chuparlo de manera repugnante. Mujer de buenas ubres, dijo.

Pero el infante Alfonso no respondió. Dentro, se oía a la nodriza moviendo ollas de un lado a otro. Dice que está tu abuela por aquí, y que si se entera de que hay un hombre en la casa, nos mata a todos. Hizo una bola con las pieles del higo acabado y lo lanzó a la hierba. Preguntó: ¿No vendrá en un buen rato, verdad? El niño fijó la vista en el paisaje:

No. Creo que no. Y él: ¿Seguro? Y el niño: Segurísimo. Está contando las cosas pequeñas que Dios creó por egoísmo. Y el hombre: Pues adiós. Y volvió a meterse en la casa.

Ante el descubrimiento de las langostas, la imaginación de doña Berenguela se había disparado. Había decidido adelantar su regreso y, tan pronto llegó a la casa —tan sólo diez o quince minutos después que el niño—, subió hasta su alcoba con intención de coger sus cosas y marcharse. Desde la alta claraboya, caía un chorro de luz anaranjada. Hacía mucho calor esa tarde, pero la casa estaba fresca y olía a tierra. La olla runruneaba en el fuego y los cerdos hozaban en el patio. Mientras ascendía la escalera con la saya arremangada, acezante, nerviosa ante la idea de una nueva plaga (ya no estaba doña Sancha para erradicarla, ¿qué iba a hacer ahora?...), oyó una risa de hombre.

Lentamente se acercó hasta la puerta de la alcoba de doña Urraca para comprobar con sus propios ojos lo que ya le habían insinuado las tripas. Porque al despedir a la nodriza en la puerta, antes de irse de excursión, el hígado y los riñones le habían dicho que esa muchacha de pueblo no se había pintado la cara así para asistir a una vaca parturienta, sino que iba a verse con un hombre en su propia casa, en la casa del futuro rey de Castilla y León, en la casa del emperador de los romanos. Y esto no iba a quedar de cualquier forma. La despediría; ya no hacía falta su leche. Pero al llegar a la puerta, quedó paralizada.

La nodriza estaba allí: insolente y gorda, el cabello recogido en una cofia exactamente igual a una suya, las mejillas reventando de sangre. Fea.

Pero la que ahora tenía ante sus ojos era muy distinta a la vulgar Urraca Pérez que había intercambiado dos o tres palabras con ella: estaba de pie, buscando algo junto a un aparador, mientras que una voz masculina le hablaba desde la cama, y ha-

103

bía algo en ella que le hacía poderosa. Vestía una camisa margomada bordada en lino, con escote y mangas con bordados de tradición morisca, exactamente igual a una que ella tenía.

La observó durante un rato. Sus pechos blancos y abundantes detonaban en la penumbra y bajo la camisa se transparentaba el nido enmarañado del pubis. En su rostro ya no estaban esas facciones pueblerinas de cabrera —o eso le pareció a ella— ni los pliegues adormecidos y tristes de la necia que había asentido a su discurso por la mañana, sino que algo en él había cobrado vida. Su rostro estaba vibrante. Doña Berenguela tragó saliva y siguió espiando.

La nodriza no barría, ni ordeñaba a las cabras, ni hacía croquetas de caldo de pollo, ni doblaba la ropa del niño, ni le daba de mamar mientras le contemplaba con arrobo. Hablaba. Simplemente eso: hablaba con un hombre que estaba tumbado en la cama. Con los brazos en jarras frente al espejo del aparador, haciendo muecas soeces, le decía: *Na* de besos, ni de suavidades de voz, ni de caricias, ¿comprendéis?, y acto seguido, estallaba en carcajadas compartidas por las del hombre, meneándosele los pechos y los pliegues de la tripa. Desde el aparador hablaba y reía, y se ponía a corretear medio desnuda por la habitación sin dejar de hablar: El niño *tie* que empezar a leer, que no se caiga al río, que no trepe por los árboles.

En silencio, temblequeante, incapaz de reaccionar, doña Berenguela se deslizó hasta la puerta de su dormitorio. Se sentía impregnada de suciedad, pero al propio tiempo, intuía que, en torno a aquella desnudez apabullante y blanca, giraba el secreto de la vida. Algo que ella, a pesar de la edad y la experiencia, no había conseguido desentrañar.

De pronto advirtió algo: apoyado contra la pared del pasillo, rígido, todavía vestido con saya de paseo, el infante Alfonso la observaba en silencio. Las miradas se cruzaron, pero ninguno de los dos dijo nada.

Cuando la abuela se fue a meter en la cama, se dio cuenta de que su ropa, varios pellotes, un manto y el barboquejo del tocado estaban tirados por el suelo. Fijó la vista en el armario. La puerta estaba abierta, y lo poco que quedaba en el interior estaba revuelto. No tocó nada. Se metió en la cama, se tapó hasta las orejas y esperó al día siguiente.

Pero con las primeras luces del alba, apareció en la casa una monja de las Huelgas. Había viajado durante toda la noche sobre una mula para hacerle llegar un recado urgente a doña Berenguela. Dijo sin resuello:

—La abadesa doña Sancha está a punto de morir; quiere veros.

Así que la reina madre salió de la casa con intención de marcharse al monasterio de las Huelgas con esa misma monja recadera, sin que nadie la viera. La plaga había vuelto y ahora se daba cuenta de que sólo ella era culpable, por no haber dispuesto ya el enterramiento en el coro de la abadesa, tal y como había prometido.

No tenía intención de despedirse, pero a punto de subir al caballo, apareció en la huerta el infante cargando con la tina de metal. Como era más grande y más alta que él, iba dando traspiés hasta que por fin consiguió depositarla en el suelo. Volvió a entrar en la casa y salió con un cubo de agua templada que se dispuso a verter, tal y como hacía doña Urraca todas las mañanas. La abuela lo observó durante un rato. Por más esfuerzos que hacía, poniéndose de puntillas o subiéndose sobre una piedra, el niño era incapaz de inclinar el cubo sobre la tina. Y la nodriza no estaba por ninguna parte…

Bajó del caballo echando pestes, le arrancó al niño el cubo de agua y vertió el contenido. Volvió a montar con intención de irse de una vez, pero justo antes de introducirse en el hueco de la entrada, se giró. El niño se había metido en la tina y la escrutaba en silencio, inmóvil.

Entonces la abuela se giró y metió espuelas. Pero de nuevo tuvo que detenerse para echarle una última ojeada. El niño, la esponja en la mano, volvía a tener la misma mirada del día anterior, cuando se cruzó con ella en el pasillo. Doña Berenguela se apeó del caballo. Dio unos cuantos pasos hasta donde estaba la tina y le arrancó la esponja de las manos. A continuación se remangó, se subió a una piedra y empinándose un poco sobre las puntas de los pies, con los muslos apoyados en el borde de la tina, el cuerpo inclinado hacia delante, comenzó a frotarle. El niño, acostumbrado a reír a carcajadas durante el baño, no se atrevió a abrir la boca.

—Eso que hizo Urraca ayer por la tarde… —dijo de pronto, mientras se dejaba zarandear—, ¿está bien?

Doña Berenguela le escrutó desde lo alto de la piedra. Siguió frotando hasta que finalmente detuvo la esponja.

—¿Eso…? ¿A qué os referís? —preguntó.

—Bueno…, me refiero a… ¿Está bien ponerse la ropa de una reina?

—No —dijo la abuela, y siguió frotando.

Mientras lo hacía —nunca antes había bañado a nadie, ni siquiera a sus propios hijos—, una sensación doméstica y amiga comenzó a invadir su ánimo, le subía por las piernas y se instalaba en sus tripas, un rumor subterráneo que se propagaba por todo su cuerpo en forma de alegría. Poco a poco, el niño comenzó a animarse, se reía tapándose la boca con la mano, luego a carcajada limpia, era una risa contagiosa, y doña Berenguela no pudo evitar que le saliera algún gallito.

¡Me gusta frotaros la espalda!, le hubiera gustado decir; pero se interponían cincuenta años de compostura y dominio de sí misma, y el comentario podría dar pie a que el niño pensase que era una abuela débil.

—La ternera está a punto de nacer —oyeron de pronto.

Era la nodriza, que venía a avisar al infante. Al verla, doña Berenguela soltó inmediatamente la esponja y bajó de la piedra.

—El niño casi se ahoga solo —dijo como si estuviera excusándose de algo.

—Sí —dijo doña Urraca sin dejar de contemplar la escena—. Eso parece…

Pero antes de que la otra pudiera refutarle nada, el chiquillo ya había salido del agua, se había puesto la camisa y la había tomado de la mano para llevarla al establo. Sin perder un minuto, doña Urraca se arrodilló junto a un primer líquido viscoso que acababa de expulsar la vaca, y hundió sus dedos sucios en los ollares de la bestia para impedirle que moviera la cabeza.

—Ya rompió aguas —anunció— y asoman las pezuñas…

La vaca estaba tumbada de costado, y a doña Berenguela, que nunca había asistido al parto de un animal, le pareció estar ante la vaca más tranquila del mundo. En sus ojos no había miedo, sino sólo soledad. El insondable abismo de soledad que muchas veces sentía ella al anochecer. Tampoco respiraba agitadamente, ni se movía más de lo habitual. Nada parecía indicar que aquella vaca estuviera en el trance de parir. El infante fue hasta el cobertizo y volvió con una soga. Doña Urraca la ató a las pezuñas de la ternera y, a la de tres, como si aquel movimiento hubiera sido ensayado miles de veces antes, como si en la maña y la destreza estuviera recogida toda la complicidad que los unía, tiraron con fuerza. El abdomen de la bestia fue extendiéndose hasta que la vagina se abrió. A continuación se oyó un chasquido, y por fin apareció la cabeza; un instante después, cayó al suelo la cría rodeada de sangre. Cuando el infante Alfonso comenzó a aplaudir, la vagina de la madre se contrajo de nuevo y volvió a abrirse. Salió un reguero espeso de sangre y, luego, como un segundo hijo, la masa viscosa de la placenta.

Doña Berenguela estaba de pie junto a la puerta y parecía una pura piedra o un árbol seco.

Cuando llegó a Burgos, tres horas después, el nudo de la ternura le apresaba la garganta como una soga.

107

14

Construcción de la catedral de Burgos, 1226

Por algunas ciudades del reino, entre ellas Burgos, ya se había propagado la noticia de una nueva plaga de langostas (¿o era la de siempre?). Cuando doña Berenguela pasó en su carroza en dirección a la explanada en donde se construía la nueva catedral, las calles adyacentes estaban desiertas. Las gentes habían tapado con trapos las rendijas de las puertas y de las ventanas, y hasta le pareció que alguien la insultaba desde un balcón. Le salió un hombre al paso, un prelado que trabajaba con el obispo don Mauricio de Burgos, promotor de la construcción del nuevo templo. Al oír que la llamaban, la reina madre asomó la cabeza por la ventana de la carroza.

—Majestad —le increpó el emisario—, el obispo quiere hablar con vos. Es urgente.

Doña Berenguela descendió para seguir al hombre. Bajo el sopor de la siesta, las casas de adobe temblaban como animales asustados. A través de un sendero que serpenteaba entre casas y chozas, separadas por establos, corrales y huertas de repollos, le condujo hasta las obras de la catedral.

Había piedra por todas partes, ruinas empozadas en la niebla, enormes trozos de cristal tallado, herramientas y también, cómo no, langostas. Muchas langostas. Nadie trabajaba. El obispo y un maestro francés la esperaban en el brazo sur del transepto, junto a una nueva puerta a medio levantar, la puerta que llevaría el nombre del «Sarmental». Al verla llegar, don Mauricio corrió a su encuentro.

Se conocían de sobra; el obispo había tenido numerosas entrevistas con los padres de doña Berenguela desde que se aprobó la idea de construir una catedral dedicada a la Virgen María sobre el antiguo templo románico de piedra y ladrillo. Burgos se había convertido en sede episcopal y la antigua iglesia resultaba demasiado pequeña. Desde que se colocó la primera piedra de la catedral, unos meses antes del nacimiento del infante Alfonso, ella era la interlocutora directa.

—Señora, hemos tenido conocimiento de su paso por la ciudad… Los canteros franceses no quieren seguir trabajando.

La reina madre echó un vistazo a su alrededor.

—Supongo que, como todo el mundo, tienen miedo de las langostas —dijo.

—Oh, no. No es eso. Las langostas nos resultan incómodas, sobre todo porque son voraces, a veces incluso atacan la madera. Pero no es eso; se trata de otra cosa. —La tomó de un brazo para hacerla avanzar un poco—. Acercaos. Mirad allí arriba. ¿Los veis?

En un recodo del tímpano de la puerta, entre arquivolta y arquivolta, muy cerca del grupo escultórico de ancianos del apocalipsis, había una masa gris que rebullía.

—¿Los veis?

—¿Qué son? —quiso saber doña Berenguela.

—Son murciélagos hibernando —contestó el obispo—. Los canteros franceses dicen que son enviados del diablo y se niegan a seguir trabajando. Yo los despertaría a palazos, pero creo que no serviría de mucho.

Doña Berenguela quedó petrificada.

—¿Murciélagos? —dijo, y le salió un gallito.

—Murciélagos —contestó don Mauricio—. Llevamos dos semanas parados por su culpa. Los franceses son muy supersticiosos. Dicen que en Reims, a un cantero se le ocurrió coger uno y colgarlo de la pared clavado por las alas. Durante días, el murciélago los miraba con sus ojitos tristes, con ese rostro mitad de cerdo, mitad de demonio. Bueno, pues una noche, el bicho desapareció. Al día siguiente el cantero que lo colgó comenzó a ponerse blanco, blanco, sin que nadie supiera lo que tenía. Cuando por fin falleció en su casa, encontraron al murciélago metido en su lecho: le había succionado la sangre. Os hemos hecho llamar para que ordenéis la reanudación inmediata de las obras; el maestro y yo estamos dispuestos a buscar otros obreros, pero para ello tenemos que contar con más presupuesto.

—¡Nunca! —gritó doña Berenguela—. ¿Estáis locos?

—Bueno…, sólo sería un pequeño incremento…

—¡Al diablo con el incremento! ¡No se puede despertar a los murciélagos! Seguid por otro lado. Pronto empezará la primavera y se despertarán solos. Y ahora, permitidme marchar. La abadesa de las Huelgas está a punto de morir y quiere despedirse de mí.

Dos monjas impacientes esperaban en las puertas de la abadía. En silencio, presurosas, la condujeron a través del claustro hasta la celda de doña Sancha. Le dijeron: No morirá hasta que hable con vos. Luego cerraron la puerta dejándola dentro. Al cabo de una hora, doña Berenguela volvió a salir con el rostro demudado. La congregación esperaba fuera.

—¿Ya?

—Ya.

Entonces doña Berenguela ordenó lavar y vestir el cadáver de la abadesa con un paño muy preciado, según su rango, para luego depositarlo en un ataúd adornado con clavos dorados y cubierto con una tela carmesí. Dispuso también que la trasladaran al camposanto para enterrarla entre brezos y amapolas. Cuando las religiosas, todas a una, le recordaron que había prometido enterrarla en el coro, ella dijo que no podía ser. Así que, al día siguiente, a punto de marcharse, la congregación salió a la puerta principal para llamarle embustera. No sólo embustera.

Le dijeron muchas cosas, entre ellas que a una abadesa de la categoría de doña Sancha no se le raja la barriga para sacarle las tripas y untarle de arriba abajo con grasa, y que, ¿no lo estaba viendo?…, doña Sancha, desde el Cielo, había empezado a mandarle la plaga.

Atemorizada por la amenaza, doña Berenguela volvió a entrar.

—¿Cómo podría hacer feliz a doña Sancha? —preguntó.

—Doña Sancha está muerta —le dijeron ellas con despecho.

—Los muertos también son infelices.

—Pues sacadla del camposanto y enterradla en el coro de las monjas, que es lo que habíais pactado con ella.

Es que eso, les explicó la reina, no podía ser. En puridad, no había sitio en el coro para quien no perteneciese a la nobleza. Después de mucho hablar y meditar entre ellas, las monjas acabaron por abrir la reja. Le dijeron a doña Berenguela que, durante estos últimos días, la abadesa había vuelto a mentar a su hermana, ya sabéis, doña Constanza. Varias veces había dicho que lo único que deseaba era reunirse con ella para ver el rostro del Señor.

—Ya lo sé…—dijo doña Berenguela, pensativa, pues algo de eso habían hablado antes de que la superiora muriese—. Yo misma me ocuparé de que doña Constanza venga para morir y ser enterrada en Castilla; doy mi palabra de honor.

Lo decía de todo corazón, pero no se daba cuenta del alcance de sus palabras. Ni de lejos imaginaba que para cumplir con aquella promesa imposible, acababa de empeñar el resto de sus días.

Cuando se disponía a marchar, con un pie en el estribo, se le acercaron tres o cuatro monjas.

—Perdonad, mi señora, pero tenemos una duda muy grande.

La reina enarcó una ceja.

—Hablad —dijo.

—Acabáis de hacer la promesa de traer los huesos de la hermana de doña Sancha de Noruega, pero hay algo que no tenemos claro…, ¿de verdad existe ese reino de Noruega?

15

Castillo del Milagro, Toledo, 1230

El problema era ese, existir. *Sistere ex*, estar fuera. Lo que estaba fuera, a la vista, al alcance de la mano o del olfato, existía; lo que estaba en el interior, los sueños, los deseos, los proyectos y los fantasmas, las obsesiones, no existía. Y si Noruega no era más que una sensación, el balbuceo de una reina, para una humilde monja castellana del siglo XIII que vive encerrada entre los muros de un convento, no era nada.

Para doña Berenguela, algo más instruida que ellas, estaba en algún lugar lejano, a medio camino entre su corazón y la distancia infinita, pero era. Existía.

Más le valía; y más le valía cumplir su promesa porque, tal y como habían predicho las monjas, la abadesa doña Sancha no tardó en hacer llegar su venganza. Pocos días después del sepelio, algunos vieron descender del cielo una lluvia bermeja de langostas que se fue posando lentamente sobre las lomas peladas, los olivos y la alfalfa, los campos y las áridas montañas de Castilla, y pobló ciudades enteras con sus plazas y caminos, con sus calles estrechas y tortuosas, y zumbó por las cocinas de las casas, y pululó por los sobrados, y se ahogó en el vino de las bodegas, y asustó a los animales de los establos.

El propio arzobispo de Toledo fue testigo de ello un día de septiembre, cuando sorbía sopas de ajo con pan en el jardín de su castillo toledano del Milagro.

Ese día se había despertado calado de sudor y, al poner un pie en la piedra del suelo, vio que su camisa de dormir yacía por el suelo. Se palpó de arriba abajo: pelo. Al encontrarse completamente desnudo, se pegó un susto de muerte. Recordaba haberse puesto la camisa antes de dormir luego, ¿quién se la había quitado?

«Yo mismo —pensó a continuación, para no dar pie a ningún otro pensamiento—, por lo visto, tenía calor, y en sueños me la quité. Esas cosas ocurren. La naturaleza es sabia, el organismo se regula solo.»

Se había levantado temprano para desayunar con calma. Hacía tiempo que no se permitía el lujo de degustar el desayuno. La construcción de la catedral de Burgos y la opinión encontrada de otros muchos prelados, el viaje a Noruega y la muerte de doña Sancha, las monjas bigotudas insistiéndole en que la abadesa no estaba enterrada en donde se había prometido, la enfermedad del rey de León y los problemas sucesorios que se anunciaban, sumados a sus ocupaciones habituales y a ese empeño personal de no pararse para no «pensar», le habían dejado flojo.

En todo caso, aquel día sería distinto; tenía tiempo hasta la misa de doce. Él era un hombre libre, por mucho que doña Berenguela se empeñara en lo contrario. Abrió la ventana y, abandonándose a un turbio placer, se rascó las partes pudendas. Luego se dejó inundar por el aire fresco: el olor de las higueras, junto a la visión de los montes de Toledo le recordaron a su madre.

Obró en un excusado muy alto, instalado en una de las estancias que tenía el fundamento y la talladura de trono y al que subía y bajaba solemnemente por una escalera, como si se tratara de un púlpito. Junto a él, tenía un libro de medicina que le gustaba hojear mientras buscaba la inspiración. Abrió por donde se había quedado el día anterior: «La salud se debe al equilibrio de las potencias, lo húmedo y lo seco, lo frío y lo caliente, lo amargo y lo dulce y lo demás…».

Y qué razón tiene, se dijo cuando terminó de subirse el braguero y de abotonarse la sotana. Entonces le gritó a la criada que hoy quería desayunar en el jardín.

—No hay jardín —le contestó ésta al cabo de un rato, desde el otro lado de la puerta—, sólo abrojos y matorrales.

«Puta», pensó él, pero no lo dijo.

113

—Junto al tiesto con el geranio. Ayer puse allí una mesa y una silla —gimió en tono bajo, y echó un vistazo rápido a la estatua de la Gloriosa que tenía en el dormitorio—. Soy libre, hoy no rezo.

Tomó el libro de medicina con intención de seguir leyendo fuera y recorrió los corredores fríos y desnudos. Atravesó estancias vacías con ingentes chimeneas sin encender, bajó la escalinata, abrió el portón y se introdujo en el jardín. Tanto castillo para él solo iba acabar con su salud. Pero don Alfonso VIII se lo había donado junto al vasto territorio cercano a las hoces del Guadiana, casas, tierras calmas cerealeras, olivar, viñedo, huerta y molinos por su participación en la batalla de las Navas de Tolosa.

El recinto exterior era casi circular, con robusta sillería almenada, sin aspilleras ni torreones de flanqueo, rodeado de un ancho foso. Dos puertas principales, formadas por triples arcos entre los que se deslizaban los rastrillos, daban paso a la gran plaza de armas. A través de una de ellas emergió la criada con las sopas calientes, despeinada y en enagua blanca. Las dejó sobre la mesa sin decir nada. El arzobispo, que estaba leyendo, apartó la vista del libro para seguir su trasero bamboleante con la mirada. Cuando estaba a punto de meterse, la volvió a llamar.

Era una mora rapaz de grandes ojos negros y cabello rizado, de una belleza perversa. Tenía los dientes blanquísimos, la tez de aceituna y los ademanes silenciosos. Había echado raíces en la provincia de al-Ándalus, pero tras aguantar continuas algaras y razias de una crueldad despiadada por parte de las tropas castellanas de don Fernando, había optado por lo más práctico: convertirse a la religión católica y buscar empleo en casa de algún castellano acaudalado. Y como el arzobispo buscaba criada para sus nuevos dominios, entró a servir allí. Había mucho trabajo en aquel castillo solitario. Antes de que el día clareara, ya estaba aireando las habitaciones. Luego limpiaba, se deshacía de la paja vieja de los colchones y los volvía a llenar con nueva; conseguía leña para las cocinas y las alcobas; se proveía de velas y antorchas y encendía la de la puerta principal para señalizar la entrada. Por la tarde iba hasta el río a lavar la ropa, limpiaba, fregaba el suelo con el fin de matar a las pulgas y expulsar a los gatos de los sitios calientes.

Cada vez que don Rodrigo la tenía delante, ocupada en alguno de estos menesteres, un escalofrío le recorría el espinazo, como si fueran de otro las piernas que temblaban, de otro las manos incapaces de seguir abotonándose la sotana y de otro los músculos contraídos de la mandíbula.

Ella asomó su rostro por la puerta.

—¿Mandasteis algo?

El arzobispo hizo gancho con el dedo.

—Acercaos —dijo.

La mora se acercó. Al pasarle revista (cabellos despeinados, rostro sin maquillar, enagua transparente), don Rodrigo paró mientes en su calzado: unos escarpines altos con el talón al aire, delicadamente decorados, que desentonaban con el resto de la indumentaria.

—¿Y esas sandalias tan lujosas? —le preguntó.

La mora arrancó una brizna de paja y comenzó a chuparla.

—Las encontré lavando junto al río, medio enterradas en la orilla —dijo—. ¿Qué pasa, que no os parecen dignos de mí?

—¡Oh, sí, sí…!

Quedó pensativo unos instantes.

—De eso mismo quería hablaros… ¿Vos creéis que si yo me quitara esta sotana seguiría pareciendo un arzobispo? —dijo de pronto.

Era una pregunta que le rondaba la cabeza desde hacía tiempo, pero que nunca se había atrevido a hacer. ¿Era él un arzobispo o tan sólo un deseo, el deseo de su madre? Pero esa mañana se sentía con fuerzas para todo y, además, había despertado desnudo.

Volviendo a llevarse la brizna a la boca, la criada dijo: Vos tenéis pinta de cura, con o sin sotana, y se fue bamboleando el trasero. El arzobispo fijó la vista en la ventana y, durante un rato, pareció dedicarle su perplejidad al infinito; después se dio cuenta de que esa franqueza espontánea de la mora, teñida de ironía cruel, le había ofendido. Pero volvió a llamarla para decirle que a las sopas le faltaba el huevo cascado, y que a él le gustaban con huevo.

—Pues decidle a las gallinas que lo pongan —gritó ella con desprecio. Y comenzó a musitar en árabe juicios desdeñosos contra él.

Don Rodrigo se dispuso a comer. Frente a él se extendían sus posesiones, territorio comprendido entre el puerto de los Yébenes y el puerto Marchés y de ahí hasta el río Estena, Abenójar y las hoces del Guadiana, tierras ganadas con el sudor de su frente. Tierras áridas. Porque era verdad lo que decía la criada: allí no había jardín. Matorral bajo, amapolas, ortigas y dientes de león que crecían a la buena de Dios. Un poco más allá, yacía una vieja higuera seca como un navío de guerra. Nadie se había preocupado de retirarla y sus ramas como huesos se habían cubierto de moho amarillo. Él mismo se había empeñado en que no hubiera jardín.

Le hubiera encantado plantar flores y frutales, oh, sí, cultivar allí sus ciruelos, verlos crecer y llenarse de frutos, injertarlos de especies superiores como lo había hecho en los viejos tiempos en el huerto de doña Berenguela. Pero no podía. El jardín y sus placeres le llenaban la cabeza de pensamientos. «Pensar.» Mientras terminaba las sopas, volvió a abrir el libro: «Siendo la enfermedad el desequilibrio producido en el organismo por el predomino de una de las potencias, el exceso de calor —y se estremecía un poco con el pensamiento de la criada en enagua— o frío que se concentra en la sangre, médula o encéfalo».

Alzó la vista y vio como entraba un gato en un hueco de la maleza y se tumbaba en la sombra, con los ojos guiñados al sol. No le gustaban los gatos. Le recordaban los últimos días de su madre. Cuando estaba loca y los paseaba por la plaza del pueblo atados de una correa. Quince o veinte, y las carcajadas de las gentes. También había faisanes sueltos por el jardín. Siguió sorbiendo la sopa, que le pasaba caliente por el gaznate y bajaba hasta el estómago, mezclándose con aquel estremecimiento que ahora era hervor de la sangre. Los gatos eran ruines y egoístas. Los faisanes no. Cerró el libro de golpe.

—¡Pan! —le gritó a la criada—. ¡Esto está muy salado!

Y mientras esperó a que viniera, tomó una margarita del suelo y comenzó a deshojarla frenéticamente. Tal vez, se dijo, en su organismo también había un desequilibrio, un exceso de calor. Un gato se restregó por sus tobillos y él se lo quitó de en medio con un puntapié. Alzó la vista para volver a contemplar sus posesiones.

Se consoló un poco pensando que, al menos, si su madre le estaba viendo desde el Cielo, estaría contenta. Un día, cuando todavía era niño, ella estaba sentada frente a él, en el salón de la casa, junto a la ventana salediza. Le preguntó qué quería ser en la vida. Él dijo que pensaba estudiar medicina y casarse. Ella, embutida en su luto negro, levantó los ojos de su labor y le dijo: Tú no tienes que pensar en las mujeres; tú sólo tienes que pensar en Dios. En cuanto a la medicina… No volvieron a hablar del tema. Pasaron los años, fue a estudiar a Bolonia, luego a París, y sin darse cuenta, cuando volvió a Castilla, el comentario había arraigado en sus entrañas. Con una facilidad pasmosa se convirtió en el nuevo arzobispo de Toledo.

Desde entonces era un hombre abnegado, con el celo de que su arzobispado fuera el mejor de España, con el aire de estar siempre agotado por el trabajo, con la barbilla pegada al pecho y los ojos puestos en el suelo, pero por dentro ardía.

—¡Pan! —volvió a gritar, y los dedos que deshojaban la margarita eran cada vez más rápidos. Uno de los gatos se subió a la mesa y él lo empujó con furia.

Porque en realidad seguía hambriento, tenía un apetito de vida devorador.

La criada no venía. Volvió a mirar a su alrededor: tres o cuatro felinos más. Negros. Con las colas levantadas y abrojos en la pelambre, con ese afán de despreciarlo todo. Tiró la margarita al suelo y se puso en pie. Con un gesto brusco, apartó la mesa, y la sopa cayó al suelo. Gritaba: ¡criada!, ¡criada!, y ni él mismo sabía muy bien por qué la llamaba ahora. Se acercó a la puerta y cogió una pala. Alzándose la sotana con la otra mano, se puso a perseguir a uno de los gatos por el jardín. Y cuando lo tuvo cerca, le arreó un palazo tal que lo dejó en el sitio. Lo recogió moribundo, lo sopesó entre ambas manos y lo volvió a dejar en el suelo.

En ese momento apareció la criada, ya vestida y con los escarpines. Echó un vistazo al gato y, renegando con la cabeza, dijo:

—Tanta santidad para esto…

—¡Vuestra culpa! Por no venir.

La mora pensó que aquel era un día extraño. El arzobispo gritándole y matando gatos sin motivo alguno, y desde que se

117

levantó, una lluvia espesa y bermeja que no había dejado de caer. Tanto que llegó a oscurecer el cielo en una franca vertical, por la fachada norte del castillo, justo donde colgaban las sábanas. El jardín de don Rodrigo estaba al sur, así que pensó que probablemente no se habría dado cuenta. Pero luego se dijo que a lo mejor la llamaba por eso, por la lluvia, porque acababa de ensuciar sus sábanas y sus calzones.

Vio que se recogía la sotana por encima de las rodillas y salía trotando por el jardín. Cuando llegó a la altura de la higuera, tronchó una rama y se puso a perseguir al resto de los gatos. Ayúdame, criada, decía, ayúdame a espantar a Lucifer. La mora le ayudó con los brazos abiertos en cruz. En realidad, los gatos no tardaron mucho en irse, pero don Rodrigo se empeñaba en que seguían ahí. De pronto, se detuvo y se volvió hacia la mujer con el gesto crispado, jadeante. El pecho le subía y le bajaba. Fue todo visto y no visto.

De un empujón, la tumbó. A continuación echó un pie a tierra, se desabotonó la sotana, se la quitó, la lanzó a un lado y, tras abalanzarse sobre ella, comenzó a besarla en el cuello mientras le intentaba arrancar el vestido. Pero la mora era fuerte, tenía costumbre de montar a pelo, y enseguida consiguió ponerse a horcajadas sobre su espalda. Al cabo de un rato, él quedó quieto, sin resuello, ofuscado, tratando de quitarse con la lengua la tierra que le había entrado por la boca; en realidad, no sabía bien lo que había pasado, ¿qué hacía la mora en su grupa? Aprovechando la confusión, la criada se lanzó al suelo, se recogió las rodillas entre los brazos y se quedó mirándole en silencio.

Y ese silencio seco, esa hostilidad indiferente y helada, fue lo que le hizo sentirse verdaderamente imbécil a don Rodrigo.

—¡Decid algo! —chilló—. ¡No os quedéis ahí callada!

Tapándose el pecho con lo que quedaba de vestido, la mora se incorporó un poco. Dijo:

—Menos mal que tuvisteis la delicadeza de quitaros la sotana.

Don Rodrigo la consideró un momento con un deseo brutal de estrangularla. Tenía una sensación extraña: la piel se le agrietaba y de ella escapaban burbujas. Burbujas hirvientes del pecho, de los brazos, de la mano, de los dedos. Marchaos, quería decir, pero no pudo. Todavía sentado en el suelo, se giró en bloque para coger la pala. Luego buscó a la mora, volvió a tumbarla en el suelo y le arreó un golpe. Uno sólo. Seco.

En ese momento, por ese lado del castillo, el aire se pobló de cuerpos. Don Rodrigo miró hacia arriba, dio unos cuantos pasos, alzó el brazo y atrapó un puñado de langostas. «Langosta venganza divina —pensó—, langosta venganza divina.» Volvió a vestirse, tomó a la mora muerta por las muñecas y la arrastró hasta los cobertizos del castillo. La observó durante un rato. Pensó en taparla con una manta, pero luego se dijo que era mejor dejarla tal cual. Así que, quitándole los escarpines, que era lo único valioso que tenía, y metiéndoselos en el morral, se fue.

Cuando, solo en los establos, enjaezaba al caballo para marcharse, todos sus nervios se relajaron.

Con debilidad de mujer, la cabeza contra la grupa de la bestia, rompió a llorar.

Al día siguiente se presentó en la corte de Valladolid. Tenía un solo deseo: confesar lo que acababa de hacer a doña Berenguela, que ésta le perdonase y que le permitiese volver a su sede toledana para seguir con lo que siempre había hecho. Encontró a la reina madre preparándose para salir hacia León. Su ex esposo yacía en el lecho de muerte y quería verle por última vez.

—Han vuelto las langostas —le anunció el arzobispo.

—Lo sé —contestó ella—. Pero tiene remedio, ya tengo todo previsto.

Don Rodrigo se acercó. Le temblaban las manos y la voz, y ella lo notó.

—Yo... —titubeó. Se quedó mirándola con sus ojos ardientes como fuegos negros—. Necesito deciros algo...

La reina madre se sonrojó impetuosamente: de pronto, en el flujo de la sangre notó que algo grande, oscuro y extraordinario, estaba a punto de ocurrir. Sólo unos minutos antes, mientras preparaba su equipaje, todo era indiferencia y resignación en su frío corazón de mujer cuya vida ya empezaba a declinar. ¿Qué estaba a punto de decirle el arzobispo? Sus carnes, enmagrecidas a fuerza de años y trabajos, poco codiciadas por su sabor bravío, acaban de reblandecerse.

—¿Sí…?

Pero el arzobispo había enmudecido. Doña Berenguela, que tampoco estaba preparada para escuchar nada en ese momento, le sacó del aprieto.

—Muy pronto me reuniré en Celada del Camino con mi nieto y quiero que vos también estéis ahí. Hablaremos de todo con calma… Antes tengo cosas que arreglar en Villanueva del Sarria…

Al cabo de unos días, una calurosa madrugada de septiembre, con mano silenciosa, apenas audible, llamó al portón del castillo un hombre. Desde la maciza torre del homenaje, los cortesanos habían vislumbrado la silueta que avanzaba por entre el caserío de Valladolid: un moro con buena facha, tez morena y dientes de resplandeciente blancura, arrastrando su albornoz blanco, en veste talar y con sandalias negras, tarareando cancioncillas estúpidas. Montado sobre un mulo de pelaje amarillo, cruzó la plaza Mayor, todavía desierta, avanzó por delante de las casas apiñadas a la orilla del Pisuerga, dejó atrás las huertas, tomó uno de los senderos y se encaminó al castillo.

Cuando por fin llegó a la puerta y se apeó del mulo, observó durante un rato la fortaleza. Luego, sin muchas ceremonias, se anunció a los criados como enviado del arzobispo de Toledo. Estas palabras fueron suficientes para que la reina madre le dejara entrar sin pedir explicaciones.

Desde el día anterior, pensando en la frase inacabada de don Rodrigo, su seco corazón, huérfano de ternura, se derretía como hielo bajo el sol. Esa mañana había dormido más de lo habitual, se había levantado de buen humor y con voz dulce y cantarina, sin gritar a las criadas como era habitual, había pedido que le trajeran el desayuno a la cama. No es que se sintiese especialmente feliz, no, no era eso. Más bien, sentía en sus entrañas un resurgir de flujos, un movimiento y un calor que creía muertos.

Desayunó con calma, tostadas con confitura y no su frugal cuenco de papas, contemplando los rostros de las criadas que arreglaban el cuarto, escuchando sus voces. Más tarde, olvidándose del trabajo, bajó a pasear por los jardines. De pronto, como si algo se hubiese despertado en su rígido mecanismo mental, acababa de descubrir que había una belleza en el viento fresco de las mañanas, en el lejano ladrido de un perro, en el florecer de las glicinias del muro del castillo, en el entrechocar de los platos de la cocina. Y es que, en lo más hondo de su ser, había renacido una esperanza.

—¿Y qué noticias podéis traer vos de don Rodrigo Jiménez de Rada? —quiso saber nada más tenerle delante, esponjándose como una gallina—. Ayer mismo estuvo aquí…

El moro echó un vistazo a su alrededor. Le habían conducido hasta una estancia espaciosa con suelo de baldosa roja y muros enjalbegados, con una mesa de madera labrada, sobre la cual había candelabros, cubiertos y hermosos platos de peltre. Al fondo, sobre la chimenea que calentaba la sala, estaba colgado el pendón que el rey Alfonso VIII había traído como trofeo de la batalla de las Navas de Tolosa.

—Hermoso todo esto —dijo— y lujoso…, muy lujoso…, tanto o más que nuestras casas… Me he fijado en la nueva arquitectura, ¿qué pasó con los antiguos muros ciegos? ¿Es que ya no sentís la amenaza mora?

121

—Las ventanas se han ensanchado sólo ligeramente para mejorar la ventilación y la iluminación. Era necesario.

—Ya veo… Pequeñas concesiones a la cotidianidad doméstica, balbuceos de un calor y un lujo que vendrá después, sí, señor. Nosotros, los moros, tarde o temprano, lo perderemos todo en Córdoba. Los hay que ya se han hecho amigos de los cristianos, precisamente para eso, para no tener que perder más…

Doña Berenguela posó en él una mirada que lo abarcó de la cabeza a los pies.

—No os he dejado entrar para hablarme de moros de Córdoba, sino del arzobispo de Toledo. ¿Qué tenéis que decirme sobre él?

—Iré al grano —contestó él—. Vuestro valeroso arzobispo tenía una criada mora. Una de las criaturas más bellas de Córdoba, que se marchó a Castilla en busca de empleo. Según tengo entendido, el último sitio donde estuvo trabajando fue en el castillo del Milagro, que, como sabéis, es propiedad del arzobispo.

—Puede ser —dijo ella.

—Resulta que esa mora está muerta.

Doña Berenguela se encogió de hombros. En el esfuerzo por dominarse, la cara se le empezaba a poner dura y desagradable.

—Todos tenemos que morir —dijo con la voz temblorosa.

—Cierto —prosiguió el hombre—. Pero no asesinados por un arzobispo. —Hizo una pausa para tomar aire—. Un campesino dijo haber visto a don Rodrigo arrastrando el cuerpo de la mora hasta los establos del castillo.

—¡Alabado sea el Señor! —clamó doña Berenguela—. ¿Sabéis de quién estáis hablando?

—Probablemente —prosiguió el otro haciendo caso omiso—, intentó abusar de ella, tenía señales en…

A doña Berenguela le temblaban las piernas y le daba vueltas la cabeza.

—¿Para qué habéis venido? —dijo con un hilo de voz.

—Resulta que en Córdoba todos pertenecemos a la misma familia… —dijo él—. Yo soy el único que sabe que fue asesinada, ayer mismo me lo dijeron, pero en cuanto lo cuente por ahí, el resto de los miembros pedirán venganza, que no os quepa la menor duda. Yo, en cambio —se posó la mano en el pecho y volvió a echar un vistazo a su alrededor—, no quiero venganza. Aunque tengo una debilidad: me gustan los castillos…, los castillos como éste.

La reina madre se dirigió hasta la ventana. Luego eso era lo que le tenía que confesar el arzobispo; toda la esperanza de amor renacida se había desvanecido de golpe. La tristeza y el desencanto dieron inmediatamente paso a la ira. ¿Qué hacer? ¿Esperar a que la familia del moro se vengase? No, ella misma lo haría. En cuanto a ese moro, si quería un castillo, tendría que ofrecer algo más aparte de su silencio.

—¿Y decís que algunos de los vuestros se están haciendo amigos de los cristianos para no perderlo todo? —De pronto, había recuperado todo su vigor.

—Eso parece.

Doña Berenguela hizo un gesto a una criada para que les sirviese vino. Al rato apareció ésta con una bandeja y unas copas.

—Pues no es mala táctica. —Le miró fijamente a los ojos. —¿No creéis?

El moro calló unos instantes.

—No —dijo.

Ella seguía escrutándole sin parpadear.

—¿Habéis oído hablar del castillo de Iznatoraf?

Él asintió con un leve movimiento de cabeza.

—Vuestro hijo acaba de conquistarlo —dijo.

—Exacto. Una fortaleza recia, ahora deshabitada, desde la que se domina toda la loma del Úbeda, con once fortines…

—Veo que nos vamos entendiendo —le cortó él— y que os agrada mi silencio.

—Sí —contestó la reina madre—, pero necesito algo más que silencio. —Hizo una pausa para meditar sus palabras—. Se oye hablar mucho últimamente de un barrio llamado Ajarquía en Córdoba. Por lo visto, es inexpugnable. También he oído decir que si los cristianos lograran entrar en él, caería el resto de la ciudad…

El moro sonrió.

—La cuarta ciudad del mundo, la mayor después de Roma, Constantinopla y Sevilla… Sí, y sólo dependiente de un barrio.

A continuación tomó una de las copas de vino y la alzó hacia doña Berenguela.

—Estoy seguro de que podré complaceros —dijo, y después de pegar un sorbo, añadió—: ¡Por la conquista de Córdoba!

123

16

Unión de las coronas de Castilla y León

1230

Tan sólo un día después de brindar con el moro cordobés, doña Berenguela estaba en León para despedir a su ex esposo. Durante los últimos años de su vida, don Alfonso IX, *el Baboso*, se había concentrado en su política de conquistas en el sur peninsular. Tras haber tomado las plazas de Cáceres, Badajoz, Mérida y Montánchez, las tropas leonesas realizaron numerosas incursiones en Extremadura. Y con el propósito de agradecer a Dios tantas victorias, el rey emprendió una peregrinación a Santiago de Compostela. Pero cuando regresaba de ésta, tuvo un nuevo e intensísimo trastorno humoral que obligó a los físicos a practicarle una sangría que le dejó más muerto que vivo.

Al verle en su lecho de Villanueva de Sarria, doña Berenguela pidió que los dejaran solos. Acercó su rostro al de él, que asomaba la nariz por el embozo y le dijo:

—Alfonso, vengo a despedirme; no quiero que os vayáis guardándome rencor.

Él la miró en silencio. Llevaba días sin comer y estaba muy débil para replicar. Durante cinco o diez minutos permaneció inmóvil. Sólo su pecho subía y bajaba lentamente, haciendo crujir la camisola de seda. Pero después de un rato, en sus ojos aleteó una llamita.

—Vos no venís para despediros —cacareó—, venís para que nombre heredero de León a nuestro hijo Fernando.

No había venido para eso, aunque sí se le pasó por la cabeza comentárselo. Era verdad que desde 1217, don Alfonso IX, *el Baboso*, se había excusado del compromiso adquirido por el Tratado de Cabreros, y había instalado en León como herederas a sus hijas doña Sancha y doña Dulce, habidas de su primer matrimonio con Teresa de Portugal. Pero doña Berenguela ya había meditado sobre cómo convertir a su hijo en rey de Castilla y León. Negociaría con las infantas y con doña Teresa; estaba convencida de que se comprometerían a renunciar a la sucesión del reino leonés a cambio de una cuantiosa renta vitalicia.

—En todo caso —prosiguió él con mucha dificultad—, eso del rencor... es lo más hermoso que me habéis dicho nunca...

Se incorporó un poco y pidió a su ex esposa que le descorriera las cortinas. La luz entró a raudales en la estancia.

—¿Os acordáis que un día me preguntasteis si sabía qué hay después de la muerte?

—Lo recuerdo perfectamente.

—Pues no hay nada.

—No digáis esas cosas —le increpó doña Berenguela—. ¿Sabéis lo terrible que es morir sin Dios? Hay que ser fuerte. Más allá, os espera la salvación eterna.

Don Alfonso volvió a mirar por la ventana.

—Me importa un rábano la salvación eterna. Tengo los higadillos encharcados —añadió con un hilo de voz.

—Eso no es novedad —dijo ella por decir algo.

—No me voy a ir guardándoos rencor. El rencor está para hacerlo estallar contra algo, contra los muebles, contra las personas... ¿Qué haría yo con el rencor en un lugar en donde no hay nada más que muertos...? —Extendió un brazo, y con el dedo apuntó hacia la ventana—. Pero quiero que me ayudéis a llegar hasta ahí. Yo sólo no puedo.

La reina miró por la ventana. Fuera no había más que un pozo con polea y brocal de piedra que surtía de agua al castillo.

—¿Al pozo?

—Al pozo.

—¿Y qué tiene el pozo que no tenga la cama?

—En el pozo hay castillos, espada, vino, moros y mujeres. En la cama no hay más que muerte.

De pronto, doña Berenguela comprendió lo que le estaba pidiendo. Su gesto se crispó.

—¡Nunca! —le dijo—. El momento de la muerte sólo lo decide Dios.

—Pensadlo por un momento —contestó él—. ¿Qué hace en el mundo alguien como yo? Soy viejo, tengo los higadillos encharcados y un dolor que me consume poco a poco... Sólo tendríais que darme un empujoncín... —No pudo terminar porque el dolor le hizo derrumbarse sobre la almohada.

No accedió a la petición de su ex esposo; pero aquellas palabras, aquel último deseo fueron suficientes para hacerle comprender dos cosas. La primera que el hombre que ahora tenía delante, a punto de morir, no era el que había convivido con ella durante todos esos años. Tenía los mismos ojos, el mismo pelo, las mismas manos, las mismas uñas, pero era distinto. La segunda cosa que comprendió tenía que ver con ella misma.

Por primera vez en su vida, doña Berenguela sintió lástima. No era lástima por él, sino por ella, por no haber sabido disfrutar de la vida con él. Porque nunca antes lo había visto como aquel día, es decir, como a un hombre. Siempre había sido un instrumento. La pieza de ajedrez, torpe pero imprescindible. Primero el instrumento para la unión entre Castilla y León; luego el instrumento de su obsesión de tener descendencia; más tarde el instrumento para que su hijo heredara el reino de León. Se quedó cavilando otro rato, mirando en derredor, hasta que la vista se detuvo en un hatillo que ella misma había dejado sobre una silla al entrar. Tuvo una idea.

—¿De verdad queréis volver a ver los castillos, la espada y los moros? —dijo—. ¿Queréis que os traiga a las mujeres más hermosas del mundo?

Don Alfonso IX, *el Baboso*, abrió un ojo con dificultad.

—¿Moras? —acertó a decir con un hilo de voz.

—Moras.

Con manos presurosas deshizo el hatillo del que sacó una cachimba. Su cachimba. La que fumaba a escondidas por las noches, metida en su habitación del castillo. La que le había ofrecido a su nuera a punto de parir, cuando se retorcía de dolor en los inhóspitos páramos de Toledo. Con cuidado de que nada cayera al suelo, sacó también una cajita de hojalata con leche de amapola y un raspador para hacer fuego. El mundo puede ser muy hermoso, decía mientras metía el ungüento en la cápsula de la cachimba. Don Alfonso volvió a abrir un ojo.

—¿Me vais a lanzar al pozo? —preguntó esperanzado.

—No —contestó doña Berenguela encendiendo la pipa, y aspiró una primera bocanada—. Os voy a sacar de él.

No mentía. Porque durante todas aquellas noches en que se habían oído cánticos celestiales y carreras por los pasillos del castillo, ella también había salido del pozo para subir hasta un lugar en que los hombres, todos los hombres, eran buenos y olían bien, un pozo de aire, de vida, de flores.

Porque mientras fumaba de su cachimba, todo tomaba otro aspecto y otro color. Una serenidad alegre envolvía las cosas, los problemas no eran problemas, lo húmedo estaba seco y la hiedra le brotaba de las orejas. Mientras fumaba y expulsaba el aire, los muslos se restregaban bajo las faldas como grandes pedazos de carne blanca y la sangre helada de sus venas se calentaba a fuego lento.

Don Alfonso IX de León, *el Baboso*, aspiró de la boquilla de la cachimba. Poco a poco, su cuerpo, tenso por el dolor, se fue relajando y su rostro crispado se dulcificó.

—Ya veo la espada y el vino —exclamó—, ah, sí, y los castillos. ¡Ya veo a la mora!

Entonó una cancioncilla picante, levantó las manos y comenzó a moverlas en el aire. Pero de pronto calló. Abrió los ojos, bajó los brazos y dirigió la mirada hacia la que había sido su esposa. Dijo tristemente:

—Pero a mí siempre me gustaron más las cristianas.

Al oír esto, doña Berenguela sintió alfileres en las mejillas. Quedó inmóvil, sin saber qué hacer, mientras el rey de León volvía a cerrar los ojos.

Unos días después, los cerró para siempre.

Para entonces la reina madre ya estaba con su nieto. Era su segunda visita a Celada del Camino y el niño estaba a punto de cumplir diez años. Además de su intención de comunicarle personalmente la muerte de su abuelo, así como la importantísima unión de las coronas de Castilla y León (y su nueva condición de heredero a ese trono), tenía otras cosas que disponer.

127

La primera era echar a la nodriza de la casa. Hubiera querido hacerlo después de su primera visita, pero en Castilla las cosas se complicaron con la plaga de las langostas y nunca encontró el momento de volver.

—Doña Urraca —le dijo al poco de llegar, cuando el niño ya estaba acostado—, ¿os acordáis de la cabra que perdisteis?

La nodriza estaba en el cobertizo, repartiendo nabos a las cabras a la luz de una vela. Al oírla, las manos se detuvieron. Levantó la vista.

—¿La que perdí...?

—La que perdisteis cuando llamasteis a la puerta del monasterio de las Huelgas. Es hora de que sigáis buscándola.

Doña Urraca volvió a meter los nabos en el cubo. Durante un rato quedó sólida, inmóvil, impávida ante las gallinas y las cabras que le rozaban los muslos y le mordían la falda y le cagaban los pies. No tenía un pelo de tonta y enseguida comprendió lo que le insinuaban.

—Pero eso fue hace diez años...

—Pues con más motivo.

Sólo pidió a cambio una sola cosa: que le dejaran despedirse del infante. Doña Berenguela accedió a cambio de otra condición: ni un solo beso, ni una sola caricia, ni un solo susurro. Se acabaron los dengues y los remilgos. Si quería volver a ver al niño, no podía tocarlo. Y otra cosa más: no era la abuela quien ordenaba esa partida. Ella misma había decidido irse para casarse.

Por la mañana, tal y como habían acordado, apareció don Rodrigo Jiménez de Rada. El viaje desde Toledo había sido un tormento. Caminos cortados al paso y las posadas cerradas. La plaga había vuelto con tanta violencia que muchos campesinos decidieron prender fuego a los campos y pastizales para impedir que las langostas penetraran los burgos y las aldeas. Pero ahora, cuando por fin había alcanzado el asiento de paja trenzada junto a la chimenea del humilde salón de Celada del Camino, sorbiendo un caldo de gallina, no eran los caminos cortados ni las posadas cerradas ni la ira de la gente. No era el fuego de los pastizales lo que le molestaba. Era el fuego interior. El que se había desatado en sus vísceras casi al mismo tiempo que descendía la lluvia bermeja de langostas, la sotana no tiene nada que ver con vuestra condición de cura, no pararse para «no» pensar. Oía el crepitar de las ramas, sentía en sus propias tripas el chisporroteo de los caparazones, mientras el remordimiento se iba sobreponiendo a la vergüenza, el desvalimiento a la imbecilidad, madre. Madre, yo lo que quiero es estudiar medicina y casarme.

—Estáis colorado, arzobispo, tal vez os convenga apartaros un poco del fuego.

Era doña Berenguela, que le había invitado a sentarse para comentar los asuntos pendientes. En la cocina, doña Urraca trajinaba con las ollas, y la reina se dio cuenta de que el arzobispo hacía esfuerzos por no desviar la mirada hacia ella.

—Sí —dijo—, tal vez me convenga… Tanto como a vos apartaros de ese frío asiento…

—Mi más sentido pésame por la muerte de vuestro ex esposo.

La reina madre cerró los ojos y asintió.

—¿Vos creéis posible que Dios nos conceda la salvación eterna sin haber amado en la vida? —dijo de pronto.

El arzobispo reflexionó unos instantes.

—Pero vuestro esposo sí amó en vida… Si me permitís, creo que no hizo otra cosa que «amar».

—¡No estoy hablando de mi esposo!

—En ese caso no. Creo que no.

Después de saludar al niño, que tuvo que besarle la mano ensortijada, tuvieron una entrevista extraña. La reina madre le convocaba para que supieran cuál sería su modo de proceder con respecto a los planes que los reyes habían dispuesto para el futuro del infante. Quiere que participe en la cabalgada dirigida a tierras andaluzas y que vaya a descabezar moros, un niño de diez años, bueno, pues que participe y que descabece. Quieren que se incorpore a la vida de la corte, que aprenda modales junto a los clérigos y escribanos y que desarrolle aficiones dignas de un príncipe, bueno, pues que se incorpore. Quieren casarlo con Blanca de Champaña, hija de Teobaldo de Navarra; el rey don Fernando ofrece a cambio Guipúzcoa y otras tierras, bueno, pues ¡no se casará con ésa! Los reyes no lo saben pero ya he movido mis hilos para que jamás se case con una princesa navarra. He hablado con el conde de Bretaña que

129

tiene un hijo; se me ocurre que éstos tienen mucho más que ofrecer a Teobaldo.

Luego le contó su promesa hecha a las monjas de las Huelgas cuatro años atrás, en el sentido de que enviaría a alguien a Noruega para buscar a la hermana de la abadesa doña Sancha. A cambio, ellas volverían a rezar, ya están rezando para exterminar a las langostas y la plaga está contenida, ya sabéis que incumplimos la primera vez y que por eso... Estoy pensando que tal vez pueda ir algún embajador que conozca aquellas tierras...

—¿Un embajador...? —dijo él confuso.

Al igual que las monjas de las Huelgas, doña Berenguela ignoraba que el arzobispo le había dicho a la abadesa que su hermana estaba muerta. En realidad, sólo se lo había contado a doña Sancha y, al parecer, ésta había muerto sin decir nada a nadie.

—Un embajador no me parece buena idea —balbuceó—. No hay ninguno que conozca esas tierras.

La reina madre le miró unos instantes.

—¿Y vos?

—¿Yo? Yo estoy muy ocupado —dijo él inmediatamente—. Acaba de llegar a Toledo un nuevo grupo de traductores a los que debo coordinar. Además, acabo de volver de Noruega. No me podéis pedir que vuelva. ¡Hace mucho frío en esas tierras!

Doña Berenguela sonrió.

—No os vendría mal un poco de frío... —dijo.

Don Rodrigo le miró asustado.

—¿Frío? —preguntó, y tragó saliva.

—Lo «húmedo» con lo «seco», lo «frío» con lo «cálido». La desproporción, el predominio del calor sobre el frío que acaba concentrándose en la sangre. ¿No recordáis? Sosiego de tripas. El hombre expulsado del Paraíso. La batalla entre el espíritu y la carne. Fuisteis vos mismo quien me habló de todo eso...

El arzobispo se puso del color de la grana.

—La criada mora que teníais en el castillo del Milagro —dijo doña Berenguela fríamente—. ¿Dónde está?

Pero no hubo respuesta. Don Rodrigo tenía la vista clavada en el suelo.

—Veo que sí, que os conviene el frío. Antes de ir a Noruega habéis de arreglarlo todo —dijo ella— y pasar por el monasterio de las Huelgas. Las monjas tienen que seguir rezando. Les explicáis quién os envía y les contáis que, esta misma semana, tenéis intención de partir para Bergen para buscar y traer a doña Constanza. Hacéis noche allí y os aseguráis de que las monjas siguen rezando por la erradicación de la plaga. Luego viajáis hasta el norte y tomáis un barco. ¡Abrigaos bien porque los de sangre caliente no estáis acostumbrados al frío...!

El arzobispo estaba encogido, con la cabeza gacha como un pajarillo. El fuego interior estaba sofocado, pero ahora tenía que enfrentarse a su futuro: volver a emprender el largo viaje a Noruega, ausentarse durante un periodo que podía ser de años, olvidarse de la tan ansiada primacía del arzobispado de Toledo, de su Escuela de Traductores, de su labor histórica, de su vida confortable para buscar..., ¿qué era exactamente lo que doña Berenguela quería que buscase?

—¡Por cierto, arzobispo! —añadió ella—. Ese tal Haakon que ahora es rey... ¿tiene alguna hija casadera?

131

17

Celada del Camino, Burgos, 1231

Dos días después de que llegara doña Berenguela a la aldea, entró la nodriza doña Urraca a la habitación del infante mientras éste dormía. Se sentó en la orilla de la cama y se quedó mirándole con arrobo, las manos entrelazadas sobre la falda, hasta que el niño abrió los ojos. Nada más vislumbrar ese rostro —pómulos congestionados, ojeras, párpados enrojecidos—, el niño supo que venía a despedirse. Se incorporó, quiso darle la mano, pero ella hizo un brusco ademán para desasirse.

Comenzó a extender sobre el lecho las ropas que doña Berenguela le había entregado la noche anterior, un pellote, calzas, bragas, una aljuba abierta al costado izquierdo y un manto con labor de castillos y leones cuartelados. En ningún momento levantó los ojos y, sin embargo, sentía clavada en la nuca la mirada del niño. Le tomó de los hombros para hacerle girar sobre sus talones y se dispuso a desenredarle el cabello. Con el corazón quebrantado, sin mover ni un solo músculo de la cara y haciendo gala de una fortaleza emocional que ni por asomo tenía, le sacó las flores y las pajas enrolladas entre los rizos, una a una, y los aplastó entre las manos con aceite de almendras para poder colocarle el birrete. Le sonó los mocos, le pintó los labios con barniz, le cubrió la cara con una costra de harina de arroz, le perfumó, y sólo cuando le vio con esas ropas tiesas y ese aire de hombrecito prematuro, demasiado pesadas para un niño de esa edad, sintió la cosquilla de las lágrimas deslizándose por las mejillas.

Fue hasta el alféizar para coger los zapatos y, al volverse

con ellos en la mano y ver la cara de desesperación del niño, prorrumpió en desconsolado llanto.

El infante se arrojó en sus brazos y entonces ella lo besó, lo estrechó contra su costillar con todas sus fuerzas y con la yema de los dedos comenzó a palparle la nariz, las pestañas, el pelo, como si necesitara comprobar que todo seguía ahí y que seguía teniendo entre sus brazos el niño que había criado. El infante escuchaba los susurros: ay, *hio*, ay *hio*, tu abuela no nos deja que hagamos esto, palabras que le llenaban de calor y de frío al mismo tiempo, mientras que respiraba por última vez el olor a leche y a hembra, a gata, que le trasladaban a ese lugar, el lugar de la ternura al que ya nunca —ahora sólo lo intuía— volvería. La nodriza también tuvo un pálpito parecido. Porque si bien al principio, ese contacto barrió como un vendaval toda la angustia, el tacto áspero de las ropas le hizo separarse un poco.

Hasta que oyeron un ruido procedente de la puerta. Doña Urraca volvió a abrir los ojos. Primero uno y luego el otro, lentamente.

Doña Berenguela estaba ahí, frente a ellos. Había presenciado la escena desde que la nodriza entró en la habitación, sintiendo en sus propios huesos los chasquidos de los besos, su calor. Parecía un animal disecado. En torno a ella no se movía nada, ni más acá ni más allá, ni dentro ni fuera. Pero sus ojos relampagueaban y le palpitaban las venas de las sienes. El infante Alfonso se deshizo del abrazo.

—La nodriza se va —dijo doña Berenguela. Carraspeó, hizo un silencio y luego añadió—. Va a casarse.

La sonrisa del niño se apagó lentamente. Comenzó a mirar a doña Urraca y a su abuela, como pidiendo una explicación.

Doña Urraca también se había puesto de pie y, sin saber qué hacer, la vista puesta en el suelo, se planchaba el delantal con las manos.

—Ay, *hio*, ay, *hio* —fue todo lo que acertó a decir.

Entonces doña Berenguela comenzó a escrutarla con fiereza, la barbilla temblona de ira. Roncó antes de poder hablar:

—No sé si os dará la vida para enmendar el estropicio que habéis hecho en este niño durante estos diez años. —Y alzando el brazo para apuntar hacia la puerta, añadió—: ¡Fuera de aquí, guarra! ¡No quiero veros nunca más!

Doña Urraca se enderezó, se dirigió hacia la puerta y, cuando estaba a punto de salir, se giró. Y dirigiéndose a doña Berenguela, dijo con mucha serenidad:

—Yo ya sé que vos sois la reina, y que una reina no *pue* hacer ciertas cosas. Pero digo que *tambié* sois abuela y que una abuela *tie* un deber de amor casi tan grande como el de una madre. El niño se ha *criao* entre berros y conejos, entre besos y abrazos y estrujones, y quitarle *to* eso de golpe, pues me parece que no *tie* que ser muy bueno. Y digo yo que algo gordo os ha tenido que ocurrir a vos *pa* que no sepáis lo que *to* el mundo sabe: que en este mundo no importa mucho lo que uno ama, pero hay que amar a alguien, aunque sólo sea a un pájaro o a un gato; algo os ha ocurrido *pa* que no podáis besar, con lo bien que le sienta a uno besar…,

Doña Berenguela escuchaba imperturbable.

—¿Habéis terminado? —dijo.

La nodriza se volvió y mirando hacia la puerta, añadió:

—No, no he *terminao*, sólo una cosa más. ¿Sabéis lo que de *verda* me parece a mí? *Pue* que sí tenéis gana de hombre… Eso es lo que me parece, y que si no os dais el gusto es porque no hay hombre que tenga gana de revolcarse con un trozo de hielo como vos…

Echó un último vistazo al infante. Fue una mirada distinta, una mezcla de desconcierto y rabia, de ternura y desprecio, una mirada en la que el orgullo no era capaz de ocultar la tristeza, una mirada que el niño llevaría colgada de su corazón durante toda su vida. Con el paso del tiempo llegó a convertirse en el sustrato de muchos sus pensamientos, de sus decisiones, de todas sus creaciones, de su ambición sin límites, de su capacidad de trabajo y de su ingenio irracional, mudable, doblado, imbécil.

Después se marchó sin volverse, con pasos decididos y haciendo crujir la gravilla de la entrada.

—¡Yo tampoco quiero veros nunca más! —le gritó el infante cuando ya era un punto en el horizonte; pero ella no lo oyó.

Nieto y abuela quedaron solos, mirándose como dos extraños. Por fin doña Berenguela se acercó y le posó una mano en el hombro.

Pero de aquella saya oscura que cubría un cuerpecito tembloroso, emergió otra mano con áspero gesto de rechazo.

18

A correr tierra de moros…

Cabalgada contra Jerez, 1231

uando llegó a Burgos, una fría tarde de octubre, grandes cuervos hacían círculos en el aire, deformes como viejas enlutadas. Puesto que hacía tiempo que había llegado la noticia de la incorporación del príncipe a la corte castellano-leonesa, los cortesanos le esperaban en el patio de armas con antorchas y hacían apuestas sobre cómo sería. Hartos del humor desabrido y siempre zafio de doña Berenguela, ansiaban encontrarse con un joven extrovertido y cariñoso como la reina doña Beatriz. Sabían que durante estos diez años, el chico no había tenido otra compañía que el de una nodriza que le había alimentado con su propia teta hasta los cinco años, y corrían leyendas sobre el estado de abandono físico y moral en el que se encontraba, sobre si era un niño sucio y piojoso con olor a perro mojado que comía tronchas de berza; con todo, siempre había esperanzas…

Cuando el séquito penetró el portón, los cortesanos se fueron agrupando a su alrededor y su madre y sus hermanos avanzaron hacia el centro. Al ver a tanta gente, el infante detuvo el caballo. Uno a uno, desde lo alto de su displicencia, los fue recorriendo a todos con sus ojitos atónitos y brillantes: los prelados diocesanos y abaciales, el mayordomo mayor, el alférez, los preceptores, el capellán, el escribano, el contador y los porteros, los reposteros, los despenseros y los cocineros, las criadas, muchas criadas, hasta el chico de la letrina estaba allí. Poco a poco el círculo se fue estrechando; de todos lados brotaban murmullos, algunos le sonreían y alargaban un brazo para acariciarle un pie o le estrujaban el sayo.

Su madre se abrió camino hasta él a empellones y esperó a que se apeara. Cuando lo tuvo cerca, le dedicó una amplia sonrisa que él tuvo a bien corresponder; luego hizo ademán de abrazarlo, pero al extender los brazos, inesperadamente, algo hizo que el niño la apartara. Tenía la vista fija en la puerta y se le había helado la sonrisa. Doña Berenguela estaba ahí, hierática, una araña medio seca que se balancea en su tejido mientras contempla lo que tiene delante.

Sin apartar la vista del frente ni un solo momento, el doncel avanzó por el empedrado, penetró la puerta y se sumergió en las oscuras entrañas del castillo para ir al encuentro de su abuela.

Desde el primer día comprendió que nada de lo que había aprendido en Celada del Camino le serviría allí. Las flores tenían otro olor, los pájaros cantaban de otra manera, los perros no mordían y las frutas sabían a cuero roído. Ni las vacas eran las mismas: perdidas en el horizonte, parecían trozos refulgentes de metal. Sobre todo comprendió que aquel universo de besos y cariños, de abrazos y abundantes tetas al amanecer que tanto había amado, no sólo no le iban a servir, sino que un día se podían trocar en grave inconveniente.

Embutido en su nueva piel de príncipe, no tardó en aficionarse a ese nuevo modo de sentir, de pensar y de vivir. En su pertinaz empeño por convertirse en el emperador del que tanto le habían hablado, enseguida rompió con aquella infancia tibia y atolondrada: refinó sus formas vulgares conversando con los nobles y haciendo amigos, se ataviaba esmeradamente, bebía los mejores vinos, comía con mucha dignidad; aprendió a montar con destreza, a cazar, a justar, a correr lanzas, a tomar parte en los torneos y a cazar ciervos, osos y jabalíes. Todo lo absorbía; aprendió a leer y leía como un obseso, hasta el punto de que, en el primer año en la corte, ya había leído todo lo que otros príncipes de la época leían en toda su vida. Pasó del mundo campesino al humanístico como del calor al frío.

Sólo a veces, cuando llegaba la noche y oía gemir o hablar sola a su abuela dos habitaciones más allá, una gran tristeza caía sobre él. Se derrumbaba sobre la cama y daba rienda suelta al pensamiento. En su mente surgían vibrantes imágenes de

Celada del Camino, los lechones colgados de la teta de la madre; o los troncos retorcidos y musgosos de la huerta, agujereados de escondrijos para los lagartos y sobre todo la nodriza. La nodriza rascándose la entrepierna junto a la lumbre, riendo a carcajada limpia o trasportando el cántaro en la cabeza para coger agua en el río, el calor que desprendía su cuerpo que era como el aliento de un buey, el sabor de su leche, dulce como la miel de la madreselva. Entonces le apremiaban unos atosigadores deseos de llorar, de estar llorando toda una vida, de vaciarse de la vida.

Como príncipe de la corte castellana, el primer asunto que tuvo que atender fue una incursión en tierra de moros, experiencia militar que consistía en una cabalgada dirigida hacia tierras andaluzas y a cuyo frente se encontraba el destacado magnate nobiliario Álvar Pérez de Castro.

Mientras el rey don Fernando preparaba con detalle la campaña, dando toda la importancia a las máquinas de guerra para batir muros y torres, doña Beatriz se ocupó personalmente de dirigir la instrucción militar del hijo. El infante Alfonso tenía que aprender cosas tan nimias y a la vez importantes como ponerse la armadura y cabalgar con su peso. Algunas tardes, cada vez con más asiduidad, cuando hacía sus prácticas en una explanada cercana castillo, venía a verlos la abuela. Le habían confirmado que don Rodrigo Jiménez de Rada había cogido un barco en Santander y que desde allí había zarpado con rumbo a Noruega, desde donde había prometido escribir enviando noticias.

137

De este modo, se fue asentando en la vida de la reina madre una nueva espera; todas las tardes, a la hora de la siesta, salía de su habitación, recorría los pasillos muy pegada a la pared y se sentaba en el tabuco ventanero de la torre del homenaje para esperar al jinete que le traería la primera carta del arzobispo de Toledo.

Entre tanto, la participación del nieto en la cabalgada contra los moros cada vez le convencía menos. Mientras observaba las prácticas, su viejo corazón le decía que era demasiado pronto para soltar a un niño en un campo de batalla y, a veces, con aires de misterio, bajaba a traerle dulces y hablar con él. Miraba a un lado y a otro para cerciorarse de que nadie le observaba y le decía:

—¿Os dije que don Rodrigo está buscando? Ya pronto tendremos noticias sobre vuestra princesa.

O:

—Ya va quedando menos para tenerla entre nosotros.

Comentarios que no hacían más que confundir al niño. Un día se le acercó doña Beatriz. Hacía mucho que no intercambiaban impresiones, pero tenía la esperanza de que el corazón de su suegra se hubiera ablandado un poco con el paso de los años. Empezó hablándole del infante Alfonso, de lo mayor que estaba, de lo rápido que aprendía, de que sería un buen rey y un buen emperador, no me cabe duda, de su ingenio agudo, de su diligencia en el estudio, de su discreción y su elocuencia, de su modestia en la risa, de su sobriedad en el comer, de….

Al rayar el alba, una doncella entraba al dormitorio del infante agitando una campanilla: el chico saltaba de la cama, se enfundaba las calzas y las bragas, rezaba. Después de un desayuno frugal, con frutas y pan, la propia madre le ayudaba a vestirse con el yelmo, la brafonera, la malla de escamas de hierro, el perpunte y el escudo. Luego, una vez que estaba sobre el caballo, los quijotes, las grebas y las rodilleras: el niño no había visto tanto hierro junto en su vida. Comenzaba el día trotando y galopando. A la hora en que antaño solía empezar a morder los pechos de doña Urraca, tenía ya el cuerpo molido. En poco tiempo aprendió a cabalgar con soltura, manejando arco, lanza, espada y porra al mismo tiempo.

Doña Berenguela miraba a su nuera con su característica expresión de desapego.

—Al grano —le espetó.

—Veo que seguís igual —contestó doña Beatriz soltando un suspiro fatigoso—. Pero yo tengo que intentarlo. Primero os diré que no entiendo cómo mi esposo, el rey más religioso de España, no ha querido que su primogénito fuera educado al abrigo de un monasterio, bajo la tutela de algún insigne prelado o por los grandes maestros de la escolástica parisina… No lo entiendo, y me parece que vos habéis tenido mucho que decir en todo esto.

La alemana buscó una respuesta en el rostro de su interlocutora, pero no había manera de sacarla de su silencio.

—Últimamente —prosiguió—, mientras ayudo a preparar a mi hijo para esa cabalgada contra los moros, a medida que se acerca el momento, tengo la sensación de que es demasiado pequeño para ver y vivir lo que va a encontrarse en un campo de batalla. No sé si su corazón está preparado para una vivencia tan fuerte... Os veo observar de lejos, día tras día, y sé que a vos también os rondan los mismos pensamientos.

Doña Berenguela se azoró un poco.

—Salgo todas las mañanas a pasear —se excusó.

—Sí —contestó la otra—. Y no tiene nada de malo observar las prácticas de vuestro nieto.

—No observo las....

—¿Y qué es eso que le decís de que va a venir una princesa?

Pero la reina madre, que se violentaba cada vez más, hizo ademán de irse.

—¡Esperad! —le rogó doña Beatriz—. ¿Vos creéis que su corazón está preparado para la cabalgada de Jerez?

Cuando el infante regresaba al castillo, el almuerzo ya estaba preparado: codornices asadas con verdura, vino, pan. De postre, un poco de queso curado. Después del almuerzo, se dirigía a la capilla en donde le esperaba el capellán para hablarle de las tentaciones del diablo, del pecado y de las altísimas llamas del Infierno. Después podía tumbarse a la sombra de los árboles de la huerta o jugar a *ferir* con una pelota de vellón de lana y crines con otros donceles, o los días que hacía malo, al ajedrez o las tablas. Antes de las cuatro, ya estaba en la sala de estudios y bajo la dirección de su maestro Ponce de Provenza —discreto, siempre tímido y colorado—, aprendía el arte de escribir cartas. Eso era los lunes y los miércoles.

139

—Su corazón «tiene» que estar preparado —sentenció doña Berenguela.

—¿Quién lo dice? —preguntó la alemana.

—La razón.

Doña Beatriz quedó pensativa.

—No corresponde a la razón engendrar las emociones... —contestó—. Lo que yo os pido es que las dejéis libres por una vez, Berenguela, porque si la sangre no calienta al corazón, éste se convierte en despojo humano. Los sentimientos no se gobiernan, no son cosas de quitar y poner según el momento. Reconoced que os aqueja la misma preocupación. El niño tiene mucho seso y se dará cuenta de todo.

Los martes, los jueves y los viernes, aprendía gramática, retórica, dialéctica, aritmética, geometría, música y astrología. Al atardecer, volvía a la capilla en donde le esperaban sus hermanos para rezar el rosario y cenar con él. Ése era el único momento en que le dejaban verlos. La cena era mucho más frugal que el almuerzo.

—La inteligencia siempre fue un inconveniente en un mundo como éste, en que predomina la violencia…

—Ay, vos siempre con esas respuestas tan frías e indiferentes. ¿Pues sabéis qué? Ahora sé que esa indiferencia no es más que una coraza… —Doña Beatriz se quedó mirando el paisaje, pensativa—. Poco después de llegar a esta corte, me sentía aterrada. Pensé que se debía a las langostas, siempre pululando por todas partes… Por las noches, en verano, me costaba conciliar el sueño. Cuando estaban las puertas abiertas sentía sus patitas blandas corriendo por el pasillo, oía a los gatos comérselas haciéndolas crujir en la boca como si tuvieran huesos de pollo. Me moría del miedo pensando que podrían trepar por las cortinas, saltar hasta mi cama y devorarme el rostro. Nunca os lo dije, porque vos no estáis en este mundo para escuchar las debilidades ajenas, sois inmune a las pequeñeces que sobrecogen los corazones de las gentes y ese miedo mío era una pequeñez. Estáis sólo para las buenas noticias, para el triunfo: sólo. Luego, poco a poco, me fui dando cuenta de que las langostas no eran el objeto de mis temores.

»Porque, en realidad, la que de verdad me daba miedo erais vos —se quedó callada durante rato, como buscando las palabras—, o más bien: vuestra coraza. En cierto modo, durante estos diez años en que el niño ha estado apartado de nosotros en Celada del Camino…, yo también me he ido haciendo mi propia coraza. La coraza impide querer por temor a que la persona elegida pueda hacernos sufrir, y yo tenía miedo de que mi hijo, en algún momento, me reprochara el haber pasado la infancia con una cabrera en esa aldea. Ahora está aquí, cerca de mí, y vuelve a asaltarme la duda…, creo que con este asunto de la cabalgada, el corazón del niño no podrá soportarlo.

140

Durante todo este discurso, doña Berenguela había permanecido rígida, sin alterarse lo más mínimo.

—El corazón es un mapamundi —dijo cuando su nuera terminó de hablar—. En él hay muchos reinos, lugares lejanos que nos resultan desconocidos. Al no conocerlos, pensamos que no existen. Hasta que el dolor se cuela en ellos… para que sí existan…

—Veréis a Santiago luchando junto a la milicia celeste entre los guerreros cristianos —le explicó don Álvar Pérez de Castro al infante un mes después, justo antes de partir a la batalla.

Y, aunque el niño no sabía muy bien adónde iba, así fue; en un campo de amapolas cercano a Jerez, armado con una espada, una maza y un arco, camuflado entre las tropas cristianas, cabalgó contra los hombres de Ibn Hud de Murcia. Iban precedidos de cruces procesionales y estandartes religiosos y, al igual que sus compañeros, gritaba con fervor:*¡Santiago!, et a las vezes ¡Castiella!*

Aunque el objetivo de la campaña militar era tan sólo mantener el control de las plazas conquistadas, el choque fue brutal y el combate de una extraordinaria violencia. Pero el niño, que en todo momento había permanecido junto a don Álvar, no pareció inmutarse. Sólo al final, cuando los cristianos, cuchillo en mano, procedieron al «descabezamiento» de una veintena de prisioneros moros, el niño comenzó a gritar:

—¡Oh, don Álvar, mirad allí!

—Sí, majestad, no miréis si no queréis. Acaban de decapitar a un hombre y ahora le toca al siguiente. Es lo que suele hacerse después de las batallas victoriosas. No miréis. Es duro para un niño. No miréis si no lo deseáis.

Pero el niño no miraba el «descabezamiento». O sí lo miraba pero sin mirar, porque su vista, por mediación de ese sabio instinto que tienen los niños de no observar lo que les puede herir, abarcaba los pinos y el viento que susurraba entre ellos, atravesaba al grupo de escuderos y a las fornidas mulas, a los palafrenes que piafaban impacientes, pasaba por encima de los cadáveres y se detenía en una bestia vistosamente enjal-

141

begada. Iba de un lado a otro de aquel paraje pedregoso y absurdo, en medio de la refriega y los gritos, zarandeando los es-
tribos entre los cuerpos de los muertos, mientras la tarde se
cernía y unas nubes grandes y espesas corrían hacia el este.

—Ahí, don Álvar, ¿no lo veis? ¿Qué animal es ese con pelaje amarillo como los gatos, bultos en la espalda y el cuello tan
retorcido?

—¡Ah, eso! Es una camella. Ibn Hud de Murcia viaja siempre con ella para tener leche fresca por las mañanas. Por lo
visto está ligeramente más salada que la leche de vacas, pero es
un excelente tónico contra las enfermedades. Se dice que incluso ha llegado a curar a gente moribunda.

Ésa fue, aparentemente, la experiencia del niño en la «cabalgada de Jerez», una camella que daba leche fresca por las mañanas. Eso ocurrió en 1231 ó 1232. Los años se confunden. Días
fugaces, de mucho calor y mucho frío, años que saltan y galo-
pan como palafrenes impacientes ante la batalla, hasta que un
día de noviembre de 1240, doña Berenguela irrumpió en una de
las estancias del castillo. Preguntó por el infante don Alfonso,
y las doncellas le dijeron que estaba en la sala capitular.

Traía en una mano, agitándola en el aire, la primera carta de
don Rodrigo Jiménez de Rada.

19

Valladolid, en torno a 1235

Después de la cabalgada de Jerez, el chico siguió durante un tiempo inmerso en el «trivio» con sus maestros, instruyéndose en el manejo de las armas y en el aprendizaje de las estrategias de guerra y conquista. Le habían explicado que tenía que ser un gran emperador, y que para convertirse en un gran emperador tenía que leer libros de emperador, Aristóteles, el *Libro de Alexandre*, las *Geórgicas*, de Virgilio o la *Farsalia*, de Lucano. Debía de ser como Carlomagno o como el primo de su madre, el gran Federico II, hombre de gran coraje y valor, que hablaba con sus halcones en nueve idiomas, y quemarse las pestañas a la luz de una vela, leyendo esos libros mientras los demás estaban dormidos.

Pero ahora la madre estaba enferma y nadie supervisaba su educación ni se preocupaba de comprobar sus progresos. La corte había pasado en Burgos el mes de agosto y luego, sin trabas fronterizas, se acercó a Ponferrada. De León viajaron por Campos y el Infantazgo, y en Toro, doña Beatriz comenzó a sentir una desazón y un hormigueo en las piernas que las doncellas de la corte enseguida achacaron a una nueva preñez. En realidad, no estaba grávida. Cuando volvió a Valladolid, se tumbó en la cama y desde entonces no se había vuelto a levantar.

Súbitamente, todas las atenciones que el infante había recibido desde que dejó Celada del Camino desaparecieron. Los hermanos hacían vida aparte, algunos en el extranjero, y el padre estaba siempre guerreando en la distancia. Sentía nostalgia del «otro», del niño del campo, y sobre todo de la proximidad física de la nodriza. Pero en el campo, pensaba, era «el príncipe», y en la ciudad, un «salvaje».

Así que ante este desconcierto de no ser ni una cosa ni la otra, no le quedó más remedio que buscar un asidero emocional en la abuela. Al atardecer iban juntos a la ventana. Ella con sus pasos menudos de mujer nerviosa; él, alargando los trancos para ser el primero en llegar. A la derecha la tierra se abría en amplias planicies, valles estrechos y oteros; a la izquierda había nogales, viñedos, un castillo lejano como un lagarto despanzurrado bajo el sol; más allá, comenzaba la tierra sin verdor, la tierra roja. La tierra amarilla que tanto hace soñar.

En el tabuco ventanero pasaban las horas muertas en espera de que algo rebullera en el horizonte, en un silencio cuajado de gestos y enigmas que por aquel entonces nutría al niño tanto o más que los besos, las caricias y los estrujones de la nodriza o la meticulosa dedicación de la madre. Doña Berenguela solía sacarse del bolsillo un mendrugo de pan y un trozo de cecina y queso para compartir con él, y así pasaban la tarde; comiendo y mirando.

Se entendían con un lenguaje sin palabras, de cambio de miradas y de hondos suspiros. A veces, la abuela abría mucho los ojos, alzaba lentamente un índice tembloroso y apuntaba a un lejano montículo o a una depresión del paisaje; dejaba de masticar y decía:

—Niño.

Y el niño:

—¿Sí…?

Y ella, sin dejar de mirar al frente, se humedecía los labios con la punta de la lengua.

—Hay una nube de polvo en el horizonte que avanza hacia nosotros, ¿la veis?

—Oh, sí —mentía don Alfonso, que lo único que deseaba entonces era que nada perturbara esa complicidad—. La veo.

Los ojos de doña Berenguela resbalaban lentamente por los cerros pelados. Estremecida por la emoción, soltaba un suspiro tembloroso: Es la comitiva. Ya pronto estará aquí nuestra princesa…

—Sí... —repetía el niño—, nuestra princesa.

—Nuestra princesa del norte —apostillaba ella.

Y así tarde tras tarde, hasta que el niño se dio cuenta de que ya no necesitaba pensar en la nodriza Urraca, y que comenzaba a sentirse unido a su abuela por un extraño vínculo, en ocasiones contradictorio y variable, oscuro, pero muy poderoso.

Nadie en la corte entendía cómo un niño de doce o trece años podía pasar tantas horas inmóvil frente a una ventana, acompañado de una anciana árida y enteca que apenas le dirigía la palabra. Sentían lástima por él, especialmente su madre, que, ya enferma, había intentado por todos los medios apartarle de la compañía. Doña Beatriz aceptaba todo menos la obstinación de la abuela por inculcar en la cabecita del nieto su propia obsesión imperial. Más que lo que pudiera ocurrir en el futuro, le atormentaba la transformación física que experimentaba el niño, la palidez de su piel, la pesadez de sus miembros, la mirada desorbitada, siempre puesta en la ventana.

Pero lo que nadie sospechaba era que en ese espíritu criado en libertad, la espera inmóvil satisfacía los deseos más soterrados: ganas de correr, de saltar, de tirar piedras a las ranas, de tirar de la cola a los marranos y de trepar a los árboles. Nadie sospechaba que la espera junto a la ventana le llenaba al niño la cabeza de campo y de ranas. Campo de Castilla, y de olor. El olor de la cecina y del queso mucho más fuertes que el olor del recuerdo. Nadie sospechaba que la espera era arrancarse la piel de príncipe para sentarse con su abuela y olvidarse de la enfermedad de su madre, solos, quietos, los maestros esperándole en la sala con los libros abiertos, esconderse un poco en los requiebros del tabuco para que su padre, si es que andaba por ahí, no le viera sin hacer nada. Nadie sospechaba que la espera era llenarse la cabeza de nada.

En compañía de la abuela, no había fórmulas ni obligaciones, ni libros, ni otra rutina que no fuera la de ir a la ventana a esperar. La espera lo había habituado a la franja del horizonte, al olor rancio que exhalaba su piel, a sus manías de vieja, al ritmo anheloso de su respiración y a sus frases truncadas por largos silencios. Poco a poco empezó a poseerle la borrosa conciencia de que sentía por ella un fervor parecido al que había sentido por doña Urraca cuando era muy chico y la veía orde-

145

ñar a las cabras con aquellas manos gruesas y hábiles, o retorcer la ropa en el río. Advirtió que esa fascinación emanaba del temperamento recio y vigoroso de su abuela, de su falta de cinismo y de la incapacidad para el asombro, de ese despojamiento de la ternura y del afecto que en el fondo la hacían inmensamente libre y poderosa frente a todos: yo no necesito de nadie, y, a cambio, nadie necesita de mí.

Pero la presencia del nieto también fue haciendo mella en el carácter de la abuela. Hasta ese momento, la vida había pasado resbalándole por el alma como un trozo de hielo entre las manos. Sus hijos siempre habían sido «cría»: niños choto o niñas ternera, linajes para engordar con el fin de ser cruzados con otros linajes; y ni los acontecimientos más sonados de su vida —la batalla de las Navas, la muerte de sus padres o de su hermano Enrique, la conjura de don Álvar Núñez— habían conseguido perturbarla. No había sentido. No «había vivido». Pero ahora, en compañía del infante, un pequeño regusto gratuito estremecía sus entrañas. Al oír hablar al niño, al sentir el calor de su cuerpo junto a ella, su seco corazón, huérfano de afecto, comenzaba a derretirse como hielo bajo el sol, y aunque le costaba admitirlo, sentía un confuso cosquilleo de la sangre, una corriente de placidez que nada tenía que ver con las tierras de Suabia ni con el apellido Hohenstaufen ni con los mapas europeos ni con el Sacro Imperio romano germánico.

Comenzó a asaltarle el miedo de perder lo que tenía. Miedo a que hiciese frío y su nieto pudiera resfriarse. ¡Ella que se jactaba de ser un puro témpano! Miedo a que a su nieto le mordiera un perro, a que la gente sucia y pobre le transmitiera enfermedades, a que se descalabrase por un terraplén, a que las langostas entraran por la ventana y le devoraran el rostro. Poco a poco, sin quererlo, fue poniendo a un lado los asuntos del reino para dedicarse por completo al infante don Alfonso, al que no perdía de vista ni un solo momento.

Le perseguía por todas partes vigilando hasta sus bostezos, le atisbaba por las rendijas de las puertas tan sólo por el placer de verle, recorría las ventanas del castillo para que no entrase aire, se desvelaba oyéndole respirar por las noches con el temor de que pudiera contraer una pulmonía. ¿Dónde estaba ahora su firmeza, su seguridad, su indiferencia?, se decía a veces. Su vida entera era él, y el infante Alfonso no tardaría en darse cuenta.

Y así fue. Un día en que ella no había parado de hablar de puntos y de franjas, de jinetes, de comitivas y princesas en el horizonte para que lleguéis al Sacro Imperio romano germánico, él se quedó mirándola atentamente. Dijo:

—Mi padre me ha contado que de niña se os metieron unos murciélagos en la cabeza, y que por eso decís tantas cosas raras, ¿es verdad?

Ella enarcó una ceja. Respondió:

—Según —y llevándose un dedo retorcido al ojo, se subió el párpado y cacareó—: venid, acercaos al borde, a ver si los veis vos...

El niño se sentó frente a ella y se inclinó para mirar en el interior de sus ojos. Pero no vio nada que no fuera el ojo y sus venas sanguinolentas. La abuela esperaba la respuesta con ansiedad.

—¿Qué? ¿Los veis?

—Pues...

—¡Cómo que no!

—¡No!

—¡Mirad bien!

El infante volvió a inclinarse.

—¿Qué? —insistió la abuela.

El niño guardó silencio durante un rato. Luego dijo:

—Un ojo de vieja. Eso es lo único que veo.

—¡Un ojo de vieja! ¡Un ojo de...!

Pero antes de que doña Berenguela siguiera, el niño prefirió dejar las cosas claras. Últimamente, había estado reflexionando sobre la vida que llevaba, dándose cuenta de lo absurdo que era todo. Porque, en realidad, ¿qué había más allá de aquella estúpida obsesión de mirar por la ventana que no fueran gestos, vaguedades y emociones reprimidas? ¿Qué esperaban de él en la corte? Y sobre todo: ¿por qué estaban esperando a una princesa del norte?

Esa tarde no se dejaría llevar por la palabrería y las absurdas promesas de futuro. Sobre todo, empezaba a cansarse de tanta princesa. Porque aquel hablar y más hablar de ella había hecho que se le volviera odiosa; la princesa no iba a venir y les dejaría hundidos en el desconsuelo más ruin, como esos casti-llos moros abandonados por sus habitantes antes de que entra-ran los cristianos, habitados por zarzas y pájaros, lagartijas y silencio. No vendría y entonces el futuro quedaría en nada. ¡Nada!

—Tampoco veo la nube del horizonte de la que siempre me habláis —dijo—. ¡Ni los jinetes de la comitiva ni la princesa! ¡No veo nada de lo que vos pretendéis que vea porque me pe-dís que vea cosas que no existen! —Y la rabia comenzó a ex-tenderse por su pecho—. ¡Y no las veré nunca!

La abuela dejó que acabase de hablar mientras le escrutaba en silencio. Luego dijo:

—No veis nada porque lo esperáis todo de fuera. Pero pronto lo arreglaremos, hijo. Ya lo arreglaremos…

20

Valladolid, en torno a 1235

—¿Qué es el Sacro Imperio romano germánico? —se le ocurrió preguntar un día al infante a uno de sus preceptores.

Todo el mundo le hablaba del «Imperio» con admiración enfermiza, los maestros, su madre, su abuela, sobre todo su abuela. En su mente de niño siempre había sido una inmensa mancha en el mapa sin sentido alguno, situada entre los reinos de Francia, Polonia y Hungría, una mancha que, sin embargo, levantaba las pasiones más encendidas, era causa de excomuniones y rivalidades lacerantes y —y esto era lo que más le impresionaba, a medida que se iba dando cuenta— que había convertido la vida de su abuela en una obsesión.

—Bueno... —dijo el preceptor que sin duda buscaba en su cabeza la manera de empezar a explicarle todo aquel tinglado—, vos sabéis que a lo largo de la historia, las relaciones entre los papas y los emperadores siempre han sido complejas...

—Malas —dijo el chico.

El preceptor comenzó explicando que el territorio que más problemas planteaba en estas relaciones era el de Italia, pues en él se habían establecido diversas comunas que estaban sujetas al emperador exclusivamente, y que se había abierto un enfrentamiento en esas tierras entre dos grupos.

—¿Habéis oído hablar de los güelfos y de los gibelinos? —le preguntó.

Gibelino era Federico II, su madre y todos los Staufen, eso lo sabía el infante, pero ¿cuál es la diferencia?

—Muy sencilla —siguió explicando el preceptor—, los güelfos son partidarios de los pontífices romanos; los gibelinos son defensores a ultranza de los emperadores germánicos.

Con estos dos conceptos claros, el preceptor siguió explicando que al frente del Imperio germánico, institución que había reavivado Carlomagno en el año 800 haciéndose coronar como emperador, estaba el primo carnal de su madre, Federico II Staufen, un personaje tan singular como vuestra abuela Berenguela, excomulgado por el Papa y que, por de pronto, había sumado a su condición de emperador a la de rey de Sicilia. Supongo que todos esperan que vos sigáis su ejemplo…

—Pero ¿por qué yo? —quiso saber él.

—Porque aunque en principio cualquier rey cristiano puede aspirar a la coronación, sólo los reyes germánicos la obtienen, por eso hablamos del «Sacro Imperio romano germánico».

—Pero yo no soy germano.

—¡Oh, sí! —le corrigió el preceptor—. ¡Claro que lo sois! Vuestra abuela se preocupó de que lo fuerais…, ¡vaya si lo hizo! La conexión directa con el Imperio romano germánico y la fuerza de su derecho a la corona imperial os viene de vuestra madre. Como heredera del ducado de Suabia, los descendientes de doña Beatriz, es decir, vos y vuestros hermanos, tenéis un derecho adquirido. El único inconveniente es que vuestra familia no cuenta con el apoyo de los papas…

El infante escuchaba anonadado. Por primera vez, alguien le explicaba las cosas con un poco de orden y cordura.

—¿Y Noruega? —aprovechó para preguntar—. He oído que el arzobispo de Toledo anda buscando a la hermana de una abadesa de las Huelgas ya fallecida, porque mi abuela les prometió a las monjas que lo haría.

—Sí —dijo el preceptor—, en realidad, según tengo entendido, es un trato; ellos buscan a la hermana de la abadesa; a cambio, las monjas rezan para que no resurja la plaga de langostas.

—Pero mi abuela se excita mucho cada vez que sale el tema de Noruega —añadió el infante—, ¿no tendrá ese reino que ver con todo este asunto del Imperio germánico?

Noruega. Ni siquiera el preceptor podía decirle gran cosa de ese reino lejano, salvo que era un pueblo de bárbaros, tribus encabezadas por reyes y jefes guerreros que se habían dedicado a saquear las tierras al oeste y al este de Escandinavia durante siglos. El resto había que imaginarlo. No a través de lo que contaba doña Berenguela, a la que le bailaba la noción de la geografía pensando que ese reino estaba a la vuelta de la esquina, con una ciudad portuaria, Bergen, que debía de ser parecida a Bilbao o Santander, sino más bien a través de lo que no contaba, de los suspiros y las vaguedades, de las emociones reprimidas, del silencio junto a la ventana.

—Bueno... —el preceptor alzó la vista hacia el frente—, Noruega puede interpretarse como una apertura del Imperio hacia el norte escandinavo, con el que las ciudades bálticas alemanas mantienen un estrecho contacto comercial, pero... —La reflexión quedó ahí, porque realmente el preceptor no sabía cómo seguir.

Poco después de que tuviera lugar esta conversación, una noche de luna llena y mucho frío, doña Berenguela irrumpió en la habitación del infante. Le gritó desde la puerta:

—¡Levantaos, llegó la hora!

El infante se incorporó y se quedó sentado, jadeante, sobre el lecho.

—Llegó la hora de ir —le repitió su abuela lanzándole las ropas a la cara—. ¡Vestíos!

—¿Ir adónde? —dijo él frotándose los párpados con los nudillos.

—¡Vestíos! —volvió a ordenarle ella.

Don Alfonso se quitó la camisa de dormir y se puso un toquete azul y un ropón carmesí sin mangas y cuello escotado. Se lavó con un poco de agua que quedaba en la palangana, se peinó apresuradamente y salió al pasillo en donde ya esperaba la impaciente doña Berenguela.

—¿Vamos hasta la línea del horizonte? —preguntó.

Pero la abuela ya trotaba escalera abajo y no le oyó. Los moradores del castillo dormían aún, y de puntillas, en silencio sepulcral, descendieron hasta el patio de armas y salieron por el portón principal. El frío horadaba los huesos, y durante más

151

de media hora anduvieron campo a través hasta llegar a una zona de pinares. Doña Berenguela, embozada en una capa negra y lanzando nubes de vapor, zanqueaba por delante con un candil en la mano, esquivando conejos y matorrales sin decir ni una sola palabra ni preocuparse de si su nieto seguía detrás o no. A lo lejos, en la ciudad, las campanas empezaban a repicar y tenues columnas de humo brotaban sobre los tejados. Por fin llegaron a un calvero del bosque, en donde al infante le pareció avistar una casa destartalada de adobe, rodeada de extraños tenderetes y corrales.

—Es aquí —dijo la abuela casi sin resuello.

Llamó varias veces, pero nadie abrió; un poco más allá se desgañitaban los grillos, y las mariposas nocturnas giraban en círculos alrededor del candil. Doña Berenguela le propinó un puntapié a la puerta y entró.

—¡Soy yo! —gritó, y, esquivando a un par de gallinas que andaban picoteando por el suelo, se situó en medio de una estancia abarrotada de objetos—. ¡He venido con el niño!

Aterido, asustado, don Alfonso echó un vistazo a su alrededor. El ambiente estaba tan cargado que resultaba difícil respirar. A la luz del candil, le pareció distinguir una mesa pringosa sobre la que había pilas de ollas y restos de comida, así como extrañísimos objetos, imágenes de cera y piedras brillantes, aves decapitadas, manojos de hierbas, espejos y montones de piedras.

Como no hubo respuesta, la reina madre volvió a gritar:

—¡Soy yo, he venido con mi nieto! ¡Salid de una vez, puta!

De la húmeda penumbra de la casa pareció surgir algo parecido a un mugido bestial, pero nada se entendió. Doña Berenguela avanzó abriéndose paso entre unas cuantas gallinas y, tras situarse junto a una puerta, dijo:

—¡Salid de una vez, vieja bruja! ¡Sé que estáis ahí!

Volvió a oírse el mugido, y ahora una especie de barullo, un revolver abrupto de ramas o de pajas secas y luego unos pies arrastrándose por la piedra del suelo. Se oyó:

—Os dije que era pronto.

Al oír esta voz, un cacareo de mujer parecido al de las gallinas que por allí pululaban, el infante se asió fuertemente el brazo de su abuela.

—No me dijisteis que era pronto —dijo ella desembarazándose del niño—, me dijisteis que era joven, que no es lo mismo.

La casa volvió a sumirse en el silencio. Una gallina se enarcó sobre la mesa, ahuecó las plumas y estiró el pescuezo. Afuera, un viento gélido mecía las ramas de los pinos. Empezaba a clarear.

—¡Hace frío! —gritó la voz de dentro—. Volved más tarde. Estoy durmiendo.

—¡Salid, puta! Que os creéis, ¿qué he venido a ver a las gallinas?

De nuevo sobrevino el silencio y doña Berenguela comenzó a aporrear la puerta.

—Si no salís, entraré yo misma.

Entonces se abrió la puerta y apareció un engendro de mujer vestida con harapos. Dijo:

—Al menos son ponedoras. ¿Queréis comprar huevos?

Doña Berenguela echó un vistazo a su alrededor.

—¿Cómo van a poner huevos si no hay gallo? —replicó.

Mientras tanto, la mujer se acercaba al infante. Al ver aquel rostro picado de viruelas, con greñas sucias y pelos negros en las mejillas, don Alfonso reculó. Ella le clavó sus ojos pequeños y con el índice retorcido comenzó a recorrerle el cuerpo. Cuando llegó a la cabeza se entretuvo haciendo círculos con el dedo, enganchando el cabello y tirando de él (así que éste es nuestro príncipe de Castilla y León...); por fin lo soltó. A continuación, se dirigió arrastrando sus pies menudos hasta una mesa junto a la ventana.

—Estoy cansada y soy vieja —dijo tomando un manojo de hierbas. Y tras levantar lentamente la vista, preguntó a la reina madre—: ¿Traéis oro?

—Traigo oro.

—¿El oro y el moro? —dijo esbozando una sonrisita sarcástica.

—Sólo el oro —dijo la reina madre muy seria.

—¿Es que no sabéis reír, Berenguela?

La reina madre se quedó confusa.

—¡Pues claro que sí! —dijo.

—Entonces, ¿por qué no reís? Echaos una buena carcajada. Os sentaría bien al bajo vientre.

Doña Berenguela la observaba con hosquedad. Dijo:

—No he venido a eso.

Pero la mujer estaba ocupada en sacar dos sillas.

—Sin risa y sin llanto la vida puede ser horrible como una pesadilla. ¡Ni eso! —gritó de pronto—. Sin risa y sin llanto, la vida no es nada… En fin, que yo lo intento, aunque ya os digo que es pronto. —Y disponiendo una silla frente a la otra, ordenó a la abuela y al niño que se sentaran.

Con movimientos lentos, la mujer comenzó a arrancar las raíces de una mandrágora, que iba arrojando en un cuenco con agua sucia. De pronto dijo:

—Seréis reina, pero sois una ignorante, ¿acaso no sabéis que no hace falta gallo para que las gallinas pongan?

A continuación, sin esperar la respuesta, se volvió, tomó una gallina de las patas y comenzó a moverla en círculos sobre la cabeza del infante, que, asustado, trataba de esquivarla. Por fin la lanzó contra la puerta y de un saco de arpillera, extrajo tósigo y bellino, cogió hojas de toronjil secas que colgaban de la pared, unos cueros viejos, unas cuantas plumas del suelo y un buen puñado de pimienta roja. Lo echó todo en un cuenco y lo revolvió con una cuchara de madera. Luego, situándose entre las dos sillas, se inclinó sobre doña Berenguela, le tiró de un párpado hacia arriba y se quedó observándole un ojo.

—Cómo mueven las alas los muy revoltosos —musitó—. Son pequeñitos, pero no paran… —Miró al niño y renegó con la cabeza—. ¿Por qué no esperáis unos años? Todavía es un crío. Son muy inquietos, a ver si se le van a subir al cerebro…

—No.

Entonces la hechicera volvió a sacudir la cabeza, tomó el cuenco y lo acercó a la nariz de doña Berenguela; instintivamente, ésta apartó la cabeza.

—¡Huele a rayos!

—¡Os fastidiáis! —le gritó la vieja—. Ya os expliqué que la única manera de sacarlos era con los estornudos.

Volvió a acercarle el cuenco a la nariz de doña Berenguela y, al cabo de un rato, ésta comenzó a estornudar. Estornudó con la fuerza de un caballo, sacando flemas, bilis y salivas hasta el punto de que su cuerpecito escuálido casi se descoyunta. Sentado en su silla, silencioso, el infante Alfonso observaba la escena perplejo. Estaba deseando terminar, salir corriendo por la puerta, pero el miedo le paralizaba.

—Unos años, hay que esperar unos años —insistió la hechicera apartando el cuenco.

—¡Dádmelo! —exclamó doña Berenguela, que se lo arrebató de las manos y se lo volvió a situar bajo su nariz—. No puedo esperar más. Lo que pasa es que tengo que cerrar la boca para que no me salgan las entrañas.

Estuvo un rato aspirando el aroma picante del cuenco, los labios sellados, aguantando las ganas de llorar y de estornudar, y entonces el muchacho se dio cuenta de que mudaba de color, los ojos se le anegaban de lágrimas e iba poniéndose más y más colorada, amarilla —¡ya, ya va!, gritaba la hechicera—, luego verde —¡ya salen!—, hasta que de pronto ocurrió algo realmente asqueroso: a doña Berenguela comenzó a inflársele la nariz. Al cabo de diez minutos, tenía aspecto de pera o de pelota deforme.

Cuando la vio así, la mujer salió huyendo y se encerró en su habitación.

Ya había clareado y comenzaba a llover. A través de los sucios cristales, se divisaba el espeso pinar y gruesas gotas de lluvia caían sobre la tierra. Sonaban huecas al estamparse contra las ramas de los pinos. En algún lugar cercano a la casa, maulló un gato imitando el llanto de un niño.

Por fin la reina madre rebulló. Desde la nariz comenzó a escurrírsele un bulto hasta que le salió por la boca, una ráfaga veloz y oscura, y luego otra, y otra más. Doña Berenguela escupía sombras, manchas negras que pasaban frente a los ojos del infante, chocaban contra el cristal, caían al suelo, remontaban el vuelo y zigzagueaban por la estancia. Fueron unos minutos de confusión, en los que la abuela permaneció inmóvil en su silla, los flacos brazos desmayados a lo largo del cuerpo. Hasta que, de pronto, el niño se llevó las manos a la cabeza y comenzó a gritar. Decía que no veía, que un pájaro le había entrado por los ojos y le arañaba, le arañaba la cabeza, abuela. ¡Abuela!

155

21

Corte de Valladolid, 1236

—No hay pájaros ni gallinas, y mucho menos murciélagos.
Al oír la voz de su madre, don Alfonso se incorporó sobre la
cama bruscamente. Doña Beatriz le asió de un brazo y le pidió
que se tranquilizara, que no tuviera miedo, que allí no había
ningún animal. Lo único que tenéis, le explicó poniéndole un
paño húmedo sobre la sien, es un romadizo acompañado de
una *xaqueca*. Por eso habéis dormido tanto. Las dueñas me dijeron que no parabais de estornudar en sueños. Pero ahora lo
arreglamos, ya he hecho llamar al físico de la corte. Entonces
posó la mirada en la ventana, mientras observaba las acroba-
cias de las golondrinas en el cielo, y añadió:

—No es nada nuevo en esta familia…

Por miedo a que se riera de él, el infante Alfonso nunca se
atrevió a comentar el sueño. Pero desde entonces, volvían los
dolores de cabeza, y se sentía cada vez más inseguro y atemo-
rizado. Su personalidad comenzaba a desdoblarse. Por un lado,
los diez años en compañía de la nodriza habían hecho de él un
muchacho afectuoso, tierno, extrovertido; de otro, en su relación con su abuela, era arisco, silencioso, opaco. Estas corrien-
tes que ahora conectaban, acabarían fundiéndose en su espíritu
dando lugar a un extraño híbrido, pero ahora eso él no lo entendía. En todo caso, ya no era el niño inocente recién llegado
de la aldea que todo lo cree, pero ¿y si fuera verdad que ahora
era él quién tenía los murciélagos en la cabeza?

Sabía por experiencia que era mejor no fiarse de las palabras de su abuela, pero algo había ocurrido aquella noche, no se sentía el mismo y necesitaba que su madre le sacase de dudas. Por eso, aunque ésta seguía muy enferma, un día decidió ir a verla a su lecho para contarle el sueño (y sus dudas sobre si lo era o no), lo ocurrido con la bruja, su abuela estornudando y los murciélagos saliéndole por la nariz y entrándole a él por los ojos, sus jaquecas desde entonces.

Doña Beatriz le tomó una mano y le tranquilizó. Nunca se había atrevido a decírselo por no desencantarle, pero por fin había llegado el momento: su abuela estaba mal de la cabeza. Había sufrido mucho cuando era una niña y desde entonces soñaba con lejanos imperios y con bellísimas princesas del norte, por eso me hizo venir a mí, para casarme con vuestro padre, y por eso hará venir a la siguiente para casarse con vos.

—Es la última vez —dijo— que vais con la abuela a casa de esa hechicera.

—Pero, entonces, —quiso saber don Alfonso—, ¿nunca tuvo murciélagos en los ojos?

Doña Beatriz sonrió.

—¿Acaso se los habéis visto vos?

—En los ojos no, pero…

—¡No seáis ignorante! Nadie tiene murciélagos en la cabeza.

—¿Y por qué tengo yo ahora estas jaquecas?

—Porque, las jaquecas, como todo en esta vida, se heredan. —Le miró atentamente—. ¿Queréis saber lo que de verdad tiene vuestra abuela en la cabeza?

El chico asintió.

—Lo que tiene vuestra abuela es una obsesión.

—¿Una obsesión?

—Una maldita obsesión. Y eso es lo que intenta dejaros como herencia. Está en vuestra mano que no lo haga, así que dejad de pensar en murciélagos y cosas por el estilo.

Durante un tiempo, la fuerza de la costumbre o la rutina siguieron arrastrando al infante hasta el tabuco ventanero a contemplar el horizonte con su abuela, pero desde que tuvo esa conversación con su madre, se sentía inquieto e irascible. Caminaba por los corredores del castillo retorciéndose las manos, constantemente imprecaba a los criados, les arrojaba la comida

157

al suelo cuando no era de su gusto, se apoyaba en la ventana con las sienes entre los puños.

En realidad, doña Berenguela no se dio cuenta de la transformación hasta un tiempo después, precisamente aquella tarde de noviembre de 1240 en que, ofuscada por la emoción, entró en la sala capitular del castillo agitando en el aire la primera carta del arzobispo de Toledo. La tarde en que, por primera vez, el infante acabó perdiendo los modales con ella y se rebeló como un poseso, como una rata acorralada que lanza dentelladas al aire, harta de haber sido acosada durante años.

Para satisfacción de doña Berenguela, en esta primera carta, don Rodrigo no se limitaba a hablar de doña Constanza. Hablaba de los carámbanos y del sol de medianoche, del frío cortante como el filo de una espada, de la cálida acogida de la gente noruega y de la recién instaurada monarquía. Y a decir verdad, lo que más le importaba a doña Berenguela no era la hermana de la monja (¡que carajos!), ni el sol de medianoche ni el hielo que muerde las flores, sino precisamente eso, la recién instaurada monarquía noruega y el nacimiento de un nuevo vástago; y eso es lo que ansiaba compartir con su nieto cuando irrumpió en la sala capitular con la carta en la mano.

Ese día el rey don Fernando se reunía en la corte con un ricohombre andaluz y pidió a su hijo que estuviera presente en la entrevista. La Reconquista avanzaba por el sur, las tropas del rey ya se habían acercado a la campiña de Córdoba, donde se conquistó el castillo de Iznatoraf y el de Santesteban, y en aquella época que se avecinaba, de repartimientos de tierras entre los nuevos pobladores cristianos, de fundación de consejos y concesión de fueros, le explicó, necesito, para gobernar más eficazmente Andalucía, un subalterno en el que delegar funciones gubernativas y judiciales. Don Guillén Pérez de Guzmán, hombre de gran influencia y grueso propietario de tierras, era el más indicado.

El ricohombre llegó a la corte acompañado de su esposa y de su hija. Y mientras el rey comentaba con el matrimonio que sabía de buena tinta que los moros del antiguo califato de Córdoba estaban enfrentados a sus príncipes y dispuestos a entregarse a unos caballeros cristianos, el infante Alfonso se encargó de entretener a la hija. Se llamaba doña Mayor y era una joven hermosa que revelaba en su rostro modales de buena cuna. Vestía un traje muy ajustado, sin mangas, con sisas en ángulo, tan grandes que descubrían parte de los hombros y los pechos, que eran abundantes y lozanos. Su gesto risueño invitaba a desnudarla, y don Alfonso, acostumbrado a mozuelas y arrapiezas de aldea, pensó que era la criatura más bella que había visto en su vida.

Durante la primera parte de la entrevista bebieron vino dulce, hablaron solos y rieron de buen grado. Al joven, ansioso de afecto, le gustaba la compañía y le hacía olvidar que, en esos días, su madre había empeorado considerablemente. Hasta que irrumpió doña Berenguela en la sala. Entró dando grandes zancadas y, situándose en la esquina opuesta a donde estaba el infante, comenzó a hacer señas y a agitar en el aire la carta de don Rodrigo Jiménez de Rada.

Pero en ese momento, don Alfonso no quería saber nada ni de ella ni de la carta ni de sus vehemencias de vieja, así que siguió conversando con la ricahembra. Entonces, un tanto fastidiada por esta indiferencia, la abuela levantó los ojos hacia la compañía del joven, ¿quién era ésa y qué hacía allí conversando con su nieto? La escrutó durante un largo rato en silencio. Ante esa mirada torva, doña Mayor comenzó a encogerse sobre sí misma, se sintió cohibida y acabó por enmudecer. Miraba al infante y a doña Berenguela alternativamente, ésta sentada en una esquina con las manos entrelazadas, haciendo círculos con los pulgares en el aire; el infante con gesto de desesperación.

Cuando la visita se terminó, el joven fue a hablar con la abuela, que ahora estaba apoltronada en una silla, pasando el dedo una y otra vez por una línea de la carta para desgranar las palabras en sílabas, «re-yes hi-ja». Don Alfonso, indignado, harto de ese y todos los fisgoneos del que era víctima últimamente, comenzó a gritar.

—¡Es que no puedo hablar con nadie sin que vos estéis presente! ¿Qué queréis ahora?

—Aquí pone que los reyes noruegos han tenido una hija —dijo doña Berenguela extendiéndole la carta.

—¡Esa mujer me interesa y, además, no sé de qué me habláis ni me importa! ¡Noruega no existe más que en vuestra cabeza!

159

La abuela le escrutó con una sonrisa tierna. Era la primera vez que le veía furioso y se limitó a guardarse la carta en el escote. Al rato dijo:

—Mañana lo entenderéis mejor.

Pero este comentario enfureció aún más al chiquillo, que acabó por perder los modales. Enrojeció, fue a su encuentro y comenzó a lanzarle cosas, una silla, un candelabro que ella iba esquivando con un ligero movimiento del hombro izquierdo.

Cuando por fin se calmó, los ojos del infante se anegaron de lágrimas y rompió a llorar.

Al día siguiente, la abuela volvió a sacarle de la cama, esta vez para llevarle a la feria de ganado que tenía lugar todos los jueves en la plaza mayor de un pueblo cercano. A don Alfonso le extrañó que le llevara a ese lugar tan poco apto para un príncipe, pero la curiosidad de cómo funcionaba la compraventa de ganado, de la que tanto se hablaba en la corte, pudo con él, y enseguida se decidió a acompañarla sin atreverse a preguntar nada más.

160

La plaza, adornada con vistosas colgaduras ya estaba atiborrada a primera hora de la mañana. A cada paso tropezaba uno con mujeres con cestas repletas de frutas, pan, quesos o cántaros con leche que utilizaban como moneda de cambio. Y en el centro mismo de la plaza, muy bien ordenado, estaba el ganado: vistosos cerdos rodeados de moscas que hozaban en la tierra, ovejas que balaban desconcertadas, hermosas yeguas con sus potrillos, caballos de brillantes crines, cabras que triscaban la hierba y vacas que rumiaban su idiotez con los ojos cerrados al sol. Un poco más allá, pero fuera del recinto de la plaza, como si no tuviera nada que ver con todo aquello, un descomunal toro negro con bozal y anillo de hierro en el hocico también esperaba para ser vendido.

Embozada en una capa oscura para que nadie la reconociera, en compañía de su nieto, doña Berenguela se abrió paso entre los animales hasta llegar a la ringlera de vacas. Cuando las tuvo todas delante, tomó aire y como esponjándose de felicidad ante el espectáculo, comenzó a decir: Veréis, hijo. Ésta está demasiado delgada, no puede cumplir con su deber carnal; ésta babea mucho y puede llegar a enfermar; ésta otra tiene las patas torcidas, signo de debilidad en los huesos; ésta de aquí tiene las ubres demasiado maduras y jamás dará leche…, y cada vez estaba más exaltada, ésta no, ésta tal vez, ésta no encaja con los intereses…

Al infante le gustaba todo aquello, que tanto le recordaba al ambiente rural que había vivido en Celada del Camino, las conversaciones distendidas de los ganaderos, el olor a bosta, el bullicio de la gente. Hasta que, de pronto, oyó:

—Y vos, ¿cuál escogeríais?

Quedó un rato cavilando. Pero enseguida, alargó un brazo y, apuntando a una de las vacas, contestó:

—Ésta.

—¿Ah, sí? ¿Y por qué ésa, y no ésta otra de allí? —quiso saber la abuela

—Porque es más gorda.

—¿Y qué, es que os gustan las gordas?

—No.

—¿Y entonces?

—Porque es de mejor raza —dijo el chico orgulloso de estar seguro con su respuesta—. La gorda criará antes.

—Muy bien —dijo la abuela—. Vos lo habéis dicho: hay que escoger a la que sea de mejor raza.

161

Los meses posteriores a la visita de doña Mayor, don Alfonso se vio sometido a una ansiedad que casi le mata. Por un lado, su madre empeoraba y era consciente de que en cualquier momento moriría. Por otro, estaba doña Mayor, que finalmente se había instalado en la corte con sus padres y que resultó ser una mezcla explosiva de puta y mojigata. Y por último, sus propios hermanos, sobre todo el infante Enrique, que aunque era nueve años menor, había adquirido el hábito de fastidiarle cada vez que encontraba la oportunidad.

Durante varias semanas, para escapar del acoso de la abuela, el infante y doña Mayor estuvieron viéndose en una estancia alejada, que sólo se utilizaba para alojar a los obispos que hacían noche en el castillo. Allí, sobre un lecho de exquisito gusto, con cortinajes de seda de labores moriscas y cabezal de *floxal*, se tendía la ricahembra con medio cuerpo al descubierto, cruzaba las manos detrás de la cabeza y le pedía al infante que le contase cosas de su infancia de cabrero. Don Alfonso comenzaba a hablar entonces de los trigales de Celada del Camino, de la diarrea de las vacas, que había que espantar con cal viva, de los nidos de las golondrinas, de los huevos fritos compartidos con la nodriza, del cerdo reproductor que montaba a las guarras echando espuma por la boca. Poco a poco, el chico iba alzando la vista, pero cuando llegaba a los muslos de doña Mayor, ésta se incorporaba de golpe, se tapaba las piernas y decía: Yo no soy de «ésas», que os habéis pensado.

Una tarde en que el muchacho comentaba el *Calila e Dimna* con uno de sus maestros, entró su hermano Enrique para informarle de que se había encontrado a doña Mayor, y que ésta le había pedido que le dijese que tenían que adelantar su cita en la sala de los obispos. Como ya era la hora fijada, don Alfonso inventó una excusa para suspender sus lecciones y corrió al encuentro de su barragana. Durante dos horas y media esperó a que llegara hasta que finalmente se decidió a salir en busca de su hermano para ver si sabía algo más.

Pero cuando volvió a la zona habitada del castillo, empezó a ver que los cortesanos que encontraba a su paso le miraban con despecho y que nadie le dirigía la palabra. Cuando por fin preguntó al mayordomo mayor que dónde estaba la gente y por qué tenían todos esos rostros tan solemnes, éste le dijo que ya era hora de que fuera a la alcoba de su madre. Entonces el infante, que de pronto intuyó lo que podía estar pasando, salió como alma que lleva el diablo, pero antes de llegar a la esquina del pasillo, le interceptó su abuela.

—¿Adónde vais?

—A la cámara de mi madre.

Doña Berenguela le cogió por un brazo y le ciño contra sí.

—¿A la cámara de vuestra madre? —le susurró—. ¿Y por qué tenéis la respiración tan agitada?

—Estoy nervioso.

Ella acercó aún más su cara a la de él. Su brusca presencia, la peste a animal de corral que exhalaba su boca, su respiración agitada, agredieron su corazón ya herido.

—¿Nervioso? Vamos a hablar claro, hijo. ¿Quién es «ésa»? Cuando vuestra madre ha preguntado por vos, don Enrique nos ha explicado a todos que estabais ocupado con «algo más importante» en la sala de los Obispos.

—Se llama doña Mayor —dijo echando un vistazo a la puerta de la cámara de su madre, ante la que había mucha gente congregada.

—¿Y de quién es hija?

Pero don Alfonso, pendiente de lo que ocurría un poco más allá, no contestó.

—¡Que de quién es hija! —gritó la abuela.

—De un noble.

—¿Noble?

—¿Es que no sabéis que don Guillén Pérez de Guzmán trabaja para mi padre?

—Claro que lo sé. Y también sé que es un pobre muerto de hambre. —Volvió a acercar su rostro tembloroso al de su nieto y bajó el tono—: ¿Y qué haces con la hembra en la cámara de los Obispos?

—Hablamos.

—¿De qué?

—De la diarrea de las vacas y de los guarros de Celada. Pero ahora no es momento de explicaros más. Mi madre...

—¿Y qué más hacéis aparte de hablar?

—Reímos —contestó él con impaciencia. Entonces, apuntando a la habitación, añadió con un nudo en la garganta—: Mi madre se muere ahí dentro, otro día hablamos de esto, abuela.

Doña Berenguela se pasó la lengua por los labios resecos y se quedó un rato pensando. Mientras tanto, el infante se había desembarazado del brazo y se había ido escabullendo a lo largo de la pared. De pronto oyó:

—¡No os vayáis...! ¿De qué os reís ahí dentro?

—De muchas cosas.

—Muchas cosas, muchas cosas. ¿Y ella qué hace? Porque, aparte de boca para hablar y reír, tendrá manos y piernas.

—Ni me toca ni se deja tocar.

—¿No os toca? Con la boca también se puede tocar...

—Dice que quiere llegar virgen al matrimonio.

—¡Matrimonio! —rebuznó doña Berenguela—. No me digáis más. Tenéis una calentura. Una calentura que sólo se cura con baños de tina helada. Mirad, hoy, esa muchacha es bella,

163

pero, dentro de veinte años, será un adefesio. Tendrá manchas en la piel, se le caerán los dientes, uno a uno, y tendrá todo el aspecto de una mojama. Eso si no se pone gorda, le sale chepa y se le dispara el culo.

—¡Callaos! —le interrumpió don Alfonso—. ¡Callaos ya! ¿No veis que no es el momento? Acabo de saber que mi madre se muere a tres pasos de aquí y vos me habláis de mojamas. Tiene razón ella, tenéis hielo en la sangre. Pero ¿cómo os iba a importar la muerte de mi madre si no llorasteis ni con la muerte de vuestros propios hijos? Sabréis mucho de estrategia política y matrimonial, pero no sabéis nada de los sentimientos humanos. Y lo que es peor, os importan un rábano.

De un empellón, consiguió liberarse de su abuela, que quedó inmóvil en medio del pasillo, turbada, jadeante. En la habitación dominaba la muda presencia de doña Beatriz, inmóvil, sobre la cama, y al entrar el infante, todos los rostros se giraron para lanzarle una mirada de reproche. Lo primero que vio el infante al entrar fue a sus hermanos rodeando la cama. Fadrique sujetaba la mano exangüe de la reina, y al otro lado, sollozando amargamente, estaban los otros tres: Fernando, Felipe y Enrique. Estaba también el médico y un sacerdote, así como otros familiares que entraban y salían.

—Ya se ha avisado al rey en tierras de al-Ándalus —le anunciaron.

Flotaba un silencio aterrador, sólo perturbado por el susurro del cura, que intentaba consolar a los más jóvenes; al oír su ronroneo funerario, el infante experimentó unos atropellados deseos de llorar. Tenía frente a él los mundos que había conocido: tumbado sobre el lecho yacía el mundo cálido y acogedor de su madre, que también había sido el de la nodriza; un poco más allá, en la puerta, estaba el mundo de su abuela, punzante, gélido y afilado como un cálamo.

Quedó paralizado. De la boca del clérigo, salían palabras incomprensibles (cielo, paz, rostro del Señor, misericordia divina) y no sabía si su deber era mirar hacia otro lado o, por el contrario, mirar fijamente el rostro de su madre sin dar muestras de inquietud ni de dolor. Porque estaba seguro de una cosa: podía aguantar el dolor que le producía ver a su madre tan enferma, pero no la vergüenza de llorar delante de su abuela.

Entonces, doña Beatriz le hizo un gesto para que acercara su rostro al de ella. Con un esfuerzo ímprobo, la reina acercó la boca al oído de su hijo: junto al río Tajo, en los páramos de Toledo, a… leguas de…, hay enterrados unos escarpines, le susurró. ¿Unos escarpines?, dijo el infante, confuso. Chis, la madre le hizo un gesto con la mano, no chilléis. Unos escarpines con la punta ligeramente curva, a modo de pico de ave. ¿Y por qué me habláis de eso ahora? Están ahí desde el día en que os parí, dijo la madre con un hilo de voz. Los escondí pensando que, en ese momento de debilidad mía, vuestra abuela podría hacerse con ellos. Me los entregó una mujer justo cuando llegué a la corte de Castilla, allá por el 1219. Dijo que pertenecían a vuestra bisabuela, doña Leonor Plantagenet. Son muy importantes. Buscadlos, traedlos y calzádmelos en mi entierro.

El infante quiso preguntar algo más acerca de esos escarpines, pero no pudo; en ese momento, ocurrió algo totalmente inesperado por todos: abriéndose paso a empellones entre la gente, doña Berenguela entró en la cámara y se acercó a él, se inclinó hacia delante, frunció los labios y con la boca dura, le propinó un beso. Le dijo: No sufráis; me tenéis a mí. Pero al infante, acostumbrado a la frialdad de su abuela, aquel picotazo de tábano no le gustó en absoluto. Salió por la puerta de la alcoba. Tenía una sola idea: ocupar el pensamiento, salir de allí, hacer lo que fuera para que doña Berenguela no se diera cuenta de que estaba sufriendo, porque si se quedaba dentro, empezaría a llorar.

En el pasillo se congregaba un buen número de morbosos pendientes de la enfermedad: dueñas, criadas, clérigos, damas de corte.

—Buscad a alguien que pueda proporcionarme leche de camella —les ordenó.

Entre tanto, doña Berenguela respiraba agitadamente en una esquina de la alcoba. Tampoco ella podía dar crédito a lo que acababa de ocurrir. ¿Qué había hecho? El beso había pasado por la mejilla de su nieto como un vendaval. Un vendaval que había arrasado con todo, su entereza, su autoridad, su dominio sobre las personas y las cosas. Con ese beso involuntario acababa de ceder a las pretensiones del nieto, perdiendo todo lo ganado hasta el momento; ya nunca podría seguir siendo la misma ante el infante.

Entonces, impulsada por la rabia y el despecho, se acercó al lecho de doña Beatriz.

—Hija de Dios —le dijo con retintín—, no tenéis nada que temer. El niño queda a buen recaudo. Ya encontré una vaca para él…, que me diga, una mujer.

Dos lucecitas vivas le miraban con espanto. Doña Beatriz era incapaz de articular palabra.

—Una mujer de buen linaje —aclaró su suegra dándole unas palmaditas en la mano.

Y al ver que la otra seguía perpleja y muda, y que empezaba a mover los ojos de un lado a otro en busca de auxilio, sentenció:

—Una vaca del norte, mujer. O, para ser exactos, una ternerilla, porque ahora, según tengo entendido, la niña que he encontrado, una hermosa princesa del norte, no tiene más que dos años.

22

Muerte de doña Beatriz de Suabia

Valladolid, 1237-1239

En vista de que nadie rebullía para traerle la leche de camella, el infante Alfonso salió corriendo por el pasadizo, bajó las escaleras a toda velocidad, atravesó el patio de armas, cruzó el puente y salió con dirección a la villa.

Después de caminar unos veinte minutos, llegó al centro de Valladolid. Estaba muy alterado por todo lo que acababa de vivir: el rostro moribundo de su madre, aquella extraña solicitud, el beso de su abuela, sobre todo eso, el beso, que todavía sentía en la mejilla, duro como un picotazo de tábano. Siguiendo a la gente, tras caminar unos veinte o treinta minutos, se encontró con la plaza en donde su padre Fernando III había sido aclamado rey. Era cuadrada con suelo empedrado y soportales de madera bajo los cuales había unos cuantos carros y carretas tirados por mulas. Como todos los martes, era día de feria y comenzó a pulular entre los puestos. Nadie podía imaginar que aquel muchacho despistado era el príncipe de Castilla y León.

El mercado era espectacular. Había herreros, pelliteros, cuchilleros, sastres, zapateros. Aquí una mujer vendía tejidos almorávides de brocado de oro con efecto de panal, fabricados en Almería al estilo de Bagdad, paños de lana, lino, cáñamo y calzas de lana; allá un hombre tenía expuestos en hilera objetos de distinta índole como coronas, bordones, bustos, relicarios, custodias y hasta bacines. Tampoco faltaban los comestibles de toda índole: grandes cestos con nabos, repollos recubiertos de crujientes capas de escarcha, manzanas agrias, chorizos y morcillas de Burgos. En lo que a animales de granja respecta, había pollos, conejos en jaulas y una cabra lechera que dormía en paz.

Incluso había un puesto con joyas y el infante Alfonso se paró a contemplarlas. Le llamó la atención un hombre, tal vez un buhonero que, echando vistazos a un lado y a otro, comenzó a sacar de las alforjas de su burra objetos relumbrantes, gruesos anillos o una cruz de plata decorada con perlas y piedras sobrepuestas. No pudo ver su rostro, pues estaba medio escondido tras una capucha, aunque sí le llamó la atención la sortija de su mano. Se quedó mirándola un rato, mientras el encapuchado discutía con el tendero sobre el valor económico de lo que le estaba ofreciendo, según él, muy superior a lo que el otro pretendía pagarle.

El infante Alfonso siguió su recorrido. Buscaba un puesto en donde vendieran leche de camella para sanar a su madre enferma, que no encontró por ninguna parte. Por fin, casi dos horas después, volvió al castillo.

Su madre había muerto.

Una vez más, como había ocurrido tras la muerte de sus padres y de su hermano Enrique, el cortejo funerario presidido por doña Berenguela recorrió la planicie castellana hasta el monasterio de las Huelgas. Detrás del féretro color carmesí, de los trompeteros y de un séquito de familiares, diáconos, prelados, canónigos, servidores, oficiales y escuderos, iban las mujeres contratadas para llorar. Aullaban, hacían contorsiones y se arañaban el rostro de un modo tan salvaje que parecía que sus cuerpos se iban a resquebrajar.

En medio de todos ellos, cabalgando a asentadillas, doña Berenguela era una pura roca.

Doña Beatriz fue enterrada junto al rey don Enrique, «el de la teja», en el coro de las monjas del monasterio de las Huelgas; y justo cuando se sellaba la losa, una curiosa imagen acudió a la mente del infante Alfonso; algo que, aparentemente, nada tenía que ver ni con su madre ni con el momento del entierro: una mano ensortijada. Junto a esa mano asfixiada por los anillos, casi azul, de dedos largos y finos que sacaban joyas de las alforjas de una burra en la plaza Mayor de Valladolid, surgió otro pensamiento: ¿no era ésa la mano de aquel don Rodrigo Jiménez, con quien su abuela se había entrevistado en Celada del Camino, unos días antes de partir para la corte? Inmediatamente rechazó el pensamiento. No. El arzobispo de Toledo está en Noruega. Hace unos días, mi abuela me enseñó una carta que había enviado desde allí.

Cuando terminó el sepelio, la nueva abadesa, una mujer joven y elegante, con un talante muy distinto al de la anterior, doña Sancha, se acercó a dar el pésame a doña Berenguela. Le dijo que era consciente del dolor y la tristeza que debía suponerle una muerte más, primero dos de sus hijitos, luego sus respetables padres, don Alfonso VIII y doña Leonor; por último, su hermano Enrique, con tan sólo tres...

—Ya... —la cortó doña Berenguela.

Estaba harta de todo aquel sentimentalismo y blandas palabras que despertaban los muertos. Harta, y sobre todo abochornada por su propia «blandura» hacia el infante, la demostrada el día anterior. Todo este tiempo luchando por encauzar al chico, por sacarle del limo dulce y pegajoso de la nefasta infancia que le había proporcionado la nodriza, y ahora era ella quien sucumbía a la sensibilidad.

Incluso había llegado a pensar que esa sensibilidad tenía que ver con el comienzo de la senectud, lo que le molestaba más aún.

La religiosa quedó un rato en silencio. Luego dijo:

—Yo... quería hablaros de una cosa...

La reina madre enarcó una ceja.

—Sé que no es el mejor momento, pero... quería hablaros de la plaga de langostas.

—¿Sí?

—Bueno, como sabéis, acabo de ser nombrada abadesa y..., como nueva abadesa, tengo mis propias ideas. —Carraspeó un poco—. Veréis, es que yo no creo que las oraciones sean suficientes. Es más, creo que, en este caso, no sirven de nada. Creo que, por mucho que nuestras monjas recen, la plaga volverá. ¿No os habéis percatado de que siempre ocurre igual; las nubes de langosta surgen de la nada y luego, tras arrasar la zona, se desvanecen sin que sea posible encontrar un solo ejemplar hasta el siguiente resurgimiento?

—Gracias a los rezos.

—¡No! —gritó la abadesa sin poder controlar su excita-

169

ción—. ¿No os habéis parado nunca a observar la langosta? ¿No os habéis percatado de que las que están siempre solas son de color verde, mientras que las que son gregarias son de color amarillo?

—¡Qué bonito…!

—No es sólo bonito, es un hecho científico. Lo que estoy tratando de explicaros es que deberíamos observar más de cerca el comportamiento de la langosta para tratar de controlar la plaga. ¿De qué nos sirven estas monjas ayunadoras que maceran sus cuerpos con el cilicio y que se imponen la oración de madrugada, eh? ¿De qué nos sirven estas prácticas absurdas? Hay otras muchas cosas que podrían hacerse. Los niños de las aldeas se mueren de hambre desde que las monjas dejaron de llevarles la leche y el pan que producimos y… —miró hacia su interlocutora, que seguía impertérrita— yo….

Doña Berenguela la escrutó de arriba abajo.

—¿Acaso no confiáis en la misericordia divina? —preguntó.

—¡Por supuesto que sí! Pero…, en este caso, creo también que deberíamos confiar en la ciencia.

—¿Ciencia? —le increpó la reina madre despreciándola con la mirada—. Llegáis con vuestra juventud, con vuestros ideales…, ¿sabéis cuánto tiempo llevamos luchando contra esta plaga?

—Creo que mucho tiempo…

—La eternidad —sentenció doña Berenguela—. Así que no me deis lecciones de cómo debo atajar el problema.

Unos meses después de la muerte de la alemana, mientras doña Berenguela enrollaba un ovillo de lana a la luz de la ventana, entró una doncella a limpiar. Le dijo que en la corte se murmuraba que don Fernando acababa de entrar en Córdoba, que la ciudad se veía impotente para soportar el asedio y que se habían iniciado tratos para la rendición.

—Por lo visto —prosiguió la doncella mientras pasaba un paño por la mesa—, los cordobeses dejaron sus casas llorando; y lo más gracioso de todo, mi señora, es que fue uno de ellos, ¡un moro! quien los traicionó colocando escalas en el muro.

Una sonrisa maliciosa se insinuó en los labios de la reina. Antes de salir, la doncella le pidió permiso para tirar las cunas de los hijos de doña Beatriz. Ocupan mucho espacio y como las muertas ya no paren…, se atrevió a decir la muy insolente.

—Las cunas no se tiran —contestó doña Berenguela, que fijó la vista en el paisaje y añadió—: pronto volverán a ser mecidas.

—¿Acaso va a volver a casarse nuestro rey? Dicen que pretendientas no le faltan…

Pero doña Berenguela escudriñaba el paisaje con atención.

—Nieva… —murmuraba para sí.

—No nieva —dijo la doncella un poco extrañada, y salió.

Dos años duró la viudedad de Fernando III. Años que gastó el rey en concluir la campaña de Córdoba, en transformar la mezquita en catedral, en una peligrosa enfermedad y en mucho trato con mujeres. Porque a la doncella no le había faltado razón. En cuestión de sexo, todo le valía al rey viudo: la fregona barriguda, la noble remilgada y mojigata, la cocinera caballuna que emergía de los vapores de la cocina con un puñado de plumas en la mano; él no sabía hacer distingos. Si la necesidad de mujer apretaba, se plantaba por detrás, les echaba la falda sobre los hombros y chas, chas, chas, no os quejéis, que soy el rey. No, no nos quejamos.

Así que antes de que la cosa fuera a mayores, doña Berenguela trazó su plan para volver a casarlo. Esta vez no era la descendencia lo que le preocupaba, sino esa actividad en abusos y deleites de la que todo el mundo en la corte hablaba ya. Para ello pidió consejo a su hermana doña Blanca, a la sazón reina de Francia, que conocía a la perfección los entresijos de la política europea. Entre las dos eligieron a una joven francesa perteneciente a una familia noble; y fue así como Fernando III desposó a doña Juana, heredera del condado de Ponthieu, próximo a Inglaterra, en una boda de pompa escasa celebrada en la catedral de Burgos.

Y este apaño matrimonial fue el último acto operativo de doña Berenguela: con la salud resentida (cojeaba más que nunca, le crujían los huesos y, al atardecer, sentía punzadas venenosas en el pecho), se había ido hundiendo cada vez más en las zarzas de su sueño imperial. Desde ese momento cayó en una especie de inhibición que la convirtió en la sombra an-

171

dante del infante. No le perdía de vista en todo el día, aunque ello supusiera tener que arrastrarse con la lengua fuera para seguirle por los pasillos, encaramarse a un adarve para verle cabalgar a la distancia o pasar las noches en vela.

Un día el infante se dio cuenta de que ese fuego de las vísceras que sentía junto a doña Mayor, metidos en un cuarto y hablando de los nidos de las golondrinas sin que nada ocurriese tenía que acabarse. Decidió hablar con ella. Pensando que podría enfadarse, incluso negarse a volver a tratar con él, ensayó durante varios días la manera de pedirle relaciones. Cuando la tuvo delante fue mucho más fácil de lo que había imaginado. La ricahembra sacó su lado de puta y accedió a pasarse por su habitación a eso de la medianoche.

Pero desde la hora de cenar la perra vieja de doña Berenguela ya andaba acechando por los pasillos. Meneaba la cabeza, retorcía un pañuelo entre las manos y fruncía los labios murmurando: Oh, no, no... En un momento de descuido, doña Mayor entró en la cámara del infante y le dijo: Vuestra abuela está afuera; la cosa tendrá que ser rápida, de pie. A continuación, sin esperar la respuesta del infante, se levantó la saya, se bajó las calzas y cerró los ojos. Era la primera vez que el infante tenía relaciones con una mujer y aunque siempre había pensado que el macho cubría a la hembra, como los marranos o los toros de Celada, aquella verticalidad le agradó.

Pero a medida que las relaciones se convirtieron en rutina y que la reina madre se dio por enterada, al joven infante se le presentó un dilema difícil de resolver. Por un lado, a pesar de todas las acechanzas, seguía sintiendo admiración y respeto por su abuela; por otro, era joven, estaba enamorado y no quería perder a doña Mayor. Llegó incluso a hablar con su abuela para pedirle encarecidamente que dejara de espiarlos.

—¿Espiar? ¿Yo? —rebuznó doña Berenguela llevándose una palma al pecho—. ¿Creéis que una reina como yo tiene tiempo para dedicarse a espiar?

«No sólo tenéis tiempo, sino que no os dedicáis a otra cosa», pensó don Alfonso, pero no lo dijo.

En su lugar, acabó encontrando la manera de zafarse de doña Berenguela, al menos durante el rato íntimo en que yacía con su amante en el lecho.

Se encontraban en la habitación del infante y, una vez más, como había hecho años atrás, doña Berenguela se había ocupado de hacer un agujerito en la pared de la sala contigua con vistas al lecho. Tanto don Alfonso como doña Mayor eran conscientes de la existencia de este agujero y de los fisgoneos de la abuela; pero un día, harto ya, el infante dio órdenes de dar martillazos alrededor de éste hasta conseguir que el yeso se resquebrajara sin llegar a caer. Por la noche, cuando se encontraban en el momento más íntimo, el infante susurró algo al oído de doña Mayor. Entonces se levantó como un rayo, cogió el palo de una escoba y así, desnudo, con el miembro todavía erecto y ardiente de deseo, comenzó a dar golpes en el yeso.

En pocos segundos, se derrumbó parte de la pared, lo que dejó a la intemperie toda la habitación contigua y, cómo no, a la fisgona.

173

23

Valladolid y Toledo, en torno a 1240

llí estaba doña Berenguela, hincada de rodillas, la cabeza gacha como una bestia que husmea el estiércol, fea, bruta, con la carne hundida en el hueso de la mejilla y el ojo recién despegado de los restos del yeso, con la inmovilidad mezquina del fisgón. Cuando la pared se derrumbó, ni siquiera levantó la mirada. Pero lo que más le abochornó no fue haber sido descubierta *in fraganti*, ni la cara de regodeo convertida ahora en cara de vergüenza. Lo que realmente le removió las entrañas fue que el infante volvió al lecho, apartó los trozos de yeso esparcidos por el suelo, estiró una pierna y con el pie se puso a buscar el pubis florido de su amante como si nada pasase, como si ahí no se acabara de caer media pared, como si «nadie» los estuviera mirando.

Doña Berenguela no supo cómo reaccionar; por un momento sintió que los intrusos eran ellos, el infante y doña Mayor, y ella la víctima de su propia indiscreción. Intentó excusarse sacándose algo del pecho y farfullando que había llegado una nueva carta de Noruega, pero los otros siguieron desflorándose a la luz de un candil, piel contra piel, buscando cómo ponerse para sacar más placer el uno del otro, entregados a un ávido manoseo que los hacía sordos y ciegos al mundo.

Así que la reina madre se sorbió los mocos, se guardó la carta en el pecho y salió huyendo a cuatro patas por el pasillo, muy deprisa, como un escarabajo temeroso de la luz.

Aquello había sido un golpe para una sobria mujer como ella. Tal vez, el más duro de su vida.

Le estallaba la cabeza, y hasta que no llegó a su habitación no se dio cuenta de que estaba herida. Se palpó de arriba abajo: no, no había sangre. No era una herida de sangre. Sin embargo, algo se estaba desmoronando en su interior; una membrana, un tabique, tal vez un muro.

Se acercó a la ventana. Afuera caía una nieve densísima, se depositaba en las murallas del recinto, en los huecos del adarve, taponaba las cañoneras y se iba acumulando en los refosetes. ¿Nevando en junio? Hacía tiempo que no caía así, y lo peor es que la nieve se colaba dentro. Mi culpa, se dijo recorriendo los muros con los ojos, nada más que mi culpa. Ya lo dijo aquel moro que vino a hablarme del arzobispo. Por haber permitido todos estos huecos, por haber abierto inútiles vanos, por haber arrancado las rejas para dejar al descubierto mi corazón. Ahora tengo luz y comodidad, sí, pero ¿y qué?

Estuvo tumbada todo el día, aturdida, escuchando el susurro de la nieve, ¿cómo era posible que también nevara dentro de su habitación? Y por la noche le llegó otra noticia desconcertante.

Una comitiva de monjas de las Huelgas se acercó a la corte para informarla de un suceso preocupante que estaba teniendo lugar en el monasterio. Durante varias noches habían oído ruidos extraños en el coro de la iglesia, trajín, golpes, martillazos, carrera de ratones o tal vez el susurro de tierra removida con azadón. Y una mañana, una de las monjas comenzó a decir que el demonio las visitaba. Nadie le hizo mucho caso, pero por la tarde se puso repentinamente a dar golpes, a romper imágenes y a hacer muecas como si estuviese loca. Unas horas más tarde, mientras almorzaban, el mismo mal comenzó a manifestarse en otras monjas. Querían echarse escalera abajo y se les quedaban los cuerpos tan pesados que entre muchas no podían mover a una sola, o tan ligeros que parecían volar.

El caso es que habían dejado de rezar, y si no se dirimía el asunto de los ruidos en el coro de la iglesia, nadie aseguraba que la plaga de langostas pudiera seguir estando controlada.

—Hemos venido para advertíroslo, mi señora.

—Y la nueva abadesa, ¿qué tiene que decir a todo esto? —contestó doña Berenguela.

Entonces las monjas bajaron la cabeza y quedaron mudas.

175

—Ella nunca fue partidaria de las plegarias —se le escapó a una de ellas—, dice que hay que «observar» el comportamiento de la langosta, aprender cómo actúa y, a partir de ahí, ponerse a trabajar. Dice que rezar es necesario, pero no «suficiente» para erradicar la plaga. Pero nosotras no pensamos de ese modo. Nosotras pensamos que si la fe puede mover montañas y cosas parecidas, también puede mover plagas. —Levantó hacia su interlocutora sus ojos negros—. Doña Inés no sabe que estamos aquí. En realidad, no sabe nada de nosotras... —Luego se quedó mirándola fijamente y añadió—: Pero ¿qué os ocurre, que tenéis tan mala cara?

Doña Berenguela estuvo toda la noche sin pegar ojo. Primero la humillación de su nieto y ahora eso: monjas poseídas, demonios, excavaciones en el coro y luchas intestinas en la abadía. Nada más rayar el alba, se levantó y fue hasta la ventana. La nieve cubría enteramente el adarve oriental y los almenajes, y se precipitaba con crujidos pequeños desde los aleros cubriéndolo todo de una gran soledad. Salió de su habitación y se arrastró hasta las estancias de don Alfonso. Los corredores, el tabuco ventanero, la sala también estaba cubierta de un manto blanco como un enorme vacío. De pronto, se cruzó con la figura de doña Mayor, quien, al verla, escapó huyendo por el pasillo. La reina madre la llamó.

—¡Esperad! —le dijo—. Sólo quiero hablar con vos.

La joven se detuvo en seco y se giró lentamente.

—¿Hablar conmigo? —dijo—. ¿Os preocupa que vuestro nieto quiera casarse, no es así?

Doña Berenguela quedó en silencio durante unos instantes, pasándose la punta de la lengua por los labios agrietados. Después se retorció las manos sudorosas. Se diría que iba a exponer un largo parlamento, pero sólo dijo:

—No.

Doña Mayor le miraba expectante.

—Yo... —comenzó la reina madre—. Yo quiero saber...

—¿Sí...?

—A vos... —Doña Berenguela tragó saliva para proseguir. Los brazos le pendían, fofos, a lo largo del cuerpo. Allí en medio del pasillo, a contraluz, parecía más joven de lo que era, pero su inmovilidad y su mutismo le daban la apariencia de un espantapájaros. Su respiración se había tornado difícil y anhelante—. ¿A vos alguien os enseñó a amar?

—No entiendo —dijo ella.

—Os he visto ahí dentro… Sois joven, ¿a vos alguien os explicó cómo…, cómo se acaricia a un hombre?

Doña Mayor no daba crédito a sus oídos.

—Cómo se le susurra al oído, cómo se le hace sentir feliz. Os lo explicó alguien o es algo que nace de dentro…

La ricahembra prorrumpió en una larga carcajada.

—Estáis más loca de lo que creía —dijo, y desapareció riendo por el pasillo.

En la corte le dijeron a doña Berenguela que el infante había partido hacia Toledo, lugar desde el cual estaba preparando, por encomienda de su padre, una nueva expedición contra Andalucía. ¿Con este temporal?, dijo ella. Pero mandó ensillar su palafrén y lo puso a cabalgar con dirección a Toledo.

Llegó extenuada. Apenas había probado bocado en dos días y sólo había pegado breves cabezadas sobre el caballo. Además, no había parado de nevar. Entró en la fortaleza, pasó por delante de las huestes concentradas en el patio de armas y fue a buscar a su nieto. Subió la escalinata apoyándose en la barandilla, resollante. Seguía nevando. Nevaba en el interior de su cabeza.

Pero don Alfonso estaba reunido con unos caballeros (caballeros moros venidos de Murcia, eso fue lo que le dijeron en la puerta) en una de las salas del castillo. Las doncellas, que tenían órdenes estrictas de que nadie interrumpiera la importante reunión, hicieron barrera para impedirle el paso.

Hacía unos días, el reyezuelo taifa de Murcia, Ibn Hud —aquel que viajaba siempre con una camella para tener leche fresca—, temeroso de ser absorbido por el rey nazarí de Granada, había expresado su deseo de acogerse al protectorado de los reinos de Castilla y León. Así que, sabedores de que el infante Alfonso se encontraría allí preparando a su hueste, ese día había enviado a Toledo a su hijo Ahmed, junto con una delegación. Querían hacerle llegar al príncipe su propósito de declararse, si fuera necesario, nada menos que vasallos del monarca Fernando III.

En un momento de descuido, doña Berenguela irrumpió en la estancia. Tambaleándose por el cansancio y el frío, se arrastró hasta el centro. Ignorando a todos los que allí estaban, le dijo a su nieto con la voz temblorosa:

—Yo sólo estaba allí para deciros que tenemos otra carta de Noruega.

En ese momento hablaba Ahmed, que al oír esto, interrumpió su discurso de inmediato. Sobrevino un silencio gélido. Pero el infante, espantado ya de las vehemencias de su abuela, le animó a que prosiguiera con un gesto de la mano.

—Muchos de los arráeces de las villas principales se hallan en conflicto con mi padre —siguió explicando—, y no hay manera de controlarlos. Por ello quiere explorar la manera de....

—Una carta importantísima en la que el arzobispo... —Volvió a oírse su voz—. Yo sólo estaba allí para eso.

Doña Berenguela estaba cada vez más pálida. Entumecida por el frío y el cansancio, goteando por la nariz, viraba los ojos lacrimosos y abría y cerraba la boca como si no encontrara las palabras. El infante la tomó de un brazo y la llevó a una esquina.

—¿Qué ocurre, abuela? —le susurró—. ¿Para qué habéis venido hasta aquí?

La abuela rebuscó en su pecho y sacó la carta. Haciendo esfuerzos por esbozar una sonrisa, jadeó:

—Sigue buscando a doña Constanza en Bergen y para ello se ha instalado en una casa junto al Holmen. El rey Haakon ha pedido al Papa que bendiga la monarquía, y mientras espera noticias, todo está preparado en la Iglesia de Cristo Rey para su coronación. También ella, la princesa, estará allí... Por lo visto es una niña preciosa, y tiene... Tenéis que amarla con toda vuestra alma; el que ama al prójimo obtendrá la salvación eterna.

—¿De qué me habláis, abuela? —le interrumpió don Alfonso.

El moro Ahmed carraspeó al otro lado de la habitación.

—Yo sólo estaba detrás de la pared para deciros todo esto...; no espiaba nada. Una mujer como yo nunca se dedicaría a espiar.

—Lo comprendo, nadie ha dicho que espiarais nada, pero ahora tenéis que salir —contestó el infante asiéndola de un brazo y arrastrándola hasta la puerta—; la conquista de Murcia y su región dependen de esta reunión. Luego hablamos de Noruega...

La llevó hasta la puerta, la dejó en manos de unas criadas y volvió a la sala para seguir con su entrevista.

—Mi padre os ofrece la ciudad de Murcia y todos los castillos que hay desde Alicante hasta Lorca y hasta Chinchilla —dijo el moro Ahmed.

—¿Y las rentas del emirato? —quiso saber don Alfonso

En ese momento, entró una doncella diciendo que la reina no se encontraba bien y que había pedido que la tumbasen.

—Pues que la tumben —resopló el infante.

—También las rentas del emirato —prosiguió el otro—. Además, mi padre ha prometido daros permiso para mantener en todas las fortalezas una guarnición militar cristiana y el nombramiento de un…, ¿cómo lo llamáis?, ¿merino mayor?, para todo el territorio.

Volvió a entrar la doncella.

—¿Qué queréis ahora? —dijo el infante, que ya empezaba a sentirse molesto con tanta interrupción.

—Es vuestra abuela, señor. Se queja de un peso en la cabeza. Dice que ha contraído el mal de las alturas y que lo ve todo blanco.

El infante salió como un rayo y se dirigió a la habitación en donde habían instalado a su abuela. La encontró tendida sobre el lecho, los ojos duros, farfullando palabras incomprensibles.

—¡Abuela! —exclamó—. ¡Perdonadme! ¡Con todo este asunto de la embajada murciana no me he dado cuenta de que…!

—¡Cerrad las puertas! —gritó doña Berenguela agitando la carta en el aire—. ¡La nieve nos invade…!

El infante Alfonso le posó una mano en la frente ceñuda. Estaba ardiendo.

—No nieva, abuela. Y las puertas están cerradas…

Quedaron en silencio. Don Alfonso mandó recado a la sala de que cancelasen la reunión y el médico llegó enseguida. Después de explorarla minuciosamente, le dijo al nieto que la nieve en los ojos era señal de que iba a perder la vista.

En pocas horas, fueron apareciendo familiares, criadas, gentes, el confesor. Incluso se envió recado a don Fernando, porque el médico aseguraba que no saldría de ésa.

Pero ella se fue calmando, dejó de gritar y, aferrada a la

179

carta de Noruega, se quedó dormida. En la habitación se había formado tal algarabía que don Alfonso tuvo que hacer salir de allí a todos. Cuando se quedaron solos, intentó arrancarle la carta para leer su contenido, pero fue imposible. Entonces, medio sollozando, le dijo que no podía irse ahora, no, ahora que él también había comprendido lo importante que era la espera; ahora que don Rodrigo había estrechado lazos con la monarquía noruega, ahora que su sueño imperial estaba a punto de hacerse realidad...

Pero la abuela seguía dormida.

—Ahora que la monarquía iba a ser bendecida por el Papa —prosiguió el infante repitiendo las palabras que había oído poco antes— y que Haakon iba a ser coronado.

Doña Berenguela rebulló un poco.

—Ahora que la niña...

—¡Ya es casi una mujer! —Era doña Berenguela que, tras oír la palabra «niña», había conseguido despegar un párpado.

—Sí —dijo el infante, esperanzado—, casi una mujer. La hija del rey. Una princesa.

Poco a poco, fue volviendo el color a las mejillas de la reina madre. Su respiración se sosegó, relajó la frente y hasta sonrió un poco. Se inclinó hacia delante, extendió la carta arrugada y, con toda la vida asomándole por los ojos, otra vez vivos y habladores, cacareó:

—Yo sólo estaba ahí para que supierais eso... Que la niña es casi una mujer.

24

Toledo, en torno a 1240

Después de la crisis, el físico recomendó mucho reposo, mimos contra el hombro y charla continua, que no se sintiera sola ni un minuto porque, insistía, volvería a enloquecer. Así que el que se ocupó personalmente de los cuidados fue el infante, que decidió poner todos los asuntos del reino a un lado y pasar una temporada en Toledo hasta que su abuela estuviese totalmente restablecida.

No fue tarea fácil. Doña Berenguela estaba empeñada en que, al pasar por la sierra de Gredos, con dirección a Toledo, había contraído el mal de las alturas y que por ese motivo lo veía todo blanco. Se metió en la cama, y allí permaneció durante quince días sin experimentar cambio alguno. Cuando las criadas intentaban levantarla, se erguía con las fuerzas de un toro y las golpeaba, las escupía o las arañaba. Hasta que un día don Alfonso, harto del inútil reposo, entró en la habitación, tiró de la manta y le dijo que, de ahora en adelante, él se ocuparía de levantarla.

A partir de entonces, las cosas adoptaron otro cariz; por las mañanas, el infante arrastraba casi en volandas el cuerpo de su abuela hasta una silla junto a la ventana. Asomada sobre el río Tajo, vista desde la llanura el castillo, Toledo parecía la cresta del mundo. Ahí estaban, arañando el cielo, las agujas de la imponente catedral gótica que mandó construir don Rodrigo Jiménez de Rada, la muralla de la judería excavada, las casas con ajimeces moriscos, los zocos y las calles angostas. Y mientras la abuela contemplaba todo aquello en silencio, el nieto le desenredaba el cabello, le tejía la trenza color ceniza y le extendía por las arrugas del rostro un ungüento a base de mandrágora.

Antes de salir a pasear por los jardines, desayunaban juntos, queso blando y una infusión que él mismo le acercaba a los labios porque a ella la taza le temblaba en las manos. Luego le ponía las cintas, las tocas y los almaizares y hacía verdaderos milagros para meter el amasijo de los huesos de sus pies en las zapatillas de cuero caprino. Después del paseo, doña Berenguela quedaba sin fuerzas. Comía algo ligero y se tumbaba sobre la cama.

Acabada la siesta, el infante la volvía a levantar para dejarla junto a la ventana con su labor de aguja. A veces ella decía: No quiero, tengo el mal de las alturas; pero cuando se ponía el sol y regresaba para darle de cenar, seguía allí, bordando.

Era una tarea descomunal e ingrata, que acababa con la paciencia de cualquiera, porque muchas mañanas, la abuela se resistía de pies y manos o salía corriendo por la puerta para ponerse a caminar sin rumbo por los corredores. En realidad, lo que el nieto sentía por ella no era fervor, ni caridad, ni siquiera obligación, sino una especie de cariño que bullía en las entrañas, algo parecido al amor miedoso y desgarrado de una madre por su hijo. Confusamente intuía que, en el fondo, todo eso que hacía para su abuela con gran esfuerzo también le confortaba a él, y le decía a Dios que la tratase bien, si quería. Le decía a Dios que nunca se muriese, o que se muriese de una vez, si eso era lo mejor para ella.

Algunas tardes, cuando la encontraba muy taciturna, se sentaba frente a ella, le acercaba la cachimba a los labios para que fumase las amapolas de su juventud y le acariciaba tiernamente las mejillas.

Un día, por primera vez en su vida, la vio llorar. Y esto fue para él algo terrorífico y a la vez fascinante. Vagando por el castillo, en una de las estancias doña Berenguela descubrió el arcón en donde todavía estaba guardado su primer traje de novia, aquel con el que tenía que haber desposado al duque de Rothenburg y que jamás llegó a utilizar: la camisa margomada bordada con hilos de seda de colores, un larguísimo brial de ciclatón, calzas de lino y los chapines de madera coloreada. Lo sacó todo y quedó mirándolo con ojos titilantes, acariciando la tela de la camisa corroída por el paso del tiempo, dibujando una línea con el índice sobre el polvo de los chapines. No dijo nada, pero don Alfonso se dio cuenta de que contenía un estremecimiento.

Un poco más tarde, paseando por la sombra fresca de los jardines, de pronto, sin venir a cuento de nada y con una lucidez inusual, doña Berenguela se puso a hablar de doña Beatriz de Suabia. Recordó sus primeros años en Castilla, cómo supo adaptarse a la corte cuando apenas hablaba el idioma, cómo incluso tuvo la iniciativa de participar en la vida política a poco de llegar, y el día en que se supo que estaba preñada.

—Mi madre me contó que fue un gran día de celebraciones en la corte —le dijo el infante—, pero que nunca llegó a entender cómo vos lo supisteis antes que ella.

A doña Berenguela le brillaban los ojos.

—Tenía pagada a la chica de la letrina para que me trajese su orina todas las mañanas —dijo.

Quedó pensativa y como risueña, la barbilla temblequeante, y al cabo de unos minutos, cuando el infante ya se disponía a cambiar de tema, se percató de que estaba sollozando. Por su mejilla rodaban gruesas lágrimas. Dijo mirándole a los ojos, mientras se sorbía los mocos:

—¡Tengo tantas esperanzas puestas en vos!

Los ratos en que su abuela dormía o bordaba junto a la ventana, el infante los aprovechaba para seguir cultivándose. Todo lo que descubría en los libros le parecía fascinante: desde la forma de las conchas marinas hasta la esterilidad de las mujeres, desde el simbolismo de los números hasta la estrecha relación entre el firmamento y los seres humanos, pasando por la poesía, el arte y hasta la interpretación de los sueños. El tiempo que pasó en Toledo se dedicó a supervisar la labor de la Escuela de Traductores, y rescató los códigos árabes que de otro modo hubieran sucumbido a la destrucción o la ignorancia, hasta el punto de que algunos ya comenzaban a apodarle «el Sabio». Alfonso X el Sabio.

Esta actividad era lo único que le consolaba un poco del trato que su abuela le solía dispensar. Porque rara vez, ésta agradecía los cuidados. Lo que más le molestaba a don Alfonso

183

no era eso sino su desprecio manifiesto hacía doña Mayor, de la que creía seguir enamorado y de la que incluso había tenido una hija. Unos días después de que naciera la niña, a la que llamaron Beatriz, doña Mayor la envolvió en unos paños limpios y, con gran osadía, decidió ir a mostrársela a doña Berenguela (al fin y al cabo, le dijo al infante, es su bisabuela). Pero cuando doña Mayor entró en la habitación, se encontró con que la ilustre bisabuela estaba intentando avivar el fuego de la chimenea. Levantó la vista y al ver a aquella aparición, pensó que los sentidos la estaban engañando. No era una joven sonriente y llena de ilusión que venía a mostrar a su hija recién nacida, sino una enorme langosta: un espíritu del mal conjurado por alguna magia diabólica. Doña Berenguela tomó una tea de fuego y la blandió ante doña Mayor. La aparición se esfumó al instante, huyendo por la otra puerta.

Mientras doña Mayor juró que nunca más volvería a tratar a la reina madre, el infante insistía en hablarle de ella. Le decía que estaba enamorado, que no sabía bien lo que significaba esa palabra, pero que estaba enamorado. Al oír esto, los ojos de doña Berenguela se inquietaban y el ceño se le ponía adusto. Zanjaba la conversación con el comentario de siempre: Si volvéis a fornicar con «ésa», me tiro por la parte profunda del foso.

Del fondo del cansancio del infante Alfonso, a veces surgía la conciencia de lo que estaba ocurriendo (¿qué hago yo cuidando de una vieja chocha que nunca me ha regalado una pizca de afecto?), tan punzante que hacía que se le saltaran las lágrimas. A pesar de las dificultades y del tiempo que tuvo que pasar en Toledo al cuidado de su abuela, Murcia y su huerta acabaron sometiéndose a Castilla gracias a su mediación; a cambio, la ciudad recibía la protección militar del reino, el respeto de las propiedades de los musulmanes y la libertad de practicar la religión propia, tal y como se había pactado.

Pero en contra de lo que pudiera pensarse, éste y otros éxitos no alentaron al infante Alfonso, que cada vez se sentía más confuso y asustado en ese mundo de conquistas. A veces, pensaba que iba por buen camino y que le faltaba poco para encarnarse en el emperador germano de los sueños de su abuela; pero luego, de la noche a la mañana, vislumbraba la dificultad

184

con una clarividencia que le atenazaba las vísceras: él no era más que un pobre chico de aldea criado por una cabrera y eso le había marcado para siempre. Convertirse en emperador del vasto territorio germano era algo utópico e inalcanzable, un sueño de vieja que jamás alimentaría él, porque ¿a qué se aferraba su abuela?, ¿acaso pensaba que con tener a una nuera alemana ya tenía todo resuelto?

Mantenía una apariencia afable y cordial, pero alimentaba una desesperación interior que le corroía las vísceras y que a veces le llevaba a descargarse de manera cruel. Eso fue lo que ocurrió aquel día en que doña Mayor vino de visita.

El infante solía confesarse con el cura de su abuela, un tal don Remondo, obispo de Segovia, que varias veces al mes viajaba expresamente a Toledo para dar consuelo a la reina madre. Y un día en que estaba éste esperando para confesarle, tardaba mucho en aparecer cuando por fin irrumpió una dueña con el rostro desencajado. Permaneció muda en medio de la estancia, los ojos desorbitados, sin atreverse a entrar.

—¡Hablad de una vez! —le gritó don Remondo—. ¿Qué demontres venís a decirme?

Entonces la dueña prorrumpió en llanto, mas, poco a poco, fue cobrando serenidad y dijo que todo había ocurrido a la hora del almuerzo, cuando llegó de visita la señora doña Mayor, pero que si el infante don Alfonso no hubiera estado comiendo, nada hubiera sucedido, pero ella insistió en que no siguiera masticando así y que se levantara a saludarla, pues había venido de muy lejos a verle, y él que estaba comiendo, y ella que estaba loco, ¡loco como su abuela!, y don Alfonso, habiendo oído el nombre de su abuela, que retirase esas palabras, pero la ricahembra parecía crecerse en el insulto y le voceó que no retiraba nada porque doña Berenguela no sólo estaba loca, sino que se había «reblandecido como pan en el agua», y él que retirase las palabras, y ella que su abuela era una blanda, blanda, blanda, hasta que el infante, que había bebido tres o cuatro copas, se volvió, tomó la espada que estaba sobre la mesa y se la clavó a doña Mayor en la pierna.

Se hizo el silencio y, al cabo, se oyó la voz de don Remondo, casi era un susurro:

—¡El Señor nos ampare...! —Y se cubrió la cara con las

185

manos e, inmediatamente, volvió a descubrirse—. ¿Dónde está ahora la muchacha?

—¡Si vierais cómo sangraba! Tuvimos que llamar al médico porque parecía un cochino y…

—¿Dónde está?

—Ha vuelto a Valladolid.

—De todo esto, ni una palabra, ¿oís, chiquilla? Ni una sola palabra…

Doña Mayor no sería la única en percibir el «reblandecimiento» de la abuela. Después de aquel periodo de recuperación, cuando por fin el nieto dejó Toledo para volver a sus ocupaciones habituales, doña Berenguela comenzó a sufrir extraños cambios de humor: en un mismo día podía pasar de estar taciturna y arisca como una gata a ser la mujer más tierna del mundo, para sumirse por la noche en la máxima cavilación.

Por distintas partes le empezaron a llegar al infante noticias de esa mudanza en el ánimo de su abuela. Criadas que, en cuarenta años de servicio, jamás habían cruzado una palabra con ella, a las que ahora preguntaba cariñosamente por sus esposos y sus hijos y a las que regalaba higos y buñuelos; jardineros que la habían visto emocionándose ante una puesta de sol; cocineras que afirmaban haberla oído transitar por los pasillos en medio de una noche de viento para robar higos y castañas; presbíteros de la corte, especialmente su íntimo confesor, que decía estar convencido de que doña Berenguela había recibido una señal del Cielo. Y luego, le explicaban, cuando cae la tarde, se encierra en su habitación, lugar en el que nadie ha podido entrar en meses.

Al principio, don Alfonso no quiso creer nada de todo eso; no hasta que descubrió cómo le habían apodado las camareras más jóvenes: «la besucona».

—Y son besos de lo más asquerosos, majestad —volvió a hablar la cocinera—. Envueltos en mocos y babas. Dicen que con ellos hallará la salvación eterna.

Un día, de vuelta de Sevilla, el infante, harto de todas estas habladurías, hizo un alto en el camino para verla. Fue hasta su alcoba y llamó a la puerta. Pero como nadie le abría, decidió empujarla. Un poco sorprendido por la resistencia que ofrecía, dio un paso adelante y entró. Pero inmediatamente, sacudido por una ráfaga nauseabunda, tuvo que volver a salir. A través de la puerta entreabierta, observó el interior.

De la sobria habitación con mesa, silla y cama, no quedaba ni rastro. Había ropa sucia tirada por el suelo, restos de comida, castañas roídas, pieles de higos esparcidas por las paredes, todo ello perdido en un mar de legajos y pergaminos. Lo que más había era pergaminos, pensó el infante al volver a entrar. Pergaminos coloreados, mapas clavados en la pared, genealogías europeas amontonadas por el suelo o sobresaliendo entre los cajones, sobre la cama o bajo la almohada. Todos los mapas eran del norte de Europa y las genealogías tenían marcadas con un círculo el nombre de una princesa.

A don Alfonso le dijeron que su abuela estaba en los jardines. También que probablemente se emocionaría al verle, pero que no se alarmase, que últimamente andaba con la lágrima a flor de piel.

—¿Emocionarse mi abuela? —se rio el infante.

La encontró repartiendo flores entre las criadas, a las que había colocado en fila y a las que, según entregaba una rosa, besaba en la mejilla. Don Alfonso la escrutó en silencio. Estaba cantando «tres morillas tan garridas iban a coger olivas». Nunca antes la había oído cantar, no sabía que supiera ese poemilla. Hasta que ella levantó los ojos y le vio. Durante un rato, sin dejar de cantar, mantuvo la mirada fija en él. Una mirada dulce, temblorosa, suplicante. Pero antes de que el joven pudiera reaccionar, detuvo la canción, soltó el ramo de rosas, corrió hacia él y lo abrazó.

—¡Oh, pobrecito, pobrecito! —Y comenzó a sollozar—. Le arranqué del calor de la aldea, de la calidez de su hogar y de los pechos de su amorosa nodriza para arrojarle a este frío castillo.

El infante Alfonso la dejó llorar sin decir nada ni corresponder al afecto. Había sentido el calor del cuerpo de doña Urraca miles de veces, también el de su madre y el de doña Mayor. Pero era la primera vez que su abuela le abrazaba y esa piel fría de culebra, esos huesos duros y protuberantes, unidos al tufo a animal enjaulado que despedía su boca desdentada, le produjeron asco. Finalmente la apartó y la miró con expresión neutra. Le dijo: Vamos dentro.

En cuanto tuvo oportunidad, comentó todo esto con su padre que, como era habitual, andaba muy ocupado. Por aquella época, Fernando III tenía entre manos la gran empresa de unificar los territorios que todavía estaban bajo el islam, y repoblarlos con cristianos del norte y castellanizarlos con la difusión de la lengua y la cultura. Y Granada, cuyo emir había preferido besarle las manos y convertirse en vasallo para no correr el peligro de perderlo todo como había ocurrido en Cartagena, Mula y Lorca, requería urgentemente la fijación de las condiciones de convivencia.

—Los físicos dicen que todo se debe a la presencia en su sangre de algún fluido maligno —le explicó el infante Alfonso—. Pero en realidad, es como si el corazón de la abuela fuera un trozo de hielo expuesto a la intemperie. Por el día se deshace y por la noche vuelve convertirse en hielo.

Sin embargo, el rey don Fernando estaba demasiado ocupado con cosas más importantes y le rogó a su hijo que lo arreglara por su cuenta.

—Yo unifico el reino y vos unificáis el corazón de vuestra abuela, que viene a ser lo mismo, ¿no os parece? —le contestó.

Pero la tarea de «unificar» a doña Berenguela resultó ser más compleja que la de unificar a Castilla y León. Cada vez más a menudo, el infante se veía obligado a rehuirla. Y es que, en cuanto se la encontraba por los pasillos, ella estiraba el cuello como una gallina y decía: Besadme. Don Alfonso denegaba con la cabeza: No sé, decía al fin. Pues abrazadme, añadía ella extendiendo los brazos y avanzando hacia él con expresión socarrona. El pobre joven hacía lo posible por zafarse de ella. ¿Es que no me queréis?, insistía la abuela. Os digo que me abracéis como un nieto. Don Alfonso se resistía, aunque finalmente se acercaba y se dejaba abrazar. La abuela no se conformaba: Más fuerte. Rompedme las costillas, ¿oís?

Así que un día, harto de la ineficaz ciencia de los físicos cristianos, que lo único que sabían hacer era aplicarle gruesas sanguijuelas para eliminar el humor sobrante en la sangre, fue a buscar a un médico judío a Toledo. Entre sus colaboradores, astrónomos y poetas poseedores de los secretos de la alquimia y de los derroteros interplanetarios, encontró a un tal Juda-ben-Joseph, que tenía fama en la corte por haber conseguido curar a enfermos, sobre todo locos, desahuciados por otros físicos. Al contrario de los físicos cristianos, que simultaneaban la medicina con la dedicación a los estudios teológicos sin hacer distinciones entre un saber y otro, Juda-ben-Joseph estaba convencido de que el cuerpo humano no era la obra perfecta de Dios, sino más bien la más imperfecta, pues desde el momento en que es expulsada a la vida comienza su deterioro. Y ese deterioro, muchas veces oculto a la vista, al menos sí podía escucharse.

Por tanto, lejos de las repetidas sangrías, que tan poco beneficiaban al paciente, la técnica de Juda-ben-Joseph consistía en posar la oreja en el pecho para escuchar el galope del corazón, las perturbaciones de ritmos, ruidos de ánfora y crepitaciones, o bien todo aquello que ha quedado sepultado, borrado, reducido a silencio por algún motivo, todo ello capaz de transmitir mensajes de vida o muerte. No todos los físicos estaban capacitados; él tenía el don de poder escuchar los sonidos más débiles y lejanos: a veces, le despertaba el vuelo de una mosca situada a siete leguas de ahí, la caída fragorosa del tronco de un árbol recién talado o incluso el crepitar de la tierra húmeda del amanecer.

—Lo único que quiero —le pidió el infante en el primer encuentro— es que vuelva a ser la de siempre.

189

25

Toledo, en torno a 1243

—¿Cuando orina… aparece una nubecilla cárdena, casi negra?

Al atardecer del día siguiente, el médico Juda-ben-Joseph se presentó en palacio. Era un hombre flaco y alto como un árbol, de corva nariz, barba puntiaguda y perfil de ave de rapiña, trabajador, pulcro en su trabajo y sobre todo en su gestión económica. Odioso.

Cuando entró en la cámara real, encontró a doña Berenguela junto a la ventana, con la cabeza torcida, hincada la barbilla en el hombro. Hizo avisar a don Remondo para que le confesase y luego sacó de su maletín unos tubos de varios colores con rótulos, entre los que seleccionó una serie de sustancias como safétida, aceite de enebro y azufre molido, y elaboró con ellas un sahumerio a modo de emplasto.

Luego se reclinó, aplastó una oreja sobre el abdomen de la reina madre y auscultó el barullo de sus entrañas. Volvió a enderezarse y ante el silencio helado de las criadas, volvió a preguntar aquello de la nubecilla cárdena.

Sorprendidas, las criadas asintieron con la cabeza.

—¿Se queja de amargor del paladar y de melancolía? —preguntó entonces.

Las criadas no daban crédito a lo que oían. De amargor en la boca y de melancolía había estado quejándose la reina últimamente sin que nadie le hiciera caso.

Entonces el médico judío sentenció:

—Hay que aplicarle el sahumerio cuanto antes.

Y mientras lo hacía, le explicó al infante que sufría de una enfermedad ardua, debida principalmente a alteraciones de la bilis negra, que es la que preponderaba en su cuerpo, y la que hacía que sufriera esos cambios bruscos de «temperatura». También dijo que, puesto que a los melancólicos les conviene purgarse abundantemente por abajo, tenían que ayudarla a evacuar al menos una vez al día y prohibirle comer ciertos alimentos «calientes» como pimientos rojos, ajos o embutidos.

—Puede ser que a partir de ahora, al tacto empecéis a notarla fría, como si estuviese muerta —le advirtió al infante junto antes de salir—. No os preocupéis; es el efecto de la safétida.

Con el nuevo tratamiento, la enfermedad mejoró drásticamente. No sólo había dejado de ponerse tierna y de abrazar a la gente, sino que volvió a buscar refugio en su silencio hostil, tal y como lo había hecho siempre. Y cada vez más a menudo, ahora que volvía a su ser la de siempre, le sacaba al infante el tema de doña Mayor. Pero nunca trató de razonar nada; simplemente le escupía pensamientos:

—¡«Ésa»!

O, chasqueando la lengua:

—¡Ay, «ésa»! ¡Puta!

O:

—¡Si volvéis a fornicar con «ésa», me tiro por la parte profunda del foso!

Y así día tras día, y una semana, y otra… Parecía una retahíla interminable, sofocante como una noche de verano sin viento. Pero el infante callaba pensando que, tal vez, la abuela lo decía por cariño.

Otros días, cuando había un exceso de safétida en el sahumerio que le habían aplicado, a doña Berenguela le daba por quedar muda. Y entonces era él quien hablaba por romper el hielo:

—Hoy la franja del horizonte se ve más nítida.

—Sí.

—Ya pronto estará aquí.

—Sí.

—Nuestra princesa del norte.

191

—Hum.

No había manera de arrancarle una palabra. Se había convertido en un ser extraviado. Hasta el punto de que si alguien entraba en su habitación, y no podía o no quería evitarlo, se quedaba ahí plantada sin abrir la boca, sin darse por enterada de la presencia del intruso.

Y eso fue lo que sucedió el día en que volvió el médico judío para un nuevo reconocimiento. No abrió la boca.

—Ahora que el tratamiento está en marcha, y que el rumor de las entrañas es moderado, lo importante es distraerla —dijo éste—; que juegue al ajedrez o a los dados, que haga labores de aguja o que los juglares la entretengan con su música.

—Es que jamás ha jugado a nada. No sabe jugar ni entretenerse, la música nunca le produjo emoción alguna, no sabe hacer otra cosa que trabajar.

—¿Y no hay nada que le interese? —quiso saber el médico.

Después de mucho pensar, el infante dijo que lo único por lo que le había visto mostrar interés era por las cartas que el arzobispo de Toledo enviaba desde Noruega. Seguían llegando puntualmente, pero desde que empezó con la crisis, él se las había requisado para no crearle más ansiedad.

—Pues que se entregue de cuerpo y alma a esas cartas —sentenció Juda-ben-Joseph.

Y así fue como empezaron las tardes de lectura. En lugar de sentarse junto a la ventana a contemplar la franja del horizonte, como antaño, después de almorzar, el infante pasaba a recoger el correo y a continuación se dirigía a la cámara de su abuela para leer en alto.

Ajeno a todo lo que había ocurrido en Castilla, don Rodrigo Jiménez de Rada había seguido escribiendo sobre su estancia en Bergen. Las cartas tenían un tono pomposo y solemne, casi eclesiástico, una mezcla de candor e insolencia. Todo lo que decía sonaba lejano y absurdo, pero las palabras eran un bálsamo para el corazón de la pobre anciana y suscitaban un extraño y atávico interés morboso en el joven. Ya ni siquiera mencionaban a doña Constanza (pero ¿no había ido hasta allí para buscarla?), sino que se limitaba a hablar de la vida que llevaba entre la gente de la corte del rey Haakon IV y su mujer Marguerite, en donde parecía haber encajado como si fuera un noruego más, de los fiordos y las cascadas exuberantes, de los bosques poblados de elfos que se esconden en la tierra y de las leyendas espeluznantes sobre monstruos y gigantes, enanos, nornas, brujas y valquirias que las abuelas contaban a los niños en las frías noches de invierno.

Don Alfonso comenzó a leer:

Las cosas son muy distintas por estas tierras y así hay que aceptarlas. Por ejemplo: dicen que aquí el hombre no fue creado por Dios, sino por una vaca de la que fluían cuatro ríos de leche. Resulta que la vaca se alimentaba lamiendo las piedras de escarcha porque eran saladas. El primer día había estado lamiendo las piedras, por la noche apareció allí el cabello de un hombre; el segundo día, la cabeza de un hombre; y el tercero, el hombre completo.

En otra, a mitad de un párrafo, hacía referencia a un hermoso fresno llamado *Yggrasil* y del que todo el mundo hablaba.

193

Sus ramas se extienden por todo el mundo y llegan a rozar el cielo. Las raíces también llegan muy lejos. Bajo una de ellas está la fuente de Mimir, en donde se esconde toda sabiduría y buen juicio. Cuando uno de los dioses, Odín, quiso ganar en sabiduría tomando un trago de esta fuente, se le exigió dejar en compensación uno de sus ojos. De ahí que Odín sea ciego.

—Se le ve feliz —interrumpió doña Berenguela. Erguida sobre una silla, escuchaba sin pestañear.

—¿A quién? —preguntó el infante.

—Al arzobispo.

—Mucho.

La abuela se concentró en el paisaje de la ventana.

—Seguid —dijo.

El infante tomó aire, pero antes de que le diera tiempo a abrir la boca, oyó:

—No volverá.

—¿Por qué decís eso, abuela?

—Está transformado. Habla de cosas de las que jamás hablaría aquí: vacas, árboles gigantes y dioses profanos.

Con la lectura diaria, viajaban cada tarde hasta el corazón helado de aquel lejano reino tan distinto al de Castilla, y esto, junto a la ingesta de safétida y los baños helados, consiguió mantener a la abuela dócil y embobada, al menos por un tiempo. En cuanto el infante franqueaba la puerta del dormitorio con las cartas en la mano, ella parecía entrar en una especie de éxtasis. Nunca preguntaba cómo era posible que llegaran las cartas desde tan lejos. Escuchaba el contenido sin pestañear, las manos retorcidas sobre el regazo, los ojos atónitos y chispeantes, congestionada por la emoción de lo que estaba por venir. Porque algo estaba por venir. Algo que influiría profundamente en sus vidas, y que el arzobispo de Toledo se empeñaba en postergar con todos aquellos floreos mitológicos y descripciones introductorias.

Y por fin, un día, en su última carta, salió el tema.

> Dulcísima señora: hoy he conocido a la doncella Kristina de Noruega. Se trata de la segunda hija de Haakon IV de Noruega y Marguerite, rubia y tibia, trece años en el día de hoy, una niña dulce de aire lánguido y piel pecosa…

El infante hizo una pequeña pausa para espiar la reacción de su abuela y dar pie a algún comentario. Pero ésta estaba muda de la emoción.

> … que ha nacido con la corona puesta como su propia cabellera, con ojos de lechuza, sentimientos delicados y máximas perfecciones, de la que, como cabe esperar, están enamorados todos los príncipes de los reinos escandinavos.

«Doña Kristina de Noruega.» El mismo nombre contenía el color musgoso de las montañas, el frío aroma de la nieve, la cascada que horada la roca, el susurro de los bosques. Estas palabras resonaron como un susurro musical en el corazón de la abuela. Aquella princesa lejana, borrosa, «helada» con la que había soñado desde niña por fin tenía nombre.

26

Toledo y Burgos, 1246

Un ligero resol se colaba por las ventanas alegrando las jornadas, y despuntaba el verde tierno de las hojas de los ciruelos; había empezado la primavera de 1246.

Fernando III, con las manos libres en todos los frentes después de la conquista de Jaén, no dudó en acercarse a Sevilla, hermosa ciudad mora de caserío apretado y larga raigambre histórica, emplazada a orillas del Guadalquivir y codiciada por los cristianos por su clima benigno, los higos dulces del monte ibal Al-Rahma y sus mujeres de boca grande y ojos negros.

Aunque el rey tenía a su favor que el papa Inocencio IV había prometido conceder las «tercias reales» para financiar la guerra contra los infieles de al-Ándalus, era consciente de que la conquista no le iba a resultar fácil.

Por un lado, seguía latente la amenaza de la langosta, ahora que las monjas habían interrumpido los rezos y que venían las lluvias primaverales, tan propicias para la reproducción.

Por otro lado, la ciudad sevillana era una de las primeras del mundo militarmente hablando: tenía atarazanas, es decir, un centro para la construcción de navíos, con su flota y talleres en actividad; personas expertas en la fabricación de armamento, que sabían manejar el fuego grecisco o alquitrán, y materiales para prepararlo; en el castillo de Triana y a los dos lados del río había algarradas, y en la Torre del Oro, trabuquetes o catapultas para lanzar piedras. Además tenía una magnífica muralla almohade, con su trazo irregular de entrantes y salientes, coronada de matacanes, con las puertas de Macarena, Bib Alfar, Córdoba, Xerez, Baba el Chuar y Bib Ragel, que resultaba inexpugnable para las toscas máquinas de asedio de que disponían los cristianos.

Y por si fuera poco, en las afueras se alzaban recias fortalezas que guardaban los principales vados fluviales y caminos. Había cientos de castillos, déspotas del paisaje, a menudo asociados en grupos de dos o tres, concéntricos o no, castillos-torreón agarrados a la roca con uñas de mujer, castillos como Guillena y Gerena, Triana y Aznalfarache o Alcalá del Río y Cantillana. Y eran ellos, los castillos, los que conferían a la ciudad su luminosidad y su carácter, su altanería y, al mismo tiempo, el sentido trágico de la muerte tan arraigado en esas tierras.

El plan, en el que también participaba el infante Alfonso, consistía en un asedio prolongado a lo largo del tiempo, que empezaría con expediciones de tala de bosques, arboledas y florestas y saqueo de los campos próximos, como Carmona, Jerez y Aljarafe.

Y precisamente, en medio de una de estas talas, llegó un mensajero de Burgos con el recado urgente de que doña Berenguela quería ver a su nieto.

La última vez que el infante estuvo con ella y con el médico, había ocurrido un incidente sumamente desagradable que agotó su paciencia y que le animó a dejarla sola durante una temporada para concentrarse en la conquista de Sevilla. Judaben-Joseph seguía visitando a su enferma regularmente y estaba muy satisfecho con su mejoría, pero nunca había presenciado su reacción ante la lectura de las cartas.

Una tarde entró en la cámara justo en el momento en que el infante leía un hermoso pasaje que hacía referencia a las virtudes de la princesa Kristina. Como era habitual, doña Berenguela escuchaba anonadada, y comoquiera que no se inmutó cuando entró el médico, ni se volvió para saludar, éste inmediatamente pensó que su salud había empeorado. Avanzó hasta donde estaba ella y haciendo un gesto al infante para que prosiguiera con la lectura, dio dos estridentes palmadas junto a la oreja de la reina madre. Pero ésta siguió sorda y muda, los ojos como platos, rígida, el pecho subiendo y bajando, con todos los sentidos puestos en las palabras de su nieto. Esto es intolerable, dijo el médico, y, enroscándose la toca entre los tobillos, dio unos cuantos pasos y se plantó frente a ella. Pero doña Berenguela seguía sin mover un solo músculo; parecía hechizada.

Con un chasquido de los dedos, Juda-ben-Joseph mandó callar al infante. Poco a poco, doña Berenguela fue saliendo de su embotamiento hasta que se puso en pie. Ignorando la presencia del médico, se dirigió al infante y dijo:

—¿Ya está?

—Oh, no —contestó Alfonso—, es mucho más extensa, es que como está aquí el médico…

—Seguid leyendo —le pidió ella.

Pero el médico gritó:

—¡No! Ni se os ocurra.

Don Alfonso miraba a uno y a otro alternativamente, sin saber qué hacer.

—Se acabaron las cartas y la princesa —dijo Juda-ben-Joseph—, de ahora en ade…

No pudo seguir. Doña Berenguela volvió la cabeza y, por primera vez en todo el tiempo que le había tratado, posó la mirada en él. A continuación, sin preámbulos de ningún tipo, se arrojó sobre su cuerpo, mordiéndole sañudamente una oreja. El médico se defendió como pudo, la lanzó al suelo y comenzaron a rodar hechos un ovillo. Una fuerza ciega empujaba a la reina madre, pero el médico, mucho más fuerte que ella, consiguió sentarse sobre su abdomen y reducirla.

—Ya pronto estará aquí —dijo doña Berenguela, jadeante, con ojos de loca.

Juda-ben-Joseph se marchó cojeando, con la mano en la oreja, y, desde entonces, se había negado a volver a tratarla.

Ahora habían pasado unos meses desde que ocurrió tal suceso, y para hacer su itinerario hasta el Cielo (según ella, las tripas le decían que le había llegado la hora), doña Berenguela había dispuesto que pasaría los últimos años de su vida en las Huelgas. Pero estaba el problema de las excavaciones en el coro (las monjas seguían asegurando que oían ruidos casi todas las noches); a través del mensajero, pedía a su nieto que volviera urgentemente para ocuparse del asunto porque tenía la sospecha de que eran las propias religiosas quienes excavaban: estaba convencida de que habían inventado todo aquel cuento del demonio y las posesiones para no tener que rezar más. Con ese mismo mensajero, el infante Alfonso mandó la respuesta: no era posible. Su padre contaba con él para el primer asedio, y él ya había pasado demasiado tiempo a su cuidado, tenía que comprenderlo. Doña Berenguela no tuvo pelos en la lengua para dejar las cosas claras: Si no venís de inmediato, muerta me encontraréis en el fondo del foso.

Carcomido por el miedo de la amenaza del foso, el infante dejó por unos días el asedio de Sevilla y viajó hasta el monasterio de las Huelgas. Llegó de noche, cuando las monjas dormían un sueño pastoso de rezos y galletas. Se apeó del caballo y fue directo a la iglesia. El patio estaba en penumbra; la luz de la luna caía como un chorro sobre la cúpula nervada y la puerta de la iglesia; la otra parte del convento era una aglomeración de sombras mecidas por una brisa con olor a rosquillas de limón y a santidad podrida. Una gallina cacareó. También él opinaba como su abuela; eran las propias monjas quiénes excavaban en el coro, ¡oh!, estaba seguro. Sólo tenía que entrar; ahí estarían, apelotonadas junto al altar, felpudas y reviejas, las sorprendería, sí. Y al verle se abrazarían, gañirían como perras paralizadas por el miedo. Tal vez por el deseo…

La puerta de la iglesia estaba abierta, así que bajó a tientas los escalones que conducían a la nave central. Se encontraba ahora en la zona fría y húmeda de los sepulcros, un conjunto amurallado en el lado de la iglesia que, por el lado del altar, estaba cerrado por un altísimo enrejado, andando a ciegas en la oscuridad, cuando por fin dio con las rodillas sobre un obstáculo duro que reconoció como el banco corrido del coro. Entonces oyó el primer ruido, algo parecido a un escarbar de ratones entremezclado con unos golpecitos metálicos que parecían provenir del otro lado de la reja, justo en donde estaban los sepulcros de sus bisabuelos, calculó. ¿Quién va?, gritó, y el corazón le retrepó hasta la boca. No hubo respuesta. El ruido se detuvo y entonces se oyó el galope de unos pasos menudos por la piedra (¿el demonio?). Se pegó contra la pared, paralizado por el miedo, porque aquellos pasos no se alejaban, sino que parecían acercársele cada vez más. De pronto, sintió que un cuerpo se estrellaba contra su pecho: ¡Una monja!, exclamó.

Comenzaron a forcejear en la oscuridad. El otro cuerpo resistía, arañaba, chillaba, continuamente alargaba un brazo para cogerle de los pelos y le raspaba la mejilla con un objeto punzante. Pensando que se trataba de una de las religiosas, el infante no quería abusar de sus fuerzas, pero ahora estaba sangrando. Atrapó el hábito, lo desgarró y cuando se quiso dar cuenta, toco pelo. No era pelo de cabeza sino de pecho (ahora resulta que las monjas tienen pelo en el pecho...). Retiró la mano, asqueado. ¿Quién sois?, volvió a preguntar.

No hubo respuesta. Arrastrándole por el hábito desgarrado, consiguió sacar el cuerpo hasta la penumbra del atrio. Y entonces lo vio, arrinconado entre un banquito y la puerta: inmenso, peludo, tímido.

Un hombre que temblaba como una niña, con la vista puesta en el suelo. Le miró con atención. Vestía como un cura, respiraba como un cura, ¿de qué le conocía?, y le examinó de arriba abajo: Os he visto antes, ¿no es cierto? Estaba seguro de que lo conocía, pero la memoria no quería ayudarle.

—¿Qué hacíais aquí?, —le preguntó—. ¿No sabéis que estabais en el panteón real?

No hubo respuesta. El otro mantenía la cabeza gacha, las manos entrelazadas. Las manos. Tenía una sortija de diamantes. Lo conocía, había visto esa sortija, ese rostro, pero el pensamiento seguía apelmazado, no hablaba. De pronto, chasqueó los dedos.

—¡Ah, ya os conocí! —exclamó—... ¡Sois don Rodrigo Jiménez de Rada, arzobispo de Toledo!

El hombre alzó la cabeza lentamente.

—Sí —dijo.

Pero ¿qué hacía ahí? ¿No estaba en Noruega? ¿No les acababa de enviar una nueva carta en la que hablaba de una princesa helada con ojos de lechuza? Las preguntas se agolparon en la boca del joven; quería saber toda la verdad. El arzobispo guardó silencio durante un rato. Luego, comenzó a hablar.

Hacía tiempo que había vuelto de Bergen, concretamente desde que el rey Haakon fue coronado. Era verdad que había entablado amistad con la familia real noruega (y con la princesa, ¡oh, celestial criatura de Dios!), pero lo que no había contado en sus cartas es que también había encontrado a la her-

199

mana de la abadesa, a doña Constanza, que no estaba muerta. A ésta le explicó que su hermana la esperaba en Castilla, y que había venido para traerla consigo, pero también le preguntó algo que le había intrigado desde el primer momento: ¿por qué tenía la abadesa tanto interés en que viniera?

Doña Constanza era una mujer anciana, físicamente se parecía mucho a su hermana, pero era muy distinta de carácter: no tenía la menor gana de volver a Castilla. Su vida estaba allí, entre la gente noruega que tan bien la había acogido: no pienso volverme, arzobispo, mi hermana doña Sancha no me buscaba por amor como vos pensáis, sino por codicia.

El arzobispo avanzó un poco, lanzó la puntita de la lengua para limpiarse el sudor del bozo y siguió explicando:

—Resulta que las dos hermanas, Sancha y Constanza, ingresaron en las Huelgas de niñas. Pero como os digo, eran muy distintas. Desde el momento en que vistió su primer hábito, doña Sancha supo que se convertiría en abadesa. Doña Constanza, por el contrario, era una tigresa enjaulada que sólo aspiraba a salir de ahí, aunque no encontraba la manera de hacerlo. Un día llegó la reina doña Leonor, vuestra bisabuela, la fundadora de la abadía, con un gran pesar. Entre sollozos les contó a las monjas que su esposo, el rey, don Alfonso IV, le era infiel con una mora, una tal doña Raquel. Tan encelado estaba que no sólo se había ido a vivir con ella a Toledo, sino que había empezado a regalarle tierras, posesiones, ropa, incluso sus propias joyas y objetos más preciados. Extendió en el suelo un paño que traía entre los brazos: Pero yo tengo aquí todo lo que de verdad me importa, dijo, y esto no se lo lleva. Había sortijas, collares de perlas, diamantes en bruto, cruces, prendedores y hasta un precioso calzado... Preguntó dónde podía esconderlo, y doña Constanza le mostró un lugar en el coro, bajo las tablillas del entarimado.

El infante Alfonso escuchaba atónito. Alguna vez había oído hablar de esa doña Raquel, amante de su bisabuelo, y también recordaba que alguien había mencionado algún objeto muy preciado, perdido, de su bisabuela Leonor. Pero le resultaba increíble oír todo aquello en boca del arzobispo de Toledo.

—Los objetos de valor se escondieron —prosiguió don Rodrigo—; unos días después, doña Constanza se fugó del convento. Las otras monjas pensaron que se los había llevado consigo, pero doña Sancha les juró que no era así. Con el tiempo, ya convertida ésta en abadesa, quiso desenterrar el botín. Y eso fue lo que hizo, aunque al parecer, no encontró todo lo que buscaba.

—Pero las joyas están ahí...

—Sí, pero eso no es lo que buscaba doña Sancha; os aseguro que doña Sancha no era una mujer materialista...

—Y entonces, ¿qué buscaba?

—No lo sé..., nunca me lo dijo. Pero estaba convencida de que se lo había llevado su hermana y por eso me hizo buscarla en Noruega. Tampoco doña Constanza me contó lo que buscaba su hermana con tanta insistencia; lo que sí me dijo es que ella no lo tenía en Noruega. Por lo visto, antes de irse, lo había devuelto a su sitio, es decir, a la corte castellana. Dijo que se lo había dado a vuestra madre doña Beatriz de Suabia; eso me dijo.

Entonces don Rodrigo calló. A la vista saltaba que ahora era él quien se aprovechaba de la información buscando las joyas, a escondidas de la realeza, y que alguna había sacado ya de la abadía (luego, erais vos quien vendía joyas en la plaza mayor de Valladolid...). En Noruega había acordado con la monja huida que, a cambio de la confesión sobre el lugar en donde se encontraban las joyas, le diría a su hermana que estaba muerta para que la dejara en paz. Sois un hombre de muy mala ralea, le dijo don Alfonso. Toda esta mentira, todas esas historias de las gentes noruegas para quedaros con las joyas, ¿para qué queréis vos más si estáis podrido de riquezas?

El arzobispo seguía con la cabeza gacha, la mata negruzca del pecho asomando a través de la sotana desgarrada. He pecado y peco, sí, decía. Peco porque soy débil, de carne y hueso como todos los demás, con apetencias y debilidades, porque de nosotros, los religiosos, se piensa que todo eso ha sido aplastado, arrancado de nuestras almas por una fuerza superior, pero no, seguimos siendo hombres, ladrones, bestias lujuriosas con el corazón remojado en hiel, débiles, o peor, porque todo queda sofocado en la superficie, bullendo de ganas y de...

—¡Callad! —le cortó el infante—. No quiero seguir oyendo vuestras excusas.

201

—No son excusas, sino únicamente la verdad. En Noruega, lejos de mí mismo, del hombre que mi madre hizo de mí, me he dado cuenta de muchas cosas… —Volvió la cabeza, arrugó la nariz y comenzó a husmear—. Este olor empalagoso a cera me repugna. Trozos de Cristo, candelabros, oratorios y sotanas a todas horas, cuerpos de todos los santos y santas… ¡Si yo pudiera!

—Pero no podéis —contestó el infante—. Ya es tarde… Ahora sólo os pido una cosa, y os dejaré marchar adonde queráis.

Don Rodrigo alzó lentamente la cabeza.

—Sólo os pido que no volváis por aquí y que sigáis mandándole a mi abuela las cartas de Noruega, como habéis hecho hasta ahora. Necesita seguir oyendo el susurro de la nieve, empolvarse en ella como un ratón en la harina. Necesita desesperadamente el mar. Su salud no anda bien, está vieja; decidle a qué sabe el mar de Bergen y de qué color es el cielo de vuestra mentira. Seguid engordando la mentira y seguid hablándole de esa vaca monstruosa con ubres de las que fluyen ríos de leche. Dejadla sentir el hálito a cebollas del santo Olav y contarle qué comían los piernas de abedul que vivían en los bosques. Castilla es muy hermosa, pero siempre se le quedó pequeña. La convierte en una triste reina sin corona. Además, aquí no nieva como allí, ni hay doncellas de aire lánguido y larga cabellera rubia. No dejéis de enviar esas cartas, arzobispo. Y, por encima de todo, no dejéis de hablar de doña Kristina, o… creo que morirá.

27

Castillo de Toro, 1246

Apenas cesaba el viento o salía el sol, doña Berenguela salía de su dormitorio, tomaba uno de los corredores, larguísimo, estrecho, descendía una escalerilla, llegaba a una cámara soleada y torcía por otro recodo y una nueva escalerilla de caracol que descendía hasta el exterior del castillo. Detrás del torreón de la Vieja, junto a la huerta, había una zanja seca, excavada en la roca, con paredes de mampostería y suelo tapizado de mala hierba de soledad y olvido.

Era el foso. En tiempos de sus padres, el castillo había tenido funciones defensivas, y esa pieza, que en Castilla nunca era inundable, era fundamental para impedir el avance del enemigo moro. Pero con el paso del tiempo y el desuso, éste había quedado colmatado por viejos muebles, excrementos de rebaño, vajilla desconchada, flechas y mondas de naranja, todo lo que iba cayendo de las ventanas y de las cámaras de tiro, ocultando los durmientes y las poternas. Doña Berenguela había mandado retirar todos esos escombros, y entre el estiércol y las mondas, de guisa casi milagrosa, habían brotado dos hermosos ciruelos que salía a contemplar con la caída del sol. Caminaba de arriba abajo a lo largo del borde, se sentaba, abría una caja y sacaba trocitos de pan seco. Lo chupaba escudriñando los ciruelos prendidos del fondo, un fondo que se perdía de tan lejano y por el que el viento subía en tremolina.

Y en esas estaba cuando llegó el infante Alfonso del monasterio de las Huelgas. Venía cansado, hambriento, pero sobre todo furioso por haber tenido que poner a un lado el asedio de la ciudad de Sevilla para solucionar ese asunto estúpido. Apenas quedaba luz, pero a medida que se fue acercando, le pareció distinguir una silueta junto al foso. Pensó que se trataba de un centinela, pero cuando estuvo a pocos metros, se dio cuenta de que era su abuela.

Estaba sentada al borde, balanceando las piernas en el vacío y tarareando una cancioncilla. ¿Se puede saber qué hacéis aquí?, le increpó él. Al escuchar la voz, la abuela detuvo la canción, pero no se volvió. Alargó el brazo por detrás para ofrecerle un trozo de pan.

—No quiero —dijo él.

No era el momento para comer pan. Había venido para contarle que ya no había excavaciones en el coro de las Huelgas. Había hablado con las madres y, una vez extirpado el peligro (eran sólo unos ratones, les dijo), habían vuelto a rezar. Por lo tanto, ella ya podía instalarse en su celda cuando quisiese. Pero a doña Berenguela las excavaciones y la celda parecían traerla sin cuidado.

—Tengo miedo —dijo volviéndose.

—¿Miedo?

Sólo entonces, el infante Alfonso reparó en su rostro. Estaba tan vieja que toda ella semejaba un puñado de arcilla sin modelar. Conservaba su mata de cabello, una pelusilla dorada le cubría la barbilla, y entre las ampulosidades del rostro, despuntaban sus ojos azules de ave rapaz, que seguían mirando el mundo con desconfianza. En la boca no quedaban más que dos o tres dientes amarillos y la nariz afilada avanzaba entre los huesos de las mejillas. Más abajo era todo bulto: el vientre hinchado sugería una preñez inverosímil, y cuello, brazos y piernas desaparecían bajo una saya puerca que no se quitaba nunca, con olor a gallina y a soledad.

—Un miedo que no cabe en las palabras.

El infante le dijo que no tenía que preocuparse:

—Es verdad que se ha visto alguna langosta últimamente, pero acabarán por desaparecer. Os repito que las monjas ya rezan y... —Al ver que su abuela le miraba con arrobo, calló.

—No es el miedo a las langostas; es el miedo al amor —dijo doña Berenguela.

Don Alfonso le dijo que los ataques de calor estaban controlados con la safétida que le administraba Juda-ben-Joseph.

—Nunca quise comprometer mis emociones... —prosiguió ella con voz temblorosa—, y aunque sí tenía puestas todas mis esperanzas en vuestro nacimiento, todo iba encaminado hacia otra cosa. ¡Oh, cómo explicaros! Cuando nacisteis, al ver que erais oscuro como una rana de charca, pensé que nunca me valdríais, que nunca llegaríais a convertiros en emperador. Luego, al veros en Celada del Camino, tan rubio, tan avispado, tan de mi sangre con tan sólo cinco años, dije ¡ya está!, aquí tenemos al emperador. Pero a medida que pasa el tiempo, a medida que os tengo junto a mí, mi sangre bulle de manera distinta. Es..., es como si, a medida que se acerca el momento, perdiera el control de las vísceras.

—¿De qué momento habláis? —dijo don Alfonso con tono impaciente.

—Tengo miedo. Miedo al amor intenso que siento por vos y por la vida, sólo ahora lo he comprendido: el amor nos fascina, nos atrae, nos da la vida, pero también nos hace profundamente vulnerables. ¡Amar es tener miedo!

Apuntó al foso.

—¿Veis esos dos ciruelos? Cuando éramos jóvenes, el arzobispo de Toledo y yo nos dedicábamos a hacer injertos. En poco tiempo, conseguíamos especies nunca vistas, frutos con pieles suaves y claras, de gusto exquisito..., porque ¿sabéis?, las especies se «fabrican» como todo en esta vida...

—¡Ya estamos! —le cortó él, indignado—. Si por ventura estáis hablando de doña Mayor y de mi hija natural, dejadme que os diga algo: muchas veces, el genio de las grandes estirpes no procede de las raíces del árbol genealógico, sino precisamente de ciertos injertos de savia menos insigne. Y ahora, por favor, dejémonos de florituras y oíd lo que os quiero contar. Vengo expresamente para deciros que el problema de las Huelgas ya está solucionado, abuela, y que podéis...

—Vos no tenéis que pensar en otras savias...

—Dar orden de que trasladen vuestras cosas a la celda —prosiguió el infante pretendiendo no haber oído.

—¡«Ésa» no os conviene! —gritó ella.

—Mañana mismo os acompañaré. La abadesa ya conoce

205

vuestra intención de pasar allí lo que os queda de vida. Yo ya os dije que no hay necesidad de recluiros, que aquí podéis seguir viviendo con nosotros, sois tozuda como una mula, pero yo os quie…

—Niño —dijo la abuela, y allí, sentada al borde del foso, comenzó a rascarse la espalda, mientras sacaba un trocito de pan de la caja con la otra mano. El corazón del infante latía desacompasadamente—. Siento un cosquilleo aquí detrás. Mirad a ver si tengo algo.

—No hay apenas luz, abuela. Además, ¿por qué no os sentáis en otro sitio? Acabaréis por caeros.

La abuela dibujó una mueca entre estúpida y socarrona. Dijo con cierto fastidio:

—¡Estoy merendando!

—Sí —le contestó él, y también le dijo que ese era el sitio menos apropiado para merendar. Que no tenía ningún sentido que estuviera allí.

—Me pica la espalda; mirad a ver si tengo algo.

Las nubes se arrastraban de un cerro a otro dando tumbos, el aire temblaba impregnado del perfume dulce de la flor de los ciruelos y la luz del atardecer era intensa y dorada. Sobre unos arbustos de flores escarlata, zumbaban unos insectos negros y gordos. Las figuras de la abuela y el niño proyectaban sus sombras al otro lado del foso: la una era corta y vibrante; la otra, larga y estática. Don Alfonso echó un vistazo a la espalda de su abuela y de pronto vio algo que le dejó petrificado: una langosta se afanaba por librarse de su vieja piel. Salía de su vieja vestidura flamante y blanca. Lo que más llamaba la atención era aquella blancura en un bicho tan bermejo.

Tragó saliva. Pensando que sería capaz de ahuyentarla, prefirió no advertirla.

—Abuela —dijo para desviar su atención mientras se iba aproximando—, ¿os acordáis de aquello que me dijisteis una vez sobre que no veía nada porque lo esperaba todo de fuera…?

—Tengo mucho miedo —volvió a decir ella—. Miedo a quereros, a seguir queriéndoos tanto y no saber… —De pronto le miró fijamente—: Hay que amar a la gente tal y como es o no amarla. Porque si amáis a la gente tal y como no es, no es a ella a quién amáis, sino a vuestros sueños.

206

El infante se acercó un poco más y estiró el brazo.

—Sí, pero ¿qué quiere decir eso de «esperar todo de fuera»?

Doña Berenguela quedó pensativa.

—¿Yo dije eso?

—Sí, claro.

—Pues creo que quiere decir que no hay que dejarse llevar, sino «elegirse a uno mismo», hijo, cumplir con un objetivo difícil que uno mismo se asigna, lograr la salvación eterna y, por fin, gozar del rostro del Señor. Eso es lo único que hay que hacer en la vida. El que llama a las puertas del Señor sin nada que ofrecer, es inmediatamente expulsado.

—«¿Elegirse a uno mismo?» —dijo el infante.

—Elegir a aquel que queremos ser en la vida, trabajar por ello y poner a un lado todo lo que estorba. Por ejemplo, yo elegí ser abuela de un emperador. —Se quedó en silencio— ¡Y «ésa» no os conviene! —aulló.

—¡No se llama…!

Pero una rabia ciega se había apoderado de don Alfonso y no pudo continuar. Lo que ocurrió a continuación fue visto y no visto. Sólo tenía intención de apartar aquella langosta que mudaba de piel de un manotazo, pero al volver a escuchar la retahíla de su abuela, su brazo no obedeció, se rebeló empujando a su abuela por la espalda con todas sus fuerzas. Se oyó el grito ronco de doña Berenguela precipitándose por el foso, luego el golpe seco del cuerpo, seguido del tintineo de la caja de hojalata, mientras la langosta remontaba el vuelo y se posaba en el suelo. Se oyó todavía un gorgoteo sofocado.

«Elegirse a uno mismo.» Don Alfonso se separó del borde del foso resollando. Después de rezar, se santiguó, cerró los ojos y enseguida se vio a sí mismo cabalgando hacia el horizonte.

Pero no era él, sino la imagen grandiosa de los sueños de su abuela. Era alto y apuesto, aunque sin facciones fijas porque el yelmo le escondía el rostro. Llevaba el tronco protegido con una loriga y vestía quijote, greba y rodilleras. Galopaba con brío y el movimiento del caballo que lanzaba la mano adelante y atrás, adelante y atrás, hablaba de la gravedad y el aplomo del caballero que ha encontrado su lugar en el mundo. Estaba muy lejos del horizonte, lo cual le abatía. Pero su abatimiento era dis-

207

tinto: no, aquel horizonte no era una franja, ni una nube de polvo, ni un jinete, sino «su» horizonte, que también corría a su encuentro, adelante y atrás, adelante y atrás.

Avanzando sobre el polvo del camino, sintiendo en el pecho el golpeteo de la lluvia, el azote del viento en las mejillas, dejando atrás bosques y pueblos con sombrías iglesias, sólo deteniéndose para abrevar el caballo, notaba que le henchía una curiosa sensación de libertad. Su vida era ese correr «para llegar» a un lugar, con la amenaza de los que también se dirigían hacia ese lugar y querían arrebatárselo. Volvió a abrir los ojos y entró en el castillo para buscar a alguien, quien fuera.

Al rato, cuando contó a todos que había ocurrido un accidente, lloraba como nunca antes se había permitido llorar, porque su dolor era sincero, como sincero era el amor hacia su abuela.

Por el reino comenzó a extenderse el rumor de que a doña Berenguela le había dado un temblor, que empezó a consumirse y se murió rezando en una de las celdas de la abadía.

28

Sepelio de doña Berenguela

Monasterio de las Huelgas, otoño de 1246

A lomos de una mula coja, se decidió trasladar el cuerpo de doña Berenguela al Real Panteón de las Huelgas de Burgos. Las monjas le soltaron el moño, y pusieron la mata de cabello extendida sobre la almohada de tafetán carmesí, la empolvaron de cuerpo y alma con un talco de albahaca, la vistieron con una espléndida saya entorchada de oro y depositaron el ataúd en un arcón de piedra forrado con lienzo blanco. Pero, a mitad de camino, la mula pisó una piedra y tropezó.

El ataúd se abrió y entonces ella apareció mirándolos a todos tranquilamente, los labios abiertos esbozando una sonrisa, como si sólo ahora, una vez muerta, se concediera a sí misma un momento de intenso placer.

La notica del fallecimiento pasó los puertos y llegó a los arrabales de Sevilla, en donde se encontraba el rey don Fernando, que inmediatamente interrumpió el asedio para volver a Castilla. Y desde días antes del entierro, atraídos por el morbo que despertaba tan insigne personaje, habían empezado a llegar de todas partes vasallos reales, obispos, magnates del reino, ganaderos, herreros, pastores y otros muchos curiosos. Por algún motivo, tal vez porque las religiosas de las Huelgas no eran de fiar, se había corrido el bulo de que la mujer a la que las monjas habían amortajado era otra, y había gente que necesitaba ver y tocar a la reina muerta. Pero los curiosos no fueron los únicos en acudir al entierro.

En el preciso instante en que el infante Alfonso entraba en

el recinto de las Huelgas, un zumbido sordo acalló los otros ruidos del campo. Era un día de invierno hermoso, traspasado de rayos de luz, y una nube bermeja de langostas descendía silenciosamente por el lado suroeste, rodando casi a ras de suelo como una enorme bola de fuego y aproximándose a la iglesia con el sigilo propio de la Muerte. Porque a pesar de que la horda había devastado inmensas cantidades de herbáceas, copas de árboles y arbustos, nadie dio la voz de alarma hasta bastante después. La misa fue sencilla, sin pompa ni chirimías, en respeto a los gustos austeros de doña Berenguela; y sólo en el momento en que Alfonso escuchaba, conmocionado —a un lado, su padre, y al otro, la abadesa doña Inés Laynez, rígida, severa—, el sermón pronunciado por el obispo de Osma, cayó en la cuenta de que aquel zunzún que había estado escuchando desde el principio no era precisamente el de las avefrías en el cielo, ni el ronco croar de las ranas, ni el oculto rechinar de las chicharras, ni el viento golpeando contra la puerta.

Una turbamulta de hombres y mujeres se había congregado en las puertas cerradas de la iglesia. Algunos se encaramaban a las ventanas, y desde allí, cogidos de las rejas, contaban a los demás lo que oían y veían. Pero las langostas comenzaron a escarbar con su pico por debajo de las puertas, y entre las rendijas de las ventanas y los huecos de la piedra, la nube aullaba como un viento maldito que pide entrar. «Es el murmullo de la gente», pensó el infante en un principio, y siguió escuchando el sermón del obispo —ahora hablaba del «calor» humano de la reina madre—, mientras recorría con la vista el interior de la iglesia.

Aparte de su padre, también estaban allí sus hermanos, entre ellos los infantes Fadrique, Felipe y Enrique, recién llegados del extranjero para el entierro, y que cuchicheaban en el banco contiguo y le lanzaban miradas airadas. No, no es el murmullo de la gente; debe de ser el viento dijo, o tal vez los gritos de esos niños que juegan en las casas vecinas.

Con Felipe y Enrique había intercambiado impresiones antes de que la misa comenzase. Por influjo de la abuela, el primero había sido destinado a la carrera eclesiástica; se había encomendado su educación primero al arzobispo de Toledo y luego al de Osma. Don Alfonso sabía que estaba estudiando en la Universidad de París, pero se quedó pasmado cuando le dijo que era alumno de San Alberto Magno. Hacía unos meses, había sido elegido obispo por el cabildo de Osma, le explicó, aunque el Papa no había aprobado la elección por tener tan sólo quince años, y me alegro, dijo, porque mi intención es dejar la clerecía lo antes posible. Por su parte, no hacía mucho que Enrique había estado en una misión diplomática en Roma, y hablaba de Inocencio IV como si fuera su amigo del alma.

Con Fadrique también había tenido oportunidad de hablar antes de entrar en la iglesia. Había madurado mucho desde aquellos días en que andaba siempre enganchado a las faldas de su madre. Vestía aljuba, pellote y manto cortados de un mismo brocado de manufactura morisca, y con ese aire de superioridad mundana que sólo tienen los que han viajado, le contó todo lo que había visto y aprendido en Italia. De quien más habló fue de Federico II, en cuya corte había pasado unos cuantos años y en donde el rey mantenía concubinas y mamelucos tal y como lo hacían los príncipes sarracenos. Pero habló también de la Universidad de Nápoles, a la que llegaban sabios eruditos del mundo antiguo desde los más apartados rincones de Europa para estudiar los textos de Aristóteles, condenados por el Papa por descarriar a los fieles.

211

—¿Y qué fuisteis a hacer ahí?

—¿Qué fui a hacer? Pues ya lo sabéis, y si no lo sabéis, os lo digo ahora: estoy recordando al primo de nuestra madre que soy el sucesor del ducado de Suabia, preciadísimo dulce que me pertenece por derecho de mi madre.

—De «nuestra» madre, querréis decir.

—Bueno, qué más da —sonrió—. Pero que sepáis que ya hay más abejorros en torno a la miel; está Conrado, un hijo de Federico, y también se oye hablar de un tal Guillermo de Holanda, que es un güelfo amigo de Inocencio IV.

—Pero ¿no estaba emparentado, Inocencio IV, con las familias gibelinas del Apenino italiano? ¿No fue apoyado en su elección por Federico II?

—Sí, pero en cuanto fue nombrado pontífice, volvió a la política de enfrentamiento con el imperio de sus antecesores. ¿No os habéis enterado de que Federico II ha sido nuevamente excomulgado?

Sí, lo sabía, como también sabía que, desde entonces, Federico II había proclamado a los cuatro vientos que ningún papa podía ser gibelino.

—¿Y tiene muchos partidarios Inocencio IV? —quiso saber don Alfonso.

—Bastantes —contestó su hermano—. En ciudades como Pisa, por ejemplo, están seriamente preocupados por el auge del poder que están alcanzando los güelfos y por los apoyos que están recibiendo, en particular, de la familia francesa de los Anjou. El Papa está muy atento a los movimientos del primo de nuestra madre. Y creo que ya tiene pensado a quién quiere como emperador cuando muera…

Y en estas palabras pensaba don Alfonso cuando cayó en la cuenta de que ahora el zumbido era ensordecedor, algo parecido a un serrucho pegado a la oreja, hasta el punto de que el obispo tuvo que elevar el tono para hacerse oír, ¿qué estaría pasando ahí afuera?

Por fin, alguien gritó:

—¡Que nadie abra las puertas! ¡Han vuelto las langostas!

Pero la espesa nube consiguió romper un vidrio y luego otro, y otro más. Los insectos entraron como animales diabólicos, moviendo las alas y golpeándose de cuerpo entero contra las paredes y los techos; y roían con voracidad las hostias consagradas y la madera de las patas del altar, y los objetos del sagrario se desparramaron por todas partes. Jamás atajaremos el problema con sólo la fe, musitó la abadesa a su lado. Poco a poco fueron descendiendo, no sin antes prenderse de los cabellos y las ropas de las gentes, hasta que la nube bermeja envolvió el sarcófago de doña Berenguela. Quedó zumbando un rato, hasta que alguien gritó ¡que abran, que abran las puertas ya!

Tal y como había venido, la horda amarilla desapareció por las calles como una mujer alevosa embozada, muy pegada a los muros de las casas, acezante y deforme.

Y cuando la gente se hubo marchado, el infante buscó a la abadesa doña Inés, que ya se había retirado. Recorrió los pasillos de la abadía y no vio a nadie, ni una sola monja, qué raro, se dijo, y en el coro no están rezando…. Finalmente la encontró en su celda.

—¿Qué habéis querido decir con eso de que jamás atajaremos el problema de las langostas con la sola fe? Estamos ante uno de los asuntos más difíciles y complicados del reino, ¿es que vuestras monjas han dejado de rezar?

Doña Inés le miró fijamente.

—Mis monjas no han hecho otra cosa que rezar, ése es el problema.

—¿Y entonces? —le increpó don Alfonso—. ¿Por qué viene y va la plaga, eh? ¿Por qué surge cuando menos la esperamos? Tengo la sospecha de que no se reza con la intensidad requerida… ¿Dónde están ahora todas las monjas? ¿Qué rutina están siguiendo?

—¿Rutina, decís? Al rayar el alba, las monjas abandonan sus camas —contestó doña Inés—. De la celda pasan al coro, donde en asientos contiguos rezan las horas vestidas con gruesos sayales. A la hora señalada desfilan pausadamente hacia el refectorio a tomar un sustento frugal. Luego, vuelven a pasar a…

—Ésa es la rutina habitual —le interrumpió el infante, cada vez más encendido—. ¿Dónde están ahora las monjas?

—Bueno, ahora las monjas están en…

—¡No! No lo quiero saber. Vos sois la responsable no sólo de lo que pasa en este convento, sino también, indirectamente, de la plaga. Sabéis tan bien como yo que esta abadía depende del rey y que mi abuela llegó a un trato con vuestra antecesora para no volver a ver una sola langosta.

La abadesa le miraba con angustia. Entre ambos había un haz de sol que entraba por la ventana de la celda y caía sobre la mesa, y creaba una distancia que para él tenía una dimensión de pesadilla; en cambio, para doña Inés Laynez tenía una dimensión divina. El infante echó un vistazo a su alrededor y se puso en pie.

—No sé lo que os traéis entre manos —dijo avanzando hacia la puerta—, pero estoy seguro de que no tiene que ser difícil volver a poner a las monjas a rezar.

Abrió y se marchó.

29

Reconquista de Sevilla

23 de noviembre de 1248

La muerte de doña Berenguela no impidió que siguieran llegando cartas de Bergen. Al principio, sin nadie a quién leérselas, el infante Alfonso las lanzaba al fuego de la chimenea según se las entregaban. Tal y como había decidido en el entierro, quería olvidarse de aquel desvarío de vieja, de aquellas ínfulas imperiales que le habían hecho malgastar tanto tiempo y energías para concentrarse en la conquista de Sevilla, tan importante para su padre y para el reino.

Pero un día, llegó una embajada de Francia con una noticia que le dejó atónito: el arzobispo de Toledo, don Rodrigo Jiménez de Rada, acababa de fallecer en Lyon, al parecer debido a un «exceso humoral», cuando regresaba de un viaje para visitar al Papa. Sus restos mortales serían trasladados al monasterio soriano de Santa María de Huerta, lugar donde sería enterrado. El infante corrió a comprobar la fecha de la última carta, 10 de agosto de 1247, es decir, justo dos meses después de la fecha de su fallecimiento...

Las preguntas se agolparon en su cabeza: ¿qué hacía el arzobispo en Lyon? ¿Es que ahora se dedicaba a apoyar a Inocencio IV? Y sobre todo y lo que era más importante: si él estaba muerto, ¿quién había enviado las cartas durante dos meses?

Durante un tiempo, el infante siguió ayudando a su padre en el frente, pero como el asedio resultó interminable, pasaba largas temporadas atendiendo a otros asuntos en Castilla y León. Ante todo estaba el problema de la plaga, que sobrepasaba su entendimiento. Cuando, años atrás, había salido el tema en alguna conversación, su abuela Berenguela siempre le había tranquilizado. Eso, le decía, era algo que ya estaba controlado con las plegarias de las monjas de las Huelgas. Para eso sirven las oraciones, le insistía, para «contener» los excesos de la naturaleza y otros males que Dios envía.

Se había planteado aquel problema de las excavaciones en el coro que ya estaba resuelto, había hablado seriamente con doña Inés Laynez y, desde entonces, estaba seguro de que las monjas no paraban de rezar, pero la posibilidad de que volviera a presentarse aquel enjambre maldito le paralizaba. Además, no dejaba de acordarse de la frase que la abadesa doña Inés musitó en el entierro de su abuela pensando que nadie la oía: «Jamás atajaremos el problema con la sola fe».

Y un día, entre todo lo que tenía que despachar, se encontró con una nueva carta de Noruega. La puso a un lado y siguió atendiendo otros asuntos, pero al rato, envenenado por la curiosidad, volvió a tomarla. Miró la fecha: «septiembre de 1247», ¡qué absurdo es todo esto!, pensó. Rasgó un poco el sobre e inmediatamente se detuvo. Contempló la caligrafía pomposa del arzobispo durante un rato, meditativo, y por fin la abrió.

Comenzó a leer. Había tres folios y comenzaba con una disculpa, en realidad una relación de quejas personales por las cuales había demorado un poco más esta carta. Según decía, últimamente su salud era un desastre («¡claro, como que está muerto!», pensó el infante): si no eran las muelas, era el mal de estómago, la hinchazón de las piernas, el estreñimiento feroz, los cólicos y las hemorroides o simplemente que le apretaban los zapatos al caminar por el puerto.

> Pero por fin podemos decir que en Noruega han terminado los años turbulentos de rebeliones, y parece que el reino vive ahora un periodo de paz y prosperidad.

En otro párrafo y de forma un tanto desordenada, la carta hacía alusión al proyecto del rey Haakon, *el Viejo*, de construir una gran nave de piedra para recepciones, al estilo del nuevo gótico inglés y escocés; y a continuación, a un paseo que, junto al rey, la reina y la princesa, habían dado por los bosques de los alrededores de Bergen. Por todo lo que contaba y por cómo lo decía, parecía haber aprendido a vivir como uno de ahí, a descifrar aquel mundo con los mismos ojos de aquella gente que no tardó en describir como «afectuosa, cordial, amiga».

«Absurdo», siguió pensando don Alfonso que hasta entonces no se había parado a pensar que toda esa aventura noruega no era más que pura invención. «Lo más seguro —se dijo— es que el arzobispo ni siquiera haya estado ahí.» En todo caso, ¡alguien tenía que haber escrito aquella carta que ahora tenía entre las manos!

La curiosidad pudo con el orgullo, y el infante siguió leyendo:

La escarcha relucía bajo el sol y entre los árboles despojados de hojas, gorjeaban los tordos y las carrucas. El frío de la noche había congelado el agua del lago, y de las ramas colgaban carámbanos de hielo. Fuimos andando junto a la orilla y mientras pisábamos la tierra crujiente, la princesa cogía las flores que crecían en las oquedades de las rocas. De pronto, oímos un ruido, algo parecido a un gruñido.

—¡Mirad! —dijo la princesa dejando caer las flores al suelo.

Era un cerdo que chillaba de desesperación en medio del lago. ¿Qué haría allí?, quiso saber doña Kristina, e inmediatamente corrió a su encuentro. Los demás le gritamos desde la orilla que el hielo podía quebrarse y que si caía en el agua helada moriría.

Pero la princesa, obcecada por salvar al animalillo, parecía no oír. Cuando llegó hasta el cerdito, éste se asustó, comenzó a hacer círculos hasta que he aquí que, por Dios omnipotente, el hielo se resquebrajó y el animal se hundió en el lago. Entonces doña Kristina se hincó de rodillas e introdujo el brazo en el agua. Después de buscar durante un rato, sacó al cerdito, que ya no se movía ni gruñía, ni decía nada más. Una vez que estuvieron fuera, consiguieron reanimarlo envolviéndole entre pieles y ofreciéndole a beber leche tibia; ahora es el juguete de la princesa. No habiendo nada más, se despide, don Rodrigo Jiménez de Rada. Arzobispo de Toledo.

Cuando terminó de leer puso la carta a un lado y quedó en silencio. Al rato, dirigió la vista hacia la ventana y comenzó a sollozar: se había puesto a pensar en lo mucho que habría disfrutado su abuela con esta necia historia del cerdito. ¡La echaba tanto de menos!

Al día siguiente, se despertó presa de una obsesión: descubrir toda la verdad sobre esa princesa. Si era cierto que existía (que lo dudaba), y que era una mujer dotada de prendas singulares, sesuda y hermosa, averiguaría cómo era, qué edad tenía, la buscaría y la haría traer. Si no existía, la borraría de una vez por todas de su cabeza.

En Toledo reunió a los más distinguidos embajadores del reino, obispos, gentileshombres, gentes de mundo que tenían relación con otras casas europeas. Nadie había viajado a Noruega y poco se sabía del monarca (pero ¿allí hay un monarca?), aunque prometieron informarse. Transcurridas varias semanas, ninguno había conseguido averiguar gran cosa. Hay un rey, le dijo uno de ellos, eso parece ser cierto, un tal Haakon IV, porque en la corte alemana nos han dicho que se escribe con Federico II y en la francesa con Luis IX, y que mantiene relaciones estrechas con Enrique de Inglaterra. Otro de los embajadores le confirmó que, efectivamente, existía un tal Haakon IV, pero que todo era muy confuso porque también había oído hablar de un segundo rey. En todo caso, lo que nadie nos asegura es que tenga una hija y yo me atrevería a afirmar que esa tal doña Kristina no existe….

Un día, durante la última fase del asedio de Sevilla, en el campamento de Aznalfarache instalado a orillas del Guadalquivir, un hermoso paraje entre olivares y viñas, se presentó en la tienda del rey el obispo de Huesca, portador de un mensaje de Jaime I de Aragón.

Años atrás, cuando el infante don Alfonso tenía unos veinte años, la corte castellana, bajo la dirección del rey don Fernando, había estado brujuleando por las europeas en busca de una esposa. Finalmente se escogió una princesa aragonesa, doña Violante, hija de Jaime I de Aragón y Violante de Hungría. Como, por aquel entonces, la princesa sólo tenía siete años, se impuso un compás de espera. Pero ahora el monarca aragonés le recordaba al rey que su hija Violante estaba ya en edad núbil y que, por tanto, no había ni un minuto que perder para cumplir con el pacto matrimonial.

Don Fernando contestó que en aquel momento no podía levantar el cerco de Sevilla para asistir a un matrimonio. Pedía una prórroga; le aseguraba al rey de Aragón que sólo quedaban unos meses de batalla de desgaste y que el matrimonio se celebraría tan pronto como cayera la ciudad.

—Tenéis que entender —le explicó al obispo de Huesca— que la conquista de Sevilla será el mayor episodio en la historia de la Reconquista desde que Alfonso VI conquistara Toledo en el año 1085.

El obispo fijó la vista en el horizonte. Más allá del río Guadalquivir, circundado por huertas de cítricos y dehesas de engorde para el ganado, junto a los arrabales de Triana, la Macarena o San Bernardo, despuntaba el hermoso caserío sevillano de teja y tapial.

—¿Y qué va a ser de todo esto? —preguntó el obispo con tono melancólico.

—Sabéis cómo nos hemos comportado con otras ciudades que no ofrecieron resistencia armada... —contestó el rey—. Pero Sevilla ha resistido, sigue resistiendo, y no le quedará más remedio que pagar las consecuencias con la sumisión total. Si Dios lo quiere, acabará convirtiéndose en sede del reino cristiano del sur.

La visita del obispo de Huesca y las prisas por celebrar el matrimonio llevaron a don Fernando III a reclamar la presencia y ayuda de su hijo en el último campamento. Para entonces, una flota organizaba por el almirante Bonifaz en los puertos del Cantábrico bloqueaba la desembocadura del río y estaba fondeada en las puertas de Sevilla. El infante Alfonso reclutó un numeroso contingente formado por hidalgos portugueses, aragoneses y catalanes, y junto con su padre, pasaron a la última fase de asedio a través de un movimiento de *reales* o campamentos sitiadores que le permitió controlar todas las puertas de entrada y salida.

Por fin, en mayo de 1248, los barcos de Bonifaz destruyeron el puente de barcas con lo que la ciudad quedó aislada. Detrás de las murallas, el hambre empezaba a hacer estragos y el sol implacable derramaba su fuego. En otoño comenzaron las negociaciones para la capitulación. Las propuestas musulmanas fueron escalonándose de menos a más y finalmente se acordó la entrega de toda la ciudad, con sus inmuebles en buen estado y las tierras conquistadas con ella. Se estableció también que los musulmanes evacuasen la ciudad en el plazo de un mes llevando consigo sus dineros y joyas, ganado y armas, así como todos los bienes muebles que pudiesen transportar con sus acémilas. Durante ese plazo, los cristianos ocuparían el alcázar y asegurarían el pasaje de los emigrantes hasta Jerez o Ceuta, según eligieran, y ciertas tierras y mercedes para ayudar a los dirigentes de la ciudad.

Cuando, a lomos de sus caballos, sucios y cansados pero sumidos en una serenidad triunfante, el rey y su hijo, seguidos de una numerosa hueste, hicieron su primera incursión en la ciudad que acababan de conquistar, se quedaron estupefactos. ¿Otra Bagdad? En el silencio de la piedra de los palacios abandonados, en los bazares desiertos, en el murmullo de las aguas de las fuentes, en el frescor de los jardines, en los elevados alminares y en la grandeza de la Torre del Oro parecía latir una nueva vida cristiana.

Finalmente el 23 de noviembre de 1248, día en que el infante cumplía veintisiete años, ondeó el pendón real de Castilla y León en el alcázar hispalense.

30

Sevilla, en torno a 1250

De dos maneras se llegaba a la Sevilla del siglo XIII: en barco o en burro (léase mula, caballo…). Asentada en la llanura aluvial que se extiende entre los Alcores y el Aljarafe, junto a uno de los brazos del Guadalquivir, la ciudad era una cosa u otra según se viniera por tierra o navegando por el río.

El que venía en burro (cinco jornadas desde Algeciras, tres desde Córdoba) se introducía sin apenas darse cuenta en el cogollo urbano compuesto de un caserío modesto de teja y tapial, largas y estrechas callejas de arenilla blanca y grava que serpenteaban entre bulliciosas alcaicerías y alhóndigas de pan, zocos, judería, mezquitas y palacios, casas con misteriosos ajimeces y plazas con geranios en los balcones.

Pegado a la muralla y muy cerca de la mezquita almohade transformada en catedral, despuntaba el conjunto palatino del alcázar, lugar en donde se instaló la corte. Sus suntuosos palacios se situaban en torno a patios con albercas y unos jardines de vegetación lujuriosa con olivos traídos de Aljarafe, árboles frutales de Granada y Guadix, incluidos los que producían pera «comázarai» y ciruela «ojos de buey», así como palmeras de todos los tamaños, todo ello protegido por una importante cerca murada de lienzos y torres de variada construcción.

En torno a la muralla de la ciudad, irregular como el nido de un pájaro, se entretejían calles de ronda y en sus puertas (postigo del Aceite o puerta de la Carne, por ejemplo) brotaban plazas pequeñas en los puntos de arranque o divergencia de caminos; esto es lo que divisaba el que llegaba navegando por el río. Como también el sistema de abastecimiento de aguas. Contaba la ciudad con una infraestructura bastante avanzada para la época: los «caños de Carmona» traían el agua de un abundante manantial de Alcalá de Guadaira, a través de una conducción subterránea que avanzaba por detrás del alcázar, a la vista de los navegantes. Gracias a esto, los primeros cristianos que poblaron la ciudad tuvieron la oportunidad de refrescar sus carnes azotadas por los infernales veranos sevillanos en las casas de baños, de día utilizados por las mujeres y por la noche por los varones, o utilizar los servicios de los masajistas, frotadores y barberos.

Al otro lado del puerto o Arenal y más allá de las numerosas puertas, estaba la deliciosa vega del arrabal de Triana. Ésta producía legumbres para el consumo, y entre los árboles frutales figuraban el mingranal, los nogales, albaricoqueros, granadales, ciruelos y puisqueros. Más allá del río también se encontraba el Tagarete, que vertía sus aguas en el cauce del Guadalquivir, el arroyo de los caños con su torre, la carretera de Carmona, el campo de Justa y Rufina y, abandonadas al vencedor, en la extensa región del Aljarafe, las deleitosas quintas de los moros andaluces con muros de cal y piedra que atesoraban naranjos, viñas e higueras frescas, en donde un centenar de ricoshombres cristianos obtuvieron grandes propiedades. El hecho de que Sevilla fuera tierra muy viciosa de caminos, le permitía contar con un rico mercado tanto de subsistencia interior (maderas, minas y carnes de la Sierra) como de comercio exterior (miel, cera, frutas y quesos y el exquisito aceite del Aljarafe, que se utilizaba como condimento, para el alumbrado y para la fabricación de jabón).

A pesar de que le hubiera gustado, el infante no permaneció mucho tiempo en Sevilla tras su conquista. Apenas pasada la Navidad, emprendió el camino hacia Valladolid, donde debían celebrarse los esponsales con la princesa doña Violante de Aragón.

Don Fernando no pudo asistir a la boda, pero el reino entero, representado por sus más altas jerarquías, estaba allí —la esposa del rey, doña Juana de Ponthieu, los hermanos del infante (Enrique, Felipe y Fadrique, también el pequeño Ma-

221

nuel), obispos y demás clerecía, el alférez real y el mayordomo, varios miembros de la cancillería, el alcalde de la corte y muchos otros caballeros ricamente pertrechados—. En un banco del fondo, entre otras hembras ataviadas con velos de tocado de muselina, con la torpe inmovilidad de los derrotados, se sentaba doña Mayor de Guzmán.

Ya antes de la boda, el obispo de Huesca se había encargado de hacerle ver al infante que, puesto que ya era demasiado conocida en la corte incluso para permanecer como barragana, era mejor que prescindiera de ella. Y a continuación, para compensar la pérdida, pasó a informarle sobre las cualidades físicas y morales de la futura reina de Castilla: una niña satisfecha y despreocupada, deliciosamente tenaz, de ojos risueños: tiene el carácter enteramente formado a pesar de sus trece años recién cumplidos y es terca como la mula de su madre, con las ideas claras y toda la dureza dinástica de los Cárpatos.

Luego el obispo quedó en silencio, enarcó las cejas y, antes de salir por la puerta, añadió:

—¡Ah!, y sabe todo lo que tiene que saber...

Mientras don Alfonso se embutía la saya a juego con el birrete y el manto matrimonial, pensaba en esas palabras («todo lo que tiene que saber...») y también pensaba en su abuela Berenguela, que había muerto convencida de que su nieto emparentaría con aquella princesa noruega con ojos de lechuza. ¡Pobre!, se dijo con amargura, cómo la he decepcionado... Su sueño imperial, su vida entera estaba a punto de venirse abajo con ese matrimonio. Se consoló pensando que al menos su abuela murió sin conocer esa alianza que su padre había establecido con Aragón y convencida de que el arzobispo de Toledo seguía en Bergen ocupándose de cultivar relaciones con los reyes noruegos para el futuro enlace. ¡Si ella hubiera sabido que el arzobispo mandaba las cartas desde aquí y que todo era un ruin engaño...!

Además, ¡él había decidido no pensar en el sueño imperial de su abuela nunca más! Pronto se convertiría en rey, y doña Violante de Aragón era la mejor pieza del mercado político matrimonial. Aunque..., todo era muy extraño. A pesar de que había decidido borrar de su cabeza el asunto de la princesa noruega, desde que falleció su abuela, volvía a su pensamiento con una insistencia mortificante. Y luego estaban las cartas. Hoy mismo le acababan de entregarle varias. Realmente, era como si su abuela siguiera viva, o, mejor dicho, como si la obsesión imperial siguiera viva en él a través de la muerte de su abuela.

Después de recibir la bendición y oída la misa, vinieron los festejos con espléndidos yantares: gallinas, capones, conejos y otras carnes montesinas adobadas con especias, así como deliciosos tintos de Portugal, blancos de Andalucía, sidras e hidromiel. Y terminada la fiesta, al filo de la medianoche, acompañada de dos dueñas honestas, casadas y expertas en asuntos matrimoniales, llegó a la cámara nupcial la frágil criatura, agitada por un temblor.

Venía envuelta en una saya azul que se empeñaba en cerrar sujetando con las manos por la parte del cuello, como para que no quedara a la vista ni un solo trocito de carne. Sonreía tiernamente y al infante le gustó ese pudor. Como parecía que era incapaz de entrar en la habitación, una de las dueñas le propinó un empujón.

—Catada está —informó al infante ásperamente—, y os confirmamos que sigue incorrupta.

A continuación se cerró la puerta y quedaron solos. La niña tenía pelusilla gris en el bozo y algo de suciedad bajo las uñas; pero, por lo demás, era garrida y digna de él y de su reino castellanoleonés. Respiraba suavemente y su piel exhalaba un olor a leche tibia, como el de las crías de gata recién paridas en Celada del Camino, pensó el infante, que inmediatamente rechazó el pensamiento porque recordó cómo doña Urraca tenía la costumbre de sumergir los cuerpos recién paridos en un barreño de agua.

Hubo unos momentos de zozobra, de frases entrecortadas, reverencias y floreos en los que ninguno supo qué hacer. Por fin el infante le tendió una mano sudorosa, que doña Violante tomó con timidez (la otra mano seguía aferrada a la saya) y la hizo sentar sobre la cama. Le temblaba la barbilla, y llevaba el susto de todo lo que había ocurrido aquel día cuajado en la mirada: los rebuznos de la burra que la transportó hasta la iglesia de Santa María de Valladolid, la muchedumbre esperando su llegada, el hecho de que su madre no estuviera en la boda, la

223

seguridad espantada del novio, y ahora, al llegar a la cámara nupcial, esa expectación en torno a su persona.

—¿Hay cocinas en este castillo? —preguntó de pronto mientras miraba en derredor, medrosa y desconfiada.

Don Alfonso le contestó que sí, que había cocinas, cómo no, y entonces intentó que dejara libre la mano que sujetaba el manto con el fin de que quedara a la vista el cuello, que tenía que ser de cisne o de gacela, y que todavía no había visto.

—¿Por qué estáis tan abrigada? —quiso saber.

—¡Oh!, no estoy tan abrigada —contestó ella.

Y entonces, explicó atropelladamente, como si ya tuviera la respuesta preparada, que tan sólo llevaba un vestido de debajo, que puede llevarse sin otro encima; un vestido de encima, del que difícilmente prescindimos los de elevada condición social; un vestido de abrigo o sobretodo, que puede ponerse sobre el de debajo, o sobre el de debajo y el de encima conjuntamente; y por último, y aquí esbozó una sonrisa temblorosa, el manto.

El infante hizo un nuevo intento de aproximación. Pero la niña, agarrotada, se cerró en banda, se encrespó y comenzó a blandir las manos en el aire mientras llamaba a su madre. Hasta el punto de que, en el esfuerzo para vencer la resistencia, el infante acabó golpeándose un hombro contra el dosel de la cama.

Aprovechando que quedó inmovilizado en una esquina, ella saltó sobre la cama con decisión, se enroscó como un animalillo asustado, se tapó hasta la nariz, farfulló tres avemarías, dio las buenas noches y se dispuso a dormir.

Durante varias horas, mientras la sentía respirar a su lado, don Alfonso no pudo evitar pensar en la otra princesa, en doña Kristina de Noruega. Los acontecimientos del día pasaban por su mente en imágenes confusas que se sucedían rápidamente, desordenadas e inconexas, la boda, la celebración, el gentío descomunal y el rostro bigotudo de doña Violante, con las palabras de las cartas de Bergen (los tordos y las carrucas, el cerdito que se ahogaba en el lago y la osadía de la princesa…). Mientras se celebraba el banquete, en un momento en que el novio se encontraba solo, se le había acercado un familiar de doña Violante, un primo de los Cárpatos, según dijo ser, para contarle ciertas cosas de «la niña». Sin venir a cuento de nada, le soltó que entre Violante y su hermana, una tal doña Constanza, corría «muy mala sangre», al parecer, según la madre de ambas, por causa de la envidia que Violante tenía de la belleza apabullante de su hermana. Tan grave era el asunto que todos en la corte de Jaime I decían que Violante ya había intentado más de una vez matar a su hermana.

—¿No habéis visto la prisa que había en casarla para alejarla de la corte aragonesa? —dijo mientras arrancaba una uva de un precioso racimo que adornaba la mesa.

«¡Bah!, pero si es un angelito», pensó don Alfonso.

A pesar de que tenía el hombro dolorido y le costaba moverse, una o dos veces intentó aproximarse a ella, quien, cada vez que le rozaba, se estremecía como un animal herido. Imposible que esa criatura medrosa pueda matar una mosca, se dijo. También pensó en los rostros huesudos de las dueñas honestas, casadas y expertas en asuntos matrimoniales, y en la advertencia de que mañana volverían a «catarla». De repente se giró y se lanzó sobre ella: la sola idea de que al día siguiente, el reino entero podía poner en entredicho su hombría le impulsaron a hacerlo. Pero doña Violante se precipitó sobre él, empujándole con ambas manos al suelo, con la mala suerte de que volvió a golpearse el hombro.

El obispo de Huesca tenía razón; estaba claro que la niña sabía todo lo que tenía que saber.

Un sordo dolor en el brazo le desveló durante toda la noche. Dio mil vueltas en la cama y por fin decidió levantarse. El día anterior, por la tarde, el mayordomo real le había dejado un fajo de cartas sobre la mesa (vienen de Noruega, anunció con una sonrisa). Don Alfonso, ocupado como había estado con la boda, se había olvidado. Pero ahora, al recordar que estaban allí, se abalanzó sobre ellas, abrió una y comenzó a leer con ansiedad. Enseguida se dio cuenta de que el arzobispo (o el supuesto arzobispo) había dejado de hablar de nada que no fuera la doncella Kristina, quien, al parecer, desde que sumergió el brazo en el agua helada para atrapar al cerdito, no se encontraba nada bien. En la carta con la fecha más reciente explicaba:

Oh, dulcísima señora:

Desde que le retiraron la funda de piel de reno comenzaron las complicaciones. Porque, si bien en un principio decía no sentirlo, lo

225

cual es normal cuando un brazo ha estado sometido a esas gélidas temperaturas, a continuación, una vez que lo tuvo al descubierto, comenzó a quejarse de un dolor que no era de ella. ¿Cómo puede uno tener un dolor que no es suyo? Los reyes están preocupados, pero yo estoy convencido de que todo acabará solucionándose muy pronto. Se despide cordialmente el arzobispo de Toledo.

Al terminar de leer esto, se quedó pensativo. Qué curioso, se dijo, a la princesa Kristina también le duele el brazo… Pero parecía que la lectura le había devuelto el sueño, así que volvió a meterse en la cama y quedó profundamente dormido.

Le despertó un murmullo de voces. Nada más abrir los ojos, vislumbró los rostros huraños de las dueñas que le escrutaban desde la orilla de la cama. Sigue estando entera, le increpó una de ellas.

Don Alfonso buscó a su alrededor, pero no vio a doña Violante por ninguna parte. Sólo entonces recordó lo que había ocurrido, los remilgos de la princesa, sus intentos de aproximación, su caída, el dolor intenso del hombro. Se lo palpó: menos mal; ya no le molestaba.

—¿Dónde está la princesa? —preguntó.

—Dijo que bajaba a las cocinas —contestó una dueña.

Después de mucho vagar por corredores —el infante nunca había estado por aquella ala del castillo—, la encontró sentada sobre una mesa de mármol, balanceando las piernas mientras charlaba animadamente con unas cocineras que desplumaban perdices. Tenía al descubierto la cara y las manos; el resto, desaparecía bajo un envoltorio de sayas. Al verle dijo: ¡Oh, sois vos! Y allí mismo, por primera vez desde que se conocieron, entre humos y puerros, cebollas, cuchillos y gallinas vivas, se pusieron a charlar como si se conocieran de toda la vida.

Empezaron a hablar de banalidades, pero la conversación, que continuó hasta la hora del almuerzo, se fue haciendo cada vez más seria. A don Alfonso le llamó la atención que la princesa estuviera perfectamente al tanto de los últimos acontecimientos del reino. Sabía, por ejemplo, que se estaba llevando a cabo el *repartimiento* de Sevilla entre los caudillos y las mesnadas que habían participado en la conquista y que algunos nobles, entre ellos sus hermanos Fadrique y Enrique, consideraban que los donadíos de tierras debían entregarse a título gracioso, en compensación por los servicios prestados, y no como feudos, como pretendía el infante Alfonso, y que esto había sido fuente de una fuerte disputa entre los hermanos. Había oído hablar de la idea de continuar las conquistas en el norte de África (la cruzada de *allende*) y conocía también el interés de su nuevo esposo por la cultura en general, sobre todo por la astrología. Hablaron de la elíptica del sol y de la luna, de los planetas y de la influencia de los astros sobre las criaturas felices, y cuando, al filo del mediodía, doña Violante le dijo, con un parpadeo de pestañas, que a veces las estrellas dejan de brillar sin darnos una explicación, el infante sintió que un agradable calor le subía por el cuerpo.

Finalmente, don Alfonso pidió que salieran de ahí, no tenía sentido que, estando tan a gusto, siguieran charlando entre los humos de la cocina; a lo que la princesa accedió. Pero justo antes de salir, tropezaron con una cocinera que, cuchillo en mano, venía de perseguir por los pasillos a un pavo que tenía que ser ejecutado (el pobre sabe que va a morir, y corre como un maldito condenado, les explicó un poco azorada ante la sorpresa de encontrarse a los príncipes ahí). Al oír esto, a doña Violante se le iluminaron los ojos. Le arrebató el cuchillo a la cocinera y, encorvándose un poco, comenzó a cloquear bajito para atraer al pavo que palpitaba arrebujado en un rincón. Una vez acorralado, le echó mano, lo zarandeó por los aires hasta que las plumas comenzaron a revolotear a su alrededor, lo cogió por las alas, lo posó sobre la mesa y, sin preámbulos introductorios ni explicaciones de ningún tipo, le pasó el cuchillo por el gaznate.

Todos los que allí estaban, incluido el infante, se quedaron sin aliento. La princesa buscó un trapo y se limpió las manos de sangre. Dijo sin más: Listo.

En la noche de ese mismo día, el infante volvió a hacer nuevos intentos, aunque de manera infructuosa; todo lo madura que se había mostrado la niña durante el día con sus conversaciones, todo lo decidida que se había mostrado con el asunto del pavo, quedaba en agua de borrajas por la noche.

Porque en la cama era otra; era la niña medrosa, tapada con la saya hasta el cuello, que hablaba de sus amigas de la corte aragonesa, del membrillo que tomaba con ellas para merendar

227

y de las muñecas que le traía su padre cuando volvía de viaje por Europa. Don Alfonso comenzó a pensar que aquella ambivalencia era intencionada y que no era sino una estrategia para dominarle. Así que al rato, volvió a intentar arrancarle la saya y, entonces, inesperadamente, doña Violante se echó a llorar y a llamar a su madre desconsoladamente (¡bruto!, le gritó de nuevo enroscada entre las mantas, cuando vio que estaba fuera de peligro).

Amaneció un día hermosísimo. Los rayos del sol entraban a través de la ventana abierta y en la brisa flotaban las fragancias del campo. Cuando don Alfonso abrió los ojos, ella ya estaba vestida, y le escrutaba desde una butaca con un toque irónico en la comisura de los labios. Le dijo:

—Don Alfonso, tenéis un saltamontes en el brazo.

Inmediatamente pensó que la niña trataba de tomarle el pelo. Así que decidió no mirar y seguirle la corriente para ponerse por encima de la situación. Eso es lo que haría de ahora en adelante.

—¿Un saltamontes? —dijo.

Y ella:

—Sí, ¿o se trata de una langosta de esas de las que tanto oigo hablar desde que llegué a Castilla?

Y él:

—Puede ser.

Y ella:

—Está a punto de emprender el vuelo.

Y él, que ya empezaba a molestarse:

—¿Creéis que no sé lo que tengo sobre mi propio brazo? Además, no se hacen bromas con las langostas, ¡es un asunto demasiado serio!

Y mientras decía esto, se dio cuenta de que, en rigor, no tenía ninguna sensación del brazo, era consciente de que con la mano del derecho acababa de rascarse la cabeza pero ¿y el izquierdo? Se incorporó sobre la cama y de pronto, una langosta pasó por delante de sus ojos y salió volando por la ventana; un escalofrío le recorrió la espalda. Hizo salir a su esposa de la habitación y cuando se dispuso a palparse el brazo, vino lo peor: estaba ahí, lo veía con sus propios ojos, era «su» brazo, con su misma piel, el mismo vello ensortijado y rubio, su mano con sus dedos y, sin embargo, no parecía tener relación con él. O más bien, no sentía su presencia: era un brazo hecho de niebla.

Durante varios días, siguió con la misma sensación. El brazo estaba ahí, si lo guiaba con el otro podía hacer uso de él, tenía el mismo aspecto de siempre, pero no lo percibía. Viajó a Sevilla, en donde tenía planeado pasar una temporada para ocuparse de la transformación de la ciudad, y allí pensó contarlo a varios físicos árabes de su confianza, explicarles que lo único que podía haber ocurrido es que, días atrás, se había dado un golpe en el hombro sin importancia. No lo hizo. Le daba vergüenza tener que contar que su esposa le había empujado de la cama y, por encima de todo, corría el riesgo de que comenzaran a decir que se había vuelto loco como su abuela. No, no era el momento de dar esa imagen, ahora que estaba acometiendo la difícil empresa de reorganizar el reino.

Durante varios meses concentró sus energías en recorrer, una a una, las calles y las plazas de la ciudad recién conquistada. Sevilla era una ciudad sin nombres. En puridad, sí los había, pero eran árabes y muy difíciles de pronunciar para las bocas cristianas. Así que calles, plazas y barriadas enteras fueron sustituyéndose con palabras castellanas; recibían normalmente la denominación de sus moradores. Don Alfonso se sentía con energías, de buen humor, y ante todo buscaba convencer a los cristianos repobladores de que tenían que amoldar los antiguos palacios a sus propios gustos, pues todo lo que allí había tenía que respetarse al máximo.

Si las viejas mezquitas se transformaban en iglesias, se haría con fachadas y ábsides que no desentonaran, y en ningún caso podían tirarse las torres de la muralla como pretendían los más ignorantes. Con el fin de conservar las calles limpias, había que regular la venta ambulante y que los alfajemes guardaran las prohibiciones al efecto, pues afeitaban en las plazas y las calles, con lo que dejaban a su paso regueros de agua sucia y espuma. También había que contener el afán de lucro porque el número de posadas y albergues que ostentaban vistosas colgaduras en las puertas sobre la calle, con cadenas de hierro representando leones, canes o caballos había aumentado considerablemente.

A Sevilla le quedaba poco para convertirse en la capital del sur, también cultural, y para ello quiso que se redactase la primera historia extensa en romance (todo lo demás estaba en latín), la llamada *Estoria de España*, que debía ir desde los orígenes bíblicos y legendarios de España hasta la reciente historia de Castilla bajo Fernando III. Asimismo promovió la entrada de embajadores, pleiteantes, emisarios y procuradores de los concejos, así como sabios venidos de allende, juglares, músicos y gentes de toda ralea, sin contar con la nobleza y alto clero del reino que acudían a Sevilla de forma asidua convocados por el monarca para participar en las reuniones de la curia regia. A todos ellos los fue instalando en la mezquita de los *Ossos*.

Entre los nuevos pobladores de la ciudad, el infante hizo llegar al grupo de físicos más capacitados del reino, entre los que se encontraba el judío que había atendido a su abuela, Juda-ben-Joseph. Y, por fin, un día, tras pedirle la máxima discreción, se atrevió a contarle lo del brazo. Al escuchar lo que le había ocurrido y cómo había empezado a «no sentirlo», a tener el extraño pálpito de que no era suyo, el médico se cogió la barbilla aguileña y se quedó cavilando: Es raro, dijo. Muy raro. Pero…

Juda-ben-Joseph explicó que, hace mucho, cuando estudiaba en Fez, le contaron la historia de una madre y una hija muy unidas que sufrían una extraña enfermedad. Desde el día en que fueron separadas —la madre tuvo que irse a otra ciudad para atender a un pariente mayor— empezaron a encontrarse perdidas en un mundo de extrañas sensaciones compartidas. A la madre le dolían las muelas de la hija, el estómago o los huesos, en tanto que la hija sentía como suyas las dolencias de la madre. No sólo no las creyeron, sino que las tomaron por locas. Pero un día, ante la insistencia de la hija, que acudió ante uno de los maestros físicos diciendo que tenía una infección en la boca (la boca de su madre), éste viajó hasta la ciudad en donde se encontraba la progenitora y le sacó una muela. Cuando volvió junto a la hija, ésta ya no sentía dolor.

Juda-ben-Joseph rebuscó en su maletín, sacó tres o cuatro frascos y siguió contando:

—Son casos extraños, uno entre millones; pero parece que algunas personas se comunican entre sí a través del dolor.

—¿Y cómo solucionaron el problema las dos mujeres? —preguntó Alfonso.

El médico mezcló las sustancias y aplicó un sahumerio al infante en el hombro. Luego alzó la cabeza para encontrar su mirada.

—Juntándose —dijo.

Al terminar de oír esto, el infante se dio cuenta de que la sangre se le había agolpado en las orejas. De pronto, se había acordado de que a la princesa Kristina también le ocurría algo en el brazo. ¿Y si la historia de la noruega tuviera que ver con la suya? No. Se estaba obsesionando. Pero... él no había hablado de ello más que al médico judío. Se dirigió al secreter, buscó la carta y comprobó el remite, que no encontró por ninguna parte. ¿Quién la había escrito? Hizo llamar al mayordomo real para conocer más detalles: quién había traído las cartas hasta Sevilla, a través de qué medio de transporte, cuándo, cómo era posible que tuvieran un lacre distinto al que se utilizaba en Castilla y León. Después de muchas averiguaciones, el mayordomo no pudo sino confirmarle que el correo venía por barco y que el lacre era efectivamente noruego.

La princesa doña Violante, que también había ido a vivir al alcázar sevillano, aprovechó el desconcierto de su esposo para llevar sus arcones sin desembalar e instalarse en una habitación del nuevo palacio gótico que don Alfonso había mandado construir transformando antiguas estructuras almohades. Meses después de la boda, la pareja seguía sin haber consumado el matrimonio, y ella siempre tenía una excusa para no tener que yacer con él: si no era la noche que precede al domingo era la cuaresma o la menstruación, que no engendra más que monstruos de siete cabezas.

En todo ese tiempo, el infante no había conseguido ver ni la punta del dedo gordo de su pie. La princesa andaba siempre embozada hasta el bigote, hablando animadamente con las mujeres que atendían las cocinas. Al principio don Alfonso se consolaba pensando que eran manías de niña, seguramente el calor de las cocinas y su aire doméstico le recordaban a su madre, y su casta educación le impedía mostrar el cuerpo. Eso era.

De nuevo, su inseguridad y su desconcierto le llevaron a refugiarse en la cultura, en su pasión por la lectura, en el establecimiento en Sevilla de un importantísimo centro cultural, en la compilación de datos históricos, en las traducciones, en el traslado desde Toledo de los estudios de astronomía, en la observación de las estrellas y, sobre todo, en la redacción de los primeros versos, en gallego, de unas cantigas de devoción mariana. Cada vez eran más los que le apodaban «el Sabio».

Su pasión por la Virgen María tampoco era nueva. Años atrás, en Celada del Camino, de vez en cuando, sobre todo cuando se encontraba solo, le había pedido cosas a la imagen que doña Urraca tenía guardada como oro en paño bajo una urna de cristal. Un día el niño le había dicho a la nodriza que Dios le asustaba. Entonces, con sus palabras, ésta le explicó que el poder intercesor de la Virgen era extraordinario, no sólo porque era la madre del Redentor, sino, y principalmente, porque es la Corredentora. Entre Cristo y la humanidad pecadora había una intermediaria: María. Ella intercede ante el hijo y el hijo ante el Padre. El hijo escucha a su madre y el Padre a su hijo. ¡Qué complicado!, pensaba él.

—Si Dios os asusta —le dijo—, acudid a María. Ella está en la escala de los pecadores.

232

Pero, de vez en cuando, el Sabio tenía que dejar todo esto a un lado; alguien en la corte se ocupaba de recordarle sus deberes conyugales, el propio padre, el mayordomo e incluso los prelados.

Así que un día, decidió acabar de una vez por todas con el problema. Pilló a Violante desprevenida en su nueva alcoba del alcázar, mientras canturreaba ordenando los espejos y las esponjas del aguamanil de cara a los jardines. Todo lo hacía así, canturreando. Se acercó por detrás con sigilo de gato y tiró de su túnica hacia abajo.

Si hubiera sabido con lo que iba a encontrarse a continuación, no lo hubiera hecho: la niña tenía pelo en la espalda. No sólo en la espalda; también en las piernas, en los brazos, en las nalgas, en el tronco, incluso en el cuello. ¡Era un monstruo! Pero no, no era pelo exactamente. Eran algo mucho peor: «cerda». Lunares con cerda gruesa de animal. De marrano o de topillo. De cabra peluda. Doña Violante recogió la túnica del suelo, volvió a cubrirse y rompió a llorar.

—¡No me dejéis! —sollozaba—. ¡No me dejéis!

A este problema, se unió la enfermedad de su padre. Desde la conquista de Sevilla, don Fernando III había ido arrastrando un romadizo mal curado que atrapó en el frente y que acabó convirtiéndose en pulmonía. Desde hacía semanas, yacía en la cama sin experimentar mejoría alguna y el infante se había dado cuenta de que ciertos miembros de la corte, incluso viejos amigos que no le habían visitado en mucho tiempo, andaban revoloteando por allí sin dejar de hacerle cumplidos.

Pero aún cayó don Alfonso en la cuenta de otra cosa que le preocupaba más que el cuerpo peludo de su mujer y que la enfermedad de su padre.

31

Monasterio de las Huelgas, Burgos, en torno a 1250

Las malditas langostas. A medida que su padre iba empeorando y que la enfermedad auguraba el peor final, empezaron a pulular por las calles sevillanas, trepando los muros de una mezquita, zumbando en torno a los alminares, sobrevolando zocos y aljamas o royendo la flor de azahar en los exuberantes jardines del alcázar. Muy a menudo volvía a la cabeza del infante el comentario de la abadesa doña Inés Laynez al respecto («nunca atajaremos el problema con la sola fe») y poco a poco, como ella, iba convenciéndose de que las plegarias no eran suficientes (¿acaso no se lo había pedido él a la Virgen María miles de veces?). Además había constatado algo ya apuntado por la abadesa: la plaga resurgía cada vez que alguien estaba enfermo o a punto de morir.

Y un día en que visitaba el monasterio de las Huelgas para dejar un ramo de amapolas sobre la tumba de su abuela (solía hacerlo siempre que encontraba tiempo), se decidió a pasar a la zona de las celdas para hablar con doña Inés. Entre otros asuntos que deseaba tratar, quería comunicarle que habían decidido trasladar el sepulcro de su madre a la nueva catedral de Sevilla, en donde, presumiblemente, sería enterrado su padre, el rey. Tuvo que golpear muchas veces la aldaba de la puerta principal, y esperar un buen rato antes de que le abrieran. Por fin, apareció una monja desgreñada que puso todo tipo de excusas para no tener que conducirle hasta su superiora. Ante la insistencia de don Alfonso, extrañado de no ver a ninguna religiosa deambulando por el claustro, volvió a desaparecer. Al cabo de cinco o diez minutos estaba de vuelta con la noticia de que la abadesa estaba en la «sala de experimentaciones» y que había accedido a verle.

—¿Sala de experimentaciones? —preguntó el infante—. Que yo sepa, esa sala no existe. Si no os importa, prefiero esperar en la biblioteca.

Pero la monja sacudió la cabeza: no.

—Esperaré el tiempo que sea necesario.

La monja volvió a sacudir la cabeza: No sale de ahí en todo el día.

En vista de esto, el infante se limitó a seguirla. No hagáis ruido, le iba indicando ella por el camino, que son muy sutiles a las emociones. ¿Quiénes?, quiso saber él. ¿Las monjas? Pero antes de obtener una respuesta, comenzó a escuchar un concierto enloquecedor que obvió toda respuesta.

—Es aquí —le dijo la monja propinando un puntapié a la puerta.

—¿Aquí? ¡Esto siempre ha sido la sala Capitular!

235

La puerta se abrió de par en par y entonces don Alfonso quedó impactado. Ni las carroñas de gato muerto en Celada del Camino, ni el primer encuentro con doña Berenguela, ni la despedida de doña Urraca, ni la cabalgada contra los moros, ni la primera vez que vio llorar a su abuela, ni la muerte de su madre, ni la espalda peluda de su esposa dejarían una impronta mayor en su mente. En aquella sala del monasterio de las Huelgas se experimentaba con langostas y había miles, algunas sobre una larga mesa de madera, otras en jaulas individuales, algunas saltaban desde las paredes, la mayoría se desplazaban por el suelo trepando por los tobillos de las monjas. El ronroneo era tan ensordecedor que tuvo que taparse los oídos. Reculó muerto de miedo. Al fondo de la sala estaba la abadesa, doña Inés, que se disponía a introducir un alambre en una de las jaulas.

—¡Acercaos! —le gritó.

Lo primero que le explicó (a voz en cuello para hacerse oír) es que no debía de alarmarse, pues, antes de morir, su abuela doña Berenguela había dado permiso para hacer todo lo que se estaba haciendo y que simplemente se trataba de investigar el proceder de la langosta para, en un futuro próximo, tener todos los conocimientos científicos al alcance para la erradicación de la plaga.

—¿Conocimientos científicos? ¿Mi abuela? ¿Mi abuela dio permiso para experimentar con las langostas? ¡No sabéis ni lo que decís!

—Luego hablaremos de vuestra abuela —contestó doña Inés—. Ahora es sazón que conozcáis algo.

Comenzó a mover a un lado y a otro el alambre que había introducido en la jaula, intentando tocar con él a la langosta que saltaba de una pared a otra.

—¿Veis que es una *locusta danica* de color verde? —gritó doña Inés intentando dominar con su voz el zumbido.

Pero era verdaderamente difícil oír nada.

—¿Veis que es verde? —repitió ella.

—Sí, las hay verdes y las hay rojas —contestó el infante con despecho—. Las que he visto en el campo son verdes; las de las villas, rojas.

—Bueno, eso no es exactamente así… —dijo la abadesa.

Con el alambre consiguió rozar varias veces el abdomen de la langosta hasta que, poco a poco, ésta fue cambiando de color. Cuando, diez minutos después, doña Inés volvió a sacar el alambre, el lomo de la langosta estaba completamente rojo.

—¡Ha mudado de color! —exclamó el infante.

—Exacto —dijo la abadesa—, ahora es una *locusta migratoria;* y en eso precisamente se basan nuestras experimentaciones… ¡Ésta ya os la podéis llevar! —le gritó a una monja que estaba al fondo de la sala.

La monja se acercó a coger la jaula, la llevó hasta una esquina y la abrió. La langosta voló hasta donde estaban las otras.

—Estamos en la sala hasta bastante tarde —siguió explicando a gritos la abadesa—; se trata de un trabajo arduo y laborioso que nos roba todas las horas del día y parte de la noche. Ahora, con las lluvias primaverales, hay que tener cuidado porque son especialmente fértiles; las hembras depositan los huevos en un orificio abierto en el suelo con ayuda de las valvas del extremo de su abdomen y los saltones que emergen de estos huevos se congregan en enormes grupos y comienzan a desplazarse andando. Las más jóvenes no comen cualquier cosa, y

236

cada cinco horas les llevamos parte de nuestra cosecha de trigo; las viejas están mudando la piel, de manera que es preciso ponerlas aparte para que no se confundan los colores; además, están resabiadas y llenas de rencor, y en cuanto te acercas…

—¡Pero qué es todo esto! —le cortó el infante.

—¡Oh! ¡Perdonad! Os lo explicaré desde el principio para que entendáis… ¡Estamos tan metidas en el trabajo! Veréis. Yo siempre había observado que cuando están solas, las langostas son verdes y están tranquilas; en cambio, cuando hay una nube, son rojas y furibundas. No es que haya perdido la fe, como piensan algunas monjas de aquí, es que hay cosas que con la sola fe no se solucionan… —Miró a su interlocutor, y al ver su gesto de perplejidad, añadió encogiéndose de hombros—: Yo sólo observo el mundo y le pregunto.

Doña Inés Laynez explicó que después de varios meses de investigación, habían llegado a la conclusión de que no hay dos tipos de langosta, sino una única especie que presenta dos formas: una solitaria, de color verde, y otra gregaria de color amarillo rojizo. La langosta solitaria es pacífica y sedentaria, y, por tanto, no es peligrosa, dijo. El problema está cuando ésta pasa a la forma gregaria. Como habéis observado hace un rato, con tan sólo rozar a la langosta con un alambre, con tan sólo hacerle «pensar» que está acompañada de otras, cambia de color y pasa a convertirse en la feroz *locusta migratoria*. Para que lo entendáis: es como ocurre con muchas personas; solas, serían incapaces de hacer nada; pero, arropadas por la masa, se vuelven locas: atacan, matan, mutilan.

237

El infante Alfonso no paraba de lanzar miradas a todo lo que había en aquella sala.

—Mi abuela jamás me habló de esto… —dijo.

—Porque no le convenía, como tampoco os conviene a vos que lo contéis a nadie. ¿Queréis probar vos mismo a rozar el abdomen de la *locusta*? —le extendió el alambre. Y al ver que don Alfonso no reaccionaba—: ¿No os atrevéis?

—¡Oh, sí! —se azoró él tomando el alambre con la otra mano—. Es que tengo el brazo derecho un poco torpe… —Comenzó a rozar la langosta—. No es verdad eso que me decís de mi abuela. Ella era una mujer transparente como el agua, no tenía nada que esconder.

—No, ella no tenía nada que esconder, salvo cuando sus intereses particulares pudieran verse afectados de algún modo. Y en este caso, lo estaban.

—No os entiendo…

La abadesa doña Inés alargó una mano para aplastarse una langosta contra el cuello. Le echó un vistazo (*danica*, dijo) y la arrojó al suelo con decisión.

—No sé si vos sabéis que mi madre es italiana y que somos amigos de los condes de Lavagna.

—Algo de eso sé.

—Pues bien, por mediación mía, Sinibaldo Fieschi estuvo aquí, entrevistándose con vuestra abuela unos meses antes de que ella muriera.

—¿Sinibaldo Fieschi, el papa Inocencio IV?

—Exacto.

—¿Y decís que estuvo aquí, en el monasterio de las Huelgas?

—Ya está, *migratoria* —dijo doña Inés arrancándole al infante el alambre de las manos—. Sí —prosiguió—. Estuvo aquí entrevistándose con doña Berenguela. Esto es algo que no sabe nadie más que el Papa y yo, ni siquiera el rey don Fernando…

—Eso no me lo puedo creer —exclamó el infante sacudiendo la cabeza—. ¿Qué interés tendría Inocencio IV en entrevistarse con mi abuela?

—La cruzada africana —contestó la abadesa—. ¿Os parece poco? Vamos a ver si consigo explicarme. Es que todo esto tiene mucho que ver con las langostas… Como sabéis, una vez que Fieschi fue convertido en pontífice y a pesar de estar emparentado con las familias gibelinas de la Liguria oriental y del Apenino parmesano, si recordáis, retomó con energía la política de enfrentamiento al Imperio, en concreto contra el primo de vuestra madre, Federico II. Lo que le conviene por encima de todo es tener de su parte a las monarquías europeas, la castellanoleonesa entre otras, para la cruzada africana.

—Y la cruzada africana, ¿qué tiene que ver con mi abuela?

—¡Mucho! Yo a vuestra abuela la conocí poco y a una edad ya avanzada, pero lo suficiente para comprender este punto, y el interés que tenían ambos en reunirse y, aunque todavía no quede claro qué tiene que ver esa reunión secreta con el asunto de la plaga de langostas. Lo único que le interesaba a vuestra abuela, lo único, repito, en esta vida, era…

—Convertirme en emperador del Sacro Imperio romano —le interrumpió el infante.

Doña Inés esbozó una sonrisa.

—Bueno…, sí… Pues bien, ¿quién mejor para ayudarle que el Papa, que es el que interviene en la elección del emperador? A poco de morir Federico II, vuestra abuela comprendió que había que camelarse al Papa, y nada mejor que con el asunto de la cruzada africana, el «piadoso proyecto», como lo llamaba ella. Por eso vino a verme. Me…

—Pero ¿cómo puede ser que mi abuela hiciera todo eso sin que ni yo ni mi padre nos enterásemos? —preguntó don Alfonso.

—Hay muchas cosas que no sabéis, que no sabemos, de vuestra abuela —contestó la abadesa—. Era un ser muy especial. A mí me habla mucho de ella, de su personalidad singular y de su fortaleza anímica su confesor, el obispo de Segovia.

—¿Don Remondo?

—Sí. Don Remondo de Losana. Probablemente sea el que mejor la conoce. Antes de ser nombrado obispo, pasó un tiempo en Roma y tiene muchos contactos en la Santa Sede, yo creo que fue él quien le lanzó la idea de la cruzada. Pero nos estamos yendo por los cerros de Úbeda; como os digo, doña Berenguela vino a verme y me habló de vuestra madre, doña Beatriz de Suabia, y de vuestro primo, Federico Barbarroja, y hasta de toda una progenie regio-imperial mítica que va en línea ascendente desde vos hasta el primer rey de la humanidad, ¡el bíblico Nemrod, qué barbaridad! También me habló de vuestros derechos imperiales y me expuso su idea. Sabía que soy genovesa por parte de madre, y que estoy emparentada con el Papa, y que podría influir sobre él para que, llegado el momento, vos fuerais coronado emperador. Yo le dije que de acuerdo, pero que, a cambio, le pedía una cosa. Le expliqué todo lo que os acabo de contar a vos sobre las fases de la langosta y le rogué que me diera su autorización para experimentar con ellas.

Se acercó una monja a preguntar si las langostas de las jaulas del fondo estaban en ayunas.

—Sí —contestó doña Inés—, hasta mañana por la tarde. A las *locusta migratoria* las dejamos sin comer para ver si el ayuno les altera el carácter —dijo dirigiéndose ahora al infante. Bajó la voz—: Suelen ponerse agresivas. Pero, como os decía, Inocencio IV, como todos los papas, como la Iglesia en general, es contrario a la ciencia y, por tanto, había que esconder los experimentos con las langostas. Es maravilloso el modo en que una pequeña comunidad mantiene el dominio de sí misma, siempre y cuando, claro está, actúe dentro de las normas preestablecidas, sin quebrantar usos y costumbres. Pero en cuanto un hombre o una mujer se apartan un poco de los caminos tradicionales, los nervios de toda la comunidad se estremecen, hasta el punto de que pueden poner en peligro su unidad. Por eso vuestra abuela no os dijo nada. Porque no quería que llegara hasta oídos del Papa que en un monasterio castellano se estaban haciendo experimentos científicos.

—¿Y qué se acordó en la reunión que tuvieron?

—¡Oh, mucho! —dijo la abadesa, y soltando un gritito, corrió hacia una monja que metía unas espigas de trigo en una de las jaulas—. ¡Oh, no, no! Ésas son ya *migratoria*. ¿Es que no veis el color? Os acabo de decir que no pueden comer hasta mañana. —Volvió trotando hasta donde estaba el infante y se limpió el sudor de la frente antes de proseguir—. Bueno, pues se acordó el apoyo a vuestra candidatura al Imperio a cambio de que se preparase la cruzada. Y no puedo decir nada más, porque, desde esa reunión, apenas he salido de aquí y no tengo más información.

El infante don Alfonso fue hasta la ventana de la sala y se quedó pensativo. ¡Ay, su abuela!, su abuela entrevistándose con el Papa, ¿qué más cosas habría hecho sin que él lo supiera? En rigor, bien pensado, no era tan descabellado... La cruzada africana era uno de los proyectos de su padre, muchas veces, desde la conquista de Sevilla, le había hablado encendidamente de su idea de proseguir la guerra contra los musulmanes de África.

La abadesa le sacó de sus ensoñaciones.

—Supongo que también os interesará saber a qué conclusiones científicas he llegado yo después de estos meses —le dijo.

240

—¡Oh, sí! —contestó el infante—. ¡Cómo no!

—Bien, pues lo importante para controlar la plaga es que las langostas tengan la «sensación» de estar solas para que no pasen a *migratoria* agresivas.

—Ya —dijo don Alfonso—. ¿Y cómo se hace pensar a una langosta que está sola, cuando a su alrededor hay miles como ella?

—Bueno… —suspiró doña Inés—, a eso me dedico últimamente, y si os dais cuenta…, es justamente nuestra situación en el convento. A las monjas no dejo de advertirles que, en el fondo, lo único que tienen es su soledad, cuando…, cuando ellas se ciegan pensando que cuentan con el amor de Dios. —Se sorbió los mocos—. Pero no me malinterpretéis, oh, no. No penséis que yo no cuento con el amor divino… ¡El amor divino es el consuelo más grande que tiene el hombre sobre la Tierra! —Hizo una pausa para meditar—: Pero, a pesar de ello, la soledad, el miedo y el azoramiento siempre están ahí, y a veces la gente no puede seguir soportándolos…

»En fin que, llegados a este punto… —alzó la cabeza para mirar al infante; sus ojos azules brillaban con intensidad y, por un momento, como si las propias langostas intercedieran por ella, el zumbido cesó y las palabras se oyeron nítidas—: necesito dinero para seguir investigando.

—¡Ni hablar! —gritó don Alfonso—. ¡Sabía que toda esta palabrería acabaría en eso! ¡No tenemos dinero para nada! ¿No comprendéis que la hacienda regia está endeudada tras el largo y costoso asedio de Sevilla? ¡Y si ahora hay que pensar en una cruzada africana, menos!

Pero doña Inés no le oyó; corría de un lado a otro de la sala dando instrucciones a las monjas para que dejaran lo que estaban haciendo y se dedicasen a traer trigo de fuera, ¡mucho trigo!, antes de que las *locusta* que quedaban pasaran a *migratoria*.

En ese momento, el infante don Alfonso aprovechó para abrir la puerta y desaparecer sin que nadie se diese cuenta.

241

32

Catedral de Sevilla, 1251

Pensó en quedarse en Burgos, o en irse a Toledo, tal vez a Valladolid o Palencia, todo menos volver al Alcázar de Sevilla, en donde ya estaba instalada su esposa, la Cerda de Aragón.

Pero fue allí donde finalmente se dirigió; la salud de su padre hacía prever en breve un fatal desenlace y, además, había mucho que organizar. De las ruinas de la conquista tenía que emerger una nueva ciudad, con un buen gobierno local y una organización eclesiástica directamente ligada a la corona, porque los castellanos, cavilaba al penetrar por el antiguo pontoncillo morisco, ahora denominado puerta del Aceituno, tenían que hacer de Andalucía una prolongación de Castilla, con su sangre, su lengua, sus creencias, su economía y su derecho.

Se detuvo en el Arenal para observar la marcha de las obras de las atarazanas góticas, y entonces le cegó la luz, esa luz azafranada propia del verano en Sevilla, todavía matizada por el declinar de la primavera.

Tras esa parada corta, el palafrén siguió trotando por la calle de la Victoria y pasando por delante del arquillo de Bayona, llegó a la lonja de catalanes y en pocos minutos a la plaza de Santa María, en donde se llevaban a cabo las obras para transformar la gran mezquita en catedral, consagrándola así al culto cristiano. No pensaba detenerse ahí, pero al otro lado de la puerta le pareció oír la voz cavernosa de don Remondo, encargado de supervisar las obras junto al obispo de Córdoba. ¡Qué casualidad!, se dijo recordando las recientes palabras de doña

Inés Laynez, y a través del acceso principal de la mezquita, entró en el antiguo patio de abluciones o *sahn*, poblado de naranjos en alcorques, con una fuente de piedra de traza visigoda en el centro. Al verle allí, don Remondo acudió a su encuentro y le hizo pasar al interior del templo.

Era un hombre de vasta cultura, hijo de segovianos, con un rostro afable que en puridad era un revoltijo de piel, nariz y una sonrisa forzada que le deformaba la boca desdentada. El cabello gris, los ojos cansados por el constante esfuerzo de la lectura. Obispo de Segovia, aunque cada vez más estuviera entregado a la ciudad de Sevilla. Se alegró mucho de ver a don Alfonso después de tanto tiempo y enseguida explicó que, al estar don Fernando enfermo y él ausente, se habían tenido que tomar ciertas decisiones como la de dividir el espacio interno correspondiente al oratorio de la mezquita en dos partes iguales, una de ellas destinada al culto catedralicio y otra a capilla real.

Don Alfonso miró en derredor. Los alarifes trabajaban sin descanso y los obreros elevaban cubos y materiales con grúas y complicadas máquinas de madera. A los arcos túmidos, ajimeces, filigranas, atauriques, alicatados y yeserías se iba imponiendo el sello cristiano, y dentro del templo empezaban a erigirse ricas capillas por dotación de pudientes fundadores.

243

Dijo con un hilo de voz.

—Aquí tenéis pensado dar sepultura a mi padre, ¿verdad?

Don Remondo posó en su hombro una mano y suspiró.

—Tan apesadumbrado estoy yo como vos. Pero la vida sigue, muchacho. Y vuestro padre morirá habiendo cumplido sus deseos. Si uno muere feliz y en paz consigo mismo, ¿qué más pueden pedir los suyos? —Se llevó la mano a la boca, tosió dos o tres veces, y prosiguió—: No estaríamos aquí, en esta hermosísima ciudad, de no ser por él… —Avanzó hacia la capilla real con decisión—. Hemos pensado que pondremos una reja de hierro alrededor, ¿qué os parece?

De pronto, se giró para mirar al infante.

—He oído que estáis pensando en traer a vuestra madre aquí —dijo—, pero… ¿y vuestra abuela?

A don Alfonso, la pregunta le dejó perplejo.

—Mi abuela…, no sé —titubeó.

Don Remondo soltó otro suspiro.

—¡La verdad es que es un comentario tonto...! —dijo—. Vuestra abuela pertenece al monasterio de las Huelgas. Era el único sitio donde encontraba un poco de paz. ¡Pobre! Ella no murió en paz consigo misma...

Hacía mucho calor, así que decidieron salir a la sombra fresca del Patio de los Naranjos.

—¿De verdad creéis que mi abuela no murió en paz consigo misma? —aprovechó para preguntar el infante—. Todos sabemos que libraba esa sorda batalla contra su obsesión imperial, pero consiguió casar a mi padre con una princesa del norte, y estaba segura de que yo también lo haría..., no veo por qué no habría de...

De pronto, don Alfonso calló; se dio cuenta de que su interlocutor estaba abstraído en la contemplación de un gorrión que bebía de la fuente.

—Su gran desvelo no era ése... —dijo don Remondo de pronto, sin dejar de mirar al pájaro.

244

—Su gran desvelo, como vos decís, era la plaga de langostas —dijo el infante convencido.

—Bueno... —titubeó don Remondo.

Pero no dijo nada más. Por encima de sus cabezas, pasaban las nubes a toda velocidad, aunque seguía haciendo calor. El trinar de los pajarillos y el murmullo de la fuente en donde no hacía mucho los musulmanes se lavaban los pies y las manos antes de entrar a rezar, incitaban al sueño. Don Alfonso se moría de ganas de conocer el secreto de doña Berenguela, pero intuía que era parte de su confesión y que el presbítero no diría nada más.

—¿Vos creéis que la fe lo soluciona todo? —dijo en su lugar.

Don Remondo vaciló unos segundos.

—No me cabe la menor duda —dijo.

Pero en ese momento, lo llamaron desde el interior de la mezquita. Necesitaban sus instrucciones para proseguir con las obras. Así que al verse solo, el infante salió y prosiguió su paseo hasta la plaza de Santa María.

Era aquél el lugar más concurrido de la ciudad, un zoco de hermosos arcos que albergaban casas con tiendas de especieros y sobrados, franqueado al fondo por la famosa puerta Dalcar que daba entrada al barrio de francos. En el arco grande vendían la fruta y en los costados de la plaza, en hilera simétrica, los judíos colocaban sus toldos y mostradores portátiles.

Sobre todo urge repoblar Sevilla, siguió diciéndose mientras se adentraba entre los puestos de paños sevillanos, en los que también se exponían cinturones de hebilla, cordeles, tijeras y bujeta, navajas y amuletos. Pero será un proceso lento, muy lento. Y lo principal era llevarse bien con todo el mundo, sobre todo con su esposa.

Paños del mejor Oriente, espejos, bandejas de plata, flores.

Flores. Sí; le compraría un enorme ramo de rosas y haría las paces con ella. Y mientras se decía esto, echó un vistazo a su alrededor. Entonces le pareció verla. Por detrás de uno de los puestos, pasó una figura embozada a toda velocidad que se dirigía hacia el barrio de castellanos por la Cal mayor del Rey. ¡Violante!, gritó, e inmediatamente pensó: «qué necedad». ¿Qué iba a hacer doña Violante sola por las calles de Sevilla? No. Es la imaginación, que empieza a jugarme malas pasadas.

Compró un ramo de clavelinas rojas, volvió a montar su palafrén y se dirigió a su palacio gótico del alcázar. Al pie de uno de los contrafuertes tratados como torres almenadas, preguntó por su esposa. Está en las cocinas, le dijeron. También le dijeron que su hermano, el infante don Enrique, se había enterado de que venía y que llevaba más de dos horas esperándole para tratar con él un asunto urgente (pues no estoy en casa, fue la respuesta del rey).

A punto estuvo de ir a buscar a su esposa para entregarle las flores, pero luego lo pensó mejor; a pesar de que nunca trabajaba a esas horas, remontó las escaleras de caracol de la torre y fue hasta su gabinete llamado «cuarto del caracol»; aquí pidió que le trajeran el correo. Porque en el fondo, por encima de todos esos asuntos pendientes, por encima de la inminente muerte de su padre y de los deseos de llevarse bien con su nueva esposa, por encima de todas las tareas de repoblación y restructuración, había algo que le animaba a volver a Sevilla: ahora, misteriosamente, las cartas de Noruega llegaban al alcázar.

Ya no le interesaba lo más mínimo saber ni quién las escribía ni quién las enviaba, ni siquiera sentía curiosidad por conocer qué es lo que había llevado al arzobispo don Rodrigo a visi-

245

tar al papa Inocencio IV en Lyon, poco antes de su muerte. Simplemente, eran las cartas. Las cartas dirigidas a doña Berenguela; ahora, «sus» cartas.

Muy a menudo, a medida que pasaba el tiempo y que aumentaban sus responsabilidades, se encontraba pensando en la obsesión imperial de su abuela. ¿Se podían heredar las obsesiones como se hereda el carácter, el color de los cabellos o la forma de la nariz? Estaba a punto de convertirse en rey, y no hacía más que pensar en aquella lejana doncella noruega de cuya existencia no tenía más que una vaga referencia. Al principio, ésta había sido una mujer sin rostro: semilla, niebla, un trozo de hielo sin relieve. Poco a poco, desde que murió doña Berenguela, había ido arraigando en su mente una imagen mucho más nítida. Sin haberla conocido, amaba su mirada, su voz, su olor; incluso a veces, en el silencio de la noche, la oía susurrar en un idioma incomprensible (¿sería tan bella y encantadora como insinuaba don Rodrigo en sus cartas?). En el fondo sabía que doña Kristina de Noruega encarnaba la posibilidad de evadirse de sí mismo, de instalarse en «aquel lugar» donde tanto había gozado con su abuela, el lugar de los sueños y de la «espera». Y, por si fuera poco, estaba aquel misterioso asunto del brazo que de algún modo compartían.

¿Acaso era aquello una lejana señal de que tenía que luchar con uñas y dientes por la corona del Imperio romano germánico, el título supremo de la cristiandad, tal y como siempre había deseado su abuela?

La abadesa de las Huelgas le había dicho que su abuela había conseguido el apoyo de Inocencio IV para su candidatura, y en cierto modo, al menos durante un tiempo había sido cierto, pues había apoyado al reino de Castilla con las tercias. Pero de Europa llegaban ahora otras noticias. Por lo visto, el Papa acababa de pronunciarse a favor de Guillermo de Holanda, un noble que nada tenía que ver con los Staufen, y el otro candidato, el hijo de Federico II, Conrado IV, al saber esto, había lanzado contra Guillermo una campaña militar. Así que, con todos estos pretendientes más cercanos al Imperio, con muchos más derechos que él, que sólo contaba con su ascendencia germana, el sueño de la abuela no sólo era inalcanzable, sino también infantil y absurdo.

Mientras esperaba el correo, se paró a pensar en lo que acababan de decirle: «doña Violante está en las cocinas». ¿Qué tenían las cocinas que tanto atraían a esa chiquilla? El calor y el olor a pan que todo lo envuelven, igual que la placenta envuelve al niño en el vientre de su madre, tal vez, el centro de la casa, el abrazo maternal, sofocante y agrio, que le faltaba al no estar su madre en Castilla... Por fin entró el criado con la bandeja del correo.

Como había estado ausente un tiempo se encontró con un fajo de unas seis o siete cartas. Estaba ansioso por saber cómo había evolucionado el brazo de doña Kristina; por su parte, él seguía sin sentir el suyo. Estaba ahí, a la vista, aunque sólo a la vista, una inútil prolongación del hombro que no percibía. Simplemente eso. No le molestaba.

Abrió la carta con fecha más antigua:

Dulcísima señora:

Ha llegado el momento de comunicaros que estamos seriamente preocupados con nuestra doncella doña Kristina.

El infante se acomodó en su butaca y pidió a una doncella que le sirvieran vino (vaya por Dios, se dijo).

No sé si he mencionado en otras cartas que aquí hay dos reyes. Es una costumbre que puede resultar extraña para nosotros, pero en Noruega es bastante corriente, incluso han llegado a tener tres reyes al mismo tiempo (por ejemplo, Ingi el Jorobado, Sigurd Munn y Eysteinn, a mediados del siglo pasado). Como os decía, está el rey Haakon, *el Viejo*, y también está su hijo, Haakon, *el Joven*.

Pues bien; siguiendo las insistentes órdenes de este último (que, permitidme que os diga, desde mi punto de vista, no le llega al padre ni a la suela del zapato...), ahora estamos en Tönsberg, cerca de Oslo, otra hermosísima ciudad más al norte en la que reside la monarquía en invierno, porque la princesa está mal. Con dulces palabras, sigue insistiendo en que tiene un dolor en el brazo que no es suyo. Es difícil de explicar, sobre todo para mí y los que estamos con ella, para los que, aparentemente, nada parece haberse alterado en su persona. Debe de encontrarse mal, porque en condiciones normales, nunca se quejaría.

Este dolor no es mío, no para de decir. ¿Cómo que no?, le digo yo; y con el ánimo de hacerla entrar en razón añado: ¿Acaso no es vuestro brazo? Y ella se lo mira con tristeza.

El brazo sí es mío, contesta, pero el dolor no. Son dos cosas distintas que se sitúan en lugares distintos. Y entonces se coge el brazo con la mano opuesta. El brazo está aquí, una prolongación del tronco.

¿Y el dolor?, le digo yo. Se lleva un dedo a la sien: El dolor está aquí.

Me dejó descolocado (y también fascinado) con este comentario que, no en vano, tiene algo de cierto. Porque, ¿acaso, dulcísima señora, muchas veces, no es el pensamiento quien nos sana o nos enferma?

En fin; a pesar de esto, confieso que la vida entre estas gentes me gusta y que nunca me he sentido tan feliz y útil como en estos días.

El infante puso esa carta a un lado, se sirvió más vino y tomó la siguiente. Pero como entraba el sol de lleno en la estancia, se levantó a cerrar los postigos. Acercó los ojos al enrejado de madera y miró hacia el patio más próximo. Afuera, entre naranjos y palmeras, junto a un surtidor que esparcía agua pulverizada, estaba su hermano Enrique. ¿Qué haría ahí? Le siguió con la mirada y vio que actuaba con sigilo, procurando no hacer ruido.

Últimamente, la ya pésima relación entre ellos había empeorado. Enrique siempre había sido el mejor guerrero de todos los hermanos y contribuyó más que ningún otro en la conquista de Andalucía. Aunque aún no se había hecho público el esperado reparto de Sevilla, era un secreto a voces que recibiría un número desproporcionado de *donadíos* con los que Alfonso no estaba de acuerdo. Volvió a sentarse. Tomó otra carta de fecha posterior y siguió leyendo.

Dulcísima señora:

He entablado amistad con el aya de la princesa.

Es una mujer abundante y tierna, con una sonrisa bondadosa y una larguísima cabellera del color de las ardillas, que cuida a la niña mejor que su propia madre y que la consuela en estos momentos tan difíciles. Sé que mañana tiene su día libre y quiero invitarla a pasear por el bosque. No es ni muy hermosa ni sesuda, no, al menos no como lo sois vos. Pero me permite «darme» a ella, amar y ser amado, lo cual nunca pudo ocurrir con vos.

Perdonadme la osadía, jamás os diría esto si no fuera porque ahora estoy convencido que jamás volveré a veros…

«Je —pensó don Alfonso—. Luego…, el arzobispo ya tiene buenos motivos para seguir ahí, por algo se le veía tan feliz…, ¡el muy ladino se está enamorando!»

Le sacó de sus ensoñaciones el murmullo meloso de la voz de su hermano Enrique, acompañado de una risa de mujer. Se quedó escuchando un rato, en penumbra, la carta entre las manos temblorosas, hasta que le pareció distinguir la voz de su madrastra, doña Juana de Ponthieu, ¿qué hacían ahí esos dos? En rigor, no era la primera vez que los veía juntos desde que su padre cayó enfermo. Dejó la carta, tomó una nueva e intentó leerla, pero le resultó imposible concentrarse. Ahora la risa de la reina era un gemido; y el murmullo del infante Enrique, un mugido sordo. De pronto se puso en pie. Quedó cavilando un rato (el corazón galopándole en las sienes), dudando entre correr hacia la ventana o no, hasta que se decidió a hacerlo. Cuando se asomó, ya no había nadie.

Una tarde en que don Alfonso hacía compañía a su padre en el lecho, llegó a la corte un embajador recién llegado de tierras bálticas. Sabía que el infante había estado haciendo averiguaciones sobre Noruega, y él acababa de regresar, precisamente de Tönsberg, en donde había estado estudiando el posible apoyo militar que estos reinos del norte eran capaces de brindar para el proyecto africano de cruzada de Fernando III. Al oír que había estado allí, don Alfonso se excitó muchísimo. Por supuesto, no le contó que recibía las cartas del arzobispo de Toledo (ya muerto y enterrado), y menos aún que andaba siguiendo el rastro de una princesa a quien la reina doña Berenguela había esperado junto a la ventana desde que tenía catorce años. Todo eso era secreto suyo y de su abuela.

—¿Existe? —preguntó don Alfonso nada más ver al embajador.

—¡Oh, claro que existe! —le contestó el otro.

249

—¿Y cómo es?

—Verde y fría.

Don Alfonso se quedó pensando un rato. Notaba el corazón desbocado y le temblaba la barbilla, pero intentó disimular.

—¡Me refiero —tragó saliva—, me refiero a la doncella doña Kristina! ¿Es tan hermosa y amable como dicen? ¿Es verdad que todos los príncipes escandinavos están enamorados de ella?

—¡Ah, os referís a ésa...! —exclamó el embajador—. Bueno, primero he de explicaros que los noruegos están muy interesados en un contacto comercial con Castilla, pues, a cambio de sus naves, necesitarían nuestro trigo. En cuanto a...

El infante esperaba la respuesta con expectación.

—¿Sí...?

—Pues también es verde y fría —dijo el embajador tomando unas aceitunas que le habían puesto a modo de aperitivo—. Fea y contrahecha como una rana —arrancó a reír estrepitosamente—. No... Lo que pasa es que tiene un humor de perros, ¡menuda le montó a su padre porque no la dejaba salir a pasear! Y si lo que os interesa es su linaje, os diré que no lo tiene. Ni linaje, ni abolengo, ni patrimonio, ni privanza. Si el padre es un salvaje que todavía vive en una cabaña y que come con las manos, ¿qué puede esperarse de la hija?

Al ver la mirada cargada de menosprecio del infante, calló. Éste acercó su silla a la de él y se lo quedó mirando durante un rato, pensativo, atónito, mientras el otro escupía los huesos de las aceitunas en un plato. Estuvieron un buen rato en silencio, pero cuando el embajador pidió permiso para marcharse, don Alfonso le ordenó que se volviera a sentar.

—¿Qué habéis dicho de ella? —dijo.

El otro le miró extrañado.

—Bueno..., sólo dije que esa tal Kristina no tiene linaje y que...

De pronto, don Alfonso se puso en pie, se abalanzó sobre el embajador y le rodeó el cuello con ambas manos.

—¿Qué habéis dicho?

—No dije nada ... —Al embajador le costaba respirar y no entendía nada de lo que estaba ocurriendo.

Don Alfonso lo alzó y, tras empujarlo contra la pared, lo

soltó de golpe. El embajador quedó acurrucado en el suelo, respirando angustiosamente, tosiendo, tratando de restablecerse, hasta que por fin pudo escapar por la puerta a cuatro patas.

Tan alterado había quedado el infante con estas palabras —y, sobre todo, con su propia reacción— que, durante días, en un esfuerzo por olvidarse del asunto de una vez por todas, se prometió a sí mismo que nunca más volvería a leer las cartas. Y como contrapunto a su desencanto, decidió darle otra oportunidad a su esposa doña Violante.

Libre de las acechanzas iniciales, ésta campaba a sus anchas por el alcázar, disponiendo cambios en el mobiliario y la arquitectura, ausente o embebida en distintas empresas como la de plantar hileras de jazmines y geranios u olorosos arrayanes, imitar las ricas yeserías de las partes derruidas, cambiar el curso de las aguas de las fuentecillas de los jardines, crear nuevas albercas o dar de comer a unos pájaros de colores exóticos que tenía encerrados en enormes jaulas de mimbre.

Alfonso X le daría una nueva oportunidad. ¡Hay tanto que descubrir en su cuerpo de mona!, se dijo una mañana para animarse. Lo que es húmedo y profundo; lo que hueco o duro; los jadeos ásperos y los rugidos bestiales de que, no cabe duda, es capaz semejante aragonesa. El pensamiento de todo esto hizo que le recorriera un escalofrío de deseo que le devolvió a sus orígenes, al olor a sexo de hembra, al pelo de mono. Hacía días que venía oyendo el rumor en la corte de que la princesa no pensaba en otra cosa que convertirse en madre, pero que él no quería (o no sabía) darle el gusto. Así que nada más vestirse, se encaminó con decisión hacia el dormitorio en donde se había instalado —una hermosa estancia morisca con columnas, brillantes azulejos y arcos con leyendas árabes indescifrables—, se arrancó el pellote, lo lanzó al suelo e hizo salir de allí a todas las camareras y damas de compañía, que huyeron como ratas escaldadas, soltando risitas por los pasillos.

251

33

Muerte de Fernando III, *el Conquistador*

Sevilla, 1252

Doña Violante yacía en una tina, cubierta de espuma hasta las orejas, y nadaba despacio, sin alborotar el agua, con ojos abultados de pescado. Al oírle llegar, se detuvo. Se tapó los pechos con los antebrazos, se sopló la espuma de la nariz y dijo:

—¡Huy, pero si sois vos!

—¡Fuera! —le ordenó él, y le salió un gallito.

La princesa se incorporó. Sumergió una mano en el agua y con la otra cogió del suelo un abanico de plumas de pavo real.

—¿Yo? —dijo, entre estúpida y desafiante, moviendo el abanico para renovar el aire cargado de la estancia; pero le temblaba la comisura del labio y por la voz parecía nerviosa. En su rostro luchaba el lejano recuerdo de la belleza húngara heredada de su madre con el abismo de un alma atormentada.

—¡Salid!

—Entrad vos.

Entonces el infante se precipitó sobre ella, buscó su brazo entre la espuma y tiró hacia arriba para que saliera el cuerpo. Doña Violante escondía en el agua un cuchillo de trinchar carne y comenzó a blandirlo nerviosamente en el aire, diciendo que, si no se apartaba, le mataba. Don Alfonso reculó, pero a continuación, sin pensarlo dos veces, le enganchó la muñeca y forcejeó hasta que el cuchillo cayó al suelo. La princesa ya estaba fuera del agua, jadeante por el esfuerzo. Lo que el infante vio a continuación le revolvió el estómago: primero el brazo, negro; luego el hombro, negrísimo, que contrastaba con la blancura de la espuma que poco a poco se iba diluyendo, por fin un pecho cubierto de insólitos lunares, grandes como pezones de mujer; y sobre los lunares, pelo, cerdas.

Como la cabra peluda de Celada del Camino; de nuevo, no pudo evitar pensar en ella, y en el día en que nació. Era muy velluda, mucho más que sus hermanas, y su madre, quizá porque intuía lo que estaba por venir, la chupaba recorriéndola con la lengua de la cabeza a los pies. Recordó entonces que ese día, muy de mañana, había visto una nube bermeja en el cielo que confundió con pájaros. Pájaros rojos o amarillos que componían círculos en el cielo, chirriando con un estremecido deje de alarma.

Pero no llegó a ver los pájaros, como tampoco a la cabritilla recién nacida, porque al rato irrumpió doña Urraca en el cobertizo. Cogió a la cría y diciendo algo así como que la cabra que traga pelo cría infecciones en el hígado y se inutiliza, volvió a salir con ella en brazos. Después de un rato, apareció con las manos vacías. Se acuclilló junto a las otras crías y dijo con una sonrisa maliciosa:

253

—Éstas no son peludas.

El niño la miró sin responder. Añadió la nodriza:

—Así la madre no criará infecciones.

Don Alfonso se quedó pensativo.

—¿Y la otra? —dijo al fin.

Doña Urraca apuntó al río.

—Está triscando por ahí.

Entonces el infante se levantó y, seguida por la madre cabra —bamboleante por la hierba húmeda, como si llevara zapatos de tacón—, fue hasta el arroyo. Encontró a la cabritilla flotando junto a unos juncos.

También él ahora sentía ganas de hacer lo mismo con su esposa: ahogarla. Doña Violante quedó inmóvil frente a él, y a medida que la espuma se le iba escurriendo por la piel (o más bien, por el pelo) su aspecto era aún más repugnante: lunares por todas partes, de donde brotaban pelos gruesos. La tomó de un brazo y la llevó hasta una ventana para contemplarla a la luz del día. Pero, de pronto, algo distrajo su atención.

A lo lejos, sobre la línea plateada del Guadalquivir, le pareció divisar aquella maldita nube bermeja, la misma que había visto el día en que nació la cabritilla que murió ahogada en manos de la nodriza Urraca.

Ordenó a su esposa que se pusiera una túnica y salió con ella al pasillo a dar la voz de alarma, porque ahora sabía que no eran pájaros, sino langostas. Pero por allí no había nadie. Presa de la impaciencia, sin soltar la mano de doña Violante, que se dejaba conducir restregando el dedo índice por las paredes, recorrió una a una las estancias en busca de alguien, el mayordomo mayor, los porteros, los criados, pero ¿dónde estaba la gente? Sin saber por qué, se detuvo ante la cocina, de donde salían deliciosos aromas de manjares humeantes. Y de pronto, la princesa aragonesa, que había permanecido en silencio desde que fue arrancada de la tina, abrió la boca. Dijo:¡Oh, Santo Dios!; pero al tiempo que decía esto, tiraba con fuerza de él para introducirle dentro.

Allí dentro tampoco había nadie, pero todo estaba dispuesto para la cena. Blancos manteles doblados junto a perdices y capones asados servidos sobre tajadores, huevos asados y empanada, cuchillos de mango corto y largo, cucharas, escudillas de distintos tamaños, pan, fruta y deliciosos vinos color bermejo, oriundos de Portugal o de las viñas de Andalucía. Al fondo, sobre los fogones, había enormes sartenes dispuestas para freír, así como calderas sujetas sobre la lumbre.

254

Doña Violante lo inspeccionó todo detenidamente. Con el gesto crispado, pasó el dedo por las ollas vacías para comprobar si tenían polvo, se llevó a la boca un trozo de capón y alineó los tenedores con los cuchillos. De pronto, desapareció. Cuando don Alfonso llegó a la mesa, ella lo esperaba detrás de unas tinajas que guardaban branquias en conserva. Al llegar allí, el infante vislumbró sus ojos brillantes, como de fiebre, un poco más allá, relumbrando sobre unos sacos de maíz. A continuación, volvió a esfumarse por el oscuro almacén.

Conocía aquel lugar muy bien, mucho mejor que él, y ahora estaba claro que lo que quería era jugar. En aquella penumbra impregnada de olor a vinagre y salazón, Alfonso X sintió que se le aceleraba la respiración. Se introdujo en el almacén, palpando las paredes con la mano, hasta que tropezó con algo duro situado a la altura de sus rodillas. Un taburete, o al menos eso pensó en un principio, porque cuando fue a ponerlo a un lado, el bulto rebulló; era doña Violante, que, tras estar en cuclillas, salió corriendo por el pasillo angosto.

Detrás fue él, aunque no pudo avanzar mucho porque al paso le salían sartenes, jarras, trozos de capón, cuchillos y carcajadas. Hacía mucho calor, y ahora doña Violante se subía a una silla y trepaba a la mesa con agilidad felina. En la penumbra, después de un leve toque de cadera, el infante vio caer la túnica de seda refulgente a lo largo de su cuerpo y sintió que ella le tiraba del codo para atraerle hacia sí. Fue todo tan rápido que de pronto se la encontró encima, sintiendo en sus mejillas el jadeo voraz y ahogado, su olor a sexos, los dientes en su cuello, la lengua lamiendo el cogote, el rígido contacto de su vello de cerda contra su pecho. Los cuerpos enzarzados en un nudo, rodaron sobre la mesa hasta caer al suelo.

En ese momento, como si intentase ayudar al infante en su lucha contra esa pasión salvaje y desmedida, se oyó sobre sus cabezas el zumbido estridente de las langostas, el mismo que había escuchado poco antes y el mismo que había escuchado el día del entierro de su abuela. Don Alfonso se vistió y salió de la cocina. A la altura de la cámara en donde yacía el rey moribundo, encontró a la esposa de su padre, doña Juana de Ponthieu hablando con un grupo de nobles, entre ellos su hermano Enrique; al verle, quedaron mudos.

—Langostas —anunció el infante con un hilo de voz—. Vienen las…

No le dio tiempo a terminar la frase, porque el enjambre acababa de irrumpir por una de las ventanas del alcázar y subía en tremolina por las escaleras de caracol, ensanchándose y adelgazándose como un monstruo furibundo. Pero esta vez ocurrió algo extraño. La columna de langostas avanzó por el pasillo y, como si supiera exactamente a donde se dirigía, dobló en la esquina y se detuvo a la altura de la habitación del rey moribundo.

Levitó durante unos minutos en el aire, amenazante, hasta que por fin desapareció por una ventana, y se diluyó en el horizonte.

Lo primero que hizo el infante fue entrar en la cámara de su padre para comprobar que no se habían colado por la puerta. Allí estaban sus hermanos, Felipe y Fadrique y, mancebo aún,

255

el infante don Manuel, acompañado de su ayo. También estaban los hijos de doña Juana, Fernando, Leonor y Luis. Al verle entrar, Fernando III hizo un gesto a todos éstos para que saliesen y ordenó a su primogénito que se aproximara.

Entonces le bendijo, le dijo que le estaba esperando (¿dónde estabais?) y le rogó que se sentara junto a él, pues iba a pedirle unas cuantas cosas. En primer lugar que respetase y guardase a los nobles y al pueblo sus fueros y sus franquezas, conminándole con su maldición si así no lo hacía. Le dijo que si conseguía guardar España en el estado en que la dejaba, sería tan buen rey como él; si ganaba más tierras por él mismo, sería mejor que él; pero si le menguaran, no sería tan bueno como él.

Tosió estrepitosamente y varias dueñas se acercaron a atenderle. Después de incorporarse un poco para beber, le encomendó que velase por la reina doña Juana y por todos sus hermanos. Aquí hizo una pausa. Después, asiéndole fuertemente de un brazo, lo atrajo hacia sí. Le susurró al oído con un ronco hilo de voz algo que jamás olvidaría: sobre todo vigilad a la reina y a vuestro hermano Enrique. Ella, aunque está cercana a los cuarenta, conserva los atractivos juveniles y no me fío ni un pelo.

A continuación, sin que el hijo pudiera replicar, mandó a toda la clerecía rezar las letanías y cantar el *Te Deum laudamus*; veinte minutos después, expiró.

Al tercer día de su muerte, tuvieron lugar las exequias en la iglesia de Santa María. Sobre la misma tumba de su padre, fue alzado y aclamado como rey el infante don Alfonso. No dejó que el obispo le coronase; él mismo (con muchas dificultades porque seguía teniendo fofo el brazo izquierdo) tomó con sus propias manos la corona que había llevado don Fernando III y que estaba sobre el altar, y se la puso sobre la cabeza.

Sobre la tumba apenas sellada de su padre, al grito ritual de «Real. Real. Real», fue aclamado como rey.

La ceremonia de la coronación fue seguida de la de ser armado caballero. Para ello, como también rechazaba en este caso la intervención humana, hizo trasladar desde el monasterio de las Huelgas una estatua de Santiago. El día antes del evento observó vigilia y tomó un baño, lavándose la cabeza con ambas manos; a continuación se vistió con sus mejores paños. En la iglesia veló sus armas, orando de hinojos hasta el nuevo día, oyó la primera misa de la mañana y decidió que ya estaba listo: a través de un dispositivo mecánico, la estatua de madera le propinó el espaldarazo.

Sólo entonces, tres o cuatro días después de la muerte de su padre y de su coronación, cuando ya respiró tranquilo, una voz salió de sus entrañas, oscura, confusa: ¿cómo ha podido, como podría cualquier mujer, preservar su virginidad con esa pasión salvaje?, decía.

257

34

Llano de Tablada, Sevilla, 1253

Sentirse responsable de un reino, de sus tierras y riquezas, de las ciudades, de la política económica, del avance de la Reconquista, de la corte, ese entorno agrio y amigo, entrañable, de hijos y esposa, de hermanos y madrastra, de servidores, de oficiales reales y de mayordomo, de clérigos e ilustres obispos de sotana pringosa, falsos aliados. No estar ya en un segundo plano, sino en el primero. Decidir y no ya tener la inmensa suerte de que decidan por uno. Alfonso X estaba solo con la responsabilidad. Por ello, cuando meses después de la coronación, don Juan García de Villamayor, antiguo ayo, amigo de infancia y nuevo mayordomo mayor de la corte, candela en mano, lo encontró enroscado en la cama, no se sorprendió.

Abrumado por su nueva vida, por las noches al rey le acometía un insomnio contumaz. Después de dar mil vueltas en la cama, se levantaba, paseaba de arriba abajo mascullando palabras incomprensibles, hasta que por fin iba a la capilla y se metía en pláticas con la Virgen. Otras veces salía a los balcones del alcázar a contar estrellas. Localizaba primero la Osa Mayor, que le servía de lazarillo para conducirle hasta Arcturus, la estrella más brillante de Boyero, el Pastor, y luego correr en la misma dirección hasta Spica, la más brillante de Virgo. A veces, la tarea de descifrar el cielo le entretenía hasta el amanecer, momento en el que se arrastraba hasta la cama y quedaba dormido como un niño.

Don Juan volvió a vocear su nombre y esta vez se decidió a

tirar de la manta. El rey sabio seguía en posición fetal, los muslos pegados al mentón, los codos a la altura de las orejas, rutando como un ternero que busca la teta de su madre, hasta que por fin pareció rebullir un poco.

Cada vez más a menudo, soñaba con la nodriza de su infancia en Celada del Camino. En puridad, no era doña Urraca la que surgía en su imaginación, sino sólo la sensación de su calor. Una sensación imprecisa que únicamente la voz del mayordomo conseguía ahuyentar.

Se sentó sobre la cama y entornó los párpados para huir de los destellos del sol naciente. Fue entonces cuando el mayordomo hizo un gesto al camarero mayor para que se aproximara con el *jaspe belinniz* para las jaquecas, el manto de cacería con capacete de castillos y leones, las calzas rojas, los zapatos y las espuelas doradas. Don Juan tomó la medicina y se la dio a beber. Arrancó los paños de las manos del camarero y se los entregó al rey.

—Es tarde —dijo apartando un poco la cabeza, como para no tropezar tan de frente con su ruda desnudez.

259

Entre tanto, entró en la cámara el alfajeme dispuesto a rasurarlo.

—¿No recordáis? —prosiguió—. Hoy es el día fijado para la cacería. Abajo esperan las mulas pertrechadas y el dispensero ya tiene las vituallas preparadas.

Embutido en una camisa de seda, el monarca alzó la barbilla y se dejó rasurar. A pesar de que aún era joven —acababa de cumplir veintiocho años—, en pocos meses, la responsabilidad y las obligaciones habían teñido sus bucles de color ceniza y tenía el rostro deslucido, con máculas en las mejillas y la frente. Sus espaldas ya no tenían la rigidez aplomada de otros tiempos, el cuerpo se le empezaba a poner rechoncho y macizo y le faltaban varios dientes. Ese día tenían previsto salir de cacería, pero mientras el barbero pasaba la navaja por su barba rala, fosca como lana sucia, sorteando la nariz acaballada y estrecha, el mayordomo mayor aprovechó para recordarle los asuntos pendientes del reino.

Don Fernando III había muerto sin poder ejecutar el *repartimiento* que seguía a la conquista de Sevilla entre los caudillos y las mesnadas que habían participado, ése era ahora el problema más acuciante. Tampoco podía olvidarse de la crisis interna que había comenzado durante los últimos años del reinado de su padre y que había llegado a un estado alarmante: La economía del reino está prácticamente en ruinas, lo cual, como sabéis, se tratará en las próximas Cortes. Don Juan hizo aquí una pausa y se puso rígido:

—Señor, tengo que daros una mala noticia. —Y comoquiera que el rey no se inmutó lo más mínimo, prosiguió muy solemnemente—: Los ricoshombres de Castilla, defensores de los «fueros antiguos» han tenido acceso a la redacción de vuestro Fuero Real, que no ven con buenos ojos.

El rey se levantó y caminó hasta la ventana. Don Juan García agregó:

—Don Diego López de Haro se muestra muy quejoso por el apoyo que estáis brindando a Nuño González de Lara. Amenaza con desertar y…

—¿Os acordáis de cuando jugábamos a *ferir* la pelota de vellón? —dijo, de pronto, Alfonso X.

El mayordomo detuvo la retahíla, quedó pensativo y asintió con la cabeza.

—Siempre era yo el que ganaba… —añadió el rey.

Don Juan García de Villamayor alzó levemente la vista.

—Hacíais trampas… —se atrevió a insinuar.

Pero Alfonso X no le oyó, o no le quiso oír.

—También os ganaba con el ajedrez y las tablas. Cuando uno es todavía doncel, puede con todo… ¿Se ha despertado ya la reina?

—La reina sigue durmiendo —dijo don Juan, algo molesto ante la indiferencia que mostraba su amigo frente a lo que de verdad era importante; pero no dijo nada más.

Había que andar con cuidado porque el poder y las responsabilidades estaban convirtiendo al rey en un hombre caprichoso, impulsivo e irracional que podía sentirse extremadamente ofendido por minucias. Se había dado cuenta de que, a veces, el comentario más tonto daba lugar a una explosión emocional seguida de un largo enfurruñamiento.

De súbito, Alfonso X se puso en pie, y abriéndose paso entre el alfajeme y el camarero que le ajustaba las calzas, a la altura de la puerta, dijo:

—Don Remondo…, ¿creéis que a don Remondo le gustaría venir a la cacería?

—¿Al obispo de Segovia? Sí, claro —dijo el mayordomo—, anda un poco ocupado con las obras de la catedral, pero le encantará que le tengáis en consideración.

—¿Dónde puedo hallarlo?

Don Juan explicó entonces que acaba de obtener unas casas en la plaza de Santa María, con su bodega, cocina, establo y huerta, y creo que es allí donde se aloja, pero estamos a punto de partir…, no es momento ahora de…

Pero don Alfonso ya salía por la puerta.

—Decidle a los monteros que saquen a los galgos —gritó alejándose por el pasillo a toda velocidad—. Enseguida vuelvo.

Pero a la altura de la cámara de su esposa, como llamado por un ímpetu ciego, se detuvo en seco. Quedó inmóvil durante un rato, los brazos pegados al cuerpo, dudando entre llamar o irrumpir sin pedir permiso. Desde hacía un tiempo, en la corte se rumoreaba que doña Violante estaba grávida de varios meses, lo cual si bien le henchía de orgullo, también le creaba cierta inquietud. Don Alfonso pensaba que tenía que ser cierto, porque, últimamente, la encontraba roñosa e irritable. Pero cada vez que preguntaba a alguna de sus damas de confianza, éstas le rehuían: eso, que lo confirme la reina, le decían. Así que hoy mismo lo sabría de primera mano. Oyó el risoteo salaz de su esposa al otro lado de la puerta, pasos, carreras, ruido de muebles derrumbados, y llamó. Pero como nadie abría, dio un puntapié a la puerta y entró con decisión.

Su intención era sacarla de la cama, preguntarle y que ella misma se viera obligada a darle la noticia de su preñez. Pero cuando entró, doña Violante ya tenía puesta una camisa amplia y corría hacia una butaca con los cabellos despeinados. Él avanzó unos cuantos pasos, se detuvo en medio de la estancia y quedó temblando como un tallo tierno. Echó un vistazo en derredor. El dormitorio era un campo de batalla: muebles derribados, sábanas enrolladas por el suelo, jarrones rotos. Se escrutaron durante un rato como dos gatos asustados, sin saber qué decirse, sonriéndose tímidamente. He venido…, comenzó el rey. Pero quedó callado, porque de pronto, se oyó un jadeo contenido. ¿Qué es eso?, preguntó mientras echaba un vistazo en

261

derredor. Nada, dijo ella inmediatamente, soy yo (pero en sus ojos resplandeció un relámpago de veneno), y se posó una mano en el corazón, ves. Y comenzó a subir y bajar el pecho rápidamente, como si estuviera ahogándose. Es que últimamente me dan sofocos, agregó. Sí, de eso quería hablaros, dijo el rey, dicen que… De nuevo, silencio. Los ojos del rey estaban inmóviles. Había divisado unos pies desnudos entre los cortinajes y los miraba sin saber qué hacer. Por fin dirigió la vista hacia su esposa, que seguía jadeando con la mano en el pecho, ahora con una sonrisa forzada en los labios. El rey apuntó a las cortinas:

—Una de vuestras dueñas está allí, descalza…

—¿Descalza? —farfulló Violante y comenzó a tartamudear—: Oh, sí, es una dueña tonta. A veces, cuando hace calor se quita la calzas y…, y

Pero antes de que pudiera terminar, el rey la interrumpió:

—Pues decidle que se ponga los zapatos. Va a coger frío. —Giró sobre sus talones y salió con los ojos atónitos puestos en ninguna parte.

262

Diez minutos después, aparecía en el patio del alcázar del brazo de don Remondo.

En la puerta principal esperaban los monteros con los galgos, los perros perdigueros y los halcones, la reina doña Violante rodeada de otras damas, don Juan García de Villamayor y sus caballeros, los falconeros y las mulas ya pertrechadas. A paso ligero salieron todos ellos, recorrieron la vega, cruzaron entre las escarolas rizadas y las zanahorias tiernas de las huertas de Eirtaña, y al cabo de pocos minutos se plantaron en el llano.

Tablada era una hermosa dehesa salpicada de nogales, albaricoqueros y granadales, muy propicia para la cría de grajos, cornejas, torcaces pequeñas y becedas. Más allá de la planicie reservada para la caza, se divisaban los labradores que conducían las yuntas de bueyes y arados, las hileras de olivares, y erigida sobre un empinado talud, por encima del río, la ciudad de Coria con su iglesia de piedra, sus casas encaladas y sus callejas empinadas y limpias. Durante el camino, el rey don Alfonso aprovechó para charlar con don Remondo. No había dejado de pensar en su abuela desde que el presbítero le insinuó, aquel día en el Patio de los Naranjos, que doña Berenguela escondía secretos que nadie conocía.

Desde el primer momento, don Remondo no tuvo pelos en la lengua para hablar de doña Berenguela, *la Grande*, como ya empezaba a llamarla el pueblo, una mujer a quien se debía la reconstrucción de la catedral de León, que hizo emprender la de Burgos y, también, de acuerdo con el arzobispo don Rodrigo Jiménez de Rada, la de Toledo; una mujer que multiplicó las libertades municipales, que montaba a caballo como un hombre, con habilidad para resolver conflictos políticos dificilísimos, siempre velando, con el celo de una leona, por los reinos de Castilla y León que ella misma consiguió unir, con un temperamento previsor e intrépido y espíritu religioso y...

—¿Espíritu religioso? —le interrumpió don Alfonso—. ¿Mi abuela?

En ese momento, las miradas de todos los presentes se dirigieron al cielo. Acababan de llegar al llano y una garza hendía el aire; esperaban la señal del rey para soltar los pájaros. Don Alfonso alzó un brazo y después de unos minutos, uno de los halcones volaba de vuelta con las alas distendidas y la presa entre las garras; poco después la soltó a la altura de sus cabezas junto a una estela de plumas.

263

—Religioso —prosiguió el presbítero echando un vistazo al pajarraco, que ahora traía uno de los perros atravesado en la boca—. Y os diré que...

—Como ya os dije, mi abuela vivía atormentada por una obsesión —le cortó el rey, temiéndose que el presbítero pudiera comenzar a hablar del hosco carácter de su abuela.

—Sí... —contestó don Remondo un tanto dubitativo—. Los que la conocíamos sabemos que así fue; pero no creo que eso fuera lo más determinante de su vida.

—¿Ah, no? —inquirió el infante, y sin esperar la respuesta, prosiguió—: Mi abuela se pasó la vida esperando a que llegara una princesa para casarse conmigo y convertirme en emperador del Sacro Imperio romano germánico. Desde antes de que yo naciera, ya esperaba a esa princesa...

—Una princesa del norte —dijo don Remondo con un deje melancólico en la voz.

—Del norte, sí... —don Alfonso buscaba en su mente las palabras adecuadas—, y la imposibilidad de hallarla la convirtió en..., en una mujer... La culpa la tiene el arzobispo de Toledo, don Rodrigo Jiménez de Rada, que le llenó la cabeza de pájaros con un viaje que había hecho a Bergen... —agregó atropelladamente, a modo de excusa—. Desde que localizó a una tal doña Kristina, hija del rey Haakon IV, dejó de vivir soñando con que esa mujer viniera a Castilla. Cuando don Rodrigo ya estaba de vuelta en Castilla, volvió a enviarlo a Noruega, y desde allí, él enviaba cartas.

Quiso preguntar cómo era posible que siguieran llegando cartas, cuando todos sabían que el arzobispo estaba criando larvas, pero pensó que le tomarían por loco y no se atrevió.

—Pero en fin..., como os digo —añadió en su lugar—, mientras la obsesión crecía alimentada con esas estúpidas anécdotas noruegas, todas las demás circunstancias de su vida se le volvían amenazantes. El que yo pudiera casarme con doña Mayor Guillén, el hecho de que su hijo tuviera sus energías puestas en la conquista de Andalucía... La desazón fue lo que acabó con ella. Por eso tenía ese carácter tan..., tan difícil.

La cacería seguía su curso, pero en vista de que don Alfonso estaba más pendiente de su conversación con don Remondo, ahora el que daba las órdenes era don Juan García de Villamayor. El grupo había avanzado entre los frutales y se encontraban en una zona del llano mucho más fresca. Un poco más allá, las damas encabezadas por la reina doña Violante acababan de apearse de las mulas y buscaban la sombra de unas encinas para sentarse.

—Bueno, todo eso que decís es cierto —dijo el presbítero con tono nostálgico—, pero se os escapa algo. Hay matices...

—¿Matices? ¿Qué matices?

Observada por su esposo, una dama a cada lado, doña Violante dio unos pasitos cortos en dirección a la sombra de una encina. Por primera vez en mucho tiempo, don Alfonso reparó en su vientre abultado. Así pues, no cabía duda alguna de que estaba preñada... Un escalofrío le recorrió el espinazo.

—Bueno... —dijo el presbítero.

—¡Hablad! —dijo el rey sin dejar de mirar al grupo de mujeres. Ahora doña Violante se había sentado, y una de las damas la abanicaba.

Don Remondo explicó que no era capricho que la princesa escogida fuera noruega.

—A pesar de que a veces no lo pareciera, vuestra abuela tenía todo muy bien pensado. La unión de Castilla y León, por no hablar de la conquista de Córdoba, por ejemplo, ¿cómo creéis que fue posible? —Se quedó cavilando un rato. Luego agregó: —No sé si sabéis que antes de morir, doña Berenguela puso en marcha el piadoso proyecto de la cruzada africana, que, por otro lado, era una de las ambiciones de vuestro padre. A cambio, el principal interesado, Inocencio IV, le prometió su apoyo en el *fecho* del Imperio.

—Lo sé.

—Al establecer relaciones con el reino noruego, vuestra abuela esperaba conseguir apoyo militar, en el caso de que tuviese que defender con las armas sus ambiciones imperiales, y asistencia material, especialmente naves para el proyecto. A cambio, el rey noruego obtenía trigo de Castilla a mejor precio del que pagaba a su tradicional proveedor, Inglaterra, y que la alianza con Castilla le facilitase el control sobre la ciudad imperial de Lübeck, que le permitiría el acceso pleno a los cereales del Báltico. Pero todo esto, que es pura política entre los reinos, es lo que menos le importaba a ella. Hay algo mucho más íntimo y personal…

En torno a doña Violante, comenzaron a elevarse murmullos y voces, y las damas corrían nerviosas de un lado a otro en busca de agua. Sin apartar la vista de la escena, don Alfonso hacía esfuerzos por seguir atando cabos con don Remondo. Lo que acababa de decir le había dejado atónito; buscaba en su mente las palabras para seguir preguntando.

—¿Tal vez el arzobispo de Toledo, don Rodrigo Jiménez de Rada, tenga que ver con esto tan íntimo y personal? —se atrevió a preguntar el rey.

Don Remondo enarcó las cejas.

—No os puedo decir mucho más, es secreto de confesión. Lo que sí que os digo es que ella misma se dio cuenta de que el *fecho* del Imperio era una causa perdida —dijo el presbítero.

Arqueó la espalda y estiró un brazo para acariciar a uno de los galgos:

—Perdida porque a pesar de que sois descendiente de los duques de Suabia, el heredero de Federico II es Conrado IV de Hohenstaufen —prosiguió—. Además, como sabéis, a pesar de todos esos apoyos iniciales…, porque… ¿sabéis que el Papa se entrevistó con ella en Burgos?

—Sí, lo sé. Me lo dijo la abadesa de las Huelgas.

—Pues a pesar de todos esos apoyos, el Papa acaba de declarar a toda la estirpe de los Staufen como indeseable «raza de víboras»; de ahí que, finalmente, se haya pronunciado a favor de un noble que nada tiene que ver con los Staufen, Guillermo de Holanda. En ésas estamos. Y por si fuera poco, y esto es algo que os concierne directamente a vos, por ahí dicen que Federico II le concedió el ducado de Suabia a vuestro hermano Fadrique. Así que, tenéis a tres por delante, Conrado, Guillermo y, a lo mejor, a vuestro hermano… Lo único que se me ocurre es retomar el asunto de la cruzada de allende. Sin duda es la manera más segura de presentaros ante el papado y Europa como un verdadero emperador… ¡Ay, si vuestra pobre abuela levantara cabeza!

El sol caía en vertical. Con un gesto del brazo, el rey indicó a todos que la cacería había terminado.

—Si levantara cabeza volvería a ser la misma mujer fría y malhumorada de siempre —dijo a continuación—. Yo lo que sí tengo es curiosidad por conocer a la princesa Kristina. Por lo que tengo entendido, no hay criatura más hermosa en esta tierra.

—¿Hermosa? —se asombró don Remondo—. Oh, no lo tengo tan claro… De otro modo, sus padres no la habrían encerrado en una habitación con la excusa de que está enferma.

¿No era hermosa? ¿Encerrada en una habitación? El rey no pudo seguir preguntando, pues, en ese momento, llegaba una de las damas del séquito de doña Violante para comunicarle al rey que su esposa se había desmayado. Entonces, acompañado por el presbítero, el rey galopó hasta la encina bajo la que se resguardaba la reina, que acababa de recobrar el conocimiento. Saltó del caballo e, hincando una rodilla en el suelo, sacó un pañuelo y le limpió el sudor de la frente. Sin dejar de contemplar el pálido rostro, exclamó con gran alborozo.

—Está grávida, ¿verdad? Es eso…

Pero nadie contestó. Al alzar la vista, le sorprendió que ya nadie prestaba atención a doña Violante. Las damas se atusaban los cabellos, o bien se dedicaban a guardar las cosas para ponerse en marcha. Don Remondo, por su parte, arrancaba hojitas de la encina y en su semblante se notaba cierta perturbación.

—¿Está grávida? —insistió don Alfonso zarandeando a una de las damas de compañía.

—Sí, sí, lo está —dijo ésta por fin.

Pero en la voz de esa dama había cierto temblor, una veladura, un timbre extraño que le dejó frío y suspenso.

35

Alcázar de Sevilla, 1253-1255

De vuelta en el alcázar, incluso antes de buscar un médico para su esposa, antes de despedir a don Remondo y de despachar los documentos pendientes con los escribanos de la cancillería para la celebración de las primeras Cortes en Sevilla, el rey preguntó por el correo. Hacía más de una semana que no llegaba carta de Noruega, y aquel comentario a medias de don Remondo le había dejado inquieto. Si no era la obsesión por encontrar una princesa, como siempre había creído, ni el miedo a las langostas, ¿cuál era el secreto que había anidado en el corazón de su abuela? Sentía curiosidad por saber si doña Kristina era verdaderamente un monstruo encastillado en una habitación. Tal vez, discurría, todo eso vendría explicado en las siguientes misivas.

Pero las cartas no llegaban todos los días. Siendo Sevilla un puerto de gran importancia, llegaban de continuo navíos mercantiles que subían desde el mar por el Guadalquivir hasta divisar la Giralda, arribando a la Torre del Oro. Todos los lunes, el mayordomo mayor iba hasta allí a indagar si había llegado correo del extranjero. Por acuerdo tácito entre él y el rey, no se lo contaba a nadie. Don Juan decía: Voy hasta el Arenal. Y cuando regresaba: Ya estoy aquí. Por la cara que traía, el rey sabio sabía si había algo.

Ese día había un sobre grueso, abundante en lacres, que el mayordomo había dejado en su gabinete.

Por el pasillo, el rey seguía pensando en las palabras de don Remondo. La princesa noruega que éste había descrito no tenía nada que ver con la que él había conocido a través de las cartas del arzobispo, la hermosísima princesa «helada» que había dejado sin habla a todos los príncipes escandinavos. Al reconocer la escritura de don Rodrigo en el sobre que había sobre la mesa, el corazón le trepó hasta la garganta. ¿Y si el arzobispo de Toledo nos engañaba a todos?, se dijo mientras lo rasgaba. En ese momento, entró su hermano Fadrique. Venía a interesarse por el último *repartimiento*.

—¿No estáis contento con lo que tenéis? —le preguntó su hermano sin dejar de mirar el sobre que tenía entre las manos—. Acabáis de construiros un torreón, el torreón de Fadrique.

Pero Fadrique no estaba contento. En realidad no estaba nada contento, pues su esfuerzo en la conquista de Sevilla no había sido verdaderamente reconocido con las propiedades que se le habían otorgado.

Alfonso X alzó la cabeza para mirarle.

—Estoy muy ocupado.

—Siempre estáis ocupado; es la tercera vez que intento hablar con vos.

—Ya —dijo su hermano tomando un abrecartas metálico de la mesa y haciéndolo girar con una mano.

—Yo no pretendo reclamar más de…

Pero antes de que le diera tiempo a terminar, Fadrique vio que el abrecartas volaba hacia él, sintió un latigazo instantáneo y a continuación el sabor metálico de la sangre. El afilado abrecartas, ahora en el suelo, le había partido un labio. Se incorporó y salió huyendo.

De nuevo solo, Alfonso X sacó la carta del sobre, tres o cuatro folios, y comenzó a leer:

Dulcísima señora:

Ayer la niebla de otoño se alzó sobre el mar y, poco después, unos copos ingrávidos comenzaron a caer cubriendo de blanco los tejados, los suelos de madera de las calles, los pinos y las flores; la ciudad de Bergen se sumió en un silencio acongojante.

Hoy quiero hablaros de ese silencio.

Fuera, se oía el alarido de los pavos reales mezclado con los quejidos de don Fadrique, que pedía auxilio.

269

¿Recordáis cuando una vez, al fallecer vuestro hermano Enrique (acababa de morir también vuestro padre el rey don Alfonso VIII y vuestra madre doña Leonor, y creo que también un infantillo recién nacido) me preguntasteis, desgarrada por la desgracia, que dónde estaba Dios? En esa ocasión, yo no supe qué contestar.

Ahora sé que no hay respuesta a esa pregunta...; pero también sé que si uno no renuncia a amar, un día acabará escuchando el silencio mismo como algo infinitamente más pleno de sentido que cualquier respuesta.

Ahora que estoy tan lejos de Castilla, pienso mucho en lo que me dijisteis acerca de mi libertad. ¿Recordáis? Me decíais que no era libre y que si juntara los minutos que había sido feliz en mi vida, no reuniría ni una hora... Es cierto: siempre me he creído libre sin serlo, y no he sido más que el reflejo de lo que otros esperaban que fuera; primero de mi madre, luego de mis primeros preceptores, después de vuestros padres, los reyes; he tenido que venir hasta estas lejanas tierras para darme cuenta...

Como ya os referí en otra de mis cartas, el aya de la princesa no es hermosa, ni tan inteligente como vos, pero es muy buena mujer. Se llama Kanga y llevamos ya un tiempo paseando todas las tardes. Cuando cae el sol, nos acercamos al Holmen para contemplar cómo marchan las construcciones de la impresionante «Nave de Haakon» (*Haakonshalle*); por los alrededores de las obras cogemos flores, reímos y charlamos de buen grado. Yo le hablo de nuestro reino y ella me habla del suyo. En Noruega no hay trigo...

¿Podéis imaginaros un paisaje sin trigo, una mesa sin pan?

Al igual que yo, el aya ha pasado una vida de sacrificio, sin pensar por una vez si esto era lo que verdaderamente le hacía feliz. Pero ahora que la princesa doña Kristina va haciéndose mayor, y que cada vez prescinde más de ella, se encuentra confusa y cuitada. Yo trato de explicarle que la vida es así y que, en medio de ese caos de falsas ilusiones, una sola cosa se erige verdadera: el amor. Todo el resto es la nada, un espacio vacío.

Sobre todo le digo que haga lo que su corazón le dicte, que se dedique a disfrutar de la vida, que se aferre a ella y no la desprecie simplemente por ser mayor y pensar que le queda poco por vivir. Yo en Castilla no supe disfrutar de la mía...

En cuanto a la princesa, os diré que sigue muy preocupada con el asunto del brazo. Ya la han visto todos los médicos del reino y ninguno sabe darle una solución. Pero su natural amabilidad y su vivaz alegría la llevan a seguir haciendo su vida, a salir de su habitación y a mostrarse cariñosa con todos, ¡qué dulce criatura! Pero intuimos que está triste. El aya y yo hemos empezado a pensar que no se trata de una dolencia física, sino mental, esas que no se curan con medicinas, sino con palabras. Atentamente se despide,

El arzobispo de Toledo

P.S. Ayer se me pasó por mientes que le viera un médico español. Que nadie me oiga, pero los de aquí son muy ignorantes.

Cuando el rey terminó de leer la carta, la dobló y la metió en el sobre. Quedó un rato cavilando, algo molesto por lo que acababa de leer (¿qué es lo que parecía decir esa posdata? ¿quién era el arzobispo para insinuar que doña Kristina era una enferma de espíritu?); en ese momento, entraba don Juan, seguido de los escribanos de la cancillería, con el listado de asuntos a tratar en las primeras Cortes de 1252.

Comenzó a hablar y lo que sucedió a continuación fue un visto y no visto. En la mente de don Alfonso se agolparon los acontecimientos del día: primero fue un sordo malestar al volver a pensar en aquellos pies callosos que había visto bajo los cortinajes del dormitorio de su esposa por la mañana, al barruntar que el hijo que llevaba en sus entrañas no era suyo, sino del dueño de esos pies; luego irritación al pensar en las descorazadas palabras de don Remondo en lo que al *fecho* del Imperio respectaba; después coraje ante la reclamación de su hermano Fadrique; exasperación ante lo que acababa de leer; por fin rabia feroz y sorda al escuchar la soporífera lectura del mayordomo mayor sobre las medidas. A don Juan García, la preocupante crisis económica que atravesaba el reino le imbuía de una locuacidad desbordada, y de su boca no paraban de salir leyes y medidas, normas suntuarias, categóricas prohibiciones para atajar el lujo y la ostentación en los vestidos, límites a la exportación de vacas, cerdos, cabras, caballos y mulos.

Por fin el malestar, la irritación, la exasperación, el coraje y la rabia tomaron voz, y el rey comenzó a poner peros a todo lo que estaba oyendo: ¿y qué si la corte gastaba?, ¿qué tenían que

271

ver las pobres vacas y los cerdos?, ¿quién era él para decirle lo que tenía que hacer? Don Alfonso sintió que una oleada de ira le recorría el cuerpo, ira que ascendía desde el estómago acompañada de insultos hacía su mayordomo, y del estómago saltó a las manos. De pronto, don Alfonso se levantó, cogió del cuello a su amigo de la infancia, lo levantó del suelo y, como ya empezaba a ser habitual en él, lo empotró contra la pared.

El ritual de leer las cartas todos los lunes mientras su mayordomo le refería los asuntos importantes del reino pasó a ser parte de la vida del nuevo rey. Lunes hilvanados en semanas, semanas que siguen a otras semanas como pasos menudos, los pasos que poco a poco fue dando don Rodrigo en Noruega para ganarse la confianza de sus gentes, sobre el rey Haakon, *el Viejo*, y su hijo, y que fueron agrupándose en meses, diluyéndose en años.

Y en ese lapso de tiempo, desde que don Alfonso fue nombrado rey, ocurrieron muchas cosas el en reino castellanoleonés. Doña Juana regresó a su condado de Ponthieu, donde se volvió a casar. Don Fadrique quedó marcado para siempre con una cicatriz en el labio, y a finales del 1253, después de nueve meses de insoportable preñez, nació en las cocinas del alcázar (pues éste fue el lugar escogido por la madre para dar a luz), la infantilla doña Berenguela, primera hija legítima del rey don Alfonso X (o, al menos, eso juró doña Violante).

Ese mismo día, aproximadamente la mitad de la comunidad de monjas de las Huelgas, después de haberle plantado cara a la abadesa doña Inés Laynez, abandonó el monasterio para instalarse en otro convento de Burgos. Decían que no podían seguir bajo el mando de una abadesa que no sólo había perdido la fe, sino que no les permitía rezar ni seguir su propia vida de meditación y entrega a Dios. No querían entrar en detalles, pero advertían que la rutina de la abadía se había alterado, y que lo que ahí estaba ocurriendo podía llegar a tener serias consecuencias en el futuro.

Mientras tanto, tal y como había anunciado el mayordomo real, la subida del clan de los Lara y la caída del de los Haro trajo consigo la deserción de todos los nobles partidarios de éstos, que fueron a unirse al rey de Aragón. Don Enrique, a quien el rey había reclamado los privilegios otorgados por don Fernando III rompiéndolos en público por su propia mano, no perdió tiempo alguno en ponerse en contacto con ellos.

Con la adhesión a la causa de los sublevados, don Enrique esperaba no sólo vengarse de Alfonso sino también recuperar las donaciones anuladas. En la corte aragonesa de Jaime I había conocido a la hermana de doña Violante, Constanza. Era ésta una princesa de singular hermosura, y, con el objeto de casarse con ella, don Enrique se empecinó en convertirse en rey. De entre los distintos reinos peninsulares que podían ser objeto de su plan de conquista, escogió el de Niebla, un reino todavía independiente pero sometido a Castilla y digno de la alcurnia de su prometida. Para ello se dedicó a reclutar tropas por toda Castilla. La refriega entre los dos ejércitos tuvo lugar en los alrededores de Lebrija; finalmente, ante la llegada de tropas de refuerzo en apoyo de Alfonso X, don Enrique se vio obligado a huir y exiliarse en Túnez.

Algunas veces, en las sobremesas del mediodía, doña Violante dirigía una mirada penetrante a su esposo, y al cabo de un rato, le preguntaba: ¿Nunca habéis sentido ganas de matar a nadie? Con los años, a medida que iba madurando, había ido ganando confianza en sí misma. Tenía un carácter firme y no se amedrentaba cuando se trataba de defender sus derechos y los de su esposo y de conseguir lo que se proponía. Ya no tenía pudor alguno en mostrar su cuerpo peludo, y, sin que ella lo supiera, los cortesanos y las gentes del pueblo llano comenzaban a llamarla «la Cerda». ¿Ganas de matar?, contestaba Alfonso X. Pues claro. Muchas. Todo el mundo tiene alguien a quien matar. La Cerda alargaba el pescuezo: ¿A quién? No lo sé, respondía don Alfonso, a mi hermano Enrique, por listo, a mi hermano Fadrique, porque siempre anda tramando algo en mi contra, a don Diego López de Haro… ¡No!, le cortaba ella, todos ésos ya están fuera de peligro, me refiero a los que son una amenaza actual. El rey reía, y el juego solía terminar cuando entraba el camarero mayor con la bandeja de los postres.

Pero en torno a comienzos de 1254, una tarde, don Alfonso empezó a percatarse de que el juego era cada vez más insistente, y que doña Violante quería nombres concretos y moti-

273

vos exactos. Ese día venía de una reunión con los representantes de las ciudades, agotado, de mal humor; a pesar de las disposiciones de las Cortes de Sevilla de dos años atrás, los nobles insistían en que persistía la escasez de productos y que los pocos que circulaban eran carísimos.

—¡Los mataría a todos! —entró vociferando.

Doña Violante se quedó inmóvil.

—¿Por qué? —le preguntó.

—¡Ahora dicen que hay que derogar las normas que regulan el sistema de precios fijos y que…!

El rey sabio miró a su esposa y, de pronto, calló. Si en un principio aquel juego de matar con el pensamiento le hizo gracia, e incluso le pareció una manera de confabularse con ella, ahora no le gustaba ni un pelo. Últimamente, recelaba de la ansiedad que mostraba doña Violante, del tono de su voz, de la escrupulosa atención que ponía al escuchar los «motivos para matar», del hecho de que últimamente hubiera empezado a anotar los nombres que le daba. Un día, don Alfonso cometió la imprudencia de mencionar el nombre de Conrado IV de Hohenstaufen, y de decir que, muerto él, sólo quedaría Guillermo de Holanda como candidato al Sacro Imperio romano germánico. En esta ocasión, doña Violante no hizo comentario alguno y se quedó pensativa.

Los días posteriores no insistió en seguir con el juego; acababa de enterarse de que estaba grávida de su segundo hijo, y el rey se sintió aliviado pensando que ya tenía algo mejor en que ocupar su cabeza.

No mucho después de un periodo en el que don Alfonso estuvo ausente de la corte, llegó a sus oídos una noticia escalofriante: el hijo de Federico y heredero inmediato del Sacro Imperio romano germánico, Conrado IV, había muerto. Algunos decían que acababa de ser excomulgado por el Papa, y que el disgusto le había matado. El caso es que después de tomar un suculento guiso de gamo, al parecer envenenado, se había sentido mal. Se acostó en su lecho y ya no se volvió a levantar. Nada más oír la noticia, don Alfonso, perturbado, fue a buscar a doña Violante.

Cuando se acercaba la hora de almorzar, ésta solía andar por las cocinas supervisando la comida. Frente a tres o cuatro cocineras gruesas, le increpó: Ya lo sabíais, ¿verdad? Y ella, imperturbable: Bueno, pues... sí. Lo sabías y no me dijiste nada. Debí de hacer caso a ese primo vuestro que, ya antes de casarnos, me advirtió de cómo erais. Ella respondió con descaro: No tengo que pediros permiso a cada paso que doy, soy la reina. ¿Permiso?, inquirió él. Permiso, dijo ella. Y agregó: permiso para decidir que hoy se come cabrito asado.

Sólo entonces don Alfonso se dio cuenta de que no hablaban de lo mismo. Clavó la mirada en la reina: No me refiero al cabrito, sino a Conrado IV. ¿Fuisteis vos quien lo mandasteis envenenar? Doña Violante permaneció en silencio durante unos segundos y entonces tuvo un acceso de risa, se atragantó y casi se ahoga, y las cocineras tuvieron que darle un vaso de agua.

Al día siguiente, todos le echaron en cara al rey que anduviera hostigando a doña Violante cuando estaba grávida.

Mientras tanto, durante todo este tiempo, seguían llegando cartas de Noruega. Cartas que al nuevo rey le llenaban la cabeza de pájaros imperiales. Por lo que explicaban estos correos, astutamente, don Rodrigo había ido hablándole al rey Haakon de Castilla y León y de su rey Alfonso X, presentándole como el más excelso de los reyes que son y fueron nunca en los tiempos dignos de memoria. También le había hablado del extraordinario trigo de estas tierras, mucho mejor que el de Inglaterra, del ambiente cultural y religioso que se estaba fraguando en la ciudad de Sevilla y, sobre todo, de los magníficos físicos con que contaba la ciudad, que tan útiles serían para tratar la misteriosa dolencia de su hija doña Kristina.

Todo esto lo contaba en una de las cartas. También contaba que él y el aya Kanga habían plantado juntos unos ciruelos junto al *Haakonshalle* y que eran felices viéndolos crecer, porque:

> ... ahora me doy cuenta, mi señora, de que no he «vivido» mi vida, de que ésta pasó frente a mis ojos sin que yo supiera reconocerla. Porque, y perdonadme de nuevo, la distancia me convierte en un hombre osado e indiscreto, ¿éramos felices nosotros, cuando charlábamos a la sombra de los ciruelos en la corte de Valladolid?

Don Alfonso tuvo que volver a leer esta última frase: «¿éramos felices nosotros?».

Nunca lo supe (ni lo sabré), como tampoco supe qué sentimientos albergaba vuestro corazón, demasiado duro y ceñido entre las costillas para bombear la sangre. Ahora me doy cuenta de que fui posponiendo mi existencia para otra vida. ¿Ésta? Tal vez.

Hasta el último párrafo de la carta, no anunciaba la ansiada noticia: don Rodrigo había logrado convencer al rey noruego de que enviara una embajada a Castilla. Acababa de salir y, según sus cálculos, llegaría a Castilla en la primavera de 1256.

Tan sólo unos meses después de recibir tan buenas nuevas, llegó a oídos del rey un suceso impactante: acababa de morir Guillermo de Holanda, el otro pretendiente al trono imperial, acababa de morir, dejando así abierto el campo a nuevos candidatos y comenzando el periodo del *Interregnum*.

A Alfonso X la noticia le dejó sin saber qué hacer. Pero un tiempo después, comenzó a mirar con otros ojos al *fecho* del Imperio. Sin quererlo, se encontraba preguntándose quién sería ahora el candidato, y en su pecho renacía la esperanza.

Entre los Hohenstaufen herederos directos quedaban sólo dos posibilidades: Manfredo, hijo ilegítimo de Federico II, y Conradino, hijo del difunto Conrado, que era todavía un niño. Ninguno de los dos tenía grandes posibilidades, eso era algo obvio, ni ante el Papa ni ante los electores alemanes, pero ¿y él?, ¿sería él el Staufen vivo con más posibilidades de acceder a la dignidad imperial?

Por primera vez empezó a darle vueltas a la idea de que si una mujer de la talla y valía de su abuela se había pasado la vida pensando en que su nieto llegaría a ser emperador del Sacro Imperio romano germánico, era por algo. También pensaba que Jaime I, el rey aragonés, había engañado a su padre entregándole a su hija. Ahora estaba seguro de que doña Violante no era virgen cuando llegó a Castilla, que tal vez la infantilla Berenguela no era de su sangre y, lo que era peor..., que su esposa podía ser una asesina.

36

Visita de los representantes de la República de Pisa

Alcázar Real de Soria, 17 de marzo de 1256

En la primavera de 1256, fecha señalada para la llegada de la primera comitiva noruega a Castilla, don Alfonso X y su esposa se encontraban en Soria para celebrar las nuevas Cortes que debían ocuparse de la situación económica del reino.

Y como había llegado a oídas del pueblo que llegaría una comitiva noruega, media ciudad de Soria salió a su encuentro al camino principal.

La noche anterior, recién llegados a palacio, por fin Alfonso X preguntó a quemarropa a su esposa si de verdad era virgen cuando había llegado a Castilla. Llevaban ya cinco años casados, la reina había parido ya a un hembra y un varón, al que llamaron Fernando (Fernando «de la Cerda», lo llamaba el pueblo, porque, como su madre, tenía la espalda recubierta de pelo), pero la incógnita seguía corroyéndole el corazón.

Esbozando una sonrisa sarcástica, ella contestó que «eso dependía». ¿Dependía de qué?, le increpó él. Eso no puede depender de nada. O se es, o no se es. Pero doña Violante se empeñaba en despertar su ira: Muy sabio, sí. Pero no sabéis nada de lo que verdaderamente hay que saber. Ahí quedó la conversación, pero a la mañana siguiente, al despertar, Alfonso X volvió a sacar el tema. Le pedía la verdad, nada más que la verdad, y ella erre que erre con la cantinela de que «dependía», que incluso una verdad como esa podía «depender» de muchas cosas porque los hombres no podemos conocer realmente nada de lo que verdaderamente pasa en el mundo.

Durante el desayuno siguieron discutiendo, cada vez más acaloradamente, y ya en el camino principal, montados sobre sus caballos mientras esperaban a la comitiva noruega, el rey comenzó a decir que la iba a repudiar, por peluda, por corrupta y por asesina, que ya vería, que ésa era la primera comitiva noruega, pero que en la segunda vendría una princesa del norte, alta y rubia, para casarse con él y que entonces ella tendría que volver a Aragón para que la aguantase su padre y su madre...

Ella se quedó pensativa.

—¿Del norte? ¿De qué norte? —dijo de pronto.

—Del norte —dijo él—. ¡Qué más da! ¿Es que hay más de uno?

La amenaza dejó a doña Violante algo temblorosa, y siguieron esperando en silencio. Después de varias horas, llegó un emisario sobre caballo jadeante diciendo que la comitiva estaba ya a la altura de los prados de Sotoverde, y quince minutos después, al divisar a un grupo de jinetes, los murmullos se elevaron. Cuando el grupo llegó se desató un cacareo aturdidor: eran morenos, muy oscuros de piel, casi moros de aspecto, bajitos (así que ¿ésta es tu comitiva «del norte»?, se mofó la Cerda), tocados con un gorro puntiagudo de forma cónica y ladeada, y vestían un ropón amplio hasta los pies, con mangas falsas que dejaban entrever la túnica verde, calzas blancas y zapatos negros. Entre dos de ellos sujetaban una parihuela con un baúl.

A pesar de las expectativas iniciales, el pueblo los recibió con vítores, lanzándoles flores y poniéndoles guirnaldas al cuello.

Un tanto decepcionado, en silencio, el rey sabio los condujo hasta el castillo. Pero en la sala de recepciones, después de oírlos hablar con marcado acento italiano, descubrió que no se trataba de la comitiva noruega, sino de una embajada venida de la república mercantil de Pisa que, con ansias de prosperidad y tendencias gibelinas, traía el encargo de ofrecer al rey castellano la dignidad de emperador y rey de romanos, vacante desde el fallecimiento de Guillermo de Holanda. «¡Claro! —pensó Alfonso X—. ¡Qué tontería por mi parte fiarme de las palabras de un muerto que lleva ya unos quince años criando malvas! ¡Don Rodrigo no envía esas cartas! ¡Es imposible que a Castilla llegue una comitiva noruega porque nadie los ha invitado a venir!»

Su mirada iba de un lado a otro de la estancia. De pronto, la fijó en los rostros cetrinos de los pisanos. Preguntó:

—¿Qué habéis dicho del rey de los romanos?

Al frente de la comitiva se encontraba un hombre mucho más elegante, educado y solemne que el resto, un síndico llamado Bandino di Guido Lancia, que enseguida se dispuso a exponer el motivo de su embajada dando lectura a un documento que traía bajo el brazo y en el que se dejaba traslucir que detrás de su propuesta estaban otras muchas ciudades de Italia e, incluso, de «casi todo el mundo». Don Alfonso escuchaba con desconfianza, pero, poco a poco, a medida que iban saliendo los títulos con los que Bandino di Guido se dirigía a él («excelentísimo», «invictísimo», «triunfante señor» o «el más excelso de todos los reyes que son o fueron nunca en los tiempos dignos de memoria») una suerte de bienestar, un calor maternal como de establo o cocina descendió sobre él, y lo predispuso a seguir escuchando sin dudar de lo que oía.

Bandino di Guido Lancia le recordó entonces que el Imperio romano germánico había estado vacante durante largo tiempo y le expuso los justos títulos que concurrían en su persona para reclamar el Imperio:

—¿No sois vos descendiente de los duques de Suabia, a quienes corresponde la dignidad imperial?, preguntó.

—Lo soy —contestó el rey.

—¿Y no se da, además, la circunstancia de confluir en vos, por vía materna, las dinastías imperiales de los Staufen alemanes y los emperadores bizantinos?

—Se da. Se da.

Alfonso X notaba que aquellas palabras le calentaban la sangre, y que una cosquilla plácida le trepaba desde el estómago al corazón. Nunca, desde sus días en Celada del Camino se había sentido tan reconfortado.

—¿Aceptáis la propuesta? —le preguntó al fin.

Alfonso X seguía ofuscado. No podía dejar de apartar los ojos húmedos y reblandecidos del documento que el síndico tenía entre las manos.

279

—¿Qué propuesta? —dijo de pronto.

—La propuesta de vuestra candidatura al Sacro Imperio romano germánico.

—¡Ah! Pues acepto —dijo con toda la pompa que su boca le permitió expresar.

Entonces Bandino di Guido Lancia hizo una señal a uno de sus acompañantes, que inmediatamente sacó del baúl un ejemplar del Antiguo y Nuevo Testamento, una cruz y una espada, que procedió a entregarle, en señal de investidura, según dijo. A continuación se hincó de rodillas y le besó los pies en señal de paz y de fidelidad.

Fue éste uno de los días más dichosos de la vida de Alfonso X. El nombramiento y los elogios de los pisanos representaban la adquisición de un gran prestigio y halago a su persona al saber que era reconocido como figura excepcional de la política europea y pieza clave en la resolución del problema político del *Interregnum*. Cerca del anochecer, después de ofrecer alojamiento y comida a sus ilustres visitantes, se retiró a descansar a sus aposentos para «masticar» la propuesta imperial y lo que supondría para él y su reino, pensó que había una belleza escondida en las cosas de la vida. El canto afónico de los gallos al amanecer era bello, como también lo era el sol ocultándose tras las colinas y la retahíla interminable de su mayordomo, y hasta el mero y simple hecho de vivir era bello.

De un cajón sacó unos viejos mapas de pergamino que había rescatado de la habitación de su abuela. Entre mares azules y tierras amarillas, doña Berenguela había coloreado una mancha ingente de color rojo: «el Sacro Imperio romano germánico», decía. De pronto, oyó que abajo, en el portón principal, ladraban los lebreles en señal de que alguien se acercaba. Pero no le dio mayor importancia; iba de un lado al otro de la estancia, con los mapas en la mano, repitiendo mentalmente esas palabras que tanto le habían gustado («excelentísimo», «invictísimo» y «triunfante señor»), mirándose de reojo en el espejo, pues se sentía más garrido, más recio, más grande que el día anterior. Por fin se metió en la cama y se puso a pensar, los ojos abiertos y atónitos, fijos en la oscuridad del techo.

Por un lado, meditaba, será la manera de resucitar la antigua idea imperial hispánica, de actuar en el futuro como un

280

«emperador-rey de toda España», pasar de los cinco reinos al Imperio hispánico. Sonrió para sí mismo, tiró de la manta y siguió dando rienda suelta a la imaginación. O algo mejor: un imperio mediterráneo, a partir del cual pueda llevarse a cabo una nueva Cruzada para recuperar los ansiados SantosLugares para la cristiandad. Porque dominando el Mediterráneo occidental, podré recuperar el norte de África como parte del legado visigodo, tal y como deseaba mi padre.

El sopor y el cansancio se iban adueñando de él; por fin cerró los ojos durante un rato y, a pesar de que le pareció oír el lejano relinchar de unos caballos, se quedó profundamente dormido. Dos minutos después, entró un criado algo ofuscado con la noticia de que unos hombres guapos, rubios y altos insistían en que el rey los esperaba y, puesto que habían venido desde muy lejos y llevaban todo el día perdidos por la ciudad, se negaban a marcharse sin hablar con su majestad, ¿No serán los noruegos?, se atrevió a apostillar. El rey pegó un bote sobre la cama. No se había vuelto a acordar de la embajada noruega en todo el día.

—Imposible —dijo. Se puso una bata de seda fina y descendió escalera abajo a toda velocidad.

Nada más abrir la puerta de la misma sala de recepciones en donde, horas antes, había atendido a los pisanos, un enorme pájaro le golpeó en la frente. Dentro había unos diez hombres de aspecto nórdico, rodeados de plumas y alas, que lograron hacerse entender con señas y un poco de latín: venían del reino noruego, enviados por el rey Haakon IV y su hijo Haakon , *el Joven*, para negociar acuerdos comerciales, y llevaban todo el día perdidos, dando vueltas por Soria. Traían al rey, como regalo, unos halcones.

Así fue como la comitiva de los noruegos llegó a Soria el mismo día y casi a la misma hora en que llegaba la pisana. Ésta por el camino real cuando nadie la esperaba ni se tenía la menor idea de que venía; la otra por un atajo desierto de gentes.

Unos meses después, don Alfonso apareció en las Cortes rebosante de alegría para informar a todos los presentes de que acababa de ser elegido «rey de los romanos» por la ciudad de Pisa y que este nombramiento era el paso definitivo para ser elegido emperador de toda la cristiandad.

A la sorpresa del anuncio de la elección siguió el pánico de los nobles y los clérigos cuando Alfonso sacó a colación dos temas más: la necesidad de compilar un nuevo código de leyes de carácter universal y de general aplicación para el reino de Castilla, fundado en el derecho romano para ser el fundamento jurídico del nuevo Imperio y que llevaría el nombre de *Las siete partidas*. El segundo tema era aún más importante: el envío de una embajada a Noruega («nobles, un clérigo, mi médico particular, Juda-ben-Joseph»), la cual llevaba la propuesta de un tratado de amistad y colaboración entre los dos reinos y el deseo de sellarlo con un matrimonio, pidiendo la mano de la princesa doña Kristina, hija del rey Haakon IV, para…

Aquí el rey hizo una pausa y recorrió con la mirada las caras de los asistentes.

—Tengo que comunicaros algo importante sobre mi esposa doña Violante de Aragón —dijo.

En la sala se elevó un murmullo que rápidamente fue acallado por los gestos del rey.

282

—No era mujer incorrupta cuando llegó a Castilla para desposarme —dijo.

El murmullo volvió a elevarse; también se oyó alguna que otra risa ahogada.

—Por tanto —prosiguió el rey—, siguiendo el consejo de nuestras sabias leyes, he decidido repudiarla para unirme en matrimonio con la princesa doña Kristina de Noruega.

Segunda parte

E si en la uña del pie vos dolierdes,
dolerme he yo en el corazón; ca toda es una carne,
e un cuerpo somos amos a dos.

Caballero Çifar

1

Viaje de la princesa doña Kristina y su séquito

Tönsberg-Palencia. Julio 1257-febrero 1258

Una princesa en la popa de un barco. Cielo gris plomizo; no hay pájaros. De pie en la cubierta, ve alejarse su reino, el reino en el que ha crecido y viven sus padres y sus hermanos. Lo único que ha conocido. La ciudad de Tönsberg se aleja, se hace diminuta entre fiordos estrechísimos con acantilados abruptos, cascadas y ríos impetuosos, caminos serpenteantes y roca; roca que lo engulle todo, flores, abetos, ganado, niños. Noruega desaparece entre pedazos de terruño verde. Un verde que jamás volverá a ver.

Las entrañas de la nave van cargadas de presentes, oro y plata quemada, halcones en jaulas de madera, vasijas, perlas y cofres revestidos de seda escarlata que contienen pieles blancas y grises, sábanas y un surtido de sayas margomadas que el rey Haakon ha hecho traer de la vecina Suecia, camisas, cofias y ropa interior. Pero el objeto más preciado de la princesa son unos escarpines de cordobán y suela de corcho, recubiertos de abundante pan de oro, que alguien (¿un caballero castellano?) le regaló hace tiempo. Además de aislarle los pies de la humedad o la lluvia, la protegen de los insectos. Le han dicho que no se los quite nunca porque en Castilla hay muchos insectos: tábanos, avispas, cucarachas volantes y ciempiés.

Viajan con ella más de cien hombres y damas escogidas por su padre, a la cabeza el obispo Pedro de Hammar y el dominico Simon, así como otros nobles caballeros encargados de atenderla en todo momento. También están los miembros de la comitiva castellana que hace un año llegó a Noruega. El viaje es largo, incómodo, pero, durante muchos días, el aire sigue teniendo ese olor familiar a sal, a pescado seco y a algas que tanto reconforta a la princesa. Cuando, una semana después, llegan al puerto de Yarmouth y atraviesan el estrecho hasta el ducado de Normandía, ya no huele a nada.

Cada mañana, doña Kristina deja su camarote, trepa por la escala de cuerda y sube a cubierta. Allí, deslumbrada por un cielo sin nubes, observa el trajinar de los marineros. Entre la comitiva castellana viaja un médico judío que enseguida se acerca para interesarse por su dolor de brazo (ese dolor que «no» es suyo): No todavía no ha cesado, aunque está mucho mejor.

Se trata del médico de Alfonso X, Juda-ben-Joseph, que ahora regresa a Sevilla después de una estancia de casi un año en Noruega. Es un tipo extraño, con nariz aguileña y barba de chivo, con los ojos graves y fijos y una frente alta donde generaciones pasadas le han transmitido inteligencia, laboriosidad y sobre todo un interés desmedido por el dinero. Sus ideas sobre el cuerpo humano son absurdas y desbaratadas (corazones que piensan y oídos que son vista), pero hay que reconocer que de todos los físicos que la vieron es el único que le ha dado esperanzas de sanarse. La princesa sonríe al recordar el primer encuentro en su cámara de la *Haakonshalle*, en Bergen. En la cabecera de la cama también estaban sus padres, el rey Haakon y la reina Marguerite.

Juda-ben-Joseph ni siquiera se molestó en preguntar cómo era posible que tuviera un dolor que «no» era suyo.

A través del padre Simon, que hacía de intérprete, comenzó a hablar del extraño caso de la madre y la hija de sus tiempos de estudiante en Fez, comunicadas entre sí a través del dolor. Dijo que sólo consiguieron curarse al saber que volverían a estar juntas. ¿Juntas?, preguntó la princesa. Juntas, repitió el médico, y, a continuación, pidió que se descubriera el pecho para escuchar sus latidos.

—Porque es el corazón el que «piensa» el dolor —explicó él, y apoyando la barba hirsuta sobre el pecho de la joven, comenzó con su labor de desentrañar los sonidos del alma.

Por la tarde, si no hay tormentas ni sobresaltos de otro tipo, las damas, los nobles y los caballeros de la corte noruega se reúnen en el camarote más grande de la nave para beber cerveza y escuchar los relatos de los marineros, casi todos cuentos de origen mitológico que han ido transmitiéndose de generación en generación. Hablan de cómo empezó el mundo y de qué sucedió cuando no había nada, ni arena, ni mar, ni frías olas, ni tierra: sólo un gran vacío. El padre Hammer, amante de las metáforas, habla de un universo en parte helado y en parte ardiente que todos llevamos dentro, universos que nunca se manifiestan en estado puro, por separado; los dos conviven y se influyen mutuamente.

Pero la leyenda que más le gusta a Kristina es la de aquel temible lobo llamado *Fenrir* que conseguía romper, una y otra vez, todas las ataduras y grilletes, hasta que unos hábiles enanos le hicieron una cadena, muy fina pero tremendamente resistente, con seis elementos muy extraños: el sonido de las pisadas de un gato, la barba de una mujer, la raíz de una montaña, los tendones de un oso, el aliento de un pez y la saliva de un pájaro.

La princesa no llega a entender el propósito de esta historia, pero a medida que avanzan hacia el sur, barrunta cada vez con más lucidez que también a ella el destino le ha forjado unas cadenas, más duras y crueles que nunca. Sin embargo, intenta no pensar en ello, se acerca a los nobles castellanos y les pregunta cómo será la nueva vida que tendrá junto al rey. Porque eso le anunció su padre poco antes de partir, que iba a casarse con el rey castellanoleonés Alfonso X.

Viviréis en la ciudad de Sevilla, la más luminosa y plácida del mundo, le dicen, en un palacio construido por los moros, con jardines por los que pasean criaturas prodigiosas como asnos listados y caballos con cuellos como torreones, con árboles de los que brotan joyas y pájaros que estallan en llamas al ser tocados, con galerías y patios de arrayanes, fastuosos zócalos de mármol flanqueados de naranjos y otros cítricos de agrios frutos, donde los días giran sobre sí mismos hasta el atardecer y sólo se oye el susurro de las fuentes.

¿Y las gentes?, pregunta ella. ¿Cómo son las gentes de ese reino? Afectuosas, le dicen, abiertas, amables. ¿Y el rey? ¿Cómo es el rey? Sabio. Importante.

287

Pero por la noche, cuando se queda sola en su camarote, intenta rezar a su santo Olav. No puede; algo rebulle en su interior. No deja de pensar en todo eso que muy pronto será parte de su vida. Le cuesta imaginar un palacio con todas esas cosas y no comprende qué hace una fuente en medio de un patio, dentro de una casa. Nunca ha visto una palmera y cuando pregunta a qué saben las naranjas, los castellanos se miran entre sí y se sonríen: a pepita, a sol, ácida.

Una semana después de partir, un viento agita las plumas de los halcones enjaulados. No es la brisa ligera que otras veces se ha levantado poco antes de la llegada del alba, sino el viento impetuoso de la costa de Yarmouth, en el reino de Inglaterra. Unas horas después, atraviesan el estrecho hasta el ducado de Normandía. El dominico Simon y el padre Hammer, así como parte de la tripulación, quieren continuar en barco por la costa oeste, pero los castellanos tienen la encomienda de presentar saludos sus a Luis IX de Francia, primo del rey Alfonso X. Así que desembarcan, compran más de setenta caballos y acémilas, y siguiendo el curso del Sena, se dirigen a París.

El séquito, ahora menguado —la mitad de los noruegos han regresado a su tierra, otros van quedando por el camino—, entra por la orilla derecha, cerca de la iglesia de Saint-Germain-l'Auxerrois, dejando a un lado un castillo con un macizo torreón que llaman del Louvre para llegar a aquella hermosa ciudad salpicada de tejados y torres, perfectamente ubicada en medio del río. Todo les impresiona en París: las calles empedradas, el mercado de Les Halles, en donde pululan exóticos mercaderes que vienen de todas partes atracando sus barcos en el Gréve, las escandalosas campanas de las iglesias que llaman al trabajo y a la oración, el ambiente estudiantil y dinámico, a lo lejos el monte Sainte-Geneviève cubierto de casitas que dan cobijo a maestros y alumnos de la universidad, y sobre todo la nueva catedral de Notre-Dame con sus dos torres que alzan los brazos al cielo y en cuyo seno Dios es claridad.

A medida que se acercan al palacio de la Cité, comprueban que las calles están fastuosamente engalanadas para ellos. Cuando el rey Luis IX se entera de que tienen previsto seguir por mar, les aconseja que no sigan por la ruta occidental de Gascuña. Hasta ahora, les dice, vuestro viaje ha sido agradable y seguro, la naturaleza os ha sido favorable, pero aquí hay piratas sarracenos que no dudarán en asaltar vuestra nave, robar todo lo que encuentren, matar a los hombres y violar a las mujeres. Los insta, pues, a que viajen por tierra firme a través de su reino, y les ofrece un guía con su carta y sello para todo lo que puedan necesitar.

El otoño ha comenzado, las noches son frías y aquí comienza la parte más dura del viaje. Castillos, aldeas, monasterios, la masa pétrea de una iglesia dominando la silueta de la ciudad, campos roturados o abandonados a merced de la zarza van quedando atrás, a veces encuentran un oscuro umbral donde hospedarse, pero la mayoría de las veces duermen bajo las estrellas, entre juncos y oscuros campos de cebada en donde croan las ranas y aúllan los lobos de las montañas. Y aunque está muy ilusionada, muchas noches no logra conciliar el sueño.

Un día, la despierta un ruido al amanecer. Cuando abre los ojos ve a una vieja con la cara picada de viruelas a sus pies, intentando quitarle los escarpines. Al ser sorprendida, se incorpora y sale huyendo. Doña Kristina piensa que tal vez la mujer era tan pobre que no tenía ni calzado. Al día siguiente, envueltos por una débil llovizna, el guía que les ha proporcionado el rey francés los acompaña hasta la ciudad de Narbona, junto al mar de Jerusalén en donde encuentran hospedaje y comida.

289

Continúan la ruta hasta Cataluña, en el reino de Aragón: ya estamos en España, le dicen. Y siguiendo la costa, pasan por trochas y altas montañas horadadas de cavernas y pasadizos tortuosos, hasta llegar a las negras murallas de piedra de la ciudad de Gerona. Por el camino, como otras veces, conversa con Juda-ben-Joseph sobre su nueva vida y acerca de todo lo que va a conocer. El cuerpo humano es un compendio de señales que no se pueden desoír, le dijo cuando todavía estaban en Noruega, después de haberla tratado durante cinco o seis meses. Y añadió: A lo mejor me equivoco, pero creo que lo único que conseguirá sanaros es que viajéis muy lejos…

En cuanto el conde de Gerona oye que va a llegar la princesa noruega, abandona el recinto amurallado a caballo para ir a su encuentro y conducirla hasta el castillo. También el obispo está allí para escoltarla hasta el lugar en donde se ha preparado hospedaje, pero justo antes de descabalgar y a pesar de lo temprano que es, se forma un gran gentío alrededor, mujeres con pañuelos anudados a la cabeza y niños vestidos con harapos que se pelean por tocarla. El médico interpone su delgado cuerpo entre el gentío y la princesa: para separar, dice con una sonrisa meliflua, el norte y el sur.

Así, con todas estas atenciones y honores, es recibida por las ciudades que va dejando atrás. Empieza a escuchar la misma lengua que emplean los castellanos que ya conoce, una lengua dulce pero impetuosa, mucho más apresurada y cantarina que la suya. Al menos eso le parece, porque entender, no entiende casi nada. Tanto es así que incluso lo que le traducen la lleva a malentendidos: el día anterior, mientras servía un vino muy rojo y espeso, el obispo de Gerona le dijo alegremente que el rey Alfonso X está casado con una princesa de esas tierras, ¡qué confusión más tonta! Doña Kristina intentó aclarar sus palabras, pero entonces se hizo un silencio; Juda-ben-Joseph censuró al obispo con la mirada, éste se sonrojó y no quiso decir más. Piensa que deben de ser los efectos de ese vino espeso y delicioso, que le adormece a uno con tan sólo olerlo.

Pero los malentendidos no quedan ahí. Cuando la princesa está a punto de llegar a Barcelona, el rey de Aragón, Jaime I, les sale al encuentro con tres obispos y un enorme séquito. Es un hombre mayor, con los cabellos ondulados, grises, las manos como las de un sacerdote, unidas sobre la saya, al que llaman el Conquistador por su gran experiencia en guerrear contra el infiel. Desde el momento en que se encuentran, él no deja de escrutarla, turbándola con una mirada oscura. La ha alojado en su castillo, y mientras la comitiva cenaba en una de las estancias iluminadas con hileras de antorchas, ella siente el peso de su mirada como una losa. Por la noche ha irrumpido en su estancia con una palangana, una toalla y una esponja en la mano para lavarle los pies. ¿Lavarme los pies?, dice ella.

Nunca le han lavado los pies, y menos un rey anciano. Vuelve a mirarlo; de su barba cuelgan restos de comida y le acometen repugnantes eructos. Pero el aragonés insiste, expulsa de la habitación a las damas noruegas de compañía, espera clavándole en las carnes una mirada lujuriosa que le repugna, y a ella no le queda más remedio que descubrirse los pies.

Por la mañana, a punto de partir, descubre a una doncella española embelesada en la contemplación de sus escarpines. ¿Os gustan?, le pregunta ella con dulzura, pero la muchacha sale por la puerta sin responder. Poco después se entera de algo muy raro: Jaime I quiere desposarla. ¿Cómo se le ocurre sabiendo que la espera el rey de Castilla y León?

Con la excusa de que el aragonés está entrado en años y ya casado, los nobles noruegos que acompañan a Kristina declinan el ofrecimiento.

Dos noches antes de Navidad, la princesa llega a Soria. Allí le salen al encuentro don Luis, hermanastro del rey de Castilla, y el obispo, que las reciben con todos los honores. Por esas tierras yermas, cuajadas de flores blancas y pequeñas colinas, siguen cabalgando hasta llegar a Burgos. Es víspera de Nochebuena y se hospedan en un hermosísimo monasterio que llaman de las Huelgas, ubicado en la orilla izquierda del río Arlazón, al sur de la ciudad. Le explican que se llama así por ser el lugar de placer, recreación y descanso, que en castellano se dice «huelga», de los abuelos de Alfonso X. Salvo el frío castellano, riguroso e indomable como el de su reino, todo es distinto, ropa tendida en las fachadas de las casas, mujeres desaliñadas que la espían al pasar, ruido, mucho ruido por todas partes: el de los leprosos haciendo sonar sus carracas, el de los mendigos gimoteando en las puertas de las iglesias, el de las campanas anunciando duelo, alegría, reposo y agitación. No paran de tocar, las campanas.

291

En el monasterio sale a recibirlos la abadesa doña Inés Laynez, pero esta vez no hay ceremonias ni atenciones desmedidas, es una mujer austera y apenas le dirige la palabra, parece tener prisa por seguir con lo suyo. Enseguida se despide, no sin antes detener durante unos segundos su mirada errada sobre los escarpines de doña Kristina; luego se encierra en una celda de la que sale un zumbido. ¿Qué es?, pregunta la princesa. Es el zumbido de los rezos, le dicen rápidamente. Los rezos de las santas vírgenes consagradas a Dios que entonan día y noche salmos de alabanza. ¡Ah, claro!, se dice ella. La abadesa tiene que seguir rezando, por eso se ha ido. La princesa piensa que rezan mucho en ese convento y que eso es bueno.

Sin embargo, resulta extraño; casi no hay monjas, y las que se ven salen huyendo por los oscuros pasillos como ratas escaldadas. Una de ellas, apuntando al techo, le muestra las yeserías policromadas del claustro principal, el de San Fernando, con imágenes de castillos, palmeras y pavos reales. Muy cerca de ahí, está la estatua de Santiago: aquí el rey se armó caballero «a sí mismo», dice. Luego la lleva hasta el panteón real, situado en la nueva iglesia gótica y le explica que los sepulcros están entre el coro y el altar, pues la ubicación es de gran ayuda para alcanzar la salvación eterna de las ovejas descarriadas. ¿Vos no aspiráis a la salvación eterna? No entiende eso de las «ovejas» y para contestar a esta pregunta, se la tienen que traducir varias veces, utilizando distintas palabras. Oh, sí, claro, dice un poco extrañada, todos aspiramos a la salvación eterna.

El coro de las monjas está destinado a los fundadores y a su hija; la nave de san Juan Evangelista, a las infantas; y la de santa Catalina, a los reyes e infantes, aunque don Alfonso X y su esposa no serán enterrados aquí, sino en Sevilla. Aquel lugar es tétrico y frío, doña Kristina no entiende qué interés tiene la monja en explicarle todo eso con tanto detalle, y a pesar de que lo que más desea es meterse en la cama, descansar después de la larga jornada, tiene que pasear entre los sepulcros (¿ha dicho Alfonso X y «su» esposa?; no, seguro que eso no lo ha entendido bien). De pronto, la monja le hinca las uñas en el brazo y hace que se detenga.

Le dice solemnemente: El sepulcro de doña Berenguela, *la Grande*.

«*Den Store*», la Grande, le traducen. Sabéis quién es, ¿no?, le pregunta la monja. No, no tiene ni idea. ¿No sabéis quién es doña Berenguela, *la Grande*?, dice la monja, atónita, lanzando una mirada despectiva a la comitiva castellana, como pidiendo explicaciones sobre cómo la invitada puede estar ahí sin haber sido informada de quién es doña Berenguela, *la Grande*. El sepulcro es austero, de piedra blanca sin policromar, en respeto a la voluntad de la reina de ser enterrada en sepultura sencilla. Pero ¿de verdad no sabéis quién era?

Se va a dormir sin que nadie le explique quién era. La celda que le han asignado es sencilla, paredes encaladas, vigamen oscuro, un catre, una silla y una mesa, no necesita más, se siente bien, le gusta porque es lo que más le recuerda a su casa. Además, cada vez le molesta menos el brazo. Desde que pasó los Pi-

292

rineos, apenas se acuerda del dolor. Qué cosas raras le ocurren a uno; tener que viajar hasta ahí para librarse de un dolor. Todo es muy hermoso e impresionante, pero la verdad es que está un poco harta de tanto fasto. De tanto obispo y tanto señor pomposo que salen a recibirla y no dejan de mirarla.

Sin apenas energías para rezar a su santo Olav, se queda dormida. Pero un rechinar de grillos la despierta al rato. Es el zumbido. El zumbido de los rezos de las monjas.

Descalza, el cabello suelto sobre los hombros, con tan sólo la camisa de dormir, sale al claustro. Está oscuro y tiene miedo. El zumbido se hace cada vez más estridente. Todo cruje bajo sus pies. Le parece estar en el bosque, pisando hojas o cortezas de abedul. Siente un cosquilleo, algo le trepa por los tobillos, ya no puede creer que el zumbido sea el sonido de las plegarias. Es el frotar de las alas de un grillo, está segura, muchos grillos, miles de grillos que se agrupan en la oscuridad. Vuelve a entrar a su celda. Pero el estallido de esos insectos al ser aplastados es distinto al de las semillas o las hojas. Es un sonido bronco. No puede ser —se dice llevándose una mano a la boca—. No estoy en el bosque, no estoy en Noruega, ¡se acabó!

Cuando, al día siguiente, lo comenta en la cena de Nochebuena que tiene lugar en el refectorio, nadie parece saber de qué habla. ¿Grillos?, le pregunta la abadesa mojando un bizcocho en la leche.

Así que esa misma noche, después de la misa del Gallo, cuando todos están dormidos y el monasterio se hunde en un espeso silencio, se calza sus escarpines de suela alta para que ningún insecto roce sus tobillos y sale al claustro. Sus pies avanzan cautos por la escabrosa alfombra. Lo que descubre a la luz de la antorcha le hiela la sangre: no son grillos. Es otro insecto que nunca ha visto en Noruega, un *gresshoppe*, un saltamontes o algo parecido. Sigue caminando. Miles de saltamontes cubren el suelo, trepan por las columnas pareadas, sobrevuelan los arcos de medio punto, se posan en los machones batiendo sus alas. De pronto oye voces. Se abre la celda abacial y, a la luz del candil, descubre la nariz afilada de Juda-ben-Joseph y el rostro demacrado de doña Inés Laynez. Recula. ¿Qué hacen esos dos saliendo de una celda? ¿Qué hay en esa celda? Pero ninguno dice nada. El médico se escabulle a gran velocidad.

293

Sólo a punto de meterse en su cuarto, la abadesa se detiene, gira la cabeza y posa la mirada en la princesa. Sus ojos se deslizan por el cuerpo de la noruega, busto, caderas, piernas y cuando llega a los pies, perfectamente protegidos por los escarpines, sus labios se entreabren y emiten un silbido de serpiente.

Atemorizada, doña Kristina vuelve a meterse en la celda, cierra la puerta con llave, se sienta sobre la cama, tensa, jadeante. ¡Una plaga aparece por las noches y nadie hace nada! ¡Cómo es que nadie le ha hablado de ello!

Al día siguiente, mientras pasea por el claustro, se le acerca el padre Hammer. Vuelve la cabeza a un lado y a otro para comprobar que no hay nadie cerca: Os vi pasear anoche, le susurra. Yo también sé lo que está ocurriendo aquí. ¿Os habéis fijado qué interés muestran las monjas por los sepulcros del coro? Me han contado algo; dicen que, aquí en Castilla, uno empieza a morir por los pies. Un extraño insecto devora los cuerpos. Incluso los muertos tienen miedo y por eso todos quieren ser enterrados en el coro, que es el lugar más protegido por estar cerca del altar… Pero en ese momento pasa una monja presurosa y se ven obligados a interrumpir la conversación. Por la tarde, cuando doña Kristina quiere seguir hablando con él, ha desaparecido. Lo busca por la iglesia, por el panteón real, por el refectorio, por el camposanto: no está en ninguna parte. La princesa se inquieta, ¿habrá huido por miedo? Sus damas de compañía le dicen que lo vieron por última vez antes de la lectura de completas. Dos monjas desenvueltas y charlatanas se le acercaron portando un cubo y con gestos le pidieron que las ayudase a sacar agua. Hammer fue con ellas hasta el pozo y ésa fue la última vez que lo vieron. Pero las monjas dicen que ellas no saben nada.

La noche en su celda vuelve a ser un tormento; en el rincón opuesto a su cama, lugar en donde guarda su arcón de viaje, se oye un leve rumor, un movimiento furtivo, el roce de unas ropas o el susurro casi inaudible de una respiración. Doña Kristina contiene la suya para escuchar y entonces el susurro se detiene. No es más que mi imaginación; ahora tengo que dormir, se dice. Pero ahí está el barullo de nuevo, unos pies sobre la baldosa y unas manos escarbando entre su ropa. ¿Quién va?, pregunta, y se pone en pie y salta como una gata salvaje sobre el arcón. Allí ya no hay nadie, pero le ha parecido ver un bulto escurriéndose en la penumbra.

El cuarto día de Navidad todo está preparado para salir de Burgos. No la han tratado mal, no puede quejarse, son unas monjitas simpáticas, pero, en su fuero interno, la princesa está deseando irse. Mete en un arcón sus pertenencias y es entonces cuando se percata de que le falta algo: los escarpines. Es la abadesa, dice Kristina a sus damas de compañía, estoy segura, ella me los robó anoche. Los nobles noruegos mandan desensillar los caballos y descargar las acémilas: la princesa no se va del monasterio hasta que no aparezca su calzado.

Ponen la abadía patas arriba buscando los escarpines. Si no aparecen, doña Kristina es capaz de avisar al rey. Al rey de Castilla y León. No llama ladronas a las monjas, pero lo piensa. Después de tres horas de frenética busca, los escarpines aparecen en la propia celda de la princesa, debajo de la cama. A veces el miedo nos ofusca, le dice doña Inés Laynez esbozando una sonrisa turbia. Pero doña Kristina sabe que en el tono de su voz hay ironía.

A partir de ese momento, al dejar el monasterio de las Huelgas, la princesa respira aliviada. Lleva tres noches sin poder dormir y todo es muy misterioso en aquel lugar. Por el camino, le pide explicaciones al médico judío (¿sabéis vos algo de esta misteriosa plaga nocturna?). No puedo deciros nada, le dice éste clavándole sus ojos oscuros, pero estaos tranquila. Estoy convencido de que doña Inés Laynez lo tiene todo controlado. ¿La abadesa tiene la plaga controlada?

Por fin va a conocer al rey de Castilla y León, ¡su futuro esposo, «carne de su carne»! ¿Cómo será? Desde que sabe que se acerca el momento del encuentro, vive en una impaciencia febril. En Noruega, meses antes de partir, cuando los padres de doña Kristina aún se mostraban reticentes a la propuesta de la comitiva castellana de enviar a su hija para casarla en esas tierras lejanas, sólo a cambio de trigo y buenas intenciones, Juda-ben-Joseph les explicó que se trataba sobre todo de sanar a la princesa uniéndola («una sola carne») para siempre con el rey sabio de Castilla.

De nuevo recorren los paisajes castellanos. Dejan atrás pastores que arrean sus rebaños, mujeres que regresan del pozo y

295

niños que les lanzan piedras. De tanto en tanto se cruzan con un campesino montado en su asno. A veces, Juda-ben-Joseph saluda y la comitiva recibe una respuesta calurosa. Está previsto que ese mismo día, Alfonso X salga a su encuentro desde Palencia con un magnífico ejército. Y así es. Pero no llega sólo con un magnífico ejército. Como otras veces, una comitiva espera ante la muralla de la ciudad: caballeros y barones, arzobispos, obispos y embajadores, tanto infieles como cristianos.

Desde lejos, la muralla emite un resplandor blanco y a doña Kristina le parece distinguir a una mujer. ¿Quién será?

El dominico Simon se adelanta y se presenta al rey. Le pide unos instantes, pues las damas de la princesa van a prepararla para el encuentro. También le hace llegar una duda de la princesa: ¿cómo debe dirigirse a él, como «rey» o como «emperador»?

—Como rey «Sabio» de Castilla, de León y también «de Andalucía» —dice él rápidamente, y añade—: como «rey electo de romanos, siempre augusto».

Rey o emperador augusto, el instante previo al encuentro se le hace eterno. Alfonso X se impacienta, siente las vísceras alborotadas. Por fin está allí la princesa del norte, ya no es una nube de polvo en el horizonte, ni una franja, ni un lejano jinete, ¡si su abuela hubiera podido estar ahí! Toda una vida trabajando para ese instante y había muerto sin poder disfrutar de él… Pero al menos él vería sus deseos satisfechos. Ya no tendría que depender del horizonte, ni esperar a que llegaran las cartas del arzobispo de Toledo con noticias de Noruega. Al cabo de dos minutos, la yegua de doña Kristina se pondría en marcha y rey y princesa se encontrarían cara a cara…

2

Encuentro entre Alfonso X y doña Kristina de Noruega

Palencia y Valladolid, marzo de 1258

La primera impresión fue de aturdimiento. La mañana estaba gris y los vencejos se deslizaban fragorosos, chirriando como brujas negras sobre el lejano torreón del castillo. Se miraron fijamente, en silencio, olisqueándose como dos perros en medio de la llanura que no saben si iniciar un cortejo o una lucha encarnizada: la princesa tenía cuerpo recto y gracioso, de talle fino, la nariz bien hecha, la piel de una manzana con lustre, una belleza a un tiempo frágil y ausente, ausente por delicada. Bajo la masa de cabellos del color de los rayos del sol, llenos de suaves ondulaciones, destacaban los pómulos fuertes y protuberantes de las mujeres escandinavas, y los ojos verdes resplandecían perplejos.

Su vestido era sencillo, con los tonos de un bosque de otoño. En una mano sujetaba una jaula de madera con un hermoso halcón gris y levantaba la otra continuamente para espantar las langostas que se le posaban en el cuello.

Ahogado por la emoción, Alfonso X el Sabio hizo intentos de articular una frase de bienvenida, pero de su garganta tan sólo salió un alarido, una suerte de «ay», o de «huy»; era la mujer más hermosa que había visto en su vida.

Pero enseguida algo le sacó de su rigidez. El bulto peludo de doña Violante, hasta el momento agazapado entre unos matorrales próximos, surgió ante ambos como una pantera furiosa. Clavó sus uñas en el brazo de doña Kristina, la llevó a un aparte y comenzó a chillarle cosas como qué hacía ella ahí,

¿eh?, a qué se creía que había venido si el rey ya estaba casado, casado con ella (y se palmeaba el pecho) desde hace ocho años, y no sólo eso: le había dado ya dos hijos (¡ilustres infantes de «la Cerda!») y estaba preñada del tercero (y se cogía la barriga con ambas manos), ¿qué se creía, eh?, que por ser hermosa y proceder del norte ya estaba todo arreglado, pues no, zurrapa del diablo, chamusca, no. La princesa del norte todavía entendía muy poco de esa lengua, y con una sonrisa de labios temblorosos, la mirada preñada de silencio, se esforzaba por no enfurecerla más.

Finalmente, la princesa Kristina reculó asustada y, de pronto, al verla avanzar con pasitos menudos, sorteando los insectos del suelo, doña Violante vaciló. ¿Por qué camináis así?, dijo de pronto. Hincó la rodilla en el suelo y le levantó la saya con ímpetu: Vaya, dijo echando un vistazo a su calzado, vaya, vaya…

Doña Kristina seguía sin entender nada, pero intuyó que aquella mujer cubierta de verrugas peludas también quería hacerse con sus escarpines, como tantas otras desde que atravesó los Pirineos. Y así fue. De un empellón, doña Violante la tiró al suelo. Luego se abalanzó sobre ella, sujetándola por las rodillas, e hizo intentos de quitárselos, hasta que dos caballeros del séquito castellano consiguieron reducirla llevándosela en volandas al castillo. La jaula con el halcón se había abierto, y el pájaro revoloteaba soltando plumas sobre sus cabezas.

La noruega se quitó el polvo de la saya, se atusó el cabello, tendió una mano pálida y volvió a saludar al rey, ¿o debía decir «emperador»?, dijo en un torpe castellano, todavía agitada y confusa, la voz temblorosa por la emoción. Alfonso X, que volvía a sonreír como en sueños, dijo: Sí, emperador. Alargó los brazos hacia ella, la abrazó con todas sus fuerzas, la levantó por los pies como si fuera una niña y la besó sonoramente en las dos mejillas.

Después del efusivo recibimiento cabalgaron juntos hasta el castillo de Valladolid, situado en la cima de un monte escarpado y flanqueado por un bosque de árboles retorcidos. Allí, le explicaron, pasarían un periodo breve hasta la celebración de los esponsales para luego trasladarse definitivamente a Sevilla. El rey tomó la mano de la princesa y la guio a través del patio de armas de lajas resquebrajadas y guijarros enlodados, mostrándole los torreones corroídos por la hiedra, la muralla tallada por el implacable paso del tiempo, las aspilleras, el foso seco y polvoriento, el puente fortificado, la exuberante vegetación de los jardines y las estancias repletas de tapices un poco deslustrados.

Entonces ocurrió algo extraño, o al menos así se lo pareció a la princesa. Remontando una escalerilla de caracol, el rey se detuvo ante una de las puertas. Se volvió y le dijo a la princesa con tono misterioso: Esperad un momento aquí. Sacó un manojo de llaves, abrió, se introdujo en la habitación y volvió a cerrar dejando a doña Kristina sola en la penumbra del corredor.

Al rato volvió a salir Alfonso X, ya está, dijo sonriente, como si acabara de cumplir con un deber engorroso, y prosiguió la visita por el castillo.

Un poco más tarde, cuando el resto de la comitiva noruega, nobles y damas de compañía quisieron saber dónde serían alojados (nadie les daba instrucciones de ningún tipo y permanecían apostados en el patio de armas), el rey anunció algo que dejó a todos pasmados: el resto de los noruegos debían regresar a su reino de inmediato. Luego dijo que estaba cansado y que se iba a bañar, y no se le volvió a ver en toda la tarde.

Cuando alguien llamaba para decirle que la princesa noruega le esperaba para cenar o, más tarde, para conversar con él, contestaba que le dejaran en paz, que estaba bañándose.

Los días posteriores al encuentro fueron parecidos. La princesa esperando en su habitación, sola; el rey demasiado ocupado para atenderla. Pero amén de esta extraña acogida, le chocaron otras dos cosas.

Nada más llegar a Valladolid, Juda-ben-Joseph, con la excusa de que ya llevaba demasiado tiempo fuera de Sevilla, se despidió apresuradamente y no se le volvió a ver. Por otro lado, no lograba evitar un pálpito de asco cada vez que veía a uno de esos *siriss*.[3]

Por los pasillos, por el vigamen de su habitación, en el comedor, por todos lados, estaba el voraz insecto, el mismo que se

3. Grillos.

encontró en el monasterio de las Huelgas. A cada rato, uno de ellos se dejaba caer del techo y tenía que esperar sin rebullir a que hiciera el recorrido por su cabeza, espaldas, nalgas, piernas, hasta llegar al suelo. Grillos asquerosos que no parecían molestar a nadie más que a ella.

Pero como la discreción y la humildad de espíritu eran las primeras cualidades que se exigían a una princesa, prefirió no hacer preguntas.

La actitud inhóspita y apartadiza —de pronto, efusiva— del rey comenzó a comentarse en la corte. Durante esos días previos a los desposorios, Alfonso X, cuando no pasaba la jornada contemplando la bóveda celeste con un astrolabio o discutiendo encendidamente con poetas y sabios que hacían noche en el castillo, siguió con sus gestiones concernientes al *fecho* del Imperio, envío y recepción de embajadores, sueldos pagados a los grandes vasallos imperiales, mantenimiento en la corte de una cancillería imperial, ayuda militar y económica prestada a las ciudades gibelinas del norte de Italia; pero en lo que se refiere a la princesa —pieza clave de toda aquel barullo imperial—, no mostraba una actitud clara.

Desde su habitación ella lo oía chillar e insultar a la gente por nada, o pasar a toda velocidad con dirección a la capilla o a aquella estancia misteriosa ante cuya puerta había tenido que esperar el primer día. Si tropezaba con la princesa por los pasillos, el rey bajaba la cabeza, mascullaba un triste «buenos días» y se escabullía como una cucaracha hacia la oscuridad de sus estancias.

En un primer momento, doña Kristina compartió la idea generalizada en la corte de que el rey era un tímido despistado, que necesitaba de esas rabietas infantiles para imponer su autoridad, y esto le produjo un sentimiento de ternura. Más tarde, cuando vio que al Sabio le daba por plantarse en la puerta de su habitación con una nube de delirio en los ojos, arrancando a hablar o a reír estrepitosamente sobre cualquier cosa que ella no entendía, para luego desaparecer de golpe, empezó a concebir la sospecha de que no estaba del todo cuerdo.

Pero después de un mes, una tarde que la princesa caminaba sola por los pasillos, aconteció algo que hizo que cambiara de opinión. El rey estaba en su habitación contemplando el

cielo con un astrolabio. Junto a él, sobre la mesa, había unas tablas con posiciones de los cuerpos celestes, en donde iba apuntando. Como tenía la puerta abierta y la oyó pasar, la llamó.

—Venid a ver las estrellas —le dijo.

La princesa entró con timidez, pero él la invitó a que se sentara junto a él. La dejó mirar por el astrolabio y le explicó que
desde el 1 de enero de 1252, año de su coronación, él y otros sabios estaban anotando la posición del Sol, la Luna y otros planetas. Todos los planetas, le decía, gobiernan sobre dos signos,
sus casas, excepto el Sol y la Luna, que gobiernan sólo uno.
Cuando un planeta está presente en un signo sobre el que go-
bierna, su influencia es más poderosa, pero si se encuentra…
Lo explicaba tan bien y con palabras tan cultas, que doña Kristina quedó embelesada.

De pronto, él la miró con ojos transidos de fervor. Clavándole los ojos azules, brillantes, le dijo:

—¿Por qué estáis tan hermosa hoy?

La princesa se puso del color de la grana:

—No, no estoy hermosa, es que tal vez, por fin hoy, vuestra majestad se ha…

A continuación, sin dejarle dar más explicaciones, el rey la
atrajo hacia sí y comenzó a besarla por el cuello, por las orejas,
por el cabello.

—¡Ay! —decía doña Kristina mientras dejaba caer el astrolabio—. ¡Yo que ya empezaba a pensar que no me amabais!

Él le sacó los pechos de la saya y le mordisqueó los pezones,
mientras la princesa entornaba los ojos y se quejaba suavemente. Por la noche no pudo dormir. Se acordaba de las palabras del padre Hammer acerca de que todos llevamos dentro
un universo en parte ardiente y en parte helado, dos criaturas
luchando dentro de un mismo cuerpo. Era la primera vez en su
vida que un hombre la besaba.

Pensó que ese estado de ánimo del rey cambiante como el
cielo que contemplaba carecía de sentido y se alegró pensando
que era un medio de adormecer con un exceso de frialdad su
verdadera naturaleza amorosa, tal vez la de sus primeros años
de infancia. ¿Estaré enamorándome de él?, se decía.

Animada, demasiado dichosa para ver el mal en nada, doña
Kristina no quiso resignarse a la soledad ni a la tristeza y mu-

301

cho menos a la nostalgia. Antes de salir de Noruega, su madre le había endilgado una serie de consejos. En primer lugar, le dijo, intentad estar siempre de buen humor, que el buen humor sea una de vuestras principales obligaciones, porque la tristeza no es algo grande y hermoso, como piensan algunos. No esperéis demasiado de la gente, porque siempre os sentiréis decepcionada, y sobre todo mostraros tal y como sois, sin dobleces, aunque si destacáis en algo, nunca dejéis que los demás lo vean, sobre todo las mujeres.

A continuación la puso en guardia sobre la caterva de inquietudes, resquemores, alucinaciones y rencores de las gentes del sur, sobre todo cuando alguien nuevo irrumpe en la rutina de sus vidas.

También le había advertido sobre los peligros de la nostalgia que el pueblo vikingo, acostumbrado a recorrer el mundo, solía combatir como al peor de los enemigos. La nostalgia es un animal que uno lleva dentro y alimenta como a un perro insaciable. Una vez que nos asalta, sólo desea crecer y ahondar en el dolor, anulando y confundiendo el resto de los sentimientos, y de no ser ahuyentada a tiempo, acaba trocándose en miedo.

Enseguida trabó doña Kristina amistad con toda la corte. De entre sus nuevas criadas, había una mujer que había servido en Castilla desde que era una niña, una anciana mezquina de cuerpo, toda huesos, con el pelo enmarañado y las manos leñosas, llamada Mafalda. En la corte era conocida (y odiada) por hacer encantamientos de todo tipo, como provocar resultados amorosos, confundir la mente de los hombres o producir su impotencia. Por no tener el seso del todo sano (vivía con la desazón de que el demonio quería entrar en su cuerpo), había sido confinada a un torreón helador, en el ala noroeste del castillo, por ver si moría de una vez.

Ahí pasaba el día mirando por la ventana, desde donde arrancaba a gritar cada vez que divisaba al Maligno y a su cohorte de brujos fornicadores flotando por los aires.

Pero era cariñosa y charladora, y en su compañía la princesa se encontraba bien. Gracias a ella, mejoró mucho el castellano que ya había empezado a aprender durante el viaje y buscando algo con que llenar sus horas muertas de la espera en Valladolid, solía pasar la mañana haciéndole compañía en el torreón. Mafalda le contaba historias confusas y enmarañadas sobre la corte, pasadas por el tamiz de su seso desmemoriado y reblandecidas por su visión de la vida en dos planos, sin puntos grises ni intermedios: estaban los buenos y los malos, los blancos y los negros, Dios y el demonio, el Cielo y los Infiernos con sus calderas.

En compañía de la vieja y otras doncellas, doña Kristina comenzó a explorar el castillo, y más tarde, cuando ya lo tuvo casi dominado, la ciudad de Valladolid. Había insectos por todas partes, lo cual, además de pavor, le producía un asco indescriptible. Sin embargo, tenía el recurso de los escarpines que había traído de Noruega. Ahora empezaba a comprender el verdadero valor del regalo y por qué mostraban todas las mujeres tanto interés en ellos.

De no ser por los escarpines, no habría podido salir; recorría las plazuelas y los callejones dando saltos de piedra en piedra, los puestos del mercado de frutas y hortalizas de los soportales de la plaza Mayor e incluso entraba en las pequeñas tabernas situadas a orillas del Pisuerga haciéndose la sorda ante los piropos de los malandantes que jugaban a los dados.

303

Se quedaba embelesada ante los balcones cubiertos de adelfas y geranios, ante la luz y el sol, sobre todo el sol, puro y generoso como no lo había conocido antes. Jamás se enfurecía ni se desanimaba y era plenamente feliz. La felicidad le venía de dentro, y si alguien de la corte se acercaba a entablar amistad con ella o a compartir alguna anécdota, parecía explotar de placer. Desde que Alfonso X la había besado, ¡el mundo era tan hermoso!

Aparte de los paseos, disfrutaba de su nueva vida, lavaba personalmente los pañuelos del rey y colgaba sus calzas en la ventana, preparaba la boda, se esforzaba con el idioma y comía conejo en escabeche y huevos fritos con puntilla; sólo a veces, cuando empezaba a oscurecer y se quedaba sola en su habitación, una duda angustiosa invadía su ánimo con la misma velocidad con que el castillo se llenaba de sombras y silencio.

Se preguntaba si ese rey sabio del que le habían hablado cuando todavía estaba en Noruega, ese héroe de una pieza que su imaginación había evocado mirando al cielo desde la cubierta del barco, el primer hombre que le había besado, era el mismo que ahora convivía con ella bajo el mismo techo sin apenas dirigirle la palabra.

Le escribía cartas de amor nunca respondidas, y todos los días recorría los pasadizos del castillo para encontrárselo. En su lugar, muchas veces, incluso a plena luz del día, le parecía atisbar un bulto agazapado en un rincón oscuro. Cuando se acercaba, el bulto embozado en una capa emergía del escondrijo y se escabullía a toda velocidad con dirección a los jardines. Un día se detuvo ante la puerta de la estancia misteriosa. Trató de mirar a través del hueco de la cerradura, pero no vio nada. Vislumbró, eso sí, una luz de vela, y alcanzó a percibir un murmullo.

Sabía donde guardaba el rey el manojo de llaves, sólo tenía que cogerlo y abrir la puerta, ¿por qué no lo hacía? ¿A quién escondía el rey allí dentro?

Una mañana, después de haber estado desvelada durante toda la noche con estos turbios pensamientos, le comentó a Mafalda que desde la ventana le había parecido ver a una mujer deambulando por los jardines a altas horas de la madrugada.

La criada se miró por encima del hombro para descartar que nadie la estuviese escuchando. De un bolsillo sacó unas piedras, se las metió en la boca y, masticándolas con las encías descarnadas, preguntó:

—¿Gorda?

—No, gorda no…

—¿Rubia?

—Sí, bueno, más bien tenía el pelo cano…

—¿Vieja?

—Sí, vieja.

—¿Y llevaba un camisón de tela rígida?

—Sí, algo parecido.

Mafalda escupió las piedras. Le temblaba la barbilla; en aquel temblor, se percibía su excitación.

—Pues no tengo ni idea de quién puede ser —sentenció.

Doña Kristina la miró con extrañeza.

—Vos estáis pensando en doña Berenguela, *la Grande*, ¿verdad? —dijo—. Pero está muerta, vos misma le cerrasteis los ojos.

Pero la dueña sacudió la cabeza.

—No.

—¿Cómo que no?

Mafalda la miró extrañada.

—Yo no os he dicho tal cosa. Y si está muerta o no, ya se verá hija mía, que las cosas del cielo son altas para entenderlas los pobres mortales como vos y como yo, y además, si es que está muerta, fácil es que resucite, y si no resucita, ¿cómo voy a saber yo que está viva?

Los cortesanos, y el pueblo por contagio, estaban encantados con la presencia de la noruega en Castilla. La gente mayor afirmaba que su hermosura deslumbrante, su carácter extrovertido y su buen humor eran sólo comparables a los de la madre del rey. Un guiso quemado, el pan del día anterior, el sol, el polvo, una bandada de aves, eran para ella motivo de regocijo. Por las mañanas, salía a la puerta del castillo, donde se agolpaban niños hambrientos y pordioseros con bubas en los rostros. La princesa se prodigaba en besos, caricias, regalaba puñados de maravedís, frutas escarchadas, cerezas, mendrugos y hasta trozos de gallina asada, mientras se dejaba acariciar las ropas y los cabellos.

Pero las muestras de generosidad y simpatía se truncaron un día en que doña Violante presenció una de estas escenas desde la ventana. A partir de entonces, vendrían días difíciles para doña Kristina.

Cuando estaba encinta, la Cerda se convertía en una mujer extremadamente perezosa. A eso del mediodía, las criadas la encontraban todavía envuelta entre las sábanas y abrazada a la almohada, roncando con la boca abierta. Pasaba la mañana sin hacer gran cosa, gritando a las criadas, desabrida y malhumorada. Pero ese día oyó risas desde la cama, algarabía de niños. Así que se puso en pie y se asomó al balcón.

Ya desde el segundo o tercer día de la llegada a Castilla de la noruega había observado que ésta despertaba el interés no sólo de los hombres, sino también de las mujeres, en concreto de sus damas de compañía, con las que charlaba animadamente en el tabuco ventanero. Doña Violante no tenía ningún entretenimiento, apenas salía del castillo y nunca había tenido curiosidad por conocer las catedrales, las plazas, la campiña de su propio reino. Lo único que la movía últimamente era la adulación de la gente.

Por el contrario, a doña Kristina le gustaban las caminatas por la montaña, pintar, jugar a las tablas y tañer la vihuela con un solo dedo. Detestaba las lisonjas y las pompas oficiales, y lo que más le gustaba era salir al aire libre y, por encima de todo, conocer a la gente. Y esa mañana, al verla alimentando a los pordioseros, a la Cerda la sangre se le agolpó en las sienes. Horas después, con los celos en carne viva, soñando con clavarle un cuchillo, la tomó de un brazo y la condujo hasta las cocinas.

Sobre la encimera, a pata coja, había una pobre gallina atorada, que no cloqueaba, sino que sólo miraba con ojos duros y extraviados. Doña Violante tomó un cuchillo y, afilándolo frente a ella, dijo: Los niños de la calle esperan y tienen hambre; ea, pues, aquí lo tenéis.

Le entregó el cuchillo y le dio a entender que si quería seguir alimentando a los mendigos, de ahora en adelante, ella misma tendría que degollar a los volátiles.

Pero cuando de verdad se desplegaba el ánimo mezquino de doña Violante era por las tardes, momento en que, según los físicos, la bilis de predominio amarilla le subía a la cabeza con la preñez. Últimamente, después del almuerzo, sin nada mejor que hacer, iba a la habitación de la princesa para revolverle los cajones, tocarle las alhajas, ponerse sus peinetas y olisquearle las sayas. Ese día, como la princesa estaba dentro, se quedó inmóvil junto a la puerta, moviendo las ventanillas de la nariz. De pronto dijo que la invitaba a dar un paseo a caballo. Vamos a coger moras. Y añadió: Para el rey.

Al llegar a las cuadras, ordenó al caballerizo que le ensillara una yegua llamada *Bravata*. El mozo insistió en que no debían sacar a esa yegua sin antes desfogarla, pues había estado una semana entera sin salir, pero doña Violante replicó que a ella nadie la desfogaba cuando llevaba una semana sin salir, por lo que a doña Kristina no le quedó más remedio que montarla. Nada más poner el pie en el estribo, *Bravata* salió petardeando por el patio de armas, zigzagueando entre los caballos y los carros. Al llegar a la primera zarza, se encabritó y la tiró al suelo. Doña Kristina acabó con el rostro en un charco, humillada ante la risa histriónica de la aragonesa; no expresó queja alguna.

Para merendar, doña Violante ordenó que trajeran fruta sobre paja en cestillos de mimbre. Doña Kristina intentó consolarse pensando que era su manera de pedir perdón y hacer las paces, y que, de ahí en adelante, tal vez serían buenas amigas; así que quedó sentada con la cabeza gacha, observándola de reojo. Al rato, con sus dedos finos y delicados, comenzó a desgranar las uvas, a abrir una breva tierna hasta que, poco a poco, se fue animando. Pero entre la fruta, había una pieza roja y alargada que no conocía. Preguntó que cómo se llamaba, y la Cerda le dijo que «guindilla». La princesa quiso saber cómo se comía, si había que pelarla. Todas las damas alargaron los cuellos para oír la respuesta de doña Violante, que, después de un silencio malicioso, dijo: Se traga de una vez y punto. Así que ante los allí presentes, doña Kristina se metió la guindilla entera en la boca y la masticó sin hacer una mueca. Cuando terminó, le costaba respirar y le resbalaban las lágrimas por las mejillas, pero de su boca no salió ni un solo lamento.

Tenía la reserva de su amor. El rey le había besado los pezones y sólo ella lo sabía. Cada vez que pensaba en ello, sentía mariposas en el estómago.

Al día siguiente, como todas las mañanas, doña Kristina había bajado a coger provisiones para los niños que se agolpaban en la puerta, pero no oyó el bullicio de las cocineras ni el entrechocar de los platos, y se encontró con que no había nadie desplumando a los pollos, ni cortando puerros, ni moviendo sacos de harina de un lado a otro, ni metiendo quesos en los moldes. En las cocinas reinaba una paz inusual, un silencio que parecía preludiar un acontecimiento único. A pesar de que estaba muy oscuro siguió avanzando hasta el fondo, en donde un rayito de luz que entraba por la ventana iluminaba el polvo que flotaba en el aire. Hasta que oyó una suerte de rugido bestial, y luego gritos y sollozos, y más rugidos jadeantes. Pensó en marcharse, pero luego oyó:

—¡No os vayáis, zurrapa del diablo! ¡Ayudadme!

Era doña Violante; estaba tumbada sobre la mesa, más bien espatarrada, la enorme barriga detonando en la penumbra como un teso sobre una aldea abandonada. Avanzó lentamente hasta llegar a la mesa. La Cerda no paraba de maldecir, ni de re-

307

soplar y ahora se agitaba como un demonio. De pronto, al ver a la princesa allí, estiró el cuello y dijo:

—¡Sacadlo, sacadlo ya!

Sólo entonces, doña Kristina comprendió lo que pasaba; doña Violante estaba a punto de expulsar al hijo que llevaba en las entrañas, y las cocineras, conociendo su costumbre de parir entre ollas y sartenes, habían salido en estampida. La princesa echó un vistazo. Bajo el vientre asomaba ya la cabecita blanda y rojiza del niño; así que, con mucho cuidado, cimbreante de miedo, tiró de ella y forcejeó con el cuerpo hasta que consiguió sacar a la criatura.

Era un niño, un niño recubierto de pelo, caliente y tembloroso. Al verlo, arrancó a llorar de emoción. La madre le extendió unas tijeras.

—¡Cortad! —chilló. Y como la noruega no reaccionaba—: El cordón, ¡zurrapa!

Doña Kristina obedeció. Luego lavó al niño, lo envolvió en unos trapos limpios y se lo entregó a la madre.

Ésta se incorporó un poco para mirarle. Luego dijo con socarronería.

—Otro infantillo de la Cerda. ¡Qué contento se pondrá el papá!

Doña Kristina se sentía nerviosa y abrumada, pero muy orgullosa de haber podido salir de aquel trance por sí misma y, sobre todo, de complacer a doña Violante. Fue entonces cuando preguntó que quién era el papá…

3

Valladolid, en torno a 1258

Así fue como, entre sangre, sartenes y escudillas, doña Kristina se enteró no sólo de que el rey ya estaba casado, sino de que la loca que estaba empeñada en hacerle la vida imposible era la reina, madre ya de dos hijos (Fernando de la Cerda y Beatriz), tres con ese que ella misma había sacado de su vientre. Al escuchar la noticia tuvo que sentarse —entonces, ¿qué hacía ella ahí?, ¿para qué había viajado desde Noruega? ¿para qué había renunciado a su propia vida?—, los ojos duros como los de la gallina que no pudo degollar el día anterior; pero, una vez más, no expresó una sola queja.

Sólo días después, recogiendo hierbas en el bosque con la dueña Mafalda, no pudo evitar sacar el tema. Empezaba a sentirse algo estafada y si iba a vivir entre esas gentes, reina o no, tenía que saber toda la verdad. Después de aplastar una langosta con la suela de los escarpines, lo primero que hizo es preguntar por la plaga.

—¿Plaga? ¿Qué plaga? —le dijo la criada, como si nunca antes hubieran hablado de ello, inclinándose ante un arbusto para arrancar sus frutos.

—Bueno… —titubeó doña Kristina—, hay muchos insectos por todas partes…, y vos misma me dijisteis un día que eran langostas.

—¿Lan qué…?

La princesa bajó la cabeza. A veces, pensaba que era ella la que imaginaba las cosas y que a lo mejor se estaba volviendo loca…

—Langostas. Bueno…, eso me dijisteis vos. Que desde que erais niña, había una plaga en Castilla.

—¿Yo os dije que había langostas? —dijo Mafalda lanzando unas ramas al cesto—. No lo recuerdo… En todo caso, las haya o no, ya conocéis su significado.

La princesa la miró con interés:

—No, no lo conozco.

—Muerte —sentenció Mafalda.

—¿Muerte?

—Sí, muerte; en realidad es él, el demonio, el que viene a comernos por los pies; nos come por los pies mientras dormimos, viene a comernos, empezando por los pies: para llevarnos al Infierno.

Doña Kristina quedó desconcertada.

—Tan pendiente estoy de ellas —dijo entonces— que temo desocuparme de lo que realmente es importante. Temo decepcionar al rey.

—¿Vos decepcionar al rey? —La dueña se aproximó hasta echarle su aliento fétido. Luego comenzó a renegar con la cabeza—: No, no, no, hija, no.

—Entonces, ¿vos creéis que aún desea desposarme?

—¡Pues claro! ¿No sabíais que la Cerda estaba corrupta antes de contraer matrimonio y que por eso va a repudiarla?

—¿Co-rrup-ta? —preguntó doña Kristina sin entender.

—Sucia —aclaró la dueña—. Ya sabéis…

Ante este comentario, doña Kristina vio el cielo abierto. Algo le había parecido oír a las damas de compañía sobre eso. Ahora lo entendía todo. Los engaños iban dirigidos hacia la reina y no hacia ella. Alfonso X quería repudiar a su esposa, pero el asunto era delicado y había que mantener la calma.

—Co-rru-pta —repitió.

A Alfonso X, la princesa noruega no le había decepcionado lo más mínimo; al menos sobre esto, era cierto lo que decía la vieja Mafalda. Era buena mujer, mansa, sesuda, de energía inflexible, letrada y paciente (¡qué paciencia estaba demostrando tener la pobre con doña Violante!), mucho más de lo que cabía esperar, mucho más que su propia esposa y todas las mujeres que había conocido. La noche del encuentro, flotando bocarriba en las aguas de la tina helada, mientras pensaba en doña Kristina, una gran felicidad le inundó el alma. Y, entonces, ¿qué me ocurre, por qué no bajo a cenar con ella, a charlar amistosamente y a presentarle al resto de los cortesanos?, se dijo dos o tres días después, cuando le sobrevino un extraño sentimiento, una cuchillada de debilidad y de añoranza, la borrosa conciencia de que lo que verdad deseaba era volver a su rutina anterior, al momento en que todavía esperaba a la princesa.

Lo más extraño de todo fue que a la mañana siguiente al encuentro en el altozano de Palencia, había ordenado a su mayordomo que viajara hasta Sevilla para traerle las cartas del arzobispo de Toledo que todavía no había leído. No las abrió (para qué, si ya tengo a doña Kristina aquí…), pero pasó los días siguientes entretenido en clasificarlas en montoncitos por fecha de entrada: la sola presencia del sobre lacrado con la caligrafía pomposa del arzobispo le reconfortaba más que la de la princesa.

Un día se presentó en la corte el antiguo confesor de doña Berenguela, don Remondo. Estaba alarmado por el derroche de dinero efectuado últimamente por Alfonso X para sostener la causa imperial, y se sentía en el deber de amonestarle.

El fallecimiento repentino de los otros dos candidatos (Conrado IV y Guillermo de Holanda), el apoyo de Pisa y de Marsella, la adhesión a la causa castellanoleonesa del rey de Noruega y, sobre todo, los buenos auspicios que venían de Roma le habían hecho creer a Alfonso X muy vivamente que la corona imperial estaba a su alcance. Sin embargo, de improviso, antes de que doña Kristina llegara a Castilla, se había presentado un nuevo obstáculo: una nueva candidatura, la de Ricardo de Cornualles, hermano de Enrique III de Inglaterra.

El emperador germánico accedía a dicho cargo a través de la vía electoral. Lo que dejó a todos confusos y perplejos fue que, en poco tiempo, los electores (siete en total, cuatro de ellos destacados señores laicos y tres altos cargos eclesiásticos) llegaron a efectuar dos votaciones: en la primera de ellas, que tuvo lugar unos meses antes de la partida de la princesa noruega, salió elegido el candidato inglés con tres votos; y, en la otra, celebrada en abril de 1257, salió Alfonso X, también con tres votos. Finalmente, después de muchos chanchullos, uno de los electo-

311

res que faltaba por votar, el rey Otokar de Bohemia, se pronunció a favor de Alfonso X, quedando así el rey de Castilla oficialmente elegido rey de romanos.

Entre tanto, ante esta confusión y mientras el rey castellanoleonés ya sólo esperaba su coronación por el Papa, en Castilla se estaba generando mucho malestar. Emulando al candidato inglés, que había buscado apoyos para su causa a cambio de importantes ayudas económicas, el Sabio había recabado impuestos y había gastado mucho dinero. No en vano, las convocatorias de reuniones de Cortes o de simples ayuntamientos se habían hecho cada vez más frecuentes. Y mientras Alfonso X hacía grandes planes para administrar el Sacro Imperio romano, nombrando a senescales, cancilleres, vicarios y protonotarios, entre las gentes del pueblo llano se decía que el rey era derrochador, soberbio y arrogante, y que había dejado de prestar atención a los asuntos que de verdad eran importantes para el reino.

Antes de entrar en el despacho del rey para expresarle el descontento del pueblo, así como para exponerle las ideas que tenía para remediarlo, don Remondo fue interceptado por doña Violante. Llevaba al hijo en brazos y, con la excusa de mostrárselo, le empujó hacia una de las habitaciones, y cerró la puerta con un empujoncito del pie. Luego le ofreció un refresco, que el presbítero aceptó gustoso porque venía muerto de sed.

—Mirad qué criatura de Dios —le dijo acercándole al infantillo—, ¿no es hermoso, padre?

—Mucho —dijo don Remondo acariciando su moflete peludo con la uña afiladísima del meñique.

—Se llama Sancho.

—Bonito nombre. Muy familiar.

—Sí…, es un De la Cerda, y al rey y a mí nos gustaría que fuerais el padrino.

Quedaron en silencio, don Remondo apurando el refresco, ella escrutando al hijo con su rostro hastiado, sin saber cómo empezar. De pronto, alzó la cabeza para mirar a su interlocutor.

—Quiero que evitéis que el rey me repudie por corrupta —dijo—, al menos mientras no lleguen noticias de su definitiva elección imperial. Ese matrimonio con la noruega, del que todo el mundo habla a mis espaldas, no debe celebrarse.

De pronto, la Cerda se echó a llorar. El presbítero dejó el vaso sobre la mesa.

—Ya decía yo que lo de mostrarme al infantillo era raro.

—El rey está ofuscado —gimoteó ella—. Lo de traer a esa muchacha no era más que un capricho, pero resulta que, ahora, la corte entera está encaprichada con ella.

—El capricho ya viene de lejos…

La reina explicó que había alguien mucho mejor para doña Kristina; seguro que a vos también os parece bien.

—¿Sí…?

—Don Felipe, el hermano del rey.

—¿Don Felipe? Don Felipe no puede casarse; es procurador de la Iglesia de Sevilla y, en cuanto tenga edad canónica, será elegido arzobispo.

La Cerda se limpió los mocos con la manga.

—Por eso —dijo—, por eso creo que a vos también os parecerá bien. De todos es sabido que no tiene vocación religiosa. El arzobispado de Sevilla debéis cubrirlo vos.

Don Remondo tendió el brazo para pedir que le llenaran el vaso y se quedó absorto en la contemplación del infantillo.

—La verdad —dijo— es que no está bien que un rey deje a su esposa plantada con cuatro hijos…

—Tres.

—Bueno, tres. Ahora mismo me disponía a hablar con él.

Don Remondo encontró al rey sentado junto a la mesa de su despacho, siguiendo con el dedo la trayectoria de los ríos y las líneas fronterizas de los viejos mapas de su abuela. Nada más saludarle, pasó a hablarle del descontento del pueblo con ese *fecho* del Imperio que a nadie importaba, y le propuso que concentrara todas sus fuerzas en la Cruzada africana, mucho más popular.

Alfonso X detuvo el dedo y alzó la cabeza para mirarle. Pero estaba claro que no había oído nada de todo lo que había dicho, porque enseguida siguió con lo que estaba haciendo.

—Con la Cruzada africana —añadió don Remondo— podríamos reconquistar para Castilla aquellas tierras de ultramar que en el pasado habían formado parte del Imperio visigodo y que vuestra abuela y vuestro padre habían deseado conquistar con tanto ahínco. Es una buena oportunidad para dar a

313

vuestros súbditos un momento de respiro, ofreciendo a todos los participantes la posibilidad de salir de la pobreza y de la miseria con un rico botín.

Le pareció a don Remondo que ahora el rey sí escuchaba, aunque seguía recorriendo los imaginarios ríos con el dedo. Prosiguió con su discurso:

—La reconquista de antiguos y nuevos territorios en el norte de África dará, además, al Papa una clara señal de vuestra legítima voluntad de cruzado y, si os empeñáis, una mayor confianza en la selección de vuestra candidatura a la corona imperial… Por cierto —apuntó don Remondo echando un vistazo a los viejos pergaminos—, ¿qué tenéis con esa pobre princesa noruega? Primero hacéis que regrese toda la gente de su comitiva dejándola sin apoyo moral. Luego, me dicen que no habláis con ella, que no la sacáis a pasear y que se pasa el día arrinconada con las criadas, preparando su boda. De que se trata, ¿de un castigo? Yo no sé muy bien para qué la hicisteis venir, aunque sospecho que sólo para vengaros de vuestra esposa. El caso es que, si no la integráis, pronto empezará a añorar a los suyos, a pensar en Noruega…

Alfonso X levantó los ojos hacia la pared y permaneció pensativo durante unos instantes. Luego dijo:

—Desde que está aquí, el que siente añoranza soy yo…

—¿Vos? —quiso saber don Remondo—. ¿De qué?

—No sé… Desde que llegó la princesa no paro de pensar en mi abuela, en los días que pasábamos juntos en el tabuco ventanero, en las tardes de lectura, en la visita de la comitiva noruega, en los días que pasaba organizando su llegada a Castilla.

Don Remondo sonrió.

—¿Cuántos años llevabais planeando su llegada?

—Bueno… —reflexionó el rey—, si lo pienso bien, desde que dejé Celada del Camino y me incorporé a la corte, la princesa del norte siempre ha estado presente en mi vida a través de los sueños de mi abuela.

—Claro —dijo don Remondo—, ¡y quién renuncia a una querida costumbre…!

Don Alfonso le miró extrañado.

—¿Qué queréis decir?

—Quiero decir que esperar a la princesa se había conver-

314

tido en una costumbre. No sólo para vuestra abuela, sino también para vos.

—¿Vos creéis que de verdad deseaba traerla a Castilla?

—Bueno… —contestó el arzobispo de Sevilla—. Sí…, pero ya os dije una vez que su verdadero desvelo no era ése. —Carraspeó—. Y en cuanto a vos, está claro que lo que añoráis es la espera.

—¿La espera?

—La espera que ahora, con la llegada de la princesa, se ha acabado y que deja en vos el más terrible de los vacíos.

Don Remondo tomó uno de los viejos mapas y lo dejó caer.

—Lo que tenéis que hacer es animar a la pobre muchacha. Sacadla de casa. Mostradle nuestro reino para que pueda amarlo como si fuera suyo. Casarla con alguien que esté libre, vuestro hermano don Felipe, por ejemplo.

—¿Casarla con Felipe…? —dijo entonces don Alfonso X. Pero en realidad, su pensamiento seguía puesto en doña Berenguela—: El amor —dijo de pronto—: ése era el gran desvelo de mi abuela, ¿no es así? Vos lo sabéis, erais su confesor.

Don Remondo quedó en silencio. Luego asintió lentamente con la cabeza.

—Estaba enamorada del arzobispo de Toledo, ¿verdad? —prosiguió el rey—. En sus cartas…

El presbítero se llevó las manos a la cabeza:

—¡Qué barbaridad! —gritó—. Jamás se me habría ocurrido pensar en eso. ¡Dios nos libre…! A ella ese ase…, a ella el arzobispo de Toledo no le importaba lo más mínimo.

A medida que pasaban los días y se acercaba la fecha fijada para los esponsales, Alfonso X se mostraba más vivamente inquieto. Desde que don Remondo le sugirió el nombre de su hermano para la princesa Kristina, se había dado cuenta de que nunca había tenido intención de desposarla él mismo, pero ¿cómo iba a explicarle a esa criatura venida del lejano norte que ya no podía casarse con él?

Como otras veces, sin quererlo, doña Violante fue la que sacó a su esposo del atolladero mental en el que se encontraba.

—Dicen que Ricardo de Cornualles está empeñado en con-

315

vertirse en emperador del Sacro Imperio —le dijo una noche, justo cuando él se hacía un hueco en la cama.

El rey la miró extrañado.

—Yo soy el emperador. Eso son bulos que corren por ahí.

—Sí —dijo ella—. Como eso de que vais a casaros con la noruega porque yo estaba corrupta cuando llegué a Castilla…

Alfonso X se rascó una oreja.

—Puerco —le insultó doña Violante.

—Puta —contestó él.

Doña Violante arrimó su cuerpo peludo al de él. Bajando la voz, pero con un aliento cálido que quemaba en su cuello, añadió:

—Me gusta, me gusta que me llaméis así.

Y se acercó aún más.

—¿Sabéis que mi padre, el rey de Aragón, anda muy sensible con todo este atentado a su hegemonía territorial que supone vuestra elección como emperador?

—Lo sé.

—Y que yo tengo gran influencia sobre él.

El rey se giró para mirarla.

—¿Qué queréis decir?

—Pues quiero decir —dijo ella— que ya es hora de que busquéis a alguien para la princesita noruega.

La noche la pasaron en charlas y consideraciones sobre el destino de los reyes y otras materias. A la mañana siguiente, el rey se presentó en la cámara de doña Kristina con tres de sus hermanos, Fadrique, Sancho y Felipe, a los que acababa de arrancar de sus lechos. Sin rodeos ni preámbulos introductorios de ningún tipo, mientras los infantes esperaban en la puerta, todavía a medio vestir y con legañas en los ojos, le dijo a la princesa que los tres estaban muy interesados en casarse con ella (con vos, pues desde que os vieron, están como hechizados, no logran conciliar el sueño) y que a ella le convenía mucho…

—Pero yo no los quiero —dijo doña Kristina con un hilo de voz, y bajó la cabeza—, os quiero a vos.

Pero el rey erre que erre, que tenía que escoger entre uno de esos tres hombres, sus hermanos, pues los tres estaban prendados de ella y, además, no podía casarse con él porque ya estaba casado y tenía cuatro hijos, que me diga, tres. La princesa permanecía inmóvil, no hablaba. El asombro la petrificaba. Con los ojos fijos en el rostro de Alfonso X, todavía parecía verle con el astrolabio, anotando la posición del sol y de la luna, acercándose a ella para abrazarla.

—Pero ¿y nuestro beso?

—¿Qué beso?

—El beso que me disteis en vuestra habitación… —A la noruega, el corazón le golpeaba tan fuerte en el pecho que a duras penas conseguía respirar. Murmuró lentamente—: No fue sólo un beso…

—¡Ah, eso! Ya se os pasará.

La princesa le miró con tristeza. Torció la cabeza para echar un vistazo a los acompañantes y dijo:

—Creí que ibais a repudiar a vuestra esposa para casaros conmigo…

—¿Quién os dijo semejante barbaridad?

Doña Kristina contestó que la dueña Mafalda, a lo que Alfonso X repuso que cómo se le ocurría creer a semejante bruja.

A continuación, sin esperar más comentarios, como si necesitara despachar aquello con la mayor celeridad, el rey comenzó a pasar revista a sus tres hermanos. Fadrique, el mayor, era un hombre intrépido y bondadoso, buen juez y excelente deportista, dijo. De ahí la cicatriz que tenía en el labio. En cuanto a Sancho, elegido para arzobispo de Toledo, era un hombre bueno y digno, oh, sí (y le palmeaba en el pecho). Y si este arzobispo no le valía, su otro hermano, Felipe, también era electo de Sevilla. Aunque, en este caso, creía que su vocación no era la de convertirse en clérigo. Le gustaba más cazar con halcones y perros, o irse al bosque a matar osos y jabalíes. Un hombre alto y ambicioso, delgado, de tez rubia, con el rostro delicado y bello. Doña Kristina escuchó todo esto con la cabeza un poco ladeada, asintiendo, y por la expresión lánguida de sus ojos verdes, el rey supo que ya no discutiría más.

Al salir de la cámara, el rey sorprendió a doña Violante con la oreja pegada a la puerta.

—¿Qué? —le increpó. Sus pupilas brillaban como las de un gato—: ¿Ha llorado?

El rey, sin embargo, tenía los ojos redondos y duros.

317

—No puede —contestó—. No puede llorar hasta que no pasen dos o tres días. Es demasiado pronto.

—¿Y cómo ha reaccionado?

—Ha dicho que si era mi voluntad, pues que la entendía.

—¿Que la entendía? ¡Qué memorcia! ¿Y a quién ha escogido?

—A Felipe. Los ha mirado a los tres detenidamente y luego ha dicho que, aunque a ella no le gusta ir al bosque a matar osos, escogía a Felipe.

El brillo de las pupilas de doña Violante parecía extinguirse.

—Ya —dijo—. ¿Y seguro que no se le ha escapado una lagrimita?

—Ni una sola.

4

Esponsales entre doña Kristina y el infante don Felipe

Palencia, 1258

Quedaban dos días para la celebración de los esponsales, y esa noche, el rey, que había pasado la tarde un tanto remolón, haciendo montoncitos con las cartas de don Rodrigo, no aguantó más. Se había librado de la princesa, pero no de esa «otra» princesa, la de los correos del arzobispo, que seguía dando vueltas por su cabeza como león enjaulado. No le quedó más remedio que abrir una de las cartas. Sujetándola entre las manos temblorosas, comenzó a leer en voz alta: «Mayo de 124… Dulcísima señora…».

No tuvo ni un solo pensamiento acerca de cómo era posible que siguieran llegando las cartas de Noruega, sobre quién las escribía…

Hace ya un tiempo que llegó a Noruega la comitiva castellana enviada por el rey Alfonso X para pedir la mano de la princesa doña Kristina, y durante todo este tiempo, tanto los padres como ella misma se han mostrado reacios a su partida. La repentina muerte del corregente Haakon, *el Joven*, los ha echado atrás (los reyes no quieren «perder» a otra hija), y por otro lado, la princesa sigue sin encontrarse bien de su dolencia. Los reyes opinan que, teniendo en cuenta las prendas de que está adornada su hija, el trigo de Castilla es insuficiente como moneda de cambio.

Lamento informaros de que los miembros de la comitiva están pensando seriamente en regresar a Castilla con las manos vacías y si…

Alfonso X arrojó al suelo esa carta y saltó en el tiempo tomando otra:

Dulcísima señora:

Me es grato deciros que las cosas están cambiando de cariz. Y vuestro médico, Juda-ben-Joseph, es el que tiene todo el mérito. No sólo ha conseguido que la princesa mejore considerablemente de su dolencia, sino que acaba de convencerla, a ella y a sus padres, de que acepte el ofrecimiento de vuestro hijo.

Yo no sé muy bien lo que ha dicho ese médico judío (¿quién es?), pero debe de ser un hombre de gran ingenio. Ahora la princesa dice estar firmemente convencida de que tiene que unir su «carne» a la del rey castellano para curarse. Afirma que su solo consentimiento ya la ha hace sentirse mejor. Mañana iremos a…

Sin acabar la carta, el rey, nervioso, tomó una tercera, la última:

Hoy quiero hablaros, dulcísima señora Berenguela, de los escarpines que le he regalado a la princesa justo antes de que partiese.

Hace unos años, allá por el 1186 ó 1187, en Castilla, cuando vos erais una niña y aún vivían vuestros respetables padres, los reyes don Alfonso VIII y doña Leonor Plantagenet, empezó a ponerse de moda entre las mujeres el mandarse confeccionar unos costosísimos escarpines de cordobán, con el talón al aire y suela alta de corcho, a imitación de los que había llevado una dama de la nobleza llamada Teresa Petri, para aislar los pies de la humedad o la lluvia, o para protegerlos de elementos que podían resultar incómodos o causar alguna molestia por el contacto directo con el suelo, tales como guijarros, arena y sobre todo insectos.

Habréis oído hablar de doña Teresa Petri; al morir su esposo, esta noble dama fundó el monasterio cisterciense de Santa María de Gradefes, en León. A esta casa bernarda se retiró y vivió hasta el momento de su óbito.

Pues bien, convencida de que su lujoso calzado la había ayudado mucho en vida, mandó enterrarse con los escarpines en Gradefes. Y aquí comienza, dulcísima señora, lo interesante de la historia que tal vez vos ya conozcáis y que pasaré a relatar en mi siguiente correo.

Antes tengo que deciros que en el momento de nuestra despedida, de todo esto no le conté ni una palabra a la princesa Kristina. Simplemente le dije, pensando en la plaga de langostas, que en Castilla le serían de mucha utilidad contra los insectos y le pedí que los aceptara como recuerdo mío.

Tampoco le conté que encontré los escarpines en tierras toledanas, próximas a mi castillo del Milagro; piensa que los mandé confeccionar expresamente para ella y creo que por eso los aprecia especialmente.

Terminada esta carta, Alfonso X buscó entre el montón alguna posterior. Pero era la más reciente y comprendió que, para seguir sabiendo algo sobre los escarpines, tendría que esperar a que llegase una nueva.

Fijó la vista en el suelo. Al meditar más profundamente sobre lo que acababa de leer, de pronto había recordado algo que su mente había borrado por completo. Su madre, a punto de morir, le había pedido que fuera a buscar unos escarpines escondidos por ella misma a orillas del Tajo, encomienda que, por absurda, nunca acometió. Por la descripción, parecían los mismos, y recordaba que doña Beatriz le había dicho que una mujer se los había entregado cuando llegó a la corte de Castilla, allá por el año 1219. ¡Mi pobre madre…! Pero ¿qué tendrá que ver ella con todo esto? Volvió a rebuscar entre el manojo para comprobar que no había ninguna carta posterior. Nada.

En rigor, apenas había reparado en el calzado de doña Kristina. Sí se había percatado de que su esposa la Cerda había intentado quitárselos el día del encuentro, y que alguna que otra dama de la corte se quedaba mirándole los pies con arrobo.

Así que esa misma noche, la víspera de la boda, decidió ir a echarles un vistazo. Ante todo le interesaba comprobar si lo que decía la carta era verdad, es decir, si la princesa tenía esos escarpines de cordobán que le había regalado don Rodrigo Jiménez de Rada, los que su madre le había pedido que buscara justo antes de morir. Porque si así era, si coincidían con la descripción del arzobispo, ¿qué misterio escondían esos escarpines?

Era la segunda vez que entraba en la habitación de la princesa. La sorprendió tejiéndose la trenza maciza junto a la ventana, digna y discreta, en un silencio y una paz interior pasmosas, teniendo en cuenta que no habían pasado ni veinticuatro horas

321

desde que le habían anunciado que ya había una reina en Castilla, que, por tanto, ya no podía desposar al rey y que, en realidad, había hecho ese larguísimo viaje para casarse con otra persona.

Pero la noruega era así; no decía nada. En el fondo, nadie sabía si era feliz o desgraciada, hambrienta o ahíta. Con la excusa de que venía a darle su bendición para la boda, comenzó a buscar los escarpines.

—¿Estáis contenta? —le preguntó echando un vistazo a un lado y a otro.

Ella bajó los ojos y se azoró un poco.

—Claro —dijo.

—Mi hermano el infante don Felipe es muy buen partido —prosiguió el rey abriendo un armario y echando un vistazo en su interior—. ¿Os dije que a los doce años era ya canónigo de Toledo y poco después beneficiado de Burgos, abad de Castrojeriz, abad de Valladolid y señor de Covarrubias? Ha pasado por la Universidad de París, y ha sido escolar de la Sorbona.

Cerró el armario y abrió un cajón, y luego otro, y otro más. Se acercó a ella; exhalaba una dulce fragancia a rosas, y su belleza apabullante le ofuscó un poco.

—Junto a él tendréis una vida de esplendores. ¿Os mencioné que ha sido discípulo de Alberto Magno?

El rey siguió con su pesquisa. Arrastró muebles, tiró libros al suelo, levantó los cortinajes, mientras doña Kristina le observaba perpleja. En realidad, estaba tan concentrada en lo que tenía que decirle, que no se daba cuenta de que le había puesto la habitación patas arriba.

—¿Sabéis quién es Alberto Magno? —preguntó.

—No —dijo ella.

—No importa. De qué nos sirve saber quién era ése. Lo importante es que estéis contenta. ¿Estáis contenta?

—Mucho, pero… creo que no puedo desposar a vuestro hermano. —Tragó saliva y esbozó una sonrisa tímida—: El beso, majestad.

Alfonso X puso cara de no entender.

—Vos y yo…

—Es tarde —farfulló el rey en cuanto cayó en la cuenta de lo que hablaba, sin dejar de mirar en derredor—, me tengo que ir, ¿os dije que Felipe es un amante feroz?

La noruega se puso colorada. Observó los movimientos del rey, su búsqueda frenética. De pronto, al darse cuenta de lo que buscaba, se puso en pie, avanzó hacia la cama, se arrodilló y sacó los escarpines de debajo.

Al verlos, el rey se abalanzó sobre ella. Pero con un gesto rápido, la princesa se hizo a un lado. Parecía una pelea de niños.

—Yo sólo quería saber si estáis contenta —disimuló Alfonso X.

La princesa abrió el armario y lanzó el calzado dentro.

—Mucho —dijo aguantándose las ganas de llorar.

—Pues eso es lo que importa —contestó él.

—Sí —dijo ella.

Al día siguiente, en las proximidades de la colegiata de Santa María de Valladolid, todo estaba preparado para los esponsales. Los árboles lucían guirnaldas de papel, y las calles, cubiertas de paños de oro y seda, barridas y regadas, ya no olían a mugre, ni a hollín, ni a coliflor cocida, ni a grasa de cerdo como era habitual. Habían instalado barriles del mejor vino, tenderetes de entretenimiento con bizcochos y refrescos, rosquillas y montañas de fruta apilada. Del interior de la iglesia salía una música celestial de chirimías y en la puerta se agolpaban cortesanos, damas y caballeros, sin faltar el pueblo con su lealtad y su espontaneidad, ni la nobleza, ni las representaciones de villas y ciudades.

Los primeros en llegar cogidos de la mano fueron los reyes. Él vestía manto carmín sobre túnica oscura; ella, saya azul turquí, toca coronada, largo velo y manto de armiño bordado en oro. Luego llegaron los hijos de los reyes, los hermanos del rey, don Remondo, que sería el prelado oficiante, y por último, el novio, don Felipe, que era el más elegante: saya de tela adamascada de dibujos verdes sobre fondo claro, forrada de una seda de color amaranto, espuelas de oro y, sobre la cabeza, una especie de solideo bordado con perlas sobre el que destacaban, alternados, los medallones con el león y los medallones con el castillo.

Pero a quien el pueblo de verdad deseaba ver era a la princesa noruega. Durante hora y media, la familia real, junto a una muchedumbre que masticaba bizcochos para ahuyentar la impaciencia, esperó con la vista puesta en el castillo, pues de ahí estaba previsto que descendiera sobre su corcel.

Por fin, cuando las masas ya empezaban a inquietarse, surgió un punto en la distancia. Era la dueña Mafalda, que —el rostro desencajado y echando los bofes—, descendía la colina trotando como una perra coja. Se plantó frente al rey y quedó jadeante. Como no decía nada, él preguntó si la princesa estaba lista; ella respondió que sí; le preguntó si venía por el camino; ella contestó que no.

Alfonso X tomó a la criada por las solapas (me dais dolor de cabeza, Mafalda, hablad claro de una vez u os clavo la espada). En realidad, hasta ese momento, no se había parado a pensar en todo lo ocurrido desde que la princesa había llegado a Castilla. De pronto, en su mente, mientras hacía esfuerzos por leer en los ojos extraviados de la vieja bruja, se agolparon los acontecimientos de los últimos días: su tibio recibimiento, los maltratos de su esposa, el repentino cambio de planes. ¿Cómo iba a presentarse la princesa en la iglesia después de todo eso?

Se preguntaba si ese reino noruego del que procedía, a pesar de sus fríos, de su blancura de pan y hostia, no tendría otras normas, algo remoto y turbulento que lo hacía infinitamente superior.

—¿Cómo decís?

—¡La han capturado!

Entonces, recobrado el aliento, la criada explicó atropelladamente que el cuarto de la princesa estaba cerrado con llave y que pensó que estaba vistiéndose, que necesitaba estar sola; pero después de una hora sin oír nada, viendo lo tarde que se estaba haciendo y pensando que allí la gente podría estar harta de comer bizcochos, se decidió a tumbarla.

—Bueno, no es que me decidiera a tumbarla, es que la tumbé. Cuando entré, no di crédito a lo que vi.

—¿Qué?

—Estaba rodeada de brujas.

—¿Brujas?

La dueña Mafalda quedó cavilando:

—¿O serían monjas…?

El pueblo que, sin oír nada, algo intuía, comenzó a emitir silbidos en señal de queja. El anuncio de la boda de un miembro de la monarquía con la princesa noruega había conseguido apaciguar durante unos días los ánimos, que ahora volvían a encenderse con la repentina ausencia de la novia. Subido a un poyete, el propio Alfonso X tuvo que tranquilizarlos diciendo lo primero que se le ocurrió: que la princesa era muy devota de un santo noruego, que estaba rezándole y que enseguida vendría. Luego cogió a la dueña y la hizo a un lado.

—¿Y qué hacían allí esas lo que fueran? —le preguntó.

—Dijeron que venían de las Huelgas, de parte de la abadesa doña Inés Laynez; por lo visto, ésta le había prometido a vuestra abuela doña Berenguela interceder ante Dios por su salvación eterna a cambio de que le permitiese algo así como «experimentar». —Se calló durante unos instantes y se rascó la sien con un dedo nudoso—. ¿O dijeron «salpimentar»? Ahora dudo. El caso es que, no se entiende muy bien por qué, pero lo que la comitiva de brujas ha venido a buscar son los escarpines de la princesa. Pero ella los tenía bien escondidos, ¡vaya si los tenía escondidos! Después de poner todo patas arriba, no los han encontrado las muy putas.

325

—¡Andaos con cuidado con lo que decís, vieja del demonio!

Fue entonces cuando se oyó un fragor, un bullicio lejano de rezos o de latines cantados, y alguien gritó: ahí, ahí está. Sentada sobre su corcel, en lo alto de la loma, imperturbable, con la misma belleza ausente de la primera vez que la vio, la princesa se acercaba lentamente. Vestía ropón de seda color carmín, estola y coselete amarillo. La saya de novia hecha jirones caía sobre la grupa del caballo, y llegaba hasta el suelo y barría las hojas secas y las flores del camino.

—Yo creo que dijeron «salpimentar» —dijo Mafalda para sí misma, observando a la princesa con entusiasmo—. Lo otro no tiene ningún sentido.

Pero tal y como había explicado la dueña, la princesa no estaba sola. Avanzaba custodiada por un batallón de mujeres que no eran brujas, sino monjas. Un grupo compacto que marchaba a pie junto al corcel con dirección a la iglesia. Al ver la extraña estampa, la muchedumbre se quedó muda. Cuando doña Kristina llegó, buscó con la mirada a Alfonso X.

—Antes de que se celebren los esponsales —dijo—, estas monjas del monasterio de las Huelgas exigen ser escuchadas.

Y así fue como, en el umbral de la iglesia, las monjas, dispuestas a que nadie quedara sin escuchar la noticia que traían consigo, vomitaron su extraño discurso: la abadesa doña Inés Laynez se había dado por rendida. Sólo ahora, después de años de «experimentaciones», había comprendido que la *locusta danica* jamás aceptaría su soledad. La propia abadesa había abierto las puertas de todas las jaulas y calculaba que, en no mucho tiempo, un par de años como mucho, las langostas se habrían mezclado entre sí con efectos muy perniciosos para todos. Dependía de los vientos, pero era muy probable que a partir de ese momento, el enjambre, multiplicado por mil, se dirigiera a las tierras calientes del sur. La suerte estaba echada.

Pero nadie entendió de qué hablaba. Terminado el discurso, el infante Felipe tomó dulcemente la mano de doña Kristina. Era la segunda o la tercera vez como mucho que se veían, pero la princesa se mostraba conforme. Lo que estuviera sintiendo por dentro, eso era el secreto de su serenidad. Después de recibir la bendición y oída la misa, comenzaron los festejos con alegrías y alborozos.

Pero en medio del banquete, ocurrió algo sumamente extraño; sentados a la mesa, una de las damas le advirtió al oído a doña Kristina de que se le acababa de caer una florecita del pelo.

El comentario fue suficiente para que la princesa se desbordara en una retahíla incomprensible sobre qué iba a hacer sin la florecita que en realidad se había puesto para el rey, el rey que la había hecho venir desde Tönsberg, ocho meses de viaje pensando en él y en ese reino poblado de palacios y criaturas prodigiosas, asnos listados y caballos con cuellos como torreones, para encontrarse un castillo de sombras y mujeres y...

La Cerda, que estaba comiendo cabrito asado frente a ella, dejó la tajada sobre el plato, paró de masticar y la miró de hito en hito.

—¿Se puede saber qué os ocurre? —dijo.

Los resplandecientes ojos de doña Kristina quedaron varados en el vacío. Respondió:

—No lo sé...

Entonces, doña Violante, crispada, se puso en pie, inclinó el cuerpo hacia delante y le arreó un par de bofetones.

—Pues ahora ya lo sabéis —le dijo.

5

Covarrubias, Burgos, primavera 1258

Lo que nunca imaginó la Cerda es lo estimulantes que, con el correr de los días, resultarían los bofetones para doña Kristina. Todo el día de la boda estuvo aguantándose las ganas de llorar y, al caer la noche, pensando en que su nuevo esposo la visitaría, hizo esfuerzos sobrehumanos por animarse.

Se empolvó las mejillas, se soltó los cabellos y, sin dejar de suspirar, se dispuso a esperarle. Pero después de unas horas, cuando la princesa comprendió que el infante Felipe no vendría, se sentó sobre la cama. Mordiendo la manga del vestido de novia, trató de contener sus sollozos. Hasta que comenzó a llorar. Era la primera vez que lo hacía desde que dejó su reino.

Lloró por todo lo que desde ese momento comenzó a añorar. Lloró por los ojos duros de su madre despidiéndola en el puerto de Tönsberg. Lloró por su ternura. Lloró por el olor del frío de Noruega. Lloró por el sonido de los cencerros de las vacas pastando en las laderas nevadas de las montañas. Lloró por esa tierra sin luz. Lloró por el beso de Alfonso X, por su aliento caliente de macho cabrío. Lloró por sus ilusiones desvanecidas, por los asnos listados y los caballos con cuellos como torreones, por el engaño monumental, por el desplante en la noche de bodas.

Lloró por ella. Por aquellos bofetones inmerecidos.

Pero lejos de humillarla o desalentarla, el calor que encendió sus mejillas, mezclado con el sabor salado y reparador de las lágrimas de la noche, dejaron en ella un regusto de gravedad, una determinación y un aplomo que si bien quedaron velados por su timidez y su desconcierto durante un tiempo, con el correr de los días salieron a la luz no sólo abriéndole los ojos sobre todo lo ocurrido, sino también desbaratando la relación de poder existente hasta el momento entre las dos mujeres.

Poco después de la boda, doña Kristina y su esposo, el infante don Felipe, junto a dueñas, damas de compañía y otros cortesanos, se dirigieron a su residencia de al-Ándalus. Pero antes el infante tenía que zanjar unos asuntos en Covarrubias, hermosísima villa cercana a Burgos, recostada en las estribaciones de las Mamblas, en donde había sido abad. Así que decidieron pasar allí un tiempo.

Por la mañana, doña Kristina y algunas damas escuchaban misa en la Colegiata. Construida en piedra caliza de la región, extremadamente blanca, era en su interior un templo lleno de luminosidad, una catedral en miniatura, y la noruega encontraba mucha paz rezando allí. Por la tarde, muy pegadas a la muralla paseaban a orillas del Arlazón, cogiendo frutos silvestres hasta llegar al puente romano. Doña Kristina le había contado a Mafalda que su esposo no la había visitado en la noche de bodas y, desde entonces, la vieja andaba huraña e inquieta, no paraba de recoger hierbas, plumas de aves, cáscaras de huevo, pieles de serpiente y porquerías de ese estilo.

Y una de esas tardes de paseo, emergió como un fantasma de entre unos juncos del río. Haciendo gancho con el dedo, le pidió a la princesa que se acercara. Le dijo que el infante don Felipe andaba solo por allí, y que, por la mañana, en el desayuno, le había dado a probar un bebedizo por el que caería rendido ante ella nada más verla.

Con el corazón alborotado, rozagante como un melocotón, la princesa se despidió de las damas de compañía y se acercó al lugar indicado.

Era verdad que el infante estaba allí, pero no que la esperara, ni que estuviera solo. Sobre una pradera cercana a la orilla del río, retozaba con una mujer. Al vislumbrar la escena, la sonrisa de doña Kristina se congeló. Quiso huir, pero entonces le asaltó la duda: ¿quién era esa mujer? Siguió observando: era una de sus damas de compañía, una mujer pelirroja de risa vibrante, tendría que haber percibido en aquella risa el sonido triunfal de la traición. Ahora, hasta sus propias amigas la engañaban, y quién sabe si Mafalda no la había hecho ir allí para mofarse de ella. Sentía que la rabia ascendía dentro de ella, junto a la impotencia, y fue incapaz de moverse hasta un buen rato después.

Al día siguiente, cuando la dueña Mafalda le preguntó si el bebedizo había surtido efecto en don Felipe, ella respondió que sí. También quiso saber si el infante había estado fogoso y ella respondió igualmente que sí. La princesa añadió:

—Estoy tan contenta que he decidio erigir una capilla a mi santo Olav en ese claro del bosque.

A lo que las damas de compañía bajaron las cabezas y callaron.

Dos días después prosiguieron el viaje hacia el sur. Ya les habían hecho «alegrías» en otras villas cercanas, pero en Sevilla el recibimiento fue espectacular. Nada más entrar en la ciudad, por todas partes comenzaron a afluir judíos, moros y cristianos dispuestos a ver y «tocar» a la noruega. En el Guadalquivir, los barcos hicieron un simulacro de batalla naval como años atrás habían hecho las galeras del almirante Bonifaz, y en la orilla, hombres y mujeres bailaban al son de trompas y atabales. Todavía en el camino de Aznalfarache, antes de que los infantes cruzaran el puente de Triana, los ricos hombres y caballeros sevillanos portaron un palio brocado en oro bajo el que entraron los infantes. Pasearon por las calles cubiertas de paños mientras las mujeres y los niños los recibían entre vítores. La ciudad entera, sabedora del nuevo enlace, salió al encuentro de la princesa con fiestas y celebraciones.

Y es que el pueblo, oprimido por una economía en ruinas, descontento con la lejanía del rey y harto de guerras, estaba hambriento de ídolos a los que adorar. Se había corrido la voz de que, en el brevísimo tiempo que la princesa noruega pasó en Valladolid, había hechizado a las gentes con sus encantos y su belleza, algo que tal vez sólo mínimamente la alemana doña Beatriz de Suabia había conseguido años atrás.

Doña Violante, que también había salido a saludarla, observó el recibimiento con cierta turbiedad en la mirada y el aire atónito de los envidiosos (a ella, cuando llegó a Sevilla, nadie le había hecho ningún homenaje...), sin atreverse a expresar queja alguna.

Últimamente sus celos y su mala voluntad se habían recrudecido y, una vez asentada en tierras sevillanas, andaba de un humor de perros.

La corte estaba instalada en el palacio gótico de los alcázares, erigido por Alfonso X sobre los restos de un palacio musulmán, y que tenía un patio en forma de crucero que cubría un jardín subterráneo, rehundido con albercas bajo galerías apuntadas que simbolizaban los ríos del Edén islámico. A esta residencia sevillana, el rey gustaba de llamar pomposamente *regia imperatoris* o «residencia imperial». Estos espacios abiertos y luminosos, circundados de más jardines con árboles frutales y palmeras de todos los tamaños, por donde paseaban patos y faisanes, agradaron mucho a la princesa; pensó que por allí su imaginación dejaría de ver oscuros bultos agazapados en los rincones.

A esas alturas se había dado cuenta de que el infante don Felipe nunca había estado enamorado de ella y que su venida a Castilla sólo había sido una burda maniobra del rey para conseguir el apoyo de Haakon IV en el *fecho* del Imperio. A la mañana siguiente de llegar a Sevilla, don Felipe volvió a marcharse. En cuanto al rey sabio, lo único que parecía moverle era esa estúpida obsesión de convertirse en emperador. Al principio, la princesa seguía acordándose del beso y de las caricias, se ruborizaba hasta las orejas con tan sólo pensar en lo ocurrido; pero pasó el tiempo y, sobre todo, desde el incidente de Covarrubias, empezó a ver todo aquello con otros ojos.

Puesto que el motivo que la había traído a Castilla era el Imperio, odiaba el Sacro Imperio romano germánico, y ese odio era prácticamente lo único que la ataba a aquella vida absurda. A menudo pensaba que si estuviera en sus manos, el rey «nunca» llegaría a ser coronado emperador.

A poco de llegar quiso saber del paradero de Juda-ben-Joseph. No es que ardiera en deseos de verle, en el fondo era un tipo extravagante y rácano, pero su alta frente sesuda escondía muchos secretos. Tantos que por eso había huido nada más llegar a Valladolid, estaba segura. Ante todo la princesa quería saber qué es lo que sabía el médico de la plaga de langostas y qué relación tenía ésta con el monasterio de las Huelgas y con doña Berenguela, *la Grande*. Quería saber para qué diablos la habían hecho venir a Castilla y por qué estaba todo el mundo tan interesado en apoderarse de sus escarpines.

Juda-ben-Joseph ya no rendía servicios en la corte y nadie le había visto últimamente, pero le dijeron que, siendo judío, seguramente lo hallaría en la judería.

—¿Y dónde está esa judería? —preguntó.

—Ahí cerquita —le indicaron unas dueñas desde uno de los balcones del alcázar—, entre San Nicolás y San Esteban. Pero es sucia y fea y está llena de mala gente… Además, hace mucho calor, mejor que no vayáis.

—Y entonces, ¿qué queréis que haga durante todo el día?

Las dueñas la miraron extrañadas.

—Pues lo mismo que todos aquí en verano; suspirar y esperar a que llegue la noche, buscar el frescor en las iglesias, pasear por los jardines, pero despacio, hasta que se haga la oscuridad.

Era verano y hacía mucho calor (un calor que ascendía desde el suelo como llamaradas de fuego), pero la princesa no tuvo paciencia para esperar a la noche. Calzada con sus escarpines (sin ellos no hubiera podido salir, era consciente), salió del recinto de los alcázares y se echó a caminar siguiendo el lienzo de la muralla con dirección a la judería. Lo primero que hizo fue detenerse a contemplar la enorme torre de la catedral (¿un campanario?) que asomaba a lo lejos. Quedó pasmada; una rampa para subir a caballo y tres manzanas doradas en la cúspide que arañaban el cielo, nunca había visto nada igual, en su reino las iglesias eran de madera. La gente, provista de candelas y hachas de cera, disfrazados algunos como ángeles, otros encapuchados, se agolpaba en la puerta. Y de pronto, salió una litera sobre la que había una imagen, precedida por unos mozos con incensarios. La muchedumbre comenzó a moverse siguiendo un ritmo concreto con los pies, algunos gritaban y muchos lloraban. La princesa se detuvo a mirar todo aquello sin entender nada y luego siguió su recorrido.

Dejó atrás más iglesias y plazas, y siguió el trazado irregular de la ciudad, hasta introducirse en una calle muy angosta flanqueada de casas de tinte amarillento, con ajimeces moriscos y arcos de herradura.

Formaba la judería un barrio aparte separado por murallas

del resto de la población, con sinagogas, tiendas de especieros en la Azueica, baños cerca de la calle Pedregosa, bodegas, algorfas de buen grano, hornos, tahonas en la calle de Rodrigo Alfonso y tiendas de cambiadores en la alcaicería.

Todo esto se lo había contado el médico Juda-ben-Joseph durante el viaje; lo que nunca le dijo es que la judería no era un lugar apropiado para una princesa noruega.

Había entrado por la puerta de San Nicolás y, de momento, no le había gustado mucho lo que había visto. De tanto en tanto, la gente se asomaba a los balcones para hacerle aspavientos y le gritaba palabras que ella no comprendía. Frente a las casas de aspecto sucio y maloliente, había tiendas de mercaderes de seda y de especias, y tuvo que taparse la nariz con la mano.

Pero por más que intentaba evitarlo, el olor se colaba por cada grieta de su piel, por cada resquicio de su ropa y de su cabello. Desde que llegó a Sevilla, ese aroma amargo (ella no sabía que era una mezcla de jengibre, nuez moscada, perfume de rosas, azahar y aloe) parecía impregnarlo todo. Pero no era la primera vez que lo percibía; recordó que más de un año atrás, cuando todavía estaba en Bergen, cada vez que Juda-ben-Joseph entraba en su cámara de la *Haakonshalle* para tratarla de su dolencia del brazo, ese mismo aroma quedaba flotando por la estancia durante unos días. ¡Si entonces hubiera sabido todo lo que iba a ocurrir!

Llegó a una plaza espaciosa, rodeada de casas blancas con azoteas, bulliciosos portales en donde vendían pescado, frutas, hortalizas y carne. Pero aquello, lejos de agradarle, le produjo repugnancia: los carniceros cortaban la carne allí mismo, y los trozos se llenaban de moscas. Hasta que no llegó al horno público, el olor anterior no se disipó. Ahora olía a pan caliente y esto la reconfortó un poco. Siguió caminando, o más bien, arrastrando su cuerpo —cada vez hacía más calor y aquel olor le había revuelto el estómago— a través de un arco que desembocaba en una calle estrecha con arquillos y tiendas bajas con aspecto de madrigueras de conejo, en donde los mercaderes exhibían sus objetos de comercio y sus sonrisas desdentadas. Todos la tocaban al pasar. Comenzó a deambular entre odres repletos de sal, observando con curiosidad los cestos de mimbre llenos de higos, dátiles y panales de miel. Los vendedores sentados en el suelo vociferaban palabras incomprensibles; algunos se dirigían a ella, pero más que hablar parecían ladrarle.

Aceleró el paso y, bajando hacia la colación de San Esteban, tomó la calle de la Espartería para llegar a otra mucha más estrecha, llamada de la Alfóndiga.

Por fin llegó a una sinagoga, en donde sólo había hombres arrodillados que emitían un monótono lamento y se inclinaban hacia delante con rapidez y agilidad. Al entrar, creyó morirse de calor. En su cabeza comenzaron a mezclarse el murmullo de las plegarias, los gritos de las gentes, la luz tamizada, el olor sofocante, el zumbido de las langostas, tal vez era el de los rezos. Comenzó a vocear el nombre de Juda-ben-Joseph para ver si alguien levantaba la cabeza. Pero estaba mareada, todo le daba vueltas y, arrastrando su cuerpo, salió de la sinagoga y se desplomó junto a la puerta. Varias viejas, embozadas en su túnica marrón, acercaron sus rostros oscuros y pringosos a su cara, le palpaban la ropa y le metían los dedos por el cabello.

Las viejas no paraban de hablar entre ellas, seguían revoloteando a su alrededor, y entonces comprendió: querían quitarle los escarpines. De haber tenido fuerzas se habría levantado para gritarles, las hubiera espantado como si fueran moscas. Pero seguía mareada y era incapaz de mover un dedo. Dos o tres mujeres más se sumaron al grupo. De vez en cuando sacaban un brazo de la saya para ofrecerle dátiles y dulces; pero ella no tenía hambre, y se aferraba a las sandalias. Si acaso sed, tenía mucha sed, ganas imperiosas de beber, «*vann, vann*»,[4] balbuceaba. De pronto notó que la tumbaban, que unas manos huesudas y ásperas le aflojaban el cuello de la saya, le acarician el rostro, y que un chorro de agua helada le caía sobre la cabeza.

Se incorporó de golpe y, al mirarse los pies, se dio cuenta de que le faltaban sus escarpines. Frente a ella, la vieja que se había apoderado de ellos forcejeaba con otra que quería arrancárselos de la mano. Se interpuso entre ellas y comenzó a golpearlas con furia, «*mine sandaler. Ikke la noen ta mine sandaler!*»[5] hasta que logró recuperarlos. La saya hecha jirones, los cabe-

333

4. «Agua, agua.»
5. «¡Mis escarpines! ¡Que nadie se lleve mis escarpines!»

llos cayéndole por la cara, salió todo lo rápido que pudo. Ya sólo pensaba en volver a su fresca habitación del alcázar, pero al llegar a una plaza se vio obligada a detenerse. Un grupo de gente, apelotonada para escuchar los versos de un juglar, le impedía el paso. No estaba dispuesta a vivir más emociones aquel día, pero, de pronto, le pareció escuchar que el juglar, un extraño tipo con barba y luenga cabellera, vestido con capuchón y traje variopinto, hablaba de la reina doña Berenguela, *la Grande*.

Aguzó el oído. La rima, acompañada por el tañer de una vihuela, decía algo así como:

Doncellas, escuderos, burgueses, ciudadanos
y otros muchos aldeanos,
al ver que en el día de su entierro,
la Grande había sonreído,
sospechaban que no había fallecido,

y que su nieto, el rey, y las monjas,
¡oh, malditas vírgenes alevosas!,
oculta en las Huelgas la tenían
sin que nadie de ello supiese
a la pobre reina Berenguela.

Y en las noches de luna llena,
cuando el rey la llevaba al castillo,
y sólo se escuchaba el ladrido de los perros,
gustaba de asustar a todos paseándose
en camisa de castidad por el pasillo.

No estaba segura de si había entendido bien, pero aquello la dejó confusa. ¿Doña Berenguela, *la Grande*, paseándose en camisón de castidad en las noches de luna llena? ¿Escondida en las Huelgas?

Al entrar en el recinto de los alcázares, al pie del palacio gótico, estaba tan extenuada que volvió a desmayarse. Al abrir los ojos vislumbró el rostro enfurecido de doña Violante discutiendo con la dueña Mafalda.

Le decía que la muy necia se lo tenía merecido, por salir

sola con este calor, y que, de ahora en adelante, iba a ser ella quien se ocupase de que no escapase, guardando la llave. Mafalda, por su parte, argumentaba que la pobre noruega tenía que airearse, todo el día de su habitación a la alberca, de la alberca a su habitación, sin hombre que la atendiera, porque el infante Felipe estaba «a por uvas», y que no había viajado durante más de ocho meses para tener esa vida de monja, pobre mujer. ¿O sí había viajado ocho meses para tener esa vida de monja?

Esta conversación tuvo lugar delante de la princesa Kristina sin que nadie le explicara ni le preguntara nada, como si fuera un animal, y de pronto, por primera vez desde que llegó a Castilla, se escuchó su réplica. Se incorporó apoyándose sobre los codos, tomó aire y dijo:

—Nadie tiene que guardar la llave porque, de ahora en adelante, no pienso salir de mi habitación —dijo.

Y así fue; la princesa, firme en su decisión, se hacía llevar la comida y no salía ni para rezar a su santo Olav.

Al cabo de dos semanas de encierro, algunas damas de la corte se atrevieron a hablar con el rey. Desde que la princesa noruega no vivía entre ellas, doña Violante iba de un lado a otro del alcázar como gallina que está a punto de poner un huevo. Eso decían las damas, el alférez real y el mayordomo, el camarero, el copero y el repostero, también lo decía el infante Fernando y la infantilla Berenguela, que ya tenían edad para juzgar, los escribanos y, aunque nadie le había dado vela en este entierro, el almojarife mayor, es decir, prácticamente la corte entera. Alguien dijo que la reina se había vuelto más húngara de condición, pero eso era discutido porque, en puridad, la húngara era la madre y no ella, ella era aragonesa; y otros comentaban que de tantos celos se le estaba rizando el pelo que tenía por el cuerpo.

En realidad, estaba aburrida. Ni el rey —ocupado con el *fecho* del Imperio y últimamente con la expedición contra el norte de África— ni las damas de la corte, ahora del lado de la noruega, le prestaban atención. Desde el encierro de doña Kristina, la Cerda adquirió la costumbre de acecharla. La princesa no salía más que para ir a las letrinas, pero en cuanto se oía movimiento de puertas, allí estaba la reina, sonriente como

335

una perra, esperando a que saliese, observando con ese aire de profunda e intensa perplejidad de los perros.

Y aunque nadie decía abiertamente que ya era hora que doña Violante pidiera disculpas, era algo que se mascaba en el ambiente. Las damas no eran las únicas que echaban de menos la compañía de la princesa noruega.

Por las tardes, el pueblo se agolpaba bajo su balcón y, al no verla, lanzaba tomates a la ventana del rey.

La cuestión del encierro se resolvió de manera sencilla. Un día, las damas rogaron a doña Kristina que acudiera a bordar al patio del Yeso. A lo que ella dijo que de buen grado iría, siempre y cuando fuera doña Violante quien se lo pidiese. Esto llegó a oídos del rey, y a doña Violante no le quedó más remedio que ir a suplicar perdón. Ese día, justo antes de volver a meterse en su habitación, doña Kristina se volvió para mirarla.

Era la primera vez que lo hacía en todo el tiempo que había estado encerrada: ojos de un extraño color verde, profundos, intensos, sombreados por larguísimas pestañas, hundiéndose en ojos de mujer vencida por las circunstancias.

Fue una sola mirada, pero bastó para que la relación entre las dos mujeres cambiase.

Desde entonces era la noruega la que tenía la sartén por el mango. De la noche a la mañana, doña Violante comenzó a tratarla con un respeto que nunca en su vida había mostrado hacia nadie. El tabuco ventanero del castillo había sido sustituido en el alcázar por la alberca rectangular del patio del Yeso, rodeada de arrayán y buganvillas, junto a una galería de paños calados. Era éste un lugar fresco en verano y caliente en invierno, donde las damas cosían, hilaban, cardaban o tintaban vellones, se peinaban unas a otras y charlaban de lo que acontecía en el mundo. A doña Kristina le gustaba ir porque allí las mujeres se mostraban más alegres y deslenguadas.

Mientras la dueña Mafalda amenizaba las tardes con sus picardías y crudezas y con sus historias sobre demonios fornicadores, o lanzaba versos y recetas para el mal de oído (según ella, sólo se ahuyentaba con vahos de ajenjo e hiel de buey), la princesa les contaba historias sobre su Noruega natal. A cuarenta grados a la sombra, con el murmullo de las fuentes de fondo, les hablaba del reino de los hielos, el suyo, en donde el mar está cubierto por un blancor azul e imperturbable que no descansa nunca de la luz.

Poco a poco, la enérgica serenidad de la princesa se afianzó y ya no tenía que ir a las cocinas a escondidas para coger la comida. Si quería alimentar a los pordioseros, hacía sonar una campanilla, venía una criada y ordenaba que trajeran pan. Cuando quería salir a la calle, no tenía ni que preguntar. Simplemente se calzaba sus escarpines y salía. Pasaba mucho tiempo fuera, a veces el día entero, visitando a la gente: estar fuera del palacio, ocupada en recorrer las calles, era lo único que la ayudaba a espantar la incipiente melancolía.

Lo que más se comentaba en la alberca era del empecinamiento del rey por convertirse en emperador, la amargura de la reina doña Violante y lo apocado que era el infante don Felipe, que, después de varios meses de casados, todavía no se había atrevido a tentar a la princesa.

De este tema se hablaba por todas partes. Alfonso X había compensado a su hermano con los señoríos de Valdecorneja y con las villas de Piedrahíta y el Barco por renunciar a las cuantiosas rentas del arzobispado de Sevilla para casarse. Visitando estas posesiones había pasado don Felipe ya bastante tiempo, y se decía que en cualquier momento volvería a Sevilla para atender a su esposa y consumar su matrimonio. Mientras tanto, la castidad de la princesa noruega alimentaba las charlas y las murmuraciones no sólo de las dueñas, sino de todas las damas de la corte, de los caballeros y los oficiales. Se decía que el matrimonio había sido una mera transacción y que el infante, dueño ya de sus nuevos señoríos y villas, no tenía ninguna intención de ir más allá.

Por fin un día volvió el infante don Felipe. Por la mañana, él y doña Kristina pasearon por la sombra fresca de los jardines del alcázar, dieron de comer a los faisanes y a los patos, charlaron de todo y nada. Después del almuerzo, don Felipe se retiró a dormir la siesta. Cuando la princesa volvió a preguntar por él, el mayordomo mayor le dijo que no estaba en Sevilla para atenderla. Se estaba preparando una Cruzada contra los sarracenos del norte de África y había que construir naves, disponer pertrechos y hacer nuevos nombramientos; don Felipe estaría

337

ocupado con todo ello ayudando al rey y al arzobispo don Remondo durante un tiempo.

—¿Os tentó? —le preguntó la dueña Mafalda.

—Bueno…, al bajar el escalón de una de las albercas, me
tendió su mano.

Mafalda miró a un lado y a otro.

—Me refiero a… —se cogió ambos pechos con las manos,
los subió y volvió a dejarlos caer—, me refiero a…

Antes de que siguiese hablando, doña Kristina sacudió la
cabeza.

—Dicen que cuando ama, es feroz como el propio demonio
—susurró Mafalda.

—¿Feroz? —No era la primera vez que la princesa escuchaba aquel comentario, que ya empezaba a inquietarla.

Doña Mafalda se le acercó al oído, se puso de puntillas y
volvió a susurrar:

—Le viene de la abuela… Dicen que también doña Berenguela lo era, con los hombres, claro está, y que lo que más le
gustaba era salir al amanecer para retozar sobre el rocío…

Pero cuando la princesa quiso ahondar en el tema, Mafalda
ya se había escabullido entre los cipreses del jardín.

Había dos temas intocables que, por mucho que la princesa
intentaba sacar en la alberca con las otras damas, quedaban
siempre sin esclarecer. Uno de ellos era, precisamente, el de
doña Berenguela. Tan pronto salía el nombre, flotaba en el aire
un respeto silencioso, una emoción contenida, igual que
cuando se hablaba de Dios, del destino del hombre o de la enfermedad de un rey. Una vez, la noruega le había preguntado a
Mafalda por aquellos versos que oyó en la plaza; quiso saber si
era verdad que doña Berenguela había sonreído en el día de su
entierro. ¡Pues claro!, le dijo la vieja, como que estaba viva.

—¿Viva? —le preguntó la princesa.

—¿Viva? ¿Quién ha dicho viva?

—Vos acabáis de decirlo.

—Pues si está viva o…

Pero antes de que Mafalda pudiera dar comienzo a sus in-
congruencias, doña Kristina la hizo callar.

Sin quererlo, empezó a asociar aquellos bultos oscuros que
surgían por los rincones con la habitación misteriosa de Valla-

dolid. ¿Y si la abuela estaba viva? ¿Y si el rey la tenía encerrada para que no desvelase algún secreto del reino?

Otro tema era el de las langostas. La plaga llevaba tantos años apareciendo y desapareciendo que ya nadie se molestaba en sentir miedo. Sí, hay muchas langostas, le decían, pero es que estamos en el sur, y en el sur de Europa hay tábanos, avispas, cucarachas volantes y ciempiés. Alimañas chicas y grandes, añadían, y se carcajeaban un poco de ella..

Pensando en estas cosas, la angelical dulzura del carácter de doña Kristina se iba alterando poco a poco; sobre todo desde que el día de su boda, las monjas habían irrumpido en la ciudad para advertir a todos de que algo grave iba a ocurrir. Ella no había entendido a qué se había dedicado con tanto ahínco doña Inés Laynez, qué jaulas se habían abierto y de qué soledad se hablaba, pero cada vez era más evidente que había un problema con las langostas, y que a ella, por algún motivo, intentaban ocultárselo.

Mientras tanto, la ciudad se llenaba de huestes y caballeros venidos de allende. Todo estaba listo para la primera parte de la Cruzada africana.

339

6

El *fecho* de Salé

Sevilla, 1260

El 2 de septiembre, después de meses de preparativos para la primera etapa de la Cruzada africana (luego vendría la conquista del reino de Niebla), caía en poder de los cristianos el pequeño puerto comercial de Salé.

Ajena a todo esto, la princesa noruega había pasado el verano buscando al médico judío por toda la ciudad. Después de dos años en Castilla, el recuerdo del beso del rey flotaba como una nube sobre un nuevo sentimiento hacia él: rencor.

Un rencor oscuro y pastoso que empezaba a anidar en algún lugar de su pecho. Un rencor que pronto daría paso a la dulce venganza.

En cuanto a su esposo don Felipe, iba y venía, a veces recalaba en la residencia sevillana, pero en todo ese tiempo no cumplió con su deber de esposo. Ni siquiera la había «tentado», como pretendía la vieja Mafalda, que, cada vez que el infante volvía a marcharse, recriminaba a la princesa por no haber buscado la manera de domar el misterio. A fuerza de oír una y otra vez que tenía un deber conyugal que cumplir, a fuerza de escuchar las murmuraciones de la corte, en lugar de seguir deseando el encuentro amoroso con el infante, comenzó a odiarlo. Y como sabía que el hermano del rey solía presentarse en el alcázar sevillano de la manera más inesperada, el terror ante el posible contacto acabó convirtiéndose en pánico.

La puerta de su habitación estaba siempre cerrada con llave. Tenía sueño de liebre, dormía con un ojo abierto y se sobresaltaba ante cualquier ruido inesperado. Ni siquiera dormir vestida le ofrecía seguridad: ¿y si el infante entraba de pronto y le desgarraba la fina saya de seda? ¿Y si la mano penetraba hasta la carne desnuda, tersa e incorrupta?

A menudo tenía el mismo sueño: ella tendida sobre un lecho cubierto de langostas: infante mío, ¿por qué has esperado tanto? Las manos de don Felipe estaban por todas partes, palpándole el cuerpo, tal y como había visto que hacía con su dama de compañía a orillas del Arlazón. Enredada en ese abrazo, se consolaba con pensamientos de lo que podría haber sido: la reina de Castilla y León, la emperatriz del Sacro Imperio romano germánico. Pero, de pronto, él se hacía a un lado. La habitación estaba llena de caballeros de la corte, criadas y damas de compañía, todos aplaudiendo, también estaban ahí su padre y su madre riendo a carcajadas. En el sueño se sentía humillada, pero también extrañamente encantada.

Cada vez más a menudo, le asaltaban repentinas cuchilladas de memoria: Noruega, sus padres, las cimas nevadas, el sabor del pescado crudo, los fiordos y el frío. A estas alturas, sin esperar ya nada de nadie, sólo sus paseos por las calles la aliviaban de la nostalgia y del desasosiego que sentía. La excusa era buscar a Juda-ben-Joseph, pero lo que de verdad le reconfortaba era salir y mezclarse con la gente, charlar con las viejas, pasear por las calles y los mercados, buscar el frescor en las iglesias, huir de la posibilidad de que apareciese su esposo.

Durante todo el verano, calzada con sus escarpines para protegerse de las langostas del suelo, buscó al médico por los baños de la cal de Francos, junto a la torre morisca y la chaui; también estuvo en los palacios, en los corrales, en las atarazanas y en los baños públicos, en las iglesias y, sobre todo, en las sinagogas. Pensaba que el judío podía estar atendiendo a algún enfermo cristiano y por ello tenía un recorrido más o menos fijo: caminando por la Cal Mayor del Rey, penetraba en pleno barrio de castellanos; ahí buscaba en las casas palacio y en las torres de los ricoshombres, en los baños de Diego Corral, incluso en la morada de Alfonso García, deán de Palencia, que lindaba con la finca de don Polo, capellán de doña Violante. Ya en el interior del barrio y dejando a la izquierda la calle del Infante de Molina, llegaba al barrio del Marmolejo. Volviendo por las casas de Garcí Martínez, el notario del rey, y por la tienda de Simón, el orfebre, atravesadas las plazoletas de castellanos y horneros, regresaba a Santa María.

Con el pensamiento ocupado en la búsqueda, pasaba el día, y entrada ya la noche, volvía al alcázar y se echaba a dormir como un animalillo. Así pasó su segundo verano en Sevilla, sin apenas tener contacto con la gente de la corte, huyendo de la compañía de las damas que con sus preguntas le hacían acordarse de Noruega y de sus deberes conyugales, aterrorizada ante la posible llegada inesperada de su esposo.

No se daba cuenta de que con la firme voluntad de espantar la añoranza ejercida sobre ella, lo estaba haciendo todo al revés: en lugar de liberarla, la estaba estrangulando.

Esa mañana cálida del 2 de septiembre, doña Kristina salió como todos los días. Y nunca se habría enterado de lo que verdaderamente ocurrió en las costas africanas de no ser porque coincidió en su recorrido con el arzobispo de Sevilla, don Remondo.

Era extraño que, siendo él el principal impulsor de la conquista de Salé, ese día en que estaba previsto que desfilaran los cruzados por la ciudad, no estuviera en la catedral para esperarlos. Doña Kristina lo vio caminando muy deprisa por la calle, casi trotaba, en dirección a su casa de la plaza de Santa María, con cara de asustado. Lo llamó varias veces para preguntarle por el médico judío, pero como el presbítero ni siquiera se volvió, lo siguió hasta su casa.

Lo que nunca imaginó es que fuera a contarle tantas cosas y que, en gran medida, la visita de aquel día contribuiría a dar un giro al rumbo de la historia de Castilla y León.

Encontró al presbítero arrodillado sobre un cojín de terciopelo, con la cabeza entre las manos, de tal forma que la princesa no supo si rezaba o lloraba. Al levantar el rostro y vislumbrar a doña Kristina en el umbral, don Remondo se pegó un susto de muerte.

—No os asustéis, padre, sólo vengo a…, pero por qué tenéis esa cara, ¿os ocurre algo? Todo el mundo espera a los victoriosos cruzados en la catedral. También querrán que vos estéis ahí. Me sorprende encontraros en casa.

Don Remondo sacudió la cabeza:

—No, nuestros cruzados no son victoriosos.

Como si estuviera esperando el comentario para confesar un terrible pecado, comenzó a hablar. Las cosas no habían ocurrido como él y el rey habían supuesto. La flota fondeada en Cádiz se había hecho a la mar en dirección al puerto de Salé, en la costa atlántica marroquí, un poco al norte de Rabat. Los marroquíes, al ver una flota tan impresionante, pensaron que se trataba de naves comerciales, y ése fue el verdadero engaño del capitán García de Villamayor. Era el último día de Ramadán y la ciudad entera estaba en fiestas.

—Nuestros hombres, señora mía, aprovecharon aquellas circunstancias para atacar la ciudad indefensa y cometer todo género de atrocidades, robando y saqueándolo todo, matando a los hombres y maltratando y violando a las mujeres. Al enterarse, el emir Ibn Yûsuf de Fez se presentó en la ciudad con un contingente de fuerzas para expulsar a los invasores. No fue necesario; los cruzados abandonaron la plaza deprisa y corriendo llevándose consigo el botín y los prisioneros.

—Bueno —dijo la princesa—, todo eso es terrible, pero Alfonso tiene el prestigio que esperaba ante sus partidarios europeos.

—Me temo que no —respondió el arzobispo. Le temblaba la voz y tenía el rostro tenso, las venas de las sienes abultadas como gruesas serpientes—. Ni como cruzada ni como conquista, esta toma, o mejor dicho esta rapiña de Salé, le dará a Alfonso el prestigio que esperaba; antes bien, le pondrá en ridículo. Y por si fuera poco, aunque esto no lo sepa todavía, su coronación como emperador del Sacro Imperio no va todo lo bien que él espera.

—¿Cómo que no? —le increpó doña Kristina—. Si no vive más que para eso… He oído que ya tiene nombrada a la corte imperial e incluso anda diciendo por ahí que es también el supremo señor de todos los reinos peninsulares.

Don Remondo se hurgó en los bolsillos del pecho hasta sacar un pequeño pergamino.

—Ya sé que va diciendo eso por ahí. Convocó unas Cortes sólo para anunciarlo, y sé que al rey Jaime I de Aragón no le gusta ni un pelo. Pero ésta es la prueba de que su coronación pende de un hilo. —Le extendió la carta—. Como el rey no viaje a Roma ya, perderá su oportunidad.

343

—¿Qué queréis decir?

El arzobispo explicó entonces que esa carta secreta, que por distintos motivos ahora estaba en sus manos, era la prueba de que Alejandro IV había pedido al rival del rey, Ricardo de Cornualles, que se presentara en Roma para ser coronado emperador con sus tres votos. Él mismo le había recomendado al rey que viajara a Roma, pero Alfonso X, amarrado como había estado con la política peninsular, en concreto al *fecho* de Salé, y confiado en que ahora nada ni nadie haría peligrar la coronación, no lo había visto necesario.

A don Remondo le temblaba la barbilla: si no viaja a Roma hoy, a más tardar, mañana, su sueño imperial, o mejor dicho, la «obsesión» imperial de su abuela doña Berenguela, *la Grande*, se irá al traste.

Era la primera vez que doña Kristina oía que el *fecho* del Imperio era la obsesión de doña Berenguela, lo que llamó enormemente su atención.

—¿Es cierto que esa mujer, «la Grande», como la llamáis todos, era muy enamoradiza?

El arzobispo juntó las manos y, con expresión de amable reproche, le contestó:

—¿Dónde habéis oído eso? Seguro que fue su majestad el rey quien os lo contó. No. Doña Berenguela tenía un enorme anhelo de amor, pero eso no quiere decir que estuviera enamorada de don Rodrigo, ¡que os quede claro de una vez!

Por primera vez, alguien le decía tres frases seguidas sobre la Grande. Después de todo ese tiempo, tenía la extraña intuición de que doña Berenguela era la que movía los hilos invisibles del reino. Así que aprovechó para seguir preguntando.

—¿Don Rodrigo? ¿Os referís a don Rodrigo Jiménez de Rada? Creo que yo conozco a ese hombre... Pero ¿cómo se puede tener anhelo de amor sin ser enamoradiza? —dijo—. También tengo entendido que era una mujer muy hosca.

Con intención de vigilar la llegada de los cruzados, don Remondo se había sentado junto a la ventana. La dulzura de la princesa apaciguaba sus ánimos enaltecidos, y nada mejor que seguir hablando con esa belleza nórdica para olvidar que muy pronto el rey vendría a echarle en cara que él le había instado al saqueo de Salé y que las cosas habían salido mal por su culpa. Tal vez, pensaba, su propio arzobispado peligraba.

—Bueno… La hosquedad —explicó el arzobispo de Sevilla—, como otras muchas expresiones negativas de la personalidad, es muchas veces un medio para ocultar la angustia que produce el no saber amar. La hosquedad es una máscara. En el caso de doña Berenguela, no surgía de ella misma, sino que ocultaba los verdaderos sentimientos: miedo, incapacidad para la ternura. Muchas veces, la propia Berenguela se daba cuenta de que su odio hacia la vida, aquella rabia que surgía de dentro no era realmente «suya». No pasó la vida esperando una princesa del norte, a vos, como piensan todos. No. Lo que esperaba era otra cosa…

El arzobispo hizo una pausa, tomó aire y prosiguió:

—Una mujer que, a pesar de su obligada humildad femenina, gobernó un reino de guerreros, de obispos y de clérigos, de pastores y labradores, de mercaderes y artesanos, ¡todos hombres!…, fue incapaz de controlar algo tan pequeño y sencillo como el amor.

—¿Creéis que no la quería nadie?

—¡Oh, sí! Era un témpano helado, pero yo creo que sí, quererla sí la querían… Su nieto la adoraba. El problema es que no sabía corresponder a ese cariño, y esto la atormentaba mucho. Si trató con dureza a su nuera, doña Beatriz de Suabia, no fue porque pensara que ésta no estaba capacitada para ser reina; y si nunca aceptó a la barragana de Alfonso X, no fue porque sólo quería princesas de linaje. El verdadero motivo es que era consciente de que jamás llegaría a amar a nadie como ellas. Las espiaba, ¿sabéis?… Y lo que más le aterraba, los últimos días de su vida era no poder entrar en el reino del Señor, no hallar la salvación eterna por no haber sabido prodigar una pizca de cariño a los que la rodeaban.

Al escuchar aquellas palabras, doña Kristina se quedó fascinada. Una mujer que no «sabe» o no «puede» amar y que, sin embargo, «desea» amar con toda su alma. Era justo lo contrario de lo que le ocurría a ella desde que llegó a Castilla. Imaginaba lo desgraciada que había sido… ¡Le hubiera gustado tanto conocerla!

—¿Y qué me decís de la plaga de langostas? —aprovechó

345

para preguntar la princesa—. No me negaréis, vos también, que existe. Precisamente, por eso vengo. Creo que Juda-ben-Joseph sabe mucho de ese tema, ¿sabéis donde se oculta?

—No sé dónde se oculta vuestro médico —contestó el arzobispo sin dejar de mirar por la ventana—, pero os confiaré un secreto: soy consciente de que las langostas son una gran amenaza para el reino, desde que tengo uso de razón lo han sido, y no hago más que rezar para que se vayan. Todas las mañanas, aunque la gente desconozca los verdaderos motivos, hacemos procesiones alrededor de las iglesias y exponemos imágenes, seguro que las habéis visto. ¡Yo no sé qué más podemos hacer!

Se quedó un rato pensativo. A continuación, volvió a palpar la carta que tenía en el bolsillo del pecho.

—Son insectos solitarios, pero cuando su población aumenta drásticamente, cambian de comportamiento y se traslada en grandes grupos para devorar vegetales, granos, vestimentas y todo lo que encuentran a su paso. Puesto que el rey tiene puestas sus esperanzas en las plegarias, ha delegado el asunto en mí, ¡como si yo tuviera el poder de hacerlas desaparecer!

—Pero, entonces, ¿qué solución hay?

Don Remondo contrajo el rostro en una mueca de desesperación.

—No lo sé…, no lo sé —sollozó—. En todo caso, lo urgente ahora es que el rey viaje a Roma. Y no sólo porque Alejandro IV haya cambiado de parecer con respecto al asunto del Imperio; Jaime I de Aragón, ya sabéis, el padre de doña Violante, ha manifestado su total desacuerdo con la pretensión del rey de aprovechar la condición de «rey de romanos» para imponer su hegemonía sobre todos los núcleos políticos de la España cristiana.

—Pues entonces tenéis que advertirle —dijo la princesa.

—No puedo; está muy enojado. Opina que soy un incompetente con el asunto de la plaga y, si me ve ahora, me hará responsable del saqueo de Salé y puede que hasta me quite el arzobispado. De todas formas, ya conoce la postura del rey aragonés.

Doña Kristina frunció el entrecejo. De pronto, sintió que algo rebullía en su pecho herido.

—Dadme a mí la carta —dijo—, yo se la haré llegar.

—¿Vos? Bueno…, estamos hablando de un asunto importante. No sé si…

—¿Queréis correr el riesgo de perder el arzobispado de Sevilla?

Don Remondo sacó la carta y la contempló durante unos instantes.

—No —dijo extendiéndosela—. Creo que me voy a ausentar durante unos días, hasta que el rey se tranquilice y se olvide del asunto. Tomad la carta. Decidle que, por algún motivo, la tenéis vos, ya se os ocurrirá algo…, ¿no? Que la lea atentamente y que saque sus propias conclusiones. Si no viaja a Roma, todo su empeño de años y años por ser coronado emperador del Sacro Imperio romano germánico caerá en saco roto.

De camino al alcázar, la carta apoyada contra el pecho, por primera vez desde que dejó Noruega, doña Kristina tuvo la extraña sensación de que volvía a sentir en el brazo ese dolor que no era suyo.

¿O sería una nueva punzada de nostalgia?

Antes de buscar al rey subió a su habitación a descansar un poco. Se descalzó, se tumbó sobre la cama y, cuando estaba a punto de cerrar los ojos, oyó ruido de tambores, gritos y vítores procedentes de la calle: por fin están aquí los cruzados, se dijo. Se puso en pie y corrió hasta el balcón principal para observar el desfile.

El grupo iba encabezado por don Juan García de Villamayor; por orden de Alfonso X, se dirigían a la catedral a dar gracias a Dios por haberles sido propicio en tan piadoso proyecto. Eso decían; pero desfilaban sucios y cansados, arrastrando las lorigas, con un gran botín y muchísimos prisioneros moros para la venta, con las cabezas gachas, mudos y sordos, como si tuvieran miedo, muy pegados a la coracha que unía el alcázar con la Torre del Oro; se sabía que en realidad el rey no les mandaba a dar gracias, sino más bien a suplicar perdón. Y ahora la princesa entendía por qué.

Cuando volvió a su habitación, doña Kristina se dispuso a guardar los escarpines. Al ver que no estaban al pie de la cama, se llevó las manos a la cabeza. Volvió a salir al pasillo, pero ya era demasiado tarde; por fin alguien había conseguido quitárselos.

7

¿Nieve en Sevilla?

Sevilla, 1261

La nostalgia de una princesa es áspera y desabrida. Surge allí donde no había nada, del silencio, del burbujeo de la tierra, de la misma agonía del verano, se filtra en su ser, arraiga en sus entrañas cuando todavía no ha nacido la conciencia.

Desde el saqueo de Salé, una nube bermeja de langostas avanzaba lentamente en dirección a la ciudad. Convencida de que en Sevilla la gente moría por los pies, como había oído decir al padre Hammer, doña Kristina se veía incapaz de salir a pasear sin la protección de las gruesas suelas de corcho de sus escarpines, a los que ya por entonces, atribuía poderes y protección. Estaba segura de que eran las monjas del monasterio de las Huelgas las que se los habían robado, pero Burgos estaba demasiado lejos para aventurarse a recuperarlos sola.

Sin el recurso de las salidas, ahora sentía la nostalgia a todas horas, delante, detrás, encima, debajo como un dolor sordo y asfixiante (un dolor que «no» era suyo), confundida con el sonido de los pasos y las procesiones de las calles, con los lloros y las «guayas» de los enterramientos, con el sabor del aceite de oliva y de los higos dulces que le traía la dueña Mafalda, con su marrullería y sus embustes de vieja, con el frescor de la sombra que arrojaban las palmeras sobre su habitación, con los asnos listados que ya nunca vería, con la visión de un palacio fastuoso: la nostalgia era ahora la mirada sombría y árida que la princesa lanzaba sobre las cosas.

Nunca llegó a entregar al rey el pergamino que le había

dado don Remondo. Sabía lo importante que era esa misiva —por primera vez, entendía algo de todo aquel embrollo político en el que ella era, o había sido, parte—, y sintió que ahí estaba su oportunidad de vengarse. En su lugar, la rompió y lanzó los pedazos por la ventana.

Pasaron los días y como nadie le advirtió al rey del peligro de no acudir a Roma para su coronación, éste acabó perdiendo su oportunidad.

Un tiempo después, inmerso ya en la segunda fase de la Cruzada africana, alguien le dijo que la princesa doña Kristina estaba triste.

Acostumbrados a verla salir todos los días para recorrer las calles en busca del médico judío, les sorprendía encontrarla todo el día encerrada en su habitación. Cuando por fin Alfonso X entró a verla, sintió que se le helaba la sangre. Aquel rostro grave y sombrío, aquella actitud de estar en otra parte ¡le recordó tanto a la de su abuela! Por primera vez en mucho tiempo, le habló con dulzura y le pidió perdón por no haberla atendido como se merecía. Había estado muy ocupado, primero con el *fecho* del Imperio y luego con el fecho de Allende, pero ahora se daba cuenta de muchas cosas. Comprendía que sintiera nostalgia por su reino noruego, «aquí todo es tan distinto», pero ¿qué necesitaba para recobrar la alegría?, ¿vestidos?, ¿fiestas?, ¿compañía?

De un día para otro, hizo lo que tenía que haber hecho tres años atrás, cuando la princesa llegó a Castilla rebosante de ilusión; entonces sí hubiera sido fácil complacerla. Hizo venir a sastres y alfayates, sayateros, boneteros, y manteros para confeccionarle a la noruega los paños más elegantes para acudir a los bailes de la corte; le trajo la mejor vihuela para tañer, el astrolabio más perfeccionado para contemplar las estrellas, jugaba con ella al ajedrez y a las tablas, salían juntos a tirar con la ballesta o a cazar en el llano de Tablada, le compró joyas, aljófares y sortijas de oro; pero no consiguió arrancar de ella una sola sonrisa.

Como años atrás había ocurrido con su abuela, doña Kristina era el silencio, y el silencio era doña Kristina.

Y un día que el rey comentaba lo ocurrido con un poeta de la corte, éste le sugirió que, tal vez, lo que doña Kristina echaba de menos era la nieve de Noruega.

349

—Nieve... —reflexionó el Sabio—, es cierto, puede ser que sea eso..., pero aquí en Sevilla no nieva casi nunca... Eso no se lo puedo dar.

—Quien no tiene nieve la inventa —dijo el poeta.

—Aunque se la trajéramos de las cumbres, la nieve se derrite, es imposible —le rebatió Alfonso X.

—Confiad en mí —replicó el poeta.

Al amanecer del día siguiente, una larguísima procesión de carretas cargadas de almendros en flor traídos del valle del Jerte se detuvo ante las puertas del alcázar. Y mientras la princesa dormía, un centenar de hombres los descargaron y los plantaron bajo su habitación, arrancando de su lugar palmeras, olivos e higuerales. Cuando doña Kristina, incorporada sobre la cama, miró por la ventana, creyó desfallecer.

—¿Hizo frío anoche? —preguntó a una de sus damas sin dejar de contemplar el paisaje.

—Frío lo que se dice frío, no —le contestó ésta.

La princesa salió al bacón y quedó inmóvil. No hacía frío, era cierto, pero todo lo que aparecía allá abajo, jardines, huertas, árboles, muros, emitía un resplandor parecido al de la nieve. Bajo un cielo azul celeste, las palmeras, los arbustos de arrayán, los olivos, los limoneros y los naranjos estaban cubiertos de un manto blanquecino. Una brisa ligera agitaba los árboles arrancando pétalos de nieve que caían al suelo en rosados torbellinos. Al contemplar aquello, sintió que su corazón se henchía de felicidad.

Por un momento vio el rostro de su padre, con una larguísima barba blanca hasta la cintura; vio también el de su madre, con esa expresión de cariño que ahora ella atesoraba en su corazón. Vio su propio rostro, refulgente de belleza infantil, y por un momento se encontró paseando por las calles retorcidas de Bergen, entre las casitas de madera de la zona del puerto, rodeada de los suyos, cuando todavía era una niña y ni siquiera sabía que existía aquel lejano reino del sur. ¿Dónde estaba Castilla por entonces? Bajo sus pies, lo que crujía no eran las langostas, sino la nieve y los terrones de musgo, y su madre le decía que tuviera cuidado con los carámbanos que colgaban de los tejados.

Algunos copos iban a parar, entre cortos revoloteos, a sus pies. Extendió un brazo para atrapar uno de ellos, pero al abrir la mano y contemplar que era el pétalo de la flor de los almendros, al percibir su olor suave y dulzón, el encanto se desvaneció; sintió que las lágrimas se agolpaban lentamente en sus ojos. Trató de contenerlas, pero finalmente estalló en sollozos. Minutos después, enfurecida, fue a buscar al rey:

—Nunca conseguiréis traer Noruega a Sevilla —le dijo con despecho—. ¡Nunca!

Un día, sin embargo, tuvo lugar un suceso que hizo que saliera de su torpor durante unas horas. Unas criadas moras le dijeron que corría la voz por la ciudad de que acababan de desembarcar en el puerto unos extraños visitantes con animales todavía más extraños, y que le merecía la pena verlos. Al asomarse al portón principal, doña Kristina comprobó que por las calles transitaban unos seres exóticos, de elevada estatura, barbas hasta las rodillas y brillante ropaje. Junto a ellos, a ambos lados de un arcón de madera transportado por dos esclavos negros, avanzaban unos animales nunca vistos: un caballo de cuello larguísimo y patas de torpe articulación, con el lomo cubierto de manchas anaranjadas, así como una asna listada. Entonces se acordó de que antes de llegar a Sevilla, le habían hablado de esas criaturas prodigiosas, y fue a buscar a la dueña Mafalda para que le diera algún tipo de explicación. Ésta andaba de un lado para otro, mascando piedras, nerviosa como no la había visto nunca.

—¿Quiénes son esos visitantes? —quiso saber doña Kristina.

Mafalda miró a un lado y a otro.

—Mamelucos—susurró. Y al ver que la princesa se disponía a bajar a la sala de recepciones, añadió—: Pero no vayáis, es peligroso…

La princesa quiso saber por qué, y entonces Mafalda explicó que el arcón de madera que trasportaban esos hombres contenía desgracias y que nunca, nunca, debía ser abierto.

—¿Qué desgracias? —quiso saber la princesa.

Pero Mafalda ya había desaparecido. Poco después, el mayordomo mayor de la corte informó a todos de que habían llegado unos representantes del sultán de Egipto, Al-Malec. El rey había solicitado al sultán la presencia en Sevilla de un famoso astrólogo egipcio; a cambio, los egipcios, atraídos por el prestigio y la reputación del rey sabio de Castilla, venían a solicitar ayuda para afrontar la amenaza de los mongoles de Hu-

351

lagu. Al conocer la procedencia de la embajada, Alfonso X, henchido de autoimportancia, había hecho que toda la corte, esposa, hijos, hermanos, también la princesa noruega, se reuniese en una de las salas más lujosas del alcázar.

En la sala, en la que también esperaban los más grandes dignatarios y oficiales del reino, la expectación era grande. Hasta el punto de que, cuando entró el mayordomo mayor a decir que ya estaban allí los egipcios, nadie se enteró, y sólo el rebuzno atronador de la asna listada consiguió acallar el murmullo. Finalmente, los exóticos representantes y sus animales, cargados con el arcón, desfilaron hasta donde estaba el rey.

Alfonso X, ceñida la corona de pedrerías, con un manto oscuro forrado en armiño, los esperaba sentado en su trono junto a su esposa Violante. Rodilla en tierra, los representantes egipcios besaron el zapato del rey y, a continuación, sin más dilaciones, comenzaron a sacar las ofrendas: ricos tejidos, alfombras, paños y joyas para las mujeres, drogas exquisitas, un freno, una vara y un colmillo de marfil que según explicó el moro que hacía de intérprete, molido con miel, eran lo mejor que había para eliminar las manchas faciales. Doña Violante lo olisqueaba todo, se probaba las joyas, y aunque estaba algo turbada por el olor que exhalaba la piel oscura y prieta de los apuestos embajadores (una mezcla del hedor acre del sudor y del pelaje de las bestias más brutas), se mostraba encantada.

Los egipcios abrieron el arcón y, ante las atónitas miradas de la concurrencia, descubrieron el esqueleto de un extraño animal del Nilo, una suerte de lagarto colosal, que según noticias de los enviados, se llamaba *cocatriz*,[6] y que, según el rey, gran conocedor de los bestiarios de la época, era símbolo de silencio, pues no hacía uso de la lengua ni emitía ningún sonido característico.

Por lo visto, había muerto durante el viaje, y a pesar de que pensaban entregarlo vivo junto a la *açorafa*[7] y la *asna buiada*,[8] no había sido posible.

6. Cocodrilo.
7. Jirafa.
8. Cebra.

Los representantes del sultán permanecieron en Sevilla unas semanas, el tiempo que el astrólogo de la delegación necesitó para contrastar las últimas novedades científicas con uno de los sabios del equipo de Alfonso X, de nombre Azarquiel, que estaba llevando a cabo unos experimentos astronómicos para incluir en el *Libro de las tavlas alfonsíes*. Esto agradó mucho a las damas de la corte, sobre todo a doña Violante, pues los egipcios no dejaban de sorprender a las mujeres con sus exóticas costumbres.

Incluso la corte inventó la noticia de que el verdadero sentido de la visita era que el sultán estaba interesado en solicitar la mano de la hija del rey.

Sólo doña Kristina se mostraba ajena a la delegación; desde el robo de los escarpines, ya no se atrevía a salir; recluida todo el día en su habitación, el sentimiento de añoranza hacia Noruega se había convertido en punzante dolor. A veces sentía ganas de ir hasta el monasterio de las Huelgas para recuperar su calzado, pero, a continuación, cuando incluso tenía la mula preparada, se veía incapaz de hacer el viaje sola.

Acodada en el balcón, mientras veía pasear a la *açorafa* y a la *asna buiada* por los jardines del alcázar, mascando bledos y tréboles, se decía que ella también era una bestia exótica traída de tierras lejanas para el puro deleite de la corte.

Ahora era ella la que se escondía para no tener que hablar con la gente, como si, verdaderamente, la «desgracia» anunciada por Mafalda fuera ese silencio de lagarto emergido del arcón.

De hecho, apenas tenía trato con nadie; a esas alturas, la única que despertaba en ella un poco de simpatía era la difunta doña Berenguela.

Poco a poco, al conocer más detalles de la historia de Castilla, había ido recomponiendo el puzle de la vida de esta reina, y la había unido a la suya. Sentía hacia ella una ternura desgarradora: era consciente de lo desgraciada que había sido, de lo sola que había estado en el mundo, con aquella rabia dentro, aquel odio (¿o era amor?) hacia la vida.

Unas semanas después de la recepción, cuando ya empezaba a hacer más frío, asomada a su balcón, fue la primera en divisar la nube de langostas. Sin pensarlo dos veces, fue a bus-

353

car a don Remondo a la catedral para advertirle. Al llegar se encontró con que el arzobispo estaba ocupado en dar órdenes a unos hombres que alzaban el esqueleto del *cocatriz* con unas poleas en el lado izquierdo del claustro de los Naranjos, junto a la Giralda. Su rostro estaba relajado; no había en él huellas de la crispación que le embargaba la última vez que le vio.

—Pero ¿qué hacéis izando al lagarto? —preguntó la princesa.

Don Remondo explicó que era algo muy natural en una catedral; poseer un *cocatriz* o un lagarto era tanto como domeñar al Leviatán y sus poderes ocultos, y que por eso las bóvedas de muchos templos cristianos estaban llenas de ellos.

—¿Leviatán? —repitió la princesa sin entender.

—Leviatán, langosta…, son figuras del maligno, de cuya maldad es difícil sustraerse y del que pocos escapan sanos y salvos; animales solapados que pertenecen a los reinos enemigos de Dios. Así nos los presenta la Biblia.

—Pero ¿qué tiene que ver el lagarto?

—«Todo lo ve desde arriba, es el rey de todas las fieras» —contestó don Remondo recitando a Job—. Él nos protegerá de las langostas.

—De eso quería hablaros, padre —dijo entonces la princesa—. La nube de langostas se acerca…, estoy muy asustada.

Don Remondo ordenó que giraran el esqueleto un poco hacia la derecha para dejarlo recto.

—Ya la he visto —dijo éste, y se puso a silbar.

Doña Kristina se quedó un rato reflexionando.

—¿Acaso pensáis que con este esqueleto de lagarto colgando ahí arriba está todo solucionado?

—Él nos protegerá —dijo don Remondo.

Pero por el tono de su voz, la princesa dedujo que el padre no las tenía todas consigo. Tal vez el pobre, sin tener otra solución para el problema de la plaga, había encontrado la mejor manera de evadirse del problema.

Tras acabar de alzar el *cocatriz* en el claustro, don Remondo despidió a los caballeros. Entre ellos estaba uno de los egipcios, que explicó que tenían previsto partir al día siguiente.

—Hacer llegar mis saludos al sultán Al-malec —dijo don Remondo—. Estoy seguro de que nuestro rey sabio encontrará la manera de ahuyentar de vuestro reino la amenaza de los mongoles.

—No, todavía no volvemos a Egipto —contestó el embajador—. Tenemos pensado viajar hasta la catedral de Burgos a recoger la reliquia que el rey nos ha prometido.

—¿Reliquia? —inquirió don Remondo.

—Una astilla de la Santa Cruz —contestó el egipcio—. Una ofrenda para nuestro sultán. Vos tenéis al lagarto y ahora nosotros necesitamos la reliquia. Ése es el trato.

Doña Kristina escuchaba la conversación atentamente. Al oír que los egipcios se dirigían a Burgos, una pequeña esperanza renació en su corazón. Allí estaba el monasterio de las Huelgas. Si conseguía acompañar a la comitiva, por fin podría recuperar sus escarpines.

Al llegar al alcázar preparó una mula y un hatillo con comida. No durmió en toda la noche.

8

Monasterio de las Huelgas, otoño de 1261

En el monasterio de las Huelgas reinaba la calma más absoluta. A regañadientes, la comitiva de los representantes del sultán egipcio había accedido a que la princesa noruega viajase con ellos hasta Burgos, y acababan de despedirla en las proximidades de la abadía para proseguir su viaje hasta la catedral. Ella estaba segura de que sus escarpines estaban ahí, de que las monjas los habían robado. Harta de que su vida se hubiera reducido a las cuatro paredes de su habitación del Alcázar de Sevilla, la única manera que encontraba de salir del pozo de la añoranza era recuperándolos.

Al llegar a la abadía, lo primero que le llamó la atención fue la abundancia extraordinaria de vegetación. Desde que había estado allí, dos años atrás, la hierba, los arbustos, las zarzas y los árboles habían invadido la puerta, antes despejada, hasta el punto de que tuvo que dejar a la mula y abrirse paso entre las ramas con un azadón que encontró por ahí. Debajo de unos helechos, altos como árboles, las hortensias habían florecido fuera de temporada y tenían aspecto de pulpos, con largos tentáculos colgando de un tronco retorcido.

Recordaba bastante bien la distribución de la abadía y, con la intención de encontrar a las monjas en sus celdas, entró por la puerta abierta más próxima al claustro de San Fernando. Pero allí no había monja alguna. Por las galerías rodeadas de arcos de medio punto, campaban a sus anchas las vacas y los cerdos escapados de los establos, y en el pequeño huerto de nabos y cebollas, ahora arrasado, no quedaba nada más que tiestos caídos y cadáveres de langostas. En las celdas, el panorama era igualmente desolador: jergones agujereados, velas a medio roer, sillas y mesas derrumbadas, crucifijos descolgados o vueltos del revés, hábitos podridos en un desorden de cruenta batalla.

Abriéndose paso a través de boñigas de vaca, entró en la capilla de la Asunción, que mostraba un aspecto igualmente desolador. Un olor putrefacto la condujo entonces hasta el refectorio, en donde yacían platos por el suelo, tapices carcomidos, restos de verduras cocidas, cacerolas con sopas frías, cucharones entre sillas derrumbadas; era como si el almuerzo del último día de las monjas en esa abadía hubiera sido interrumpido por el más temible de los enemigos de Dios.

Armándose de valor, entró en aquella otra sala de la que había visto salir a la abadesa doña Inés Laynez la única vez que estuvo allí, la «sala Capitular o de Experimentaciones», como rezaba un rótulo por encima de la puerta. Por la estancia flotaba una mezcla fétida a bosque, polvo, orines, estiércol y pajas. Y al ver lo que yacía por el suelo, el estómago se le contrajo hasta el punto de que pensó que iba a salírsele por la boca: jaulas abiertas y vacías, numerosos alambres, trigo desperdigado al pie de unos sacos vacíos, mandilones, cutículas de langosta y langostas, miles de langostas muertas... Pero ¿qué es todo esto?, se dijo llevándose ambas manos a la boca. Salió de la sala y entró en la biblioteca, en donde el espectáculo era aún más desolador: libros desencuadernados, fichas de ajedrez por el suelo, restos de códices, antifonarios, martirologios y libros devorados.

357

Pero ¿dónde estaban todas las monjas? ¿Dónde estaba la abadesa doña Inés Laynez? Ella no podía haber huido...

Recordaba que el panteón real estaba próximo a la iglesia. A pesar de que el frío era muy intenso y de que empezaba a dolerle un oído, se encaminó en esa dirección. En la nave central, cercano al coro de las monjas, tropezó con los sepulcros de Alfonso VIII y de Leonor Plantagenet, ante los que no se detuvo. Sí lo hizo ante el de doña Berenguela, situado a un costado de estos otros, un sobrio arcón de piedra blanca, sin inscripciones ni florituras de ningún tipo, sostenido por dos leones de piedra.

Se quedó contemplándolo un rato, de pie, rodeada de gallinas que picoteaban la madera del suelo, meditando sobre todo lo que había oído sobre aquella mujer, sobre las palabras del juglar en las calles de Sevilla, sobre su sospecha de que aún estaba viva, escondida en algún lugar de aquel monasterio. Fue entonces cuando la helada abadía comenzó a tenderle todos sus significados.

Una voz cavernosa, de mujer, la sacó de sus ensoñaciones.

—Están ahí.

Creyó morir ante la idea de que la voz fuese la de la misma doña Berenguela. Temblando de frío y miedo, se dispuso a dejar la nave, pero, entonces, volvió a oír la voz:

—¡No! ¡No os vayáis, os lo ruego! Es que hace tiempo que no hablo con nadie. No tengáis miedo.

Parecía proceder de uno de los asientos del coro; al volverse, doña Kristina distinguió el rostro encapuchado de una mujer. Aunque demacrada y triste, flaca y pálida como el papel, reconoció a la abadesa doña Inés Laynez. Por todo lo que había visto minutos antes, la princesa dedujo que la plaga de langostas que ahora se cernía sobre la ciudad de Sevilla había salido de allí, no sin antes arrasar la abadía; las otras monjas habían huido y la abadesa era ahora la única que quedaba. Pero ¿por qué había decidido permanecer allí sola?

—Están ahí, junto a los leones del sepulcro de doña Berenguela.

Doña Kristina miró hacia el lugar indicado.

—¿Quiénes están ahí?

No hubo respuesta. Concentrada y sorda, ajena a los picotazos de las gallinas, la abadesa desgranaba avemarías con la cabeza gacha. Doña Kristina le repitió la pregunta y, al cabo de un rato, doña Inés pareció salir de su ensimismamiento.

—Cogedlos si queréis. Yo ya cumplí con mi promesa…

—¿Coger qué? —preguntó doña Kristina.

—Los escarpines —dijo doña Inés—. Están ahí, junto a los leones del sepulcro. Ella me pidió que los dejara ahí.

La noruega se acercó al sepulcro y entonces los vio. Sus hermosos escarpines de suela de corcho y punta ligeramente curva, a modo de pico de ave, los que tan bien le habían protegido de las langostas por las calles de Sevilla. Rebosante de felicidad, extendió una mano temblorosa y los tomó rápidamente. Después de todo ese tiempo, se había dado cuenta de que eran algo más que una mera protección. Los escarpines mostraban un camino, una suerte de salvación, tal vez un reflejo de la divinidad.

—¿Por qué están aquí? —le preguntó a la abadesa.

Pero ésta, metida en sus oraciones, no contestó.

—Están ahí porque doña Berenguela me pidió que se los trajera…, y yo se lo había prometido… —dijo al cabo de un rato.

—¿Doña Berenguela? ¿Y para qué los iba a querer si está muerta?

Doña Inés se bajó la capucha. En su rostro, ahora al descubierto, despuntaba el hueso de las mejillas y el cabello enmarañado le caía por los ojos. Unos ojos tristes pero llenos de luz, que nada tenían que ver con los de la abadesa que ella había conocido la primera vez que estuvo ahí.

—No tuve tiempo, las monjas estaban agotadas, se impacientaban… —comenzó a decir—, y era natural… Chillaban porque había terminado el verano y tenían que morirse…

—¿De qué me habláis, madre?

—Tuve que darme por vencida y abrir todas las jaulas. —De pronto, alzó el índice y pareció animarse—. Pero algún día demostraré a todos que tenía razón, que la langosta no se combate con rezos y oraciones, ¡oh, no! —Se sorbió estrepitosamente los mocos—. Sólo hace falta engañarla, hacer que piense que está sola…

Doña Kristina no entendía nada, tenía mucho frío, le dolía el oído y lo único que deseaba era marcharse de ahí con sus escarpines. Pero no podía dejar a aquella mujer sola, sin alimento, sin abrigo de ningún tipo, sin otra compañía que las gallinas y las bestias sueltas. Si no conseguía sacarla de ahí, tal y como estaba ahora, no tardaría en fallecer.

—Madre, tenemos que salir de aquí —le dijo—. Hace demasiado frío y el convento está deshabitado. Iremos andando hasta la ciudad, pediremos unos caballos prestados y volveremos juntas a Sevilla. Pero antes tengo que saber por qué están aquí mis escarpines y qué promesa es esa que le hicisteis a doña Berenguela.

Pero doña Inés se había vuelto a poner la capucha, y rezaba.

—¡Madre Inés! —le gritó doña Kristina—. ¡Ahora sí que no es el momento de rezar!

La abadesa alzó lentamente la cabeza para escrutarla.

—Los escarpines no son vuestros —dijo.

—¡Cómo que no! Me los dio un caballero castellano antes de salir de Noruega. Lo que ocurre es que tienen poderes; desde que llegué aquí, todos están empeñados en quitármelos. Son míos, y a por ellos he venido. ¡Son lo único que me queda!

La princesa volvió a arrodillarse y, cuando estaba a punto de tomar los escarpines, oyó:

—Eran de la madre del rey, de doña Beatriz de Suabia, la historia es larga…

—¿Ah, sí? —Doña Kristina se volvió—. ¿Y por qué los tenía yo cuando llegué a Castilla?

—Eso no os lo puedo decir… Tal vez la persona que os los dio los trajo desde Castilla…

La princesa Kristina comenzó a acariciar el precioso cordobán.

—¿Y qué tiene que ver doña Berenguela con todo esto? ¿Qué hacían los escarpines junto a su sepulcro?

—Ella…., no es que hubiera sido mala en vida, pero…

—No sabía amar.

—Exacto —añadió doña Inés, algo sorprendida de que la princesa supiera eso—. Los necesitaba más que nunca en el momento de su muerte…, y yo le había prometido traérselos a cambio de que me permitiera llevar a cabo mis experimentos con las langostas.

La princesa cerró los ojos para reflexionar. El intenso dolor de oído parecía extendérsele por el cráneo.

—Pero ¿por qué los necesitaba? ¿De qué le iban a servir una vez muerta? —La noruega volvió a contemplar el rostro de la abadesa—. Madre, vámonos de aquí. Moriréis si no salís de la abadía.

Doña Inés Laynez alzó lentamente la cabeza. En sus ojos destellaba la locura:

—Tengo el consuelo de la ciencia.

La princesa la tomó de un brazo y tiró de ella.

—La ciencia no os ha servido de mucho…

—¡Me ha sacado de la ignorancia! —replicó doña Inés—. ¡No pienso abandonar la abadía!

Comprendiendo que iba a ser imposible hacerla cambiar de opinión, doña Kristina la besó en la frente, tomó los escarpines y se marchó. Pero al llegar a la puerta principal se detuvo, pensativa. Un par de minutos después, volvía a estar junto al sepulcro de doña Berenguela.

No sabía muy bien por qué devolvía los escarpines a ese lugar, aunque intuía que era lo mejor. Antes de salir echó un vistazo a doña Inés Laynez; seguía en el mismo sitio, inmóvil, rezando.

9

Muerte de doña Kristina de Noruega

Alcázar de Sevilla, otoño de 1262

orillas del Arlazón, desfilaban los chopos sin hojas. Las cunetas estaban cubiertas de hielo. Aullaban los perros en torno a las casas de labranza desperdigadas; y doña Kristina, con el alma encogida por el frío y la tristeza, caminaba deprisa en dirección al centro de Burgos.

Al no encontrar su caballo en las cercanías de la abadía, había pensado que lo mejor que podía hacer era pedir ayuda en la ciudad. Muy cerca de la catedral, encontró a un grupo de ganaderos que accedieron a venderle una bestia y guiarla hasta Sevilla a cambio de un puñado de maravedíes. El viaje fue penoso porque ahora, además del intenso dolor de oído, una fiebre altísima le sacudía el cuerpo, y los hombres se veían obligados a detenerse a descansar y a aplicar paños húmedos por la frente de la princesa en cada pueblo que pasaban.

Volvían a Sevilla, pero ¿qué tenía ella ahí?, pensaba mientras iba dando tumbos sobre el caballo. Un esposo con el que apenas había cruzado dos palabras, un lujoso palacio en el que vivía encerrada, unas damas de compañía en las que ya no podía confiar, el rey, cuya actitud cambiante jamás entendería, vacuas promesa y un apacible y venenoso vacío que le sacudía el alma. Lo que más le preocupaba era aquella nube bermeja apostada en el horizonte que había visto antes de salir, la posibilidad de que hubiera descargado su enjambre de langostas sobre la ciudad.

Consiguió hacer el viaje, pero al traspasar el puente de

Triana, se desvaneció. Cuando volvió en sí, estaba de nuevo en su habitación del alcázar. Rodeaban la cama el rey y la reina, su esposo don Felipe, sus damas de compañía y Mafalda, incluso habían hecho llamar a un sacerdote para proporcionarle consuelo espiritual. Le habían colocado un vendaje humedecido con ajenjo hervido y hiel de buey que había preparado la vieja, pero estaban a la espera de que llegara un físico para atenderla.

Lo primero que hizo la princesa al recobrar el conocimiento fue preguntar por la plaga. Le dijeron que no se preocupara, que la nube seguía apostada en el mismo sitio, lejos. Ayudada por dos de las damas, con mucha dificultad porque las piernas apenas la sostenían, quiso comprobar que decían la verdad. Sí. Allí estaba el enjambre, inmóvil en el horizonte, acechante, ¿cómo era posible que no se hubiera movido?

En ese momento entró Juda-ben-Joseph con su alta frente sesuda y su corva nariz, arrastrando por el suelo su túnica puerca. Al saber que el rey en persona le estaba buscando, había accedido a volver al palacio a cambio de una cuantiosa cantidad previamente negociada. Pero doña Kristina ya no tenía ninguna ilusión por tratarle y, al verle entrar con sus aires de físico importante, apartó el rostro.

Juda-ben-Joseph observó a la princesa enferma durante un buen rato, en silencio. Vio que un estertor le levantaba las costillas. Contempló su rostro pálido y contraído, sus ojeras y labios sin vida, aquel vendaje purulento que le había colocado la dueña Mafalda. De pronto, con un gesto de espantar gallinas, hizo salir a todos de la habitación. Le arrancó el vendaje y, tal y como había hecho cuatro o cinco años atrás en la Hakoonsalle de Bergen, pidió a la princesa que se descubriera el pecho.

—Lo que me duele es el oído… —le dijo la princesa con un hilo de voz.

Pero el físico ya posaba su barba hirsuta sobre su pecho para escuchar los ruidos del ánfora del alma.

—El oído… —insistió la princesa.

Después de varios minutos con la oreja pegada al pecho de la princesa, Juda-ben-Joseph introdujo las manos por debajo de la manta y le palpó los pies. Al incorporarse, se encontró con que la princesa le escrutaba en silencio.

—¿Vos también los buscáis? —le preguntó.

363

Juda-ben-Joseph la miró desconcertado.

—¿Dónde están? Creo que…, creo que os vendrían muy bien en este momento —dijo.

Doña Kristina seguía clavándole una mirada penetrante, que le producía algo de desasosiego.

—¿En este momento? ¿En qué momento, Juda-ben-Joseph?

—Bueno…, no estáis nada bien y…

—¿En el momento de mi muerte? —le interrumpió la princesa—. ¿Eso es lo que queréis decir? ¿Qué secreto esconden esos malditos escarpines para que todo el mundo desee poseerlos?

—¿Dónde están? —volvió a preguntar el físico.

—Están… —a doña Kristina le costaba tanto hablar que no tenía más remedio que hacer largas pausas—, están… donde tienen que estar —dijo finalmente.

Al salir de la habitación, Alfonso X y su hermano, el infante don Felipe, que esperaban en el pasillo, preguntaron si se sanaría del oído.

—Del oído, sí —dijo Juda-ben-Joseph echando un vistazo en el interior de su maletín.

Los otros le miraban expectantes.

—Pero del corazón no.

Les explicó entonces que, a estas alturas, el mal que sufría la princesa tenía muy poco remedio.

—Aunque le trajerais la nieve, los fiordos y las montañas, aunque le hicierais llegar el olor del frío de Noruega o la voz de su madre a su habitación, el mal de la nostalgia ya ha arraigado. Conozco el sonido del pecho de esa muchacha —añadió—. Cuando la traté por primera vez en Bergen, su corazón sonaba como las alegres campanadas de una iglesia. Lo que resuena en su oído ahora no es más que el tenue murmullo de su corazón. La nostalgia lo ha hecho enmudecer. Yo ya no tengo nada que hacer aquí…

Durante varias semanas, la corte entera se deshizo en atenciones con doña Kristina. El rey dejó todos sus quehaceres a un lado y, junto con su hermano don Felipe, estuvo velándola al pie de la cama mientras la dueña Mafalda seguía aplicándole al oído su remedio de ajenjo cocido.

Y por fin una mañana, sin que nadie se hubiera dado cuenta, se encontraron con que la nube de langostas se había posado sobre los jardines del alcázar. Poco a poco, frente a la ventana de la princesa, los insectos iban lanzándose al suelo, silenciosos como el fino goteo de un manantial de agua; de modo que, cuando quisieron reaccionar, estaban en las hojas de todos los frutales, en los olivos y las palmeras; toda la vegetación de los jardines estaba cubierta de una oscura capa bermeja. Bermeja, bermeja... Al ver esto, el rey corrió a la habitación de la princesa.

—Quiero ver a mi madre —dijo ésta al verle.

Fueron sus últimas palabras porque, poco a poco, los latidos de su corazón se fueron amortiguando, más tenues, cada vez más espaciados. Cerró lentamente los ojos y, al exhalar el último suspiro, sus labios dibujaron una sonrisa. Había tenido la vista fija en la ventana, y le pareció ver en el cielo el estrecho manantial de agua de un fiordo deslizándose entre dos montañas.

Se dispuso que su cuerpo fuera enterrado en la colegiata de Covarrubias, un lugar en el que ella se había sentido a gusto rezando y cerca de donde, don Felipe, por petición expresa de la princesa, tenía proyectado construir una capilla a san Olav. La dueña Mafalda fue la encargada de amortajar el cuerpo. Le soltó el cabello, la vistió con una camisa bordada con hilos de seda, la más lujosa que encontró entre sus posesiones, y sobre ésta le puso una saya encordada. Colocó su cabeza bajo una almohada de tafetán y, por último, metió en su puño cerrado su receta para el mal de oído:

Para el dolor de las orejas toma la hierba
ajenjo e cuesela en un holla, e desfuere bien
cocho pon la oreja sobre el vaho de la holla e sanarás.
E ten la cabeza bien cobierta, si te royera las orejas
toma el asensio e mézclalo con la fiel de buey
e ponlo dentro e sanarás.

Esta vez no hubo plañideras entre el cortejo funerario, y sólo dos o tres personas de la corte sevillana, entre ellas el rey, acompañaron al cuerpo de la princesa hasta la villa de Covarrubias.

Días después, ya de vuelta en Sevilla, el rey encontró sobre la mesa de su despacho una carta.

Por la caligrafía pomposa del sobre, supo que era de don Rodrigo Jiménez de Rada.

Nunca la abrió.

Agradecimientos

Agradezco la inteligentísima y cariñosa crítica de Lorenzo Caprile, Lucina Gil, Palmira Márquez y Elisabeth Sánchez-Andrade. También agradezco la ayuda brindada en mi investigación por la Fundación Kristina de Noruega (Oyvind Fossan, Gudbrand Fossan, Sigrid Kaland y Astrid Mohn) y su calurosa acogida en Bergen. Sobre todo tengo que agradecer las valiosas sugerencias y la colaboración de Antonio Gil, juez y erudito conocedor de la ciudad de Sevilla, sin las cuales esta novela hubiera quedado incompleta.

ESTE LIBRO UTILIZA EL TIPO ALDUS, QUE TOMA SU NOMBRE
DEL VANGUARDISTA IMPRESOR DEL RENACIMIENTO
ITALIANO ALDUS MANUTIUS. HERMANN ZAPF
DISEÑÓ EL TIPO ALDUS PARA LA IMPRENTA
STEMPEL EN 1954, COMO UNA RÉPLICA
MÁS LIGERA Y ELEGANTE DEL
POPULAR TIPO
PALATINO

***
**
*

LOS ESCARPINES DE KRISTINA DE NORUEGA
SE ACABÓ DE IMPRIMIR EN UN DÍA DE PRIMAVERA DE 2010,
EN LOS TALLERES DE BROSMAC, S. L.
CARRETERA VILLAVICIOSA - MÓSTOLES, KM 1
VILLAVICIOSA DE ODÓN
(MADRID)

***
**
*